DIE TOTEN VON MALLORCA

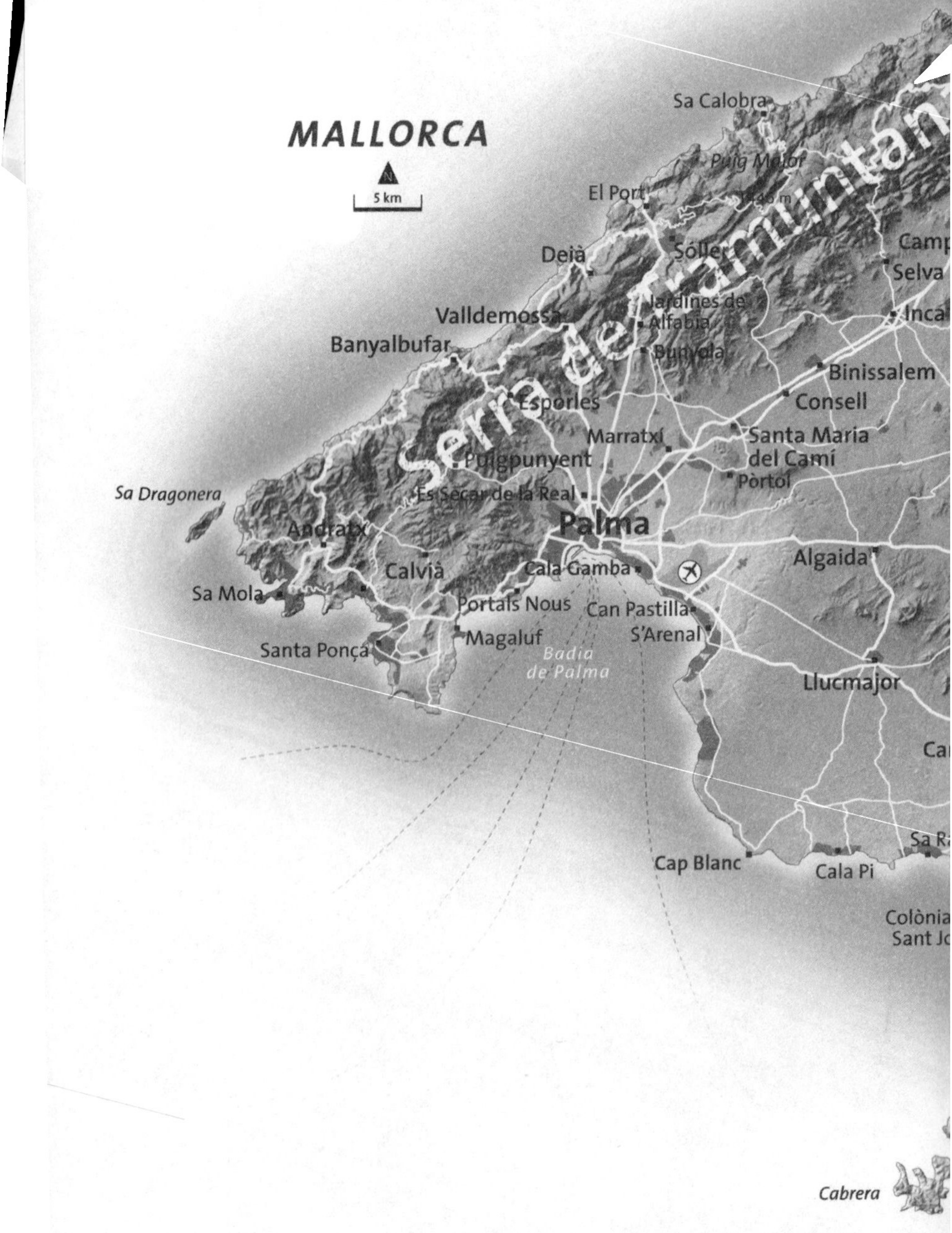
MALLORCA
5 km
Sa Calobra
Puig Major
El Port
Deià
Sóller
Serra de Tramuntana
Camp
Selva
Jardines de Alfabia
Inca
Valldemossa
Banyalbufar
Bunyola
Binissalem
Consell
Esporles
Marratxí
Santa Maria del Camí
Puigpunyent
Pòrtol
Sa Dragonera
Es Secar de la Real
Palma
Andratx
Algaida
Calvià
Cala Gamba
Sa Mola
Portals Nous
Can Pastilla
Magaluf
S'Arenal
Santa Ponça
Badia de Palma
Llucmajor
Cap Blanc
Cala Pi
Colònia Sant J
Cabrera

ant
enç
Port de Pollença
ença
Alcúdia
Badia
d'Alcúdia
Pobla
Can Picafort
Muro
Capdepera
Cala Rajada
Santa Margalida
Artà
Sant Llorenç
des Cardasa
Son Servera
Cala Bona
Cala Millor
ineu
franca
onany
Manacor
Porto Cristo
reres
Felanitx
Cales de Mallorca
Cala Murada
Porto Colom
Calonge
Alqueria
Blanca
Cala d'Or
antanyí
alines
Cala Figuera
Cala
Llombards

Klaus Späne ist als Redakteur der Frankfurter Neuen Presse tätig. Mit Mallorca und den Balearen verbindet ihn eine lange und persönliche Geschichte. Er hat auf Mallorca gelebt und gearbeitet und kennt die Eigenheiten und Schattenseiten der Insel.
https://www.facebook.com/mallorcakrimi
www.klausspaene.de

Auf S. 296 befindet sich ein Glossar.

KLAUS SPÄNE

DIE TOTEN VON MALLORCA

Kriminalroman

emons:

Bibliografische Information der Deutschen Nationalbibliothek
Die Deutsche Nationalbibliothek verzeichnet diese Publikation in der Deutschen Nationalbibliografie; detaillierte bibliografische Daten sind im Internet über http://dnb.d-nb.de abrufbar.

MIX
Papier | Fördert gute Waldnutzung
FSC
www.fsc.org
FSC® C083411

Umschlagmotive: lookphotos/Lukas Wernicke, shutterstock.com/kuzmaphoto
Umschlaggestaltung: Nina Schäfer
Karte S. 2/3: shutterstock.com/Axel_kock (bearbeitet)
Gestaltung Innenteil: DÜDE Satz und Grafik, Odenthal
Lektorat: Julia Lorenzer
Druck und Bindung: CPI – Clausen & Bosse, Leck
Printed in Germany 2024
ISBN 978-3-7408-1752-7
Originalausgabe

Dieser Roman wurde vermittelt durch die Verlagsagentur Lianne Kolf, München.

Des Menschen Seele
Gleicht dem Wasser:
Vom Himmel kommt es,
Zum Himmel steigt es,
Und wieder nieder
Zur Erde muss es,
Ewig wechselnd.

»Gesang der Geister über den Wassern«,
Johann Wolfgang von Goethe (1779)

Teil 1

Gota fría

1

Serra de Tramuntana. Der Tag sollte perfekt werden. Das hatte sich Charlotte Zemp jedenfalls vorgenommen. Ein letztes Mal den Akku aufladen. Möglichst viel von diesem emotionalen Aggregatzustand mit nach Hause nehmen, der sie die vergangenen zehn Tage über die Insel getragen hatte. Das Gefühl von Freiheit im Sattel genießen. Schmale Bergstraßen mit Steigungen von zehn Prozent und mehr mit purer Körper- und Willenskraft bewältigen. Auf der Schnittstelle zwischen Meer und Hochgebirge dahinrollen. Den Kick halsbrecherischer Abfahrten verspüren. Sich der Schwerkraft trotzend in Haarnadelkurven hineinlegen. Diese Mischung aus Sich-körperlich-Auspowern und Sich-am-mediterranen-Ambiente-Berauschen. Eben das volle Programm, das Mallorca für Hobbyradsportler wie sie zu bieten hatte. Wie schön wäre es, nur einen Bruchteil davon zu konservieren. Wie Oliven im Glas. Einfach bei Bedarf aus dem Regal nehmen.

Vielleicht hatte sie die Messlatte etwas zu hoch gesetzt, dachte Charlotte Zemp, während sie in die Pedale trat. Der Fahrtwind umschmeichelte ihr gebräuntes Gesicht. Andererseits, warum nicht? Es war das Ende ihres Urlaubs. Und das wollte sie noch einmal bis zum Anschlag auskosten. Bereits um sieben Uhr hatte sie sich aus dem Bett ihres auf Radtouristen spezialisierten Hotels in Can Pastilla geschält, war in Trikot, Radlerhose und Rennradschuhe geschlüpft und hatte Ärm- und Beinlinge, Windjacke, Wasserflasche und ein paar Energieriegel in den Rucksack gepackt. Das »Klack, klack, klack« der unter den Sohlen montierten Kunststoffplatten für die Klickpedale hatte durch den Hotelflur wie ein Metronom auf Ecstasy gehallt. Das akustische Erkennungszeichen der Biker-Community. Noch ein schnelles Frühstück. Müsli, *café con leche*, Orangensaft, ein Brötchen mit Käse für unterwegs eingepackt. Gegen acht Uhr hatte sie sich dann auf die rote Rennmaschine geschwungen.

Carpe diem, nur nicht faul am Hotelpool oder am Strand herumliegen wie die anderen aus ihrer Gruppe. Was einige ihrer Begleiter vermutlich nötig hatten nach dem Absturz, der sich bereits beim gemeinsamen Abendessen angedeutet hatte. Sie hatte sich wohlweislich zurückgehalten angesichts der Tour ins Gebirge, die sie für den nächsten Morgen, wie es ihre Art war, minutiös vorbereitet hatte.

Von der Playa de Palma aus hatte Charlotte Zemp zunächst den Weg Richtung Inselmitte eingeschlagen. Algaida, Santa Eugènia, Santa Maria del Camí – kleine Dörfer, Es Plà, flaches Land, entspanntes Aufwärmen. Sie war schnell auf Betriebstemperatur gekommen, fuhr in einer Trittfrequenz von siebzig bis neunzig Umdrehungen pro Minute, einer Geschwindigkeit um die dreißig Stundenkilometer. Aber meistens schenkte sie dem Tacho am Lenker keine Beachtung. Der gleichmäßige Rhythmus, in dem sich ihre Beine auf und ab bewegten, und die vorbeiziehende Landschaft hatten sie in einen kontemplativen Zustand versetzt, der Raum und Zeit bedeutungslos erscheinen ließ. Irgendwann kehrte sie wieder in die Realität zurück. In Bunyola am Rand des Tramuntana-Gebirges legte sie eine Kaffeepause in einer kleinen Bar im Ortszentrum ein. Auf einem der mit blauem Stoff bespannten Stühle auf der Terrasse nahm sie Platz, bestellte ein Wasser und einen weiteren *café con leche*. Sie war der einzige Gast, zumindest draußen. Störte sie aber nicht. Im Gegenteil. Sie genoss es, das gemächliche Treiben des Dorflebens zu beobachten. Jetzt im September schien es ihr bereits eine Stufe heruntergedimmt zu sein. Das war ja auch ein Grund, weshalb sie und ihre Freunde den Urlaub um diese Jahreszeit gebucht hatten. Nebensaison, weniger Touristen, dennoch warm genug für Outdoor-Sport. Vor allem aber weniger Verkehr und kein Herumquälen mit Autofahrern, die wie Raubtiere hinter den Radfahrern auf die Gelegenheit zum Überholen lauerten.

Aus dem Inneren der Bar drangen Stimmen nach draußen. Am Tresen unterhielten sich zwei ältere Männer lautstark mit dem Kellner in einer guttural klingenden Sprache, stellte sie fest, als sie zur Toilette ging. Obwohl sie ein paar Brocken Spanisch sprach, verstand sie kein Wort. Muss Mallorquinisch sein, sagte sie sich. Später würde sich der Kellner an die junge Frau erinnern. Die blonden Haare und die Statur, groß gewachsen, drahtig. Sie war außerdem der erste Radfahrer an diesem Morgen und nicht, wie meist üblich, in einer Gruppe, sondern offenbar allein unterwegs.

Eine knappe Viertelstunde später saß Charlotte Zemp wieder im Sattel und setzte ihre Fahrt Richtung Westen fort. Esporles, Torre del Verger, Banyalbufar, Estellencs standen auf der Liste. Ein Sahnestückchen der Insel: pittoreske Küstenlandschaft, Rennradtraum, wenn auch eine anspruchsvolle Route. Sollte aber zu schaffen sein. Sie war zwar keine ausgesprochene Bergziege, aber die vergangenen Tage hatte sie etliche Kilometer runtergeschrubbt und sich zusätzlich zu ihrer vorhandenen Grundfitness reichlich Kondition antrainiert. Hinter Esporles, auf Höhe des Heimatmuseums La Granja, ging es ins Gebirge hinein. Landstraße Ma-1100 nach Banyalbufar. Noch mal runterschalten auf ein kleineres Ritzel. Dann das Missgeschick: Reifenpanne am Hinterrad. Mist. Ausgerechnet heute. Aber Charlotte Zemp ließ sich nicht so leicht aus der Bahn werfen. Schon gar nicht von einem blöden Platten. War schließlich nicht der erste in ihrem Leben und bei Radsportlern eingepreist wie Verspätungen beim Bahnfahren. Wohlweislich gehörte es zu den Automatismen bei Tourvorbereitungen, Ersatzschlauch, Satteltasche mit Werkzeug und eine kleine Handpumpe einzupacken.

Sie fuhr auf einen Parkplatz, der im Kreuzungsbereich lag. Was folgte, war eine Abfolge routinierter Handgriffe: Hinterrad ausbauen, Fahrrad zur Seite legen, Ventil vom Reifen abschrauben, per Reifenheber Mantel von der Felge lösen, defekten Schlauch rausziehen, Außen- und Innenseite des Mantels nach Schäden und eventuellen spitzen Teilen untersuchen. Nichts zu entdecken. Vielleicht beim Überfahren eines Steins beschädigt. Dann etwas Luft in den Ersatzschlauch pumpen, Mantel mit Daumen und Reifenheber aufziehen, Schlauch vollständig aufpumpen, mit dem Daumen den Reifendruck prüfen, okay, Laufrad wieder in den Rahmen montieren – fertig.

Keine zehn Minuten hatte das Ganze gedauert. Dennoch war sie ein bisschen genervt von der unerwarteten Zwangspause. Brachte das Drehbuch durcheinander, das sie im Geiste für den Tag geschrieben hatte. Sie wollte schnell weiter, stieg wieder auf. Der Ärger verflog mit jedem Meter, den sie das Rad den Berg hochtrieb. Ein lautes Geräusch hinter der lang gestreckten Straßenbiegung vor ihr ließ sie aufhorchen. Sie konnte nicht erkennen, was es verursachte, Kurve und Bäume verstellten ihr die Sicht. Klang wie ein tosender Fluss, der auf sie zukam. Vorsichtshalber wich sie ein Stück nach rechts zum Straßenrand hin aus. Sekunden später fegten mehrere junge Frauen auf Rollskiern und mit Skistöcken an ihr vorbei, begleitet von einem fröhlichen »Sorry«, das sie ihr zuriefen. Grund für Letzteres war, dass es manche aus der Gruppe weit nach links hinaustrug, sodass Zemp den Luftzug spürte. Sie regte sich nicht darüber auf. Zu sehr war sie von der Begegnung gefesselt und davon, dass manche der Frauen nur mit Shorts und knappem Bikinioberteil bekleidet waren. Vielleicht Langläuferinnen, die für den kommenden Winter trainierten, dachte sie, nachdem sich die erste Verblüffung gelegt hatte. Sie schüttelte den Kopf und lachte laut auf. Skifahrerinnen auf Mallorca! Charlotte Zemp war zwar einiges gewohnt von ihren Ausfahrten, aber auf eine solche Begegnung war sie nicht eingestellt gewesen.

Immer noch fasziniert blickte sie der sich schnell entfernenden Gruppe hinterher, während sie sich der Kurve näherte. Der Anstieg war steiler geworden, noch mal einen Gang runterschalten. Sie war aus dem Sattel in den Wiegetritt gegangen. Unwillkürlich hatte sie sich dabei in die Mitte der Straße bewegt. Gleichzeitig vernahm sie mit halbem Ohr ein weiteres Geräusch vor ihr, das sich anhörte wie ein Brandungsrauschen. Wahrscheinlich Nachzügler aus der Skigruppe. Da sie noch gedanklich abgelenkt war, schenkte sie der Sache zunächst keine weitere Beachtung, bewegte sich aber erneut ein Stück nach rechts. Nur noch ein paar Meter bis zum Knick. Das Rauschen wurde lauter. Als sie den Kopf wieder nach vorne drehte, sah sie nur noch eine blaue Wand auf sich zurasen wie eine Monsterwelle. Sie hatte keine Chance, auszuweichen.

2

Palma, Paseo Marítimo. Am Freitag gegen neunzehn Uhr schaltete Palma allmählich in den Feierabend- und Wochenendmodus. Blechlawinen auf den Straßen, letzte Scharmützel in den Geschäften, Vorspiel des Nachtlebens in Bars und Cafés. Pau Ribera hatte etwas früher als sonst das Polizeikommissariat der Balearen-Hauptstadt verlassen und sich in der »Costa Dorada« in Sportklamotten geschmissen. Die »Costa Dorada« war eine Pension in der Altstadt, in der er als Dauermieter logierte, seit er vor etwas über einem Jahr auf die Insel gezogen war.

Von seiner Behausung aus hatte er sich zu Fuß zum Paseo Marítimo aufgemacht und konnte nun wie ein Zuschauer auf einem Logenplatz das Stück verfolgen, das die Natur um ihn herum aufführte. Als sich das Unheil ankündigte, war er zwischen Molinar und dem Hafen unterwegs. Eine weitläufige Freifläche mit Sicht auf den Parc de la Mar und die Kathedrale La Seu auf der einen Seite und die Bucht von Palma auf der anderen. Beste Sicht also auf das Drama, das sich in mehreren Akten vollzog. Der Himmel, der sich nach und nach verfinsterte. Der Wind, der durch die Wedel der Palmen am Straßenrand fegte und sie wie die Tentakel von Quallen wild herumschwanken ließ. Das Meer, das sich bedrohlich grau verfärbte, und die Wellen, die aggressiv an die Ufermauer klatschten. Als verbündeten sich die Elemente zu einem kollektiven Tobsuchtsanfall, der kein Ende nehmen wollte. Eine Endzeitstimmung, wie sie Ribera bisher auf Mallorca nicht erlebt hatte. Eigentlich faszinierten ihn solche Untergangsszenarien. Und vielleicht registrierte er die Vorgänge um sich herum auch beiläufig. Dass er dennoch unbeirrt weiterlief, hatte wahrscheinlich damit zu tun, dass er zu sehr mit sich selbst zu kämpfen hatte, als dass er den Vorzeichen des aufziehenden Unwetters weiter Beachtung geschenkt hätte.

»Lief« war denn auch nicht ganz die korrekte Bezeichnung für die Art, in der er sich fortbewegte. Ribera schleppte sich stotternd dahin wie der Motor seines alten Seat Ibiza, bei dem nur noch drei Zylinder funktionierten. Schweres Atmen, verzerrte Mimik, immer wieder griff er sich in die Seite. Seitenstechen plagte ihn. Sein Debüt als Jogger hatte er sich weniger anstrengend vorgestellt. Wesentlich weniger. Aber so leicht wollte er nicht aufgeben. Er war jemand, der sich schon oft durchgebissen hatte, der sich quälen konnte, wenn es sein musste. Nicht, dass er auf einmal auf dem Sport-Trip gewesen wäre. Vielmehr war es ein Ratschlag seines Arztes. Schlechte Blutwerte. Zu hohes Cholesterin. Übergewicht. Das Ergebnis seines letzten Gesundheitschecks. Die Stimme von Dr. Ruiz dröhnte noch immer in seinen Ohren. »Sitzen ist das neue Rauchen. Dein jetzt schon vorhandener Bauchansatz wird in ein paar Jahren deutlich gewachsen sein. Mit anderen Worten: Du musst dringend etwas tun, sonst bist du irgendwann ein Kandidat für Herzinfarkt oder Schlaganfall.« Ausdauersport, Ernährung umstellen, weniger Alkohol hatte er ihm nahegelegt. Ein Dreiklang des Grauens in seinen Ohren. Ausgerechnet er. Der Laufmuffel. Der vor nicht allzu langer Zeit noch seinen Freund Pep Bosch wegen dessen Fitnesskult auf den Arm genommen hatte. Dabei hatte er sich mit Mühe und Not das Rauchen abgewöhnt. Auch in der Annahme, mit dem Verzicht auf dieses Laster schon eine Menge für seine Gesundheit getan zu haben. Dennoch hatte er sich dazu durchgerungen, auf seinen Arzt zu hören. Ausschlaggebend war letztlich ein Telefonat mit seiner Mutter gewesen. Sie hatte ihm das Schicksal eines seiner Cousins ins Gedächtnis gerufen. Ähnliche Geschichte, wenn der auch ein paar Jahre älter war. Ein Lebemann par excellence, der mit seinem Körper Schindluder getrieben hatte. Herzinfarkt mit Anfang fünfzig. Lebte nun mit drei Bypässen. Am Tag darauf hatte Ribera ein Sportgeschäft aufgesucht, um sich ein Paar Joggingschuhe zuzulegen. Polizeiliche Ermittlungsarbeit war im Vergleich dazu ein Spaziergang.

Ein euphorischer Verkäufer hatte ihn mit Informationen über weiches Mesh-Obermaterial mit atmungsaktiven Zonen, smarten Support, softe Dämpfung, Stoßabsorption, reaktionsfähigen Zehenabstoß und andere vermeintliche Qualitäten bombardiert. Ob denn die Schuhe auch von selbst laufen würden, hatte er den Verkäufer gefragt und ein, wie er es interpretierte, maliziöses Lächeln geerntet. Nun, da er sich schnaufend und keuchend wie eine alte Dampflok über den Asphalt schleppte, wusste er, warum. Alles fühlte sich schwer an, Beine, Arme, der ganze Körper. Als stünde jemand auf seinen Schultern und drückte ihn zu Boden. Konnte es sein, dass auf Mallorca eine andere Schwerkraft herrschte als an anderen Orten dieser Erde? Ihm fiel ein, dass er mal davon gehört hatte, dass die Anziehungskraft des Planeten von Ort zu Ort schwankte. Wenn auch nur minimal. Auf dieser verfluchten Insel war es sicher der oberste Bereich der Minimalität.

»Coño!«

Wildes Klingeln hinter ihm ließ Ribera zusammenfahren. Um ein Haar wäre er ins Straucheln geraten und gegen das halbhohe Metallgeländer gekracht, das den Weg von der Uferböschung trennte. Sekunden später fuhr ein Elektroroller lautlos an ihm vorbei. Darauf ein jüngerer Mann in der für diese Gefährte typischen aufrechten Haltung, als würde er einen antiken Streitwagen steuern.

Er rief Ribera zu: »Hey, *tío*, das ist kein Fußweg, lauf gefälligst da drüben!« Mit einem kurzen Kopfnicken wies er auf den breiten Weg, der zwischen der Straße und einer niedrigen Steinmauer verlief, und sauste an ihm vorbei.

Ribera hielt inne. Tatsächlich, er war auf dem roten Fahrradweg unterwegs. Wie dumm von mir, dachte er. Erst jetzt nahm er bewusst wahr, was sich um ihn herum abspielte. Wolken hatten sich aufgetürmt. Dunkelgrau und bedrohlich. Unheilvolles Grollen, gefolgt von einem Blitz, der draußen ins Meer einschlug. Er befand sich etwa auf Höhe des Almudaina, des Palastes des spanischen Königs oberhalb der Stadtmauer, wenn der Regent Mallorca besuchte.

Erste Regentropfen fielen. Die wenigen Menschen, die außer Ribera zu Fuß unterwegs waren, hasteten davon, um sich irgendwo unterzustellen. Wieder Donnern und ein Blitzstrahl. Der Himmel öffnete seine Schleusen, Sekunden später ging die reinste Sintflut nieder. Die Scheibenwischer der Autos auf dem Paseo Marítimo zuckten auf Höchststufe hin und her wie Stroboskoplichter in einer Disco. Vergeblich angesichts der Wassermassen, die Autos bremsten ab, der Verkehr kam zum Erliegen.

Ribera rannte zwischen den stehenden Fahrzeugen hindurch auf die andere Straßenseite und querte die Rasenfläche vor dem Parc de la Mar mit seinen niedrigen Pinien, vorbei am Seemannsamt, das die Schnittstelle zwischen Altstadt und Hafen dominierte. Hinter dem wuchtigen Gebäude duckte sich ein niedriger Pavillon der Touristeninformation. Gerade noch rechtzeitig konnte er unter dessen Vordach schlüpfen, das sich rund um den Bau zog. Mehrere andere Unwetter-Flüchtlinge drängten sich dort. Sekunden später begann das Inferno.

Stühle von Restaurants und Mülleimer schlitterten vom Sturm getrieben über den Boden wie kleine Formel-1-Boliden. Der Hagel prasselte auf das Plexiglas über ihren Köpfen. Es hörte sich wie ein Trommelfeuer an. Wirkt wenig vertrauenerweckend, dachte Ribera beim Anblick des schmalen Kranzes. Er zog unwillkürlich den Kopf ein, drückte sich eng an die Wand und klopfte prüfend mit dem Finger dagegen. Wenigstens machte der Rest des Pavillons einen stabileren Eindruck. Solides Metall, tiefschwarz und länglich wie ein Schiffsrumpf. Ribera musste an den Film »Titanic« denken, den er vor Jahren gesehen hatte. Ihm kam es ein bisschen vor, als befände er sich auf dem Deck einer Miniatur-Titanic, die wie das große Pendant bei aller vermeintlichen technischen Perfektion doch hilflos den Launen der Schöpfung ausgeliefert war.

Neben ihm hielt sich eine ältere Frau krampfhaft an ihrer Handtasche fest und murmelte etwas vor sich hin. »Santa Bárbara, solange wir leben, fühlen wir uns gefangen in Sorge und Not, in Leid und Sünde. Hilf, dass wir Jesu Leiden, sein Sterben und seine Auferstehung als Botschaft der Befreiung aus unserer irdischen Gefangenschaft begreifen und in der Todesstunde eingehen dürfen in sein ewiges Erbarmen.«

Es war ein Gebet, das er aus seiner Kindheit kannte und bei seiner Großmutter gehört hatte, stellte Ribera fest. Gerichtet an die heilige Bárbara, die Schutzpatronin, die bei Gewitter, Feuer, Pest und plötzlichem Tod angerufen wurde.

»Schöne Scheiße, was?« Eine Stimme riss Ribera aus seinen Gedanken. Sie gehörte zu einem Mann, der hinter ihm stand und mit sorgenvoller Miene auf die teilweise golfballgroßen Eisklumpen blickte, die wie ein weißer Teppich den Boden bedeckten. Er mochte Ende dreißig, Anfang vierzig sein, kleiner und stämmiger als Ribera, durchnässtes hellblaues Sakko und weißes Hemd, das an die Brust geklatscht war, sodass Haut und Brustbehaarung durchschimmerten. Der Kopf mit dem spärlichen Resthaar hatte hingegen relativ wenig abbekommen. Lag wohl an der braunen Aktentasche, die er unter den Arm geklemmt und, den großen dunklen Flecken auf dem Leder nach zu urteilen, zuvor offenbar als Regenschirm benutzt hatte.

Ribera für seinen Teil triefte vom Scheitel bis zur Sohle. Die Haare klebten an der Stirn, Wassertropfen rannen die Wangen hinunter. Laufshirt, Shorts und selbst die Schuhe waren klatschnass. Er fror angesichts der Temperaturen, die schlagartig gefallen waren. Immerhin hörte der Hagel nach ein paar Minuten auf, ging in einen schleierartigen Regen über, der vom Wind durch die Straßen gepeitscht wurde.

Sein Nachbar redete unterdessen unbeirrt weiter. »Die Natur spielt immer mehr verrückt. Erst regnet es monatelang nicht, dann kommt alles auf einmal runter. Und diese mistige Gota fría ist auch immer früher dran.«

Ribera kannte zwar das Wetterphänomen, das regelmäßig um diese Jahreszeit vor allem die spanische Mittelmeerküste heimsuchte, hatte es aber bisher auf Mallorca nie am eigenen Leib erlebt. Außerdem sah er selten fern und hörte kaum Radio. Von daher hatte er nicht mitbekommen, dass sich etwas zusammenbraute.

»War wohl keine besonders gute Idee, ausgerechnet heute am Meer entlangzujoggen. Vielleicht sollte ich doch ab und zu mal die Wettermeldungen verfolgen.«

»Du bist nicht von hier, was, *tío*?« Sein Nachbar wartete die Antwort erst gar nicht ab. »Ich kenne niemanden, der nicht süchtig ist nach Wetternachrichten. Wir leben schließlich auf einer Insel.« Er kramte sein Mobiltelefon aus der Hosentasche, wischte darauf herum und hielt es ihm vor die Nase. »Meine neueste Errungenschaft. Eine Wetter-App. Hat aber heute auch nichts genützt.«

Ribera warf einen kurzen Blick auf den blauen Bildschirm, der gespickt war mit kleinen Sonnen, Wolken, Regenschirmen, Blitzen und anderen Symbolen. Begleitet von Temperaturangaben und anderen Informationen, mit denen er nichts anzufangen wusste. Er deutete zum Himmel. »Verstehe, sollte man immer dabeihaben …«

Sein Nachbar verzog das Gesicht und steckte das Gerät wieder ein. »Das Tückische an dieser verdammten Gota fría ist, dass die Wetterfritzen zwar davor warnen, du aber nie genau weißt, wann und wo sie zuschlägt.« Er schnippte mit den Fingern. »Zack, und sie ist da, und du bist gearscht, wenn du unterwegs bist. Da nützt die beste Technik nichts.«

Die Anbeterin der heiligen Bárbara mischte sich ein. »Hoffentlich wird es dieses Mal nicht so schlimm wie vor ein paar Jahren.« Sie bekreuzigte sich. »*Dios mío*, wenn ich an die Überschwemmungen und vor allem an die Todesopfer denke.«

Allgemeines Nicken in der Pavillonrunde und betretene Gesichter. Bis auf ein junges Paar, das aneinandergeklammert in der Ecke stand und verständnislos guckte. Er in kurzen Hosen, T-Shirt mit Hardrock-Café-Mallorca-Aufdruck und Baseballmütze, sie in einem sommerlichen Kleid, die Sonnenbrille auf den blonden Haaren nach hinten geschoben, am ganzen Leib zitternd.

Sicher Touristen, dachte Ribera. Damit war sein Interesse an den beiden erschöpft. Er musste an die Katastrophe denken, deren Erwähnung allgemeine Betroffenheit neben ihm ausgelöst hatte. Soweit er sich erinnerte, hatte sich das Unwetter im Jahr 2018 abgespielt und in einem Dorf im Osten der Insel mehr als zehn Todesopfer gefordert.

Verdammt schlechtes Timing für seine erste Joggingrunde.

Der Regen wurde allmählich schwächer. Die Autos setzten sich wieder in Bewegung, Wasser spritzte zu beiden Seiten, wenn sie durch die Seenlandschaft fuhren, in die sich die Straßen verwandelt hatten. Rinnsale flossen auf den Gehwegen. Eine junge Frau aus der Notgemeinschaft hob ihren Blouson über den Kopf und verließ im Laufschritt den Unterschlupf. Das Touristenpärchen folgte ihr. Ribera überlegte, ob er es ihnen gleichtun sollte, aber ein Geräusch seines Smartphones ließ ihn innehalten. Umständlich fingerte er das Gerät aus der schmalen Gürteltasche, die er um die Hüfte trug. Eine Whatsapp-Nachricht. Nur zwei Sätze: »Tut mir leid, er ist hinüber. War nichts mehr zu machen.«

Ribera stöhnte. »Joder, das hat gerade noch gefehlt.« Fragende Blicke seines Nachbarn und der älteren Dame, die mit ihm zusammen als Letzte unter der Markise verblieben waren. Er zuckte mit den Schultern, presste ein *»Hasta luego«* heraus und machte sich mit schnellen Schritten auf den Weg in seine Pension. Jetzt brauchte er erst einmal eine heiße Dusche. Danach Füße hochlegen und ein Bier – mindestens. Diesen Nackenschlag musste er erst einmal verdauen.

3

Palma, Gewerbegebiet Son Valentí. Was für ein Mist, dachte Ivan Peskow, als er den Schaden an dem Lkw betrachtete. Linker Scheinwerfer demoliert, rote Lackspuren auf der Fahrzeugseite. Zum Glück bestand die Frontpartie in diesem Bereich meist aus Plastikteilen, konnte also leicht ausgetauscht werden. Dennoch überkam ihn ein Anflug von Gewissensbissen. Vielleicht hätte er nicht einfach weiterfahren, sondern sich um die

Frau kümmern sollen. Aber es war alles so schnell gegangen. Er hatte zunächst nicht gesehen, was ihm in die Quere gekommen war. Zu sehr war er abgelenkt gewesen. Ein Anruf auf seinem Mobiltelefon, der ihn aufs Display hatte schauen lassen. Zu schnell dürfte er auch gewesen sein, sodass es ihn weit in dieser elenden Kurve hinausgetragen hatte. Dann dieser harte Aufprall. Im ersten Reflex hatte er zunächst gedacht, er habe eine Ziege gerammt. Kam schließlich immer wieder vor, dass die wild im Gebirge lebenden Tiere über die Straße liefen. Auch während der Fahrt hatte er welche am Straßenrand beobachtet. War ihm eh schleierhaft, warum die Mallorquiner die Viecher überall tolerierten und den Bestand nicht dezimierten. Als er jedoch nach dem Schreckmoment in die Eisen gestiegen war und in den Rückspiegel geschaut hatte, konnte er das ganze Malheur sehen. Wie in Trance und ohne zu überlegen, hatte er danach gehandelt, war ausgestiegen und hatte das Rad und den leblosen Körper in dem Gebüsch entsorgt wie Müll, den man achtlos wegwarf. Danach hatte er zugesehen, dass er so schnell wie möglich Land gewann. Zum Glück war er auf der Strecke zu dem Zeitpunkt ansonsten keiner Menschenseele begegnet. Keine Zeugen also, die ihn hineinreiten könnten.

Ob die Frau noch gelebt hatte? Kaum, er hatte schon genügend Tote gesehen, um das beurteilen zu können. Und selbst wenn: Er hatte keinerlei Lust auf Scherereien mit der spanischen Polizei. Ausländer von außerhalb der EU. Nur ein paar Brocken Spanisch. Dazu seine Vergangenheit, die mit ein paar Nachforschungen wahrscheinlich ans Tageslicht gekommen wäre und zu lästigen Nachfragen geführt hätte. Nicht zu vergessen der dubiose Hintergrund seines Auftrags. Zu riskant.

Peskow wanderte in der hohen Industriehalle herum, in der er das Fahrzeug abgestellt hatte. Jetzt galt es, so schnell wie möglich die Spuren des Unfalls zu beseitigen. Schließlich standen in den nächsten Tagen weitere Fahrten an. Dumm nur, dass Wochenende war. Da kam man weder an einen Mechaniker noch an Ersatzteile. Außerdem musste er erst noch einen anderen Job erledigen. Geräuschlos und ohne Aufsehen sollte der über die

Bühne gehen. Eine Spezialoperation, wie sein Auftraggeber es am Telefon ausgedrückt hatte. Ganz auf ihn zugeschnitten. Er hatte dabei zynisch gelacht. Peskow seufzte. Irgendwie holte ihn seine Vergangenheit immer wieder ein. Andererseits hatte es sich nach leicht verdientem Geld angehört. Und wirkliche Skrupel hatte er nicht. Dafür hatte er schon zu viel Übles erlebt, als dass ihn ein menschliches Schicksal noch berührt hätte.

Er ließ den beschädigten Lkw in der Halle stehen, schloss die Tür hinter sich ab und stieg in einen anthrazitfarbenen Range Rover Evoque, der draußen geparkt war. Aus dem Handschuhfach holte er seine Makarow PB, die er dort in ein Tuch eingewickelt deponiert hatte. Er betrachtete die Pistole mit dem braunen Griffstück, auf dem ein Stern abgebildet war, und wog sie in der Hand. Russische Wertarbeit, aus Stahl gefräst, ein Präzisionswerkzeug, geschaffen, um Menschen zu töten. Fühlte sich nach wie vor vertraut an. Wie eine Geliebte, die man nach längerer Zeit wieder besuchte. Gut, dass er sie damals mitgenommen hatte, als er nach Mallorca ausgewandert war. Er zog das Magazin der Waffe heraus und prüfte es. Geladen, acht Patronen, neun mal achtzehn Millimeter. Auf den Lauf schraubte er einen Schalldämpfer. Man konnte ja nie wissen. Dann legte er die Pistole wieder ins Handschuhfach, fuhr von Son Valentí aus auf die Autobahn Ma-1 und schlug den Weg nach Westen ein. Er musste sich beeilen, denn das Wetter verhieß nichts Gutes. Aber andererseits war genau das Teil des Plans.

4

Palma, Fischereihafen. Als David Ferrer am Montagmorgen gegen neun Uhr die Heckleine der »Tauron Blanc« vom Poller an der Mole löste, deutete kaum mehr etwas auf das tagelange Wüten der Natur hin. Blauer Himmel, durchsetzt von einigen Wolken, Sonnenschein, sanfte Brise, und auch die Temperaturen kletterten langsam wieder auf ein spätsommerliches Niveau.

David Ferrer kam es wie ein Spuk vor, dass die Insel noch vor Kurzem wie ein Cocktail durchgeschüttelt worden war. Und nun tuckerten er und sein Kollege José Mestre, der in der Kabine am Steuerrad stand, gemächlich mit ihrer gelb-roten Nussschale durchs Mittelmeer. Vorbei an den mondänen Segelyachten, die nebenan im Club Nautico dicht an dicht vor Anker lagen, als wäre es die Szenerie eines Wimmelbilds. Für David Ferrer ein gewohntes Szenario, dem er keine große Beachtung mehr schenkte, während er an der Reling des flachen Boots weilte. Seine Aufmerksamkeit galt der Wasseroberfläche, von der er nur wenige Zentimeter entfernt war. In der Hand hielt er einen Kescher an einer langen Holzstange, wie ihn Angler benutzten, um gefangene Fische aus dem Wasser zu hieven.

Am Ende des Hafenbeckens ging es vorbei an einer Fähre von Trasmediterranea und einem Frachtdampfer namens »Valle de Granada«. Wie ein Spielzeugmodell wirkte die kleine »Tauron Blanc« gegenüber den beiden Pötten. Eher ein Haifischchen als ein ausgewachsener »weißer Hai«, was der katalanische Name bedeutete. Und im Gegensatz zu dem berühmt-berüchtigten Räuber war die »Tauron Blanc« explizit dazu da, Müll zu schlucken, genauer gesagt all die zivilisatorischen Überreste, die täglich vor der Küste Mallorcas herumtrieben.

David Ferrer entdeckte etwas zu seiner Rechten. Handzeichen an José Mestre, der den Motor drosselte. Er lehnte sich ein Stück über die Reling und fischte mit dem Kescher eine Plastikflasche aus dem Hafenbecken heraus. Sie verschwand in einem Container, der wie ein nach außen gestülpter Magen auf dem Bug stand. Der erste Fang am heutigen Tag für das Müllboot.

Kurze Zeit später passierten sie die Hafenmole Dique del Oeste und schipperten auf das offene Meer hinaus. Die Fahrt ging nun quer durch die weitläufige Bucht von Palma. Vorbei an der alten Festungsanlage Sant Carles mit ihren imposanten Mauern, die sich direkt an den Hafen anschlossen. Vorbei an Marivent, dem Sommerpalast der spanischen Königsfamilie, der eingebettet in einen baumbestandenen Park auf einem weißen Felsen am westlichen Stadtrand von Palma thronte. Vorbei an Cala Major, Cala Nova und wie all die Badebuchten sonst noch hießen, die sich an der Südwestküste aneinanderreihten. Als hätte die Natur der Tourismusindustrie letzte Freiräume in diesem zugebauten Teil der Insel abgetrotzt. Immer wieder näherten sie sich den Uferzonen, soweit der Tiefgang des Boots es zuließ. Plastiktüten, Wasserflaschen, Kanister, kaputte Netze, Taue, kleinere Stücke Treibholz wanderten in den Container. In der Nähe des Luxushotels Maricel legten sie eine kurze Essenspause ein. Dann wendete José Mestre die »Tauron Blanc«. Zurück Richtung Osten: Portopí, Can Pere Antoni, Portixol.

Vor El Molinar zog David Ferrer einen weißen Plastikbeutel aus dem Wasser. Er wollte ihn schon zum restlichen Müll werfen, als er stutzte. Er drehte ihn herum und hielt ihn José entgegen. »Eine Milchtüte.«

José Mestre streckte den Kopf aus der Kabine und winkte ab. »Und? Was soll da Besonderes dran sein?«

»Na ja, die hat einen weiten Weg hinter sich. Stammt garantiert aus Nordafrika.«

»Wie kommst du darauf?«

Ferrer deutete auf die blaue Beschriftung. »Arabisch und Französisch. Könnte das Fundstück des Tages werden.«

»Kannst es dir ja einrahmen lassen, wenn es dir so gut gefällt, *hombre*.« Mestre lachte. »Bringen wir noch den Rest hinter uns.«

Er zog sich wieder in die Kabine zurück und steuerte das Müllboot Richtung S'Arenal, dem östlichen Ende ihrer täglichen Tour. In Höhe von Ciudad Jardín verlangsamten sie das Tempo. Am Ufer erstreckte sich der mehrere hundert Meter lange weiße Strand des Küstenstadtteils von Palma, der vor allem bei Einheimischen beliebt war. Nach dem unwirtlichen Intermezzo der Gota fría war auch hier das Leben zurückgekehrt. Zahlreiche Menschen flanierten auf der von Palmen und Tamarisken gesäumten Meerespromenade oder saßen in einem der Restaurants. Andere hatten es sich auf den Liegestühlen unter den runden braunen Strohdächern gemütlich gemacht, die wie Riesenpilze aus dem Sand zu wachsen schienen. Kinder tobten herum, im Meer herrschte reger Badebetrieb.

Durch seine Sonnenbrille beobachtete David Ferrer das bunte Treiben. Nur zu gut hätte er sich vorstellen können, am Strand herumzuliegen, ab und zu eine Runde in dem um diese Jahreszeit noch warmen Wasser zu drehen, vielleicht zwischendurch ein kühles Bier in der Strandbar zu genießen. Stattdessen kurvte er stundenlang mit einem Müllboot auf dem Meer herum und entsorgte die Hinterlassenschaften der Freizeitgesellschaft. Andererseits war er froh, dass er diese Beschäftigung gefunden hatte. Sie war relativ krisensicher, und nicht zuletzt empfand er es als eine sinnvolle Aufgabe, etwas für die Umwelt zu tun. Wer weiß, wie viel Abfall am Ende des Tages liegen blieb, vergessen oder gedankenlos weggeworfen, und anschließend im Meer landete.

Er konzentrierte sich wieder auf seine Aufgabe. Ah, da war wieder etwas, ein Gegenstand schwamm im Wasser. Undefinierbar aus der Entfernung. Er drehte den Kopf Richtung Bootskabine, krümmte Daumen und Zeigefinger, steckte sie in den Mund. Ein lauter Pfiff. José Mestre lehnte sich heraus, guckte fragend.

»Wieder 'ne afrikanische Milchtüte?«

»Kaum. Sieht nach etwas Größerem aus, vielleicht brauchen wir James Bond.« Ferrer meinte damit natürlich nicht den britischen Geheimagenten, sondern einen hydraulischen Metallgreifer an der Spitze des Boots. Wie eine überdimensionierte Zange ließ er sich per Knopfdruck öffnen, um Baumstämme oder auch mal einen größeren Tierkadaver zu bergen. Den Namen hatte Ferrer erfunden, weil ihn die Technik an einen alten Bond-Film erinnerte. Darin kaperte ein Verbrechersyndikat im All bemannte Raumkapseln der USA und der damals noch existierenden Sowjetunion mit einem Raumschiff, dessen Front sich ähnlich öffnete wie die der »Tauron Blanc«. »Du hast zu viel Phantasie«, hatte sein Kollege entgegnet, als er den Begriff erstmals verwendet hatte. Dennoch war er in ihren Sprachgebrauch übergegangen.

Das Boot näherte sich dem Objekt mit reduzierter Geschwindigkeit. Mit einem Surren gingen die beiden Greifarme auseinander. David Ferrer sah etwas Orangefarbenes im Wasser schwimmen. Dachte: Nein, das kann unmöglich ein Baumstamm sein. Er hatte ein Grummeln in der Bauchgegend. Ein ungutes Zeichen, dass irgendetwas nicht stimmte. Unsicher blickte er zu seinem Kollegen, hob die Arme und senkte die Schultern. Nur noch knapp zwei Meter. Die »Tauron Blanc« stoppte. Der erste Eindruck hatte nicht getrogen. Der vermeintliche Abfall war ein Mensch in einer orangefarbenen Schwimmweste. David Ferrer starrte entsetzt auf den leblosen Körper, der mit dem Gesicht nach unten sanft im Rhythmus der Wellen schaukelte. Wie die leeren Plastikflaschen, die er mit dem Kescher einfing.

José Mestre riss sich als Erster von dem Anblick los, griff zu seinem Mobiltelefon und rief die Zentrale an. »Wir haben eine Leiche aufgefischt, verständigt die Polizei!«

5

Palma, Stadtteil Arxiduc. Pau Ribera kam sich fast vor wie bei einem Gang zum Friedhof, als er gegen sechzehn Uhr vor einem sandfarbenen vierstöckigen Wohngebäude im Carrer de Julià Alvarez stand. Fehlten nur noch der schwarze Anzug und ein Blumenstrauß fürs Grab. Vielleicht etwas zu melodramatisch, dachte er. Aber ganz abwegig war die Assoziation auch nicht, galt es heute doch, Abschied von einem alten Vertrauten zu nehmen. Jedenfalls hatte er die Whatsapp-Nachricht so gedeutet, die ihn während der Gota fría erreicht hatte.

»Talleres Paco«. Gelbe Schrift auf schwarzem Untergrund. Zu lesen auf einem Schild über einem offenen hohen Rolltor. Der Eingang zur Autowerkstatt, bei der er Stammkunde war. Für ihn an diesem Tag wie die Pforte zur Finsternis, ein Höllenschlund. Dazu passten der Lärm, der aus dem Inneren drang, und der Geruch nach Öl und Abgasen. Er war mies drauf an diesem Tag. Wie das ganze Wochenende davor. Auch wenn Natividad Iglesias, die Wirtin der Pension »Costa Dorada«, vergeblich versucht hatte, ihn aus seinem Tief zu holen.

»Es ist doch nur ein Auto. Ein Stück Blech. Davon geht die Welt nicht unter. Dann kaufst du dir halt ein neues.«

Sie hatte gut reden. Natürlich hatte sie recht, sein alter Seat Ibiza war im Grunde genommen nichts Besonderes. Massenware. Veraltete Technik. Reparaturanfällig. Der einst glänzende gelbe Lack verblichen. Alles nebensächlich in seinen Augen. Knapp zwanzig Jahre hatte ihn der Wagen begleitet – prägende Jahre. Erinnerungen waren damit verbunden. Studium, Polizeiausbildung, Fahrten zu Konzerten und in den Urlaub, Knutschereien, Sex oder zumindest das, was das Sardinenbüchsenniveau seines Gefährts in dieser Richtung gestattete. Von einer Bekannten seines Großvaters Oriol hatte er ihn seinerzeit gekauft, einer älteren Dame, deren Mann gestorben war. Rund sechzigtausend Kilometer hatte er auf dem Tacho, hauptsächlich innerorts gefahren. Garagenwagen, gut gepflegt, alle Inspektionen gemacht. Ein Schnäppchen. Die ganzen Jahre hatte er kein Bedürfnis nach einem anderen Auto verspürt, obwohl ihn seine Frau oder besser seine baldige Ex-Frau immer wieder gedrängt hatte, etwas Modernes, Größeres, Schöneres, Vorzeigbareres zu kaufen anstelle der *chatarra*, der Schrottkarre, wie sie es ausgedrückt hatte. Er hatte keine Notwendigkeit dafür gesehen, solange es der Wagen tat. Und ein Auto als Statussymbol zu besitzen, hatte er nicht nötig. Auch wenn er sich manchen Spott von Freunden und Kollegen anhören musste. Dazu kam etwas Grundsätzliches, ein Wesenszug Riberas, den er schon in seiner Kindheit entwickelt hatte: Er war jemand, der sich nur schlecht von etwas trennen konnte. Von Menschen wie von Dingen. Auch wenn es sich um etwas so Profanes wie einen Seat Ibiza handelte, dessen Halbwertszeit erkennbar erschöpft war. Er schnaufte zweimal tief durch, gab sich einen Ruck und trat ein.

Die Werkstatt war ein langer Schlauch mit niedriger Decke, der sich durch das Gebäude zog wie die Gänge eines Höhlensystems. Vollgestopft mit Autos, was Ribera an das Gewimmel in einem Ameisenhaufen erinnerte. Hochbetrieb, eingetaucht in kaltes Neonlicht. Ein Kfz-Mechaniker war dabei, mit einem Schlagschrauber die Reifenmuttern eines silbernen Mercedes zu lösen. In Riberas Ohren klang es wie Schüsse aus einer Waffe. Nebenan montierte ein Kollege einen neuen Auspuff an einen Renault, der auf einer Hebebühne aufgebockt war. Ein Dritter hatte den Kopf unter die offene Motorhaube eines Audi gesteckt, während sein Gehilfe auf dem Fahrersitz das Gaspedal durchtrat.

»*Bon dia*, Pau.« Ein schlanker Typ mit halblanger Lockenpracht, Vollbart und Brille trat zu ihm. Wischte seine schwarz verschmierten Hände an einem Tuch ab. »Ich hatte dich schon erwartet.« Der Mann strahlte die Selbstsicherheit eines Menschen aus, der sich auf einer festen Spur durchs Leben bewegte wie ein Planet auf seiner Umlaufbahn um einen Stern. Für Paco Jimenez war dieses Zentralgestirn die Autowerkstatt, die er mit viel Herzblut über die Jahre aufgebaut und mit der er sich einen guten Ruf in der Kfz-Szene erarbeitet hatte. Auch für Ribera war der Betrieb ein Referenzpunkt, seit er auf Mallorca lebte. Dafür gab es eine ganze Reihe von Gründen: Allen voran schien es kein Problem zu geben, für das Paco keine Lösung fand – auch dort, wo andere erst gar nicht den Schraubschlüssel in die Hand nahmen. Das hatte ihm den Spitznamen *»el brujo«* eingebracht. Völlig zu Recht, wie Ribera meinte, denn ohne »den Hexer« Paco wäre sein Seat Ibiza garantiert schon längst auf dem Autofriedhof gelandet. Dazu lag die Werkstatt günstig zwischen seiner Pension und dem Kommissariat. Nicht zuletzt hatte ihr Verhältnis im Laufe der Monate über die üblichen geschäftlichen Benzingespräche hinaus freundschaftliche Züge angenommen.

Der Werkstattbesitzer kniff die Augen zusammen. »Du weißt, *amigo*, Paco wirft nicht so schnell die Flinte ins Korn. Aber dieses Mal war alles zu spät. Kolbenfresser.« Er strich sich über den Bart. »Höchststrafe für einen Motor. Oder, um es in eurer Sprache zu formulieren: Exitus.« Er malte mit dem Zeigefinger das Zeichen eines Kreuzes in die Luft. »Und nein, einen neuen reinzumachen lohnt sich nicht bei dem Alter und vor allem dem Gesamtzustand. Die Kiste ist ein Fass ohne Boden, *hombre*.«

Ribera guckte betreten zu Boden. Auch wenn es ihm in diesem Fall schwerfiel, der Wahrheit ins Gesicht zu sehen – Pacos Worte waren für ihn Naturgesetz. Sie hatten das letzte Fünkchen Hoffnung ausgeblasen, die er zuvor noch gehabt hatte.

Er holte tief Luft. »Na prima. Nach der Gota fría eine weitere kalte Dusche. Wie –«

Zu mehr kam er nicht. Sein Mobiltelefon würgte die Unterhaltung ab. Ein Anruf aus der Jefatura, stellte er fest, dem Hauptquartier der spanischen Nationalpolizei in Palma. Er stammte von Cristina Blum, einer jungen Kollegin, die zu seinem Team in der Mordkommission gehörte. Sie berichtete von einer Leiche am Fischereihafen von Palma und dass sie sich auf den Weg machen werde. Er bat sie darum, ihn vor der Werkstatt abzuholen. Mit einem finsteren Seitenblick auf Paco fügte er hinzu: »Noch ein Todesfall. Scheint heute mein Glückstag zu sein.« Schweigen am anderen Ende der Leitung.

Palma, Fischereihafen. Nach knapp einer Viertelstunde Fahrt standen Ribera und Blum vor dem hohen weißen Metallzaun, der das Gelände von der Außenwelt abschirmte. Eingezwängt zwischen dem Yachthafen Moll Vell und dem Sportboothafen des Club Nautico wirkte der Fischereihafen von Palma wie ein exotisches Überbleibsel des alten Mallorca. Eine Reminiszenz an die Zeit, als die Gewässer der Balearen noch nicht die Spielwiese von milliardenschweren Ölscheichs, profilierungssüchtigen Internetmillionären und zwielichtigen Oligarchen waren, die sich mit immer größeren Yachten gegenseitig zu übertrumpfen suchten.

Ribera und Blum passierten das offene Tor, wo sich ihnen ein Kontrastprogramm zur mondänen Welt der Reichen und Superreichen bot. In die Jahre gekommene Fischkutter dümpelten im Hafenbecken vor sich hin. Manche von ihnen waren mit Winden für Schleppnetze ausgestattet. Der Platz vor dem lang gestreckten terrakottafarbenen Gebäude der Fischbörse war zugemüllt mit einem Sammelsurium aus dicken Tauen, Stapeln von grünen und braunen Fangnetzen, Plastiktonnen, Aufbewahrungskisten und Europaletten. Keine hippe Location, an der gestyltes Partyvolk in Loungesesseln dem Sonnenuntergang entgegenchillte, sondern ein Ort, an dem eine nüchterne Arbeitsatmosphäre herrschte und der Geruch von Schiffsdiesel, Meer und Fisch in der Luft lag.

Schon von Weitem sahen Ribera und Blum die Menschentraube, die sich am Kai gebildet hatte. Aufgeregte Stimmen. Hälse reckten sich neugierig in Richtung eines kleinen rot-gelben Boots, das parallel zum Kai angelegt hatte. Als würde direkt vor Ort der Fang des Tages verkauft werden. Ribera und Blum waren inzwischen bis zur Fischereibörse Sa Llotja del Peix gelangt und versuchten, sich mühsam einen Weg durch die Menge zu bahnen.

Sie kamen aber nicht weit. Ein Polizeibeamter stellte sich ihnen breitbeinig in den Weg, stemmte die Arme in die Hüften und bellte in barschem Ton: »Ihr Pressefuzzis habt hier gerade noch gefehlt. Hier gibt's nichts für euch. Macht, dass ihr verschwindet!«

Ribera musterte den Mann. Noch jung, Mitte bis Ende zwanzig, schätzte er, muskulös, Tattoos auf den Armen. Der nassforschen Art nach am Anfang der Karriere. Auf der dunkelblauen Uniform las er die Aufschrift »Policía Portuaria«. Hafenpolizei. Es war das erste Mal, dass er mit der Abteilung zu tun hatte. Er wollte schon zu einem »Wie kommen Sie darauf, dass …?« ansetzen, als Blum den kleinen Schreibblock in ihren Händen hob, in dem sie sich bei Ermittlungen Notizen zu machen pflegte. Statt einer Erklärung zückte Ribera seinen Dienstausweis und ging wort- und grußlos an dem nun stammelnden Kollegen vorbei.

Am Rand der Kaimauer machte er zwei Männer aus, die mit einem weiteren Beamten der Hafenpolizei sprachen. Auffällig an ihnen war, dass sie einheitliche marineblaue Polohemden trugen. Darauf zu lesen: »Govern Illes Balears«. Aufgeregt deuteten sie mehrmals wahlweise auf das Boot oder aufs Meer hinaus. Offenbar Angestellte der Balearen-Regierung, schlussfolgerte Ribera.

Er sparte sich sämtliche Höflichkeitsfloskeln und grätschte rüde in die Unterhaltung hinein. »Chefinspektor Pau Ribera von der Policía Nacional, und das ist meine Kollegin Cristina Blum.« Drei Köpfe wendeten sich ihnen zu. »Uns wurde berichtet, dass hier eine Leiche sein soll.«

Der jüngere der beiden Polohemdträger wies stumm auf den Bug des Boots. Ribera und Blum traten ein Stück vor an den Rand der Mauer. Knapp dreißig Zentimeter unterhalb von ihnen sahen sie einen leblosen Körper zwischen den beiden mächtigen Metallarmen liegen. Der Tote hatte die Augen geschlossen, sein Antlitz wirkte friedlich, als würde er schlafen. Der Anblick löste bei Ribera einen Gefühlscocktail aus Entsetzen und Faszination aus. Nicht, dass es die erste Wasserleiche in seiner langen Polizeikarriere gewesen wäre. Schließlich war auch in seiner alten Heimat Lleida der eine oder andere Tote aus dem Río Segre gezogen worden, der durch die Stadt in Katalonien floss. Aber dieser Fall wirkte anders. Allein optisch. Die Szenerie erinnerte Ribera an eine überdimensionierte Fischkonserve, von der der Deckel abgezogen worden war. Er spann den Gedanken weiter. Eine Angewohnheit, die er seit Langem kultivierte, auch um verstörende Situationen wie diese nicht zu nahe an sich herankommen zu lassen. Vielleicht, so seine Überlegung, sähe es so aus, wenn der Mensch kein Spitzenprädator wäre, sondern ganz unten in der Nahrungskette stünde und von überlegenen Wesen in Dosen verpackt würde. Ihn schauderte bei der Vorstellung.

»Kennt jemand den Toten?« Cristina Blum ließ mit ihrer Frage Riberas Kopfkino jäh abreißen.

Betretenes Schweigen. »Das ist Toni.« Ein kräftiger Mann mit Dreitagebart trat aus der Gruppe am Kai hervor.

»Und wie noch?«

»Toni Castro.«

Der Mann, der sich als Joan Pastor vorstellte, erzählte, dass Castro wie er seit vielen Jahren Hobbyfischer gewesen und oft mit seinem Llaüt rausgefahren sei. Gerade jetzt im September sei die Fangsaison für Raor. »Auf den ist Toni ganz scharf.« Pastor presste nach der letzten Bemerkung die Lippen zusammen und schwieg dann peinlich berührt von seinem Fauxpas.

Einer der beiden Hafenpolizisten unterbrach die Stille, die eingetreten war. »Der arme Kerl ist wahrscheinlich beim Fischen von der Gota fría überrascht worden und über Bord gegangen. Oder sein Boot ist gekentert. Das hat ganz schön gepustet. Selbst in den Häfen sind einige Boote beschädigt worden.«

Ein paar der Umstehenden nickten bestätigend.

Von einem Fisch namens Raor hatte Ribera zwar noch nie gehört, dafür sagte ihm der Begriff »Llaüt« etwas. Rechtsmediziner Pep Bosch, mit dem er befreundet war, besaß selbst eines dieser klassischen mallorquinischen Holzboote. Er erinnerte sich an eine gemeinsame Ausfahrt und daran, wie er dabei festgestellt hatte, dass er nicht fürs Meer geboren war. Noch Monate danach hatte ihn Bosch damit aufgezogen, dass er bei der Schaukelei seekrank geworden war.

»Liegt die Llaüt von Castro hier im Hafen?«

Pastor schüttelte den Kopf. »Hier nicht, aber in der Cala Gamba. Ist nicht weit. Kann ich euch zeigen. Ich war ein paarmal mit Toni dort. Haben an Bord seiner ›Pilar‹ ein paar Bierchen gezischt.« Er schluckte. »Ist gar nicht so lange her, dass wir zusammengesessen haben.«

Ribera schaute auf seine Uhr. »Wo bleibt eigentlich die Rechtsmedizin? Ist die überhaupt verständigt?«

Blum nickte bestätigend. Danach gab Ribera den Hafenpolizisten Anweisung, die Zone rund um den Kai abzusperren. Blum sollte noch einmal die beiden Männer vom Müllboot nach Details befragen.

Er selbst machte sich mit Pastor auf den Weg zur Cala Gamba. Ihm kam seine kürzliche unselige Joggingrunde in den Sinn. Skeptischer Blick zum Himmel. Keine bedrohlichen Wolken zu sehen. Noch etwas anderes beschäftigte ihn. Ob der Tote im Müllboot wirklich ein Opfer der Gota fría war? Gut möglich. Andererseits konnte er sich nicht vorstellen, dass ein erfahrener Fischer, auch wenn er das Fischen nur als Hobby betrieb, die

Vorzeichen eines Unwetters nicht mitbekam, geschweige denn die Warnungen des Wetterdienstes missachtete und dann nicht schnell den nächsten Hafen ansteuerte oder überhaupt auslief.

6

Palma, Stadtteil El Camp d'en Serralta. Quique Montoyas Laune war im Keller. Eigentlich den ganzen Nachmittag schon, nachdem ihm seine Kollegin die Geschichte mit der Leiche im Hafen vor der Nase weggeschnappt hatte. Und das nur, weil er zu dem Zeitpunkt, als die Nachricht eintrudelte, auf einen Sprung in der Bar gegenüber der Jefatura gewesen war. Danach hatte er nur noch im Büro herumgesessen und sich bei öder Schreibtischarbeit gelangweilt. Nun wollte er wenigstens etwas früher in den Feierabend gehen, um einmal rechtzeitig zur Probe seiner Band zu kommen, als das Telefon klingelte. Wenige Minuten später knallte er wütend den Hörer auf die Gabel und fluchte laut vor sich hin. Und das so vernehmbar, dass die Sekretärin der Mordkommission aus dem Sekretariat auf der gegenüberliegenden Seite des Flurs herüberkam, um nach dem Rechten zu sehen.

Mit sorgenvoller Miene stand Penelope Roca nun im Türrahmen des Büros, das sich Quique mit seiner Kollegin Cristina Blum teilte. »Ist was passiert?«

Quique winkte genervt ab. »*Disculpa*, Penelope. Nur ein lästiger Anruf. Irgendeine Verkehrstote, die in der Pampa im Gebüsch gefunden wurde. Und wer darf wieder mal hinfahren, nur um festzustellen, dass es sich um einen normalen Verkehrsunfall handelt? Dreimal darfst du raten. Wer zieht überhaupt immer die Arschkarte in dieser Abteilung?« Er klopfte mit einem Kugelschreiber auf die Schreibtischoberfläche. »Das kann doch alles kein Zufall sein.« Er blickte zum Fenster hinaus Richtung Himmel. »Man könnte fast glauben, dass mich irgendwer da oben auf dem Kieker hat und mich triggert.«

Er lehnte sich im Stuhl zurück und betrachtete die Frau mit

den kurzen dunklen Haaren, die durchsetzt waren mit gebleichten Strähnen. Er erwartete irgendeine Art der Bestätigung ihrerseits. Stattdessen zeichnete sich auf ihrem Gesicht ein süffisantes Grinsen ab.

»Hey, Roca, ich weiß, was du denkst. Das ist nur wieder einer dieser Ausraster des verrückten Quique. Genauso schnell vorbei, wie er gekommen ist.« Er hob die Hand, formte mit den Fingern einen Schnabel und klappte sie wieder auseinander. »Puff, verdampft wie ein mallorquinischer Regen im Sommer.« Plötzlich fiel ihm etwas ein. »Hattest du eigentlich Urlaub? Kann mich nicht erinnern, dich in den letzten Tagen hier gesehen zu haben.«

Dieses Mal war es Roca, die abwinkte. »Kaum der Rede wert. Ich war nur drei Wochen weg.« Sie machte Anstalten, zu gehen, drehte sich aber noch einmal um und schoss eine kleine Spitze ab. »Na dann, viel Spaß in der Pampa. Und bring mir was Schönes mit!«

Quique quittierte es mit säuerlicher Miene, schickte ihr einen Stinkefinger hinterher, den Roca aber nicht mehr wahrnahm, weil sie ihm bereits den Rücken zugekehrt hatte. Er schnappte sich seinen Helm und machte sich auf ins mallorquinische Hinterland.

Auf dem Motorrad schlug er den Weg nach Nordwesten ein. Hinaus aus Palma, Secar de la Real, Establiments, über die Landstraße Ma-1040 bis nach Esporles. Weiter auf die Ma-1100 ein Stück Richtung Tramuntana-Gebirge. Quique war ein routinierter Motorradfahrer, kannte sich zudem als Einheimischer auf der Insel aus und kam auf der rund zwanzig Kilometer langen Strecke zügig voran.

Okay, das lag auch an seinem heutigen Fahrstil. Das Herumfrotzeln mit Penelope Roca hatte seine Bierkutscherlaune nur kurzfristig verdrängt. Kurz nachdem er sich aufs Motorrad geschwungen hatte, war sie zurückgekehrt, nun versuchte er, das durch schnelles Fahren zu kompensieren. Es war aber nicht allein der Einsatz, der ihn herunterzog. Etwas anderes, Grundsätzlicheres nagte an ihm. Und das schon seit Längerem. Der heutige Tag war nur der berühmte Tropfen, der das Fass zum Überlaufen brachte. Nicht zum ersten Mal in den vergangenen Monaten fühlte er sich in der Abteilung wie das fünfte Rad am Wagen. Und er glaubte, auch den Grund dafür zu kennen: Seine Kollegin Cristina Blum hatte ihn überholt, hatte ihn in der Rangordnung ausgestochen. Und das, obwohl sie jünger und kürzer dabei war als er. Das war nicht von heute auf morgen geschehen, sondern ein schleichender Prozess. Dessen Folgen machten sich vor allem darin bemerkbar, dass Blum immer häufiger die sensibleren Aufträge in der Mordkommission bekam, während er der Mann fürs Grobe war, für die Drecksjobs, wie er es empfand, die sonst keiner übernehmen wollte. Eine Art Dauer-Sidekick des Teams. Okay, er musste sich eingestehen, sie war unbestritten ehrgeiziger, karrierebewusster, organisierter als er, hatte auch dank ihrer Sprachkenntnisse Vorteile auf einer multinationalen Insel wie Mallorca. Er hingegen war jemand, der mit dem Status quo bisher mehr oder weniger zufrieden gewesen war, der improvisierte, dabei oft irgendeinen Glücksjoker aus dem Ärmel zog, weil er …

»Joder!« Er musste so abrupt abbremsen, dass das Hinterrad des Motorrads ein Stück ausbrach, bevor er zum Stehen kam.

Das Herz schlug ihm bis zum Hals. Uff, Quique, du hirnverbrannter Idiot, dachte er, um ein Haar hättest du dich selbst für deine Verhältnisse verdammt schräg von diesem Planeten verabschiedet. Genauer gesagt wäre er fast in einen Leichenwagen gerast, der in einer Kurve am Straßenrand geparkt hatte. »Empresa Funeraria Municipal«, las er auf der Heckscheibe eines silbergrauen Tesla. Er brach in Lachen aus. »Wahnsinn, per E-Mobilität in die ewigen Jagdgründe transportiert.« In Gedanken malte er sich aus, wie wohl der Nachruf auf ihn ausgesehen hätte. Zumindest in diesem Punkt hätte Cristina Blum ihm nicht das Wasser reichen können.

Plötzlich schreckte er zusammen, weil ein Polizist vor ihm aufgetaucht war und ihn argwöhnisch musterte. Er wuchtete das Motorrad auf den Ständer und nahm den Helm ab.

Im Gesicht des Polizisten blitzte Erkennen auf. »Sieh an,

Señor Montoya gibt uns die Ehre. Und sogar mit rustikalem Auftritt.« Offenbar hatte er den Beinahe-Unfall mitbekommen. Er hob die Arme und hielt die Hände in kurzem Abstand parallel zueinander nach vorn. »Das war knapp.«

Nun erkannte auch Quique sein Gegenüber. Ein Kollege der Lokalpolizei, den er bereits bei einem früheren Einsatz getroffen hatte. Er zuckte nur mit den Schultern und machte eine Kopfbewegung in Richtung der Fahrzeuge, die sich an der unübersichtlichen Stelle ballten. »Ganz schöner Auflauf wegen einer Unfalltoten.«

Neben dem Leichenwagen und der Lokalpolizei waren die Guardia Civil, ein gelb-roter Wagen des öffentlichen Rettungsdienstes SAMU und ein Notarzt vor Ort. Womöglich hatte er sich ja getäuscht und die Sache war doch wichtiger als angenommen, überlegte er, während sie ein Stück bergauf gingen. Vielleicht bot sich die Chance, zu beweisen, dass er, der als Chaot verschriene Quique, durchaus zu seriöser, strukturierter Polizeiarbeit fähig war. Doch der Anblick, der sich ihm kurz darauf im Straßengraben zwischen einer Pinie und halbhohem dichtem Gestrüpp bot, ließ seine persönlichen Probleme null und nichtig erscheinen und ihm das Blut in den Adern gefrieren.

7

Cala Gamba. Der Club Nautico Cala Gamba lag am Rand des Küstenvororts Coll d'en Rabassa, nur wenige Autominuten östlich des Hafens von Palma. Was Größe und Atmosphäre betraf, hätten die Unterschiede zwischen den beiden Anlagen jedoch kaum größer sein können. Im Gegensatz zu seinem Pendant in der Balearen-Metropole war die Cala Gamba eine überschaubare Welt. Wesentlich intimer, volkstümlicher, weniger mondänes Flair, weniger Schickimicki. Auch wenn dort ebenfalls die eine oder andere Yacht ankerte, die für Riberas finanzielle Möglichkeiten etwa so weit entfernt war wie sein verblichener

Seat Ibiza von einem Lamborghini. Nur einmal pro Jahr rückte die Schiffsanlegestelle in den Fokus der Aufmerksamkeit. Verantwortlich dafür waren drei Promis, die regelmäßig in der Cala Gamba aufschlugen und für einen medialen Ansturm und enormen Menschenauflauf sorgten. Keine aktuellen Stars und Sternchen des Showbusiness, sondern die Heiligen Drei Könige, die am Abend des 5. Januar per Schiff landeten. Standesgemäß für eine Insel, auf der am 6. Januar wie im restlichen Land der Höhepunkt der spanischen Weihnacht gefeiert wurde.

Pastor wartete neben einem zweistöckigen weißen Gebäude, das den Eingang zum Areal des Club Nautico bildete, schon auf Ribera. Er war hier offenbar kein Unbekannter.

»Hola, Joan, auch wieder mal hier?«, grüßte ihn ein Mann in kurzen Hosen und T-Shirt, der gerade dabei war, einen Lieferwagen zu entladen.

»Wir wollen zum Boot von Toni, weißt du, ob es da ist?«

»Keine Ahnung. Den habe ich schon ein paar Tage nicht mehr gesehen. Du kennst ja seinen Platz.«

Sie marschierten zu einer der drei Anlegestellen, an denen die Boote wie weiße Zähne aneinandergereiht im Wasser lagen. Am heutigen Tag war das Gebiss unvollständig.

»Da müsste die ›Pilar‹ sein.« Pastor wies auf eine klaffende Lücke zwischen zwei kleineren Booten. Sie sprang Ribera geradezu an.

Sein Begleiter war indessen kreidebleich geworden. Als hätte der Tod seines Freundes mit dem Fehlen des Boots nachträglich eine zusätzliche, nun auch offizielle Bestätigung erfahren. Er schüttelte den Kopf, als würde er das Geschehen erst jetzt richtig begreifen.

Ein Moment des Schweigens trat ein, begleitet vom klackenden Geräusch der Stahlseile, die gegen die Masten der Segelboote schlugen. Plötzlich ein Dröhnen am Himmel. Die beiden Männer blickten nach oben. Ein Passagierflugzeug flog über sie hinweg aufs offene Meer hinaus, fast zum Greifen nah. Von unten sah es aus wie der Bauch eines riesigen Wals, dachte Ribera. Nur dass der statt Krill, seiner üblichen Nahrung, Touristen geschluckt hatte, die in ihre Heimat zurückbefördert wurden. Das Spektakel war nicht neu für ihn. Der Flughafen Son Sant Joan lag um die Ecke, die Cala Gamba befand sich in der Abflugschneise. Er kannte die Gegend durch seine Freundin Núria Oliver, die in Coll d'en Rabassa wohnte. Des Öfteren waren sie abends oder am Wochenende an den Strand gegangen. Und manchmal waren sie auf dem schmalen, geschwungenen Pfad flaniert, der direkt an der Küste entlang zu einem karstigen Felsplateau oberhalb der Cala Gamba führte. Von dort aus hatten sie die Aussicht auf die weitläufige Bucht von Palma und das Tramuntana-Gebirge im Westen genossen.

Ribera wendete sich wieder Pastor zu, der sich durch die Ablenkung von oben gefangen zu haben schien. »Wie kommt es, dass Toni Castro sein Schiff hier hatte, wohnt er in der Nähe?«

»In Can Pastilla.« Pastor deutete in Richtung des östlichen Viertels von Palma. »Er hat dort ein kleines Haus zusammen mit seiner Frau. Ich war nur ein Mal bei ihm zu Hause, ansonsten haben wir uns immer im Hafen oder irgendwo draußen beim Fischen getroffen.«

»Wie gut kannten Sie ihn?«

Pastor kratzte sich den Dreitagebart und verzog das Gesicht. »Ich sag mal so: Wir haben uns ganz gut verstanden, wenn es ums Fischen ging. So ein Hobby verbindet halt. Aber kennen, ich weiß nicht. Toni war nicht gerade der einfachste Mensch, war mein Eindruck.«

»Inwiefern?«

»Na ja.« Pastor zögerte, schien um Worte zu ringen. »Radikaler Umweltschützer halt. Verstehen Sie mich nicht falsch. Ich bin auch für Umweltschutz, aber manche von diesen Ökos können verdammt nervig sein. Toni besonders. Hat für irgend so ein mallorquinisches Forschungsinstitut gearbeitet und bei allen möglichen Leuten verschissen. Aber am besten, Sie fragen jemanden von der Organisation. Denen ist er auch ganz schön auf den Sack gegangen, habe ich mal gehört.«

Ein weiteres Flugzeug donnerte über sie hinweg. Ribera blickte ihm kurz nach, bis es eine Schleife zog und Richtung

Norden weiterflog. »Halten Sie es für möglich, dass er trotz der Gota fría hinausgefahren ist?«

Pastor scharrte mit dem Fuß auf dem Boden. »Na ja, Tonis Motto war immer: Je schlechter das Wetter, desto mehr Fische am Haken. Aber ganz ehrlich, ich würde nicht rausfahren, wenn eine Gota fría angekündigt ist. Zu riskant, auch wenn du trotz Unwetterwarnungen oft nicht hundertprozentig weißt, wo und wann sie zuschlägt. Und Toni mag eigen und stur gewesen sein, aber lebensmüde war er nicht.«

Ribera runzelte die Stirn. »Wir werden sehen. Halten Sie sich zur Verfügung, falls wir weitere Fragen haben.«

Er notierte die Telefonnummer, bevor er sich verabschiedete. Auf dem Weg nach draußen gingen ihm mehrere Gedanken durch den Kopf. Was, wenn Pastor recht hatte mit seiner Einschätzung? Andererseits konnte der sich täuschen und Castro ein Opfer seiner Leichtsinnigkeit geworden sein. Erfahrung war keine hundertprozentige Garantie gegen persönliche Tragödien.

Er horchte in sich hinein, wie er das oft tat, um ein Gespür für einen Fall zu bekommen. Und das hatte ihn in der Vergangenheit selten getrogen. Nichts, Stille. Bis auf eine leise, skeptische Stimme tief in seinem Inneren, die ihm zugleich sagte, dass er schlechthin zu wenig wusste – von Castro, von den Umständen seines Todes, überhaupt von allem. Er wählte die Nummer der Küstenwache und veranlasste, dass die Kollegen die Bucht von Palma nach dem Boot von Castro absuchten.

Palma, Fischereihafen. Als Ribera gegen neunzehn Uhr wieder im Fischereihafen ankam, hatte sich die Menschenmenge aufgelöst, und der Bereich um das Müllboot war weiträumig mit Flatterband abgetrennt. Dahinter sah er einen untersetzten Mann in einem weißen Ganzkörperschutzanzug, der über einen länglichen schwarzen Plastiksack gebeugt war und den Reißverschluss zuzog. Per Handzeichen signalisierte er einem weißen Transporter, der vor der Fischbörse parkte, dass der Leichnam abtransportiert werden konnte. Das Fahrzeug näherte sich langsam rückwärtsfahrend.

»Nimmst du dir ein bisschen Arbeit mit nach Hause für den Fall, dass dir die Decke auf den Kopf fällt?«

Rechtsmediziner Pep Bosch erhob sich schwerfällig und schob die Kapuze vom Kopf. »Ich werde langsam zu alt für diese Arbeit.« Musternder Blick aus einem braun-grünen Augenpaar unter einem Stoppelhaarschnitt. »Sieh an, der Chefinspektor höchstpersönlich. Ich habe mich schon gefragt, wo du dich herumtreibst. Kommt schließlich nicht alle Tage vor, dass ein Müllboot einen solchen Fund macht.«

Das Absperrband wurde entfernt, der Transporter hielt kurz vor ihnen an.

»Im Gegensatz zu dir habe ich aber ein richtiges Zuhause und langweile mich nicht in einer muffigen Pension.«

Nach dem üblichen Frotzeln zwischen ihnen kam Ribera zur Sache. »Kannst du schon etwas über die Todesursache sagen?«

Bosch stemmte die Arme in die Hüften und verfolgte, wie zwei Männer den Plastiksack auf eine Bahre legten und in den Transporter luden. Er wendete sich wieder Ribera zu. »Wie lange bist du nun bei dem Verein, *tío*? Dafür ist es noch zu früh. Das solltest du inzwischen wissen. Vor allem bei einer Wasserleiche. Nur so viel: Zum jetzigen Zeitpunkt kann ich selbstverständlich nichts ausschließen. Das heißt: auch kein Fremdverschulden.« Er tippte sich an den Hinterkopf. »Der Tote hat da eine Wunde am Kopf.«

»Von einem Schlag?«

»Möglich, kann natürlich auch von einem Sturz herrühren. Müssen wir uns näher anschauen. Hörte, dass der Mann in einem Boot unterwegs war. Denkbar, dass er auf eine Kante gefallen ist, als der Kahn heftig schaukelte. Hat ja ordentlich gewütet die letzten Tage. Ansonsten deutet bisher vieles auf Ertrinken hin, auch wenn ich keinen Schaumpilz finden konnte.«

»Ein Pilz auf dem Wasser?«

Bosch gab ein Stöhnen von sich. »Was bringt man euch auf der Polizeischule eigentlich bei, *compadre*? Das ist kein Pilz im eigentlichen Sinn, sondern Schleim, der mit Luft durchmischt wird. Bildet sich, wenn Wasser in die Atemwege gelangt, als eine Reaktion darauf, dass etwas Fremdes eindringt. Ergo: Der Betreffende ist zu dem Zeitpunkt weder tot noch bewusstlos. Sieht 'n bisschen aus wie Rasierschaum. Aber langer Rede kurzer Sinn: Ertrunkene haben in der frühen Phase nach dem Ertrinken nicht selten diesen Schaumpilz an Mund und Nase. Und bevor du fragst: ›Früh‹ bedeutet nach ein bis maximal drei Tagen. Dieses sogenannte äußere Ertrinkungszeichen fehlt hier. Von daher, *compadre*, werde ich einen Teufel tun, mich festzulegen. Andererseits gibt es keine Druckstellen an den Handgelenken. Die wären ein Indiz dafür, dass er gefesselt wurde, bevor man ihn im Meer entsorgt hat. Was jedoch nicht ausschließt, dass ihn jemand ins Wasser gestoßen hat. Eure Aufgabe, die Wahrheit herauszufinden.«

Ribera legte die Stirn in Falten. »Ertrinken? Blöd gefragt: Wie kann das sein, er hatte doch eine Rettungsweste an?«

»Ganz simpel. Sprühwasser. Oder auch fliegendes Wasser genannt. Schon mal davon gehört?«

»Nein, da muss ich passen.«

»Okay, die Kurzversion für Süßwassermatrosen wie dich: Wenn ein Sturm die Gischt so hochpeitscht, nützt auch eine einfache Schwimmweste nichts mehr. Das ist wie Waterboarding. Und je stärker der Wind, desto höher spritzt das Wasser. Passiert öfters. Deshalb sollte man bei Sturm Gewässer meiden. Ich halte es jedenfalls so.« Er packte seinen schwarzen Rechtsmedizinerkoffer zusammen, den er bei Einsätzen immer mit sich führte. »Alles Weitere in ein paar Tagen. Ach ja, eines fällt mir noch ein: Ich habe bei der Leiche kein Mobiltelefon gefunden. Äußerst seltsam, wenn man auf dem Meer unterwegs ist, würde mir an eurer Stelle zu denken geben. *Hasta luego.*«

Ribera blickte ihm hinterher, wie er um die Ecke der Fischbörse verschwand. Leises, schnaubendes Lachen. Ein typischer Pep Bosch, dachte er über den Auftritt des Rechtsmediziners. Aber er kam damit gut klar. Mehr als das. Er schätzte diese knorrige Direktheit, die sich wohltuend von der Unverbindlichkeit und der zur Schau gestellten Smartheit abhob, die er zunehmend um sich herum wahrnahm. Auch bei der Polizei.

Und was Bosch betraf, wusste er genau, dass er zwar für manche sperrig sein mochte, ihm fachlich aber kaum jemand das Wasser reichen konnte. Wenn jemand etwas herausfinden würde, dann Bosch. Gleichzeitig war er nicht der Typ, der sich mit dem Verharren in Warteschleifen begnügte.

Wo aber den Hebel bei dieser Geschichte ansetzen? Bei Castros Frau, klar. Und sonst? Ribera spürte ein leichtes Frösteln. Leichter Wind war aufgekommen. Die Dämmerung hatte sich über die Hafeninstallationen gesenkt. In seiner Versunkenheit hatte er nicht bemerkt, dass es Abend geworden und er fast allein auf weiter Flur war.

Nur ein älterer Mann befand sich außer ihm noch auf dem Gelände. Einen Schlüsselbund in der Hand schwenkend und das linke Bein nachziehend, schlurfte er auf ihn zu. »Ich würde gern das Eingangstor abschließen, *caballero*. Unsereins will auch mal nach Hause.« Er rieb sich das Bein. »Könnte außerdem noch Regen geben. Meine Narbe macht mir wieder zu schaffen.«

Auf dem Weg nach draußen kam Ribera das Gespräch mit seinem Nachbarn am Pavillon-Unterschlupf bei der Gota fría in den Sinn. Was hatte der noch gesagt? Das Tückische an der Gota fría sei, dass man nie genau wisse, wo sie zuschlägt. Er musste sich dringend mit einem Wetterexperten darüber unterhalten, ob das auch dieses Mal der Fall gewesen war.

8

Palma, Arxiduc. Er konnte es drehen und wenden, wie er wollte: Die Zahlen wurden nicht besser. Die Einnahmen deckten gerade mal eben die laufenden Betriebskosten. Und das bereits seit Monaten. Wären da nicht noch seine Rücklagen, müsste er den Laden dichtmachen. Ignacio Zafra gab ein leises Stöhnen von sich, als er seinen Zeigefinger wie ein Fallbeil auf die Computermaus fallen ließ und die Buchhaltungsdatei auf seinem Laptop schloss. Er griff zu dem rot-weißen Päckchen »Fortuna«, das auf dem Schreibtisch lag, zog eine Zigarette heraus und zündete sie an. Leises Knistern war zu hören, als der Tabak Feuer fing. Genüsslich sog er den Rauch tief in seine Lungen, während er durch das große Fenster seines Büros schaute.

Draußen auf der Straße rollte der morgendliche Berufsverkehr aus dem Umland nach Palma hinein. Seit zwei Jahren hatte er zwei Räume im ersten Obergeschoss eines mehrstöckigen Hauses für seine Detektei »IPP – Investigaciones Privadas Palma de Mallorca« angemietet. Im Prinzip günstig gelegen, ein Stück nördlich des Zentrums im Viertel Arxiduc, auch nicht die unattraktivste Ecke der Stadt. Von daher gut erreichbar für etwaige Klienten. Dennoch lief das Geschäft mehr schlecht als recht. Die Aufträge waren übersichtlich, die Art wiederholte sich. Meist Observationen von angeblich fremdgehenden Ehemännern und Ehefrauen. Stumpfsinnige Krümelkacke. Dazwischen mal eine Überwachung am Arbeitsplatz, um klauende Mitarbeiter zu überführen, oder eine Ermittlung wegen Spesenbetrugs. Dabei konnte er noch froh sein, überhaupt an Engagements heranzukommen. Zu viel lästige Konkurrenz. Mehrere Detekteien kämpften darum, ein möglichst großes Stück vom Kuchen abzubekommen. Und der war in den letzten Krisenjahren nicht eben größer geworden, im Gegensatz zur Anzahl an Kollegen. Nein, er hatte sich das Dasein als Privatermittler leichter vorgestellt, als er vor ein paar Jahren seine letzte feste Stelle verloren hatte und nach einem kurzen Abstecher bei einer Sicherheitsfirma in die Branche eingestiegen war.

Wieder ein Zug an der Zigarette, die langsam herunterbrannte. Er erinnerte sich noch genau daran, wie es dazu gekommen war. Ein Bekannter hatte ihn seinerzeit in einer Bar gebeten, seine Frau zu beschatten. Eine heimliche Affäre, das Übliche halt. Aus Neugierde hatte er eingewilligt, war erfolgreich gewesen und hatte Blut geleckt. Leicht verdientes Geld für wenig Arbeit, hatte er gedacht. Dazu die Vorstellung: einsamer Wolf in der Großstadt, nichts und niemandem verpflichtet, das Klischee zahlreicher Kriminalromane. Mittlerweile wusste er es besser. Hangelte sich von Job zu Job, eine Beschattungsmaschine, die im Privatleben anderer herumschnüffelte. Arbeiten zu unregelmäßigen Zeiten, seine Beziehung war darüber zerbrochen. Wie ihn das anödete.

Die Zigarette hatte fast den Rand des Filters erreicht. Er drückte sie im Aschenbecher aus. *»Puta madre.«* Schon fünf Kippen, obwohl es erst Vormittag war. Nicht mitgezählt die Zigarette zu Hause nach dem Aufstehen und die in einer Bar, in der er auf dem Weg ins Büro einen Koffein-Zwischenstopp eingelegt hatte. Es musste sich etwas ändern in seinem Leben. Vielleicht bot der neue Fall eine Chance für eine Wende. Zunächst schien es wie ein Nullachtfünfzehn-Ding: Frau verdächtigt Mann der notorischen Untreue. Will Genaueres wissen, heuert Privatdetektiv an. Der Verdacht entpuppte sich als begründet, der liebe Gatte hatte tatsächlich eine Affäre. Aber beim Bespitzeln hatte Ignacio Zafra noch etwas anderes entdeckt, was nichts mit außerehelichem Sex zu tun hatte. Etwas Brisantes, von größerer Tragweite. Etwas, was einige Leute auf Mallorca in Schwierigkeiten bringen würde, käme es ans Tageslicht.

Er hatte niemandem davon erzählt, auch weil er es zunächst selbst nicht glauben mochte und nicht wusste, wie er damit umgehen sollte. Nur eines war ihm klar: Es sah aus wie eine goldene Gans, die er schröpfen konnte, wenn er es geschickt anstellte. Aber was, wenn die Gans keine Lust hatte, sich schröpfen zu lassen? Er zündete sich eine weitere Zigarette an und sinnierte darüber. Trau dich, du elender Feigling, was soll dir schon passieren, sagte er sich.

Er zog noch einmal an der Zigarette und blies den Rauch aus. Die Versuchung war einfach zu groß, er würde es riskieren.

9

Palma, El Camp d'en Serralta. Nach der langen Sommerpause kehrte auf Mallorca wie in ganz Spanien langsam wieder die Alltagsnormalität ein. »Operación Retorno« nannten sich diese

Tage der Rückkehr, in denen die Menschen von den Stränden in die Städte und Dörfer zurückströmten, auf den Straßen Ausnahmezustand herrschte und sich Behörden, Schulen, Kindergärten, Universitäten und Betriebe bevölkerten. Das galt auch für die Jefatura Superior de Policía de Illes Balears. Analog zum Rest des Landes hatte die über zwei Monate lange spanische Hauptferienzeit im Hauptquartier der Nationalpolizei in Palma ihre Spuren hinterlassen. Die Personaldecke war ausgedünnt, manche Abteilungen liefen zeitweise nur mit Notbesetzung – fast schien es, als hätte jemand in dem klobigen Gebäude am Rand der Altstadt das Leben heruntergeregelt. Fehlte nur noch ein Schild an der Eingangstür mit dem Hinweis »Wegen Betriebsferien geschlossen«, wie es bei den Geschäften gängige Praxis war.

Im Gegensatz zu vielen Kollegen hatte Pau Ribera den Sommer bis auf wenige freie Tage durchgearbeitet. Abgesehen von der pappigen Hitze, die Mallorca im Juli und August stets im Griff hatte, mit Temperaturen bis an die vierzig Grad und darüber, konnte er dieser Periode durchaus etwas Positives abgewinnen. Vor allem, weil manch lästiger Kollege nicht im Haus war und er in Ruhe schalten und walten konnte, ohne dass ihm jemand dreinredete.

Dennoch war er fast erleichtert, als er an diesem Morgen gegen neun Uhr das Kommissariat im Carrer de Simó Ballester betrat und bekannte Gesichter wahrnahm, die in den letzten Wochen gefehlt hatten. Er nannte es das Letzte-Mohikaner-Syndrom, eine Art Endzeitstimmung, die sich bei ihm jedes Mal einstellte, wenn sich ein ansonsten belebter Ort entvölkerte. Auch in der Mordkommission in der dritten Etage hatten sich die lückenhaften Reihen nun wieder gefüllt, stellte Ribera fest, als er zu seinem Büro trottete, das sich am Ende eines langen, schmalen Flurs befand. An einer offenen Tür stutzte er und blieb stehen. »Ich hatte schon gedacht, wir müssten eine Stellenanzeige für eine Nachfolgerin aufgeben«, sprach er eine Frau in einem ärmellosen roten Kleid an.

Penelope Roca blickte von der Tastatur ihres PCs auf, auf der sie gerade etwas getippt hatte. »So was nennt man Urlaub.

Ihr habt mich doch nicht etwa vermisst?« Sie winkte ab. »Aber wahrscheinlich hattet ihr nur Angst, dass der Laden hier zusammenbricht, wenn ich mir so anschaue, was gerade los ist. Man könnte fast meinen, die Kriminellen wären selbst in der Sommerfrische gewesen.«

Ribera bewunderte wieder einmal die selbstbewusste Art der Abteilungssekretärin. Das hatte sie von Anfang an ausgezeichnet, seit sie vor knapp einem Jahr als Mutterschaftsvertretung angefangen hatte. Wie sie sich auch generell als große Hilfe erwiesen hatte. Insgeheim hoffte er, dass sie der Mordkommission dauerhaft erhalten bleiben würde.

»Im Augenblick wissen wir noch gar nicht, ob überhaupt ein Verbrechen vorliegt«, sagte er. »Ach ja, kannst du mir einen Termin mit dem Wetterdienst in Palma machen?«

»Geht in Ordnung. Und was ist mit dem zweiten Fall?«

»Welcher zweite Fall?«

»Na ja, die Geschichte mit der Toten, wegen der Quique –«

Der Satz blieb unvollendet, da Quique dazustieß und sie jäh unterbrach. »Genau darüber sollten wir reden«, wandte er sich an Ribera.

Zehn Minuten später saßen er, Ribera und Cristina Blum in dem kleinen Besprechungsraum der Mordkommission und brachten sich gegenseitig auf den aktuellen Stand.

Quique berichtete, was über die Tote bekannt war. »Eine Deutsche namens Charlotte Zemp, sechsunddreißig, hatte ihre Papiere und ihr Handy in einem Rucksack bei sich. Machte Radurlaub zusammen mit Freunden. War allein unterwegs, die anderen hatten am Vortag gefeiert und waren am nächsten Tag völlig verkatert. Deshalb ist ihr Verschwinden auch zunächst niemandem aufgefallen. Erst als sie am Abend immer noch nicht erschienen war, wurden die panisch und schalteten die Lokalpolizei ein. Die hat aber lediglich ein paar Alibi-Nachforschungen in der Umgebung des Hotels in Can Pastilla angestellt, wo sie abgestiegen war. So 'n Schuppen, der auf Radtouristen spezialisiert ist. Hat natürlich nichts gebracht. Haben sich nicht gerade ein Bein ausgerissen, die Kollegen.«

»Wer hat sie gefunden? Und wann?«, fragte Blum.

»Ein anderer Radfahrer, der in der Gegend unterwegs war und an der Stelle pinkeln wollte. Das war nach der Gota fría. Stand danach unter Schock. Kann ich gut verstehen.« Quique verzog das Gesicht. »Muss, dem Zustand der Leiche und des Rads nach zu urteilen, ein heftiger Zusammenstoß gewesen sein. *Hombre*, wirklich kein schöner Anblick, das kann ich euch sagen. Das Tragische ist: Am nächsten Tag sollte es zurückgehen nach Deutschland. Außerdem wollte sie wohl in ein paar Monaten heiraten. Da ist vieles zusammengekommen.«

»Wie meinst du das?«, fragte Ribera.

»Na ja, ein Kollege der Lokalpolizei von Esporles hat mir erzählt, dass es sich um einen berüchtigten Unfallschwerpunkt handelt. Zum einen wegen dieser Kurve und der Vegetation, die sie unübersichtlich macht.« Er streckte die Hand aus und drehte sie etwas, sodass die Kante schräg nach unten zeigte. »Dazu kommt, dass die Fahrbahn an der Stelle nicht eben ist, sondern eine Querneigung hat, das heißt, sie fällt nach unten ab.« Quique blickte triumphierend in die Runde. »Ich dachte, ich klugscheiße auch mal etwas herum, und habe mich informiert. Im Straßenbau macht man das manchmal, damit das Regenwasser besser wegfließt. In der Regel ist das jedoch wie bei einem Dach, sodass beide Seiten leicht abfallen. Bei dieser Straße aber ist das nur einseitig. Wahrscheinlich wurde beim Bau gepfuscht. Das führt jedenfalls dazu, so hat man es mir erklärt, dass die Autos, die vom Tramuntana-Gebirge kommend Richtung Tal fahren, oft ein Stück nach links aus der Kurve herausgetragen werden. Je schneller sie fahren, desto stärker ist das der Fall. Deswegen kracht es dort immer wieder, weil entgegenkommende Fahrzeuge nicht damit rechnen. Gut möglich, dass das auch bei der Radfahrerin passiert ist. Die hat sich die Route übrigens extra per Google Maps herausgesucht. Auf ihrem Handy war noch der Streckenverlauf verzeichnet.«

»Klingt alles eher nach fahrlässiger Tötung mit Fahrerflucht als nach Mord«, sagte Ribera.

Blum nickte bestätigend.

Ribera rutschte von der Tischkante herunter, auf der er wie üblich bei Besprechungen gesessen hatte. »Dürfte unserem verehrten Polizeichef dennoch nicht gefallen, die Insel lebt von ihrem Ruf als Rad-Destination. Und wir wissen alle, wie sehr er darauf erpicht ist, dass das Image sauber bleibt wie die weißen Hemden, die er trägt.«

Unisono-Grinsen bei Quique und Blum.

»Von daher kann ich mir vorstellen, dass er Wert auf schnellstmögliche und diskrete Aufklärung legt.« Ribera warf Quique einen Blick zu. »Bleib an der Sache dran. Frag mal in den Kfz-Werkstätten herum, ob jemand mit einem beschädigten Fahrzeug aufgetaucht ist. So ein Zusammenstoß muss Spuren hinterlassen haben.«

Quique ließ die Lippen flattern, was wie das Schnauben eines Pferdes klang. Seine typische Reaktion, wenn er von etwas nicht überzeugt war. »*Dios mío*, das ist wie 'ne Stecknadel im Heuhaufen suchen bei der Anzahl von Werkstätten, die es auf Mallorca gibt.«

»Irgendwo müssen wir ansetzen«, sagte Ribera. »Oder hat jemand einen besseren Vorschlag?«

»Apropos Spuren. Hat die Spurensicherung den Unfallort untersucht?« Blum schaute von ihrem Tablet auf, auf dem sie kurz vorher noch herumgetippt hatte. »Vielleicht gibt es ja Lackspuren. Ich bin kein Unfallexperte, habe aber gerade etwas recherchiert und einen interessanten Aufsatz eines Kriminologen gefunden. Ich fasse mal zusammen.« Sie beugte sich über den tragbaren Computer. »Jedes Fahrzeug lässt sich anhand von winzigen Lacksplittern ermitteln.« Kurze Pause. Sie bewegte den Zeigefinger auf dem Bildschirm und nuschelte vor sich hin. Der Zeigefinger stoppte. »Der Lack jedes Fahrzeugs hat eine andere Beschaffenheit.« Erneute Pause und suchende Fingerbewegung. Nächster Stopp. »Experten können einen spektroskopischen Fingerabdruck für die meisten Modelle erstellen. Den geben sie in eine spezielle Datenbank ein. In rund neunzig Prozent der Fälle lassen sich Hersteller, Modell und meist sogar Baujahr des Fahrzeugs ermitteln. Ende.« Sie stockte, der Finger bewegte sich ein Stück weiter auf der Tablet-Oberfläche. »Nicht ganz, bis auf eine Kleinigkeit: Danach sei es nur eine Frage der Zeit, bis Fahnder vor Ort das Fahrzeug ermitteln, heißt es in dem Text.«

Einige Sekunden Schweigen im Raum. Quique atmete tief ein, blies die Backen auf und ließ die Luft geräuschvoll heraus. »Fragt sich nur, ob bei der Gota fría nicht sämtliche Spuren weggespült wurden. Aber meinetwegen, hetzen wir Pujol und seine Spusi-Chicos raus. *Puta madre*, die werden sich bedanken.« Gemünzt war das auf Jaume Pujol, den Chef der Spurensicherung.

Ribera schaltete sich ein. »Einen Versuch ist es allemal wert. Und damit dir nicht langweilig wird, kannst du parallel dazu ...« – er kramte in der Tasche seines Sakkos, zog eine Visitenkarte heraus und reichte sie Quique – »... hier mal anrufen. Meine Stammwerkstatt. Paco kennt Gott und die Welt in der Autoszene.«

Seufzen. Quique warf Blum einen fragenden Blick zu. Die hob nur die Augenbrauen.

Ribera wechselte das Thema, berichtete von seinem Besuch in Cala Gamba und dem verschwundenen Boot. Er fasste sich an den Hinterkopf und rieb sich den Nacken. »Mysteriöse Geschichte mit einigen Fragezeichen.« Kurze Pause. »Dennoch ...« Er ließ das Adverb für einen Sekundenbruchteil stehen, blickte sich um, als schwebte es durch das Besprechungszimmer. Ein Stakkato von Wortfetzen und Sätzen folgte. »Erfahrener Fischer. Kennt das Meer und seine Tücken. Fährt mit dem Boot raus. Trotz Unwetterwarnung. Will mir nicht so recht einleuchten. Andererseits ...« Wieder so ein relativierendes Adverb. Quique und Blum kannten diese für Ribera typische Dialektik des Abwägens von Für und Wider. »Auch dem Erfahrensten unterlaufen mal Fehler.«

Erneute Wortmeldung von Blum. »Zum Beispiel diesem Unterwasserdokumentarfilmer, der vor ein paar Jahren beim Tauchen vor der Westküste Mallorcas ums Leben gekommen ist. Ein Mann mit viel Routine, hieß es seinerzeit. Trotzdem ist ihm unterwegs die Atemluft ausgegangen, weil er sich verschätzt hatte.«

Ribera und Quique schauten Blum angesichts der Details, die sie wie schon bei anderen Gelegenheiten aus dem Ärmel geschüttelt hatte, verblüfft an. Als hätte sie eine Datei in ihrem Gedächtnis gespeichert, auf die sie jederzeit zurückgreifen konnte.

»Was ist? Die Geschichte hat mich interessiert, weil ich mal einen Tauchkurs gemacht habe.«

Ribera setzte sich wieder auf die Tischkante, trommelte mit den Fingern auf der Oberfläche, um dann von dem Gespräch mit Pastor im Hafen von Cala Gamba zu berichten. »Wir sollten auf jeden Fall Castros Frau befragen. Cristina, kümmere du dich darum und finde heraus …«

»… wo sie wohnt«, führte Blum den Satz zu Ende. »Bereits erledigt. Dachte ich mir schon im Fischereihafen, dass wir das nähere Umfeld des Toten unter die Lupe nehmen sollten. Ich habe daher schon mal die Adresse gecheckt – Castro und seine Frau haben ein Haus in Can Pastilla.«

Quiques anschließendes genervtes Augenrollen und das Klopfen an der Tür geschahen im selben Augenblick, und zwar so synchron, als hätte es in irgendeinem Drehbuch gestanden. Penelope Rocas Kopf erschien im Spalt. »*Perdón*, Anruf von der Küstenwache. Sie haben ein zerschelltes Boot in der Nähe der Cala Gamba entdeckt, sagte der Kollege. Er hat eine Ortsbeschreibung durchgegeben, falls jemand von uns dazustoßen möchte.«

Ciudad Jardín. Von dem Boot war nicht mehr allzu viel übrig geblieben, stellte Ribera fest, als er am Mirador des Penyal eintraf. Nach dem Anruf in der Jefatura hatte er beschlossen, an die Küste zu fahren, um sich selbst ein Bild zu machen. Der Aussichtspunkt lag zwischen dem Strand von Ciudad Jardín und der Cala Gamba. Eigentlich handelte es sich lediglich um eine größere Ausbuchtung am Radweg, der in Richtung der Touristenhochburg S'Arenal mäanderte. Ein pittoresker Uferabschnitt, gesäumt von schroffen Felsen, die im Kontrast standen zu den flachen und eher eintönigen Sandstränden, die ansonsten typisch waren für die Playa de Palma. Mehrere Schaulustige hatten sich versammelt, um zu sehen, was unterhalb der Promenade vor sich ging. Ribera beugte sich über die niedrige Mauer und sah ein Wrack, das – vollgelaufen mit Wasser – zwischen zwei großen Steinen eingeklemmt war. Holzteile lagen verstreut herum. Sie gaben eine Ahnung davon, dass die Natur auch anders konnte als an diesem Tag, an dem ein blauer Himmel und sanfter Wellengang Berechenbarkeit und Beherrschbarkeit vorgaukelten. Ihm war sowieso schleierhaft, was die Leute daran reizte, sich mit einem wackeligen und sehr überschaubaren Fortbewegungsmittel diesem unberechenbaren Element auszuliefern. Was hatten sie davon? Rechts Wellen, links Wellen, vorne Wellen, hinten Wellen. Und darüber den Himmel.

Er nahm ein rotes Schlauchboot der Küstenwache wahr, das vielleicht hundert Meter vom Ufer entfernt auf dem Wasser schaukelte. Die beiden Uniformierten an Bord beobachteten, wie ein Taucher im Neoprenanzug das Wrack untersuchte. Offenbar hatte der genug gesehen, denn er streckte den Daumen nach oben.

»Sicher wieder eines dieser Flüchtlingsboote«, hörte Ribera eine männliche Stimme neben sich sagen. Er drehte den Kopf und bemerkte ein älteres Ehepaar, das sich zu den Schaulustigen gesellt hatte. Der männliche Teil trug einen Strohhut und hatte die Arme vor der Brust verschränkt. »Das werden immer mehr. Erst die Kanaren, und jetzt kommen die zu uns. Elende Menschenschlepper. Wenn das so weitergeht, ist Afrika irgendwann leer.«

Seine Frau schlug ihm leicht auf den Arm. »Sei nicht so hartherzig, Ramón. Das sind schließlich auch Menschen.« Sie bekreuzigte sich. »Hoffentlich waren da keine Kinder an Bord.«

Er winkte ab. »Ach was. Wahrscheinlich haben sie es ans Ufer geschafft und sich längst verdrückt und sind bei Landsleuten untergetaucht.«

Ganz von der Hand zu weisen war das nicht, dachte Ribera, der mit halbem Ohr zugehört hatte. Die Sache mit den *pateras*, wie die Flüchtlingsboote in Spanien genannt wurden, hatte er natürlich mitbekommen. Etliche waren in den letzten Monaten an der Südküste Mallorcas oder an der vorgelagerten Insel Cabrera gelandet. Gut möglich also, dass das nichts mit dem Toten vom Fischereihafen zu tun hatte. Zumal er auch den Bootstyp von seinem Standpunkt aus nicht erkennen konnte. War auch nicht nötig.

Er wählte die Nummer des Kollegen von der Küstenwache, der in der Jefatura angerufen hatte. »Wisst ihr schon Näheres zu dem Wrack?«

»Ihr habt's aber verdammt eilig«, antwortete der im vertrauten Kollegen-Du. »Du bist nicht von der Insel, was? Aber du hast Glück, die Außendienstkollegen haben sich gerade gemeldet. Ich hab's mir notiert. Moment, wo hab ich's gleich?« Kurze Pause. Rascheln am anderen Ende der Leitung.

Das ältere Ehepaar neben Ribera hatte das Telefonat offenbar mitbekommen. Zwei neugierige Augenpaare waren auf ihn gerichtet, als er auf die Antwort wartete.

»Ah, da ist es. War nicht mehr viel übrig von der Nussschale, meinten die Kollegen, aber der Name war noch erkennbar – ›Pilar‹.«

Ribera starrte auf den Ozean hinaus. Da war die Bestätigung, mit der er gerechnet hatte. Es sah immer mehr danach aus, als wäre Castro wirklich hinausgefahren. Trotz Unwetterwarnung. Aber auch wenn sich die Anzeichen verdichteten, dass kein Fremdverschulden vorlag, hatte sich bei ihm der Samen eines Zweifels eingenistet. Genau betrachtet war es eine innere Stimme, die ihn davor warnte, zu viel auf den äußeren Schein zu geben, und die ihn antrieb weiterzuermitteln. Nicht das erste Mal. Auch früher hatte er des Öfteren Fälle weiterverfolgt, die andere längst abgehakt hatten. Das war geradezu Teil seiner DNA. Manchmal hatte sich seine Hartnäckigkeit ausgezahlt. Das hatte ihm eine gewisse Achtung eingebracht, aber auch den Ruf eines sturen, schrägen Kauzes. Sein Mobiltelefon klingelte.

»Sie ist zu Hause«, hörte er Cristina Blum sagen. »Treffen wir uns in Can Pastilla.«

Als er sich auf den Weg machen wollte, bemerkte Ribera, dass das ältere Ehepaar immer noch mit neugierigem Gesichtsausdruck neben ihm stand. »Sie haben es nicht ans Ufer geschafft«, rief er ihnen zu. »Und es waren keine Flüchtlinge.«

Can Pastilla. Der Carrer Àncora war eine schmale Straße im rückwärtigen Teil von Can Pastilla, wo der vor den Toren Palmas gelegene Stadtteil langsam in das Niemandsland zwischen der Autobahn de Levant und dem Flughafen Son Sant Joan überging. Ribera parkte den Dienstwagen vor einem niedrigen beigefarbenen Gebäude, das halb verdeckt hinter einer weißen Mauer lag. Klingeln, ein Summton ertönte, die rote Metalltür ließ sich aufdrücken.

Die eigentliche Haustür stand offen, Ribera trat ein und hörte die Stimme von Cristina Blum aus einem Raum rechts des Eingangs. Sie sprach mit einer Frau mit blonden Haaren, die zu einem Pferdeschwanz zusammengebunden waren. Zusammengekauert saß sie auf einer Couchgarnitur, die Beine zusammengepresst, der Blick glasig leer, die Augen gerötet, darunter dicke Ringe, in den Händen ein zerknülltes Taschentuch. Anzeichen des Weinens. Blum hatte ihren Schreibblock und einen Kugelschreiber in der Hand, die aufgeschlagene Seite noch jungfräulich leer. Sie schien dankbar zu sein, dass Ribera dazugestoßen war. »Señora Martínez, das ist mein Kollege von der Mordkommission.«

»Mord…kommission?«, stammelte die Frau verwirrt. »Warum Mord? Ich dachte, es handelt sich um einen Unfall. Das hat mir jedenfalls Joan gesagt.«

Ribera machte eine beschwichtigende Handbewegung. »Sie meinen Señor Pastor, nehme ich an.«

Sie nickte und schien sich etwas zu beruhigen.

»Wir ermitteln noch in alle Richtungen. In solchen Fällen müssen wir die Möglichkeit eines Selbstmords oder eines Unfalls ausschließen. Dafür brauchen wir Ihre Hilfe.«

Die Frau fingerte eine Zigarette aus einem silbernen Etui, das auf dem Couchtisch vor ihr lag. Ihre Hände zitterten beim

Anzünden. »Entschuldigen Sie, ich habe nach der Nachricht vom Tod meines Mannes wieder damit angefangen. Eigentlich war ich davon weg. Wollen Sie auch eine?«

Ribera lehnte ab. Gleichzeitig hatte er das unbestimmte Gefühl, dass er diese Frau kannte. Er konnte aber nicht sagen, woher. Nach einem kurzen Augenblick ließ er den Gedanken wieder fallen und kam zum Thema. »Wir fragen uns, warum Ihr Mann hinausgefahren ist, obwohl ein Unwetter angesagt war. Haben Sie dafür eine Erklärung?«

Sie zuckte mit den Achseln. »Auf keinen Fall weil er sich umbringen wollte. Dafür war Toni nicht der Typ, auch wenn er in mancherlei Hinsicht anders war als andere.«

»Wie meinen Sie das?«

»Er hat sich wenig um Regeln geschert und sich mit Gott und der Welt angelegt. Vielleicht auch mit dem da oben.« Sie deutete durch die Scheibe des Wohnzimmerfensters nach draußen. »Ich weiß es nicht. Mit seiner Fischerei hatte ich nichts zu tun. Das war sein Hobby. Ich hab's nicht so mit dem Meer, mir wird schlecht auf Booten.«

Das kannte Ribera von sich selbst nur zu gut. Wieder dieser Déjà-vu-Schub, dass er der Frau schon einmal begegnet war. Das Klingeln seines Mobiltelefons verhinderte, dass er sich weiter damit beschäftigte. Er blickte aufs Display. *»Disculpe.«* Er drehte sich um und nahm den Anruf entgegen. Nach wenigen Sekunden wandte er sich wieder den beiden Frauen zu und hörte, wie Blum eine Frage stellte.

»Und mit wem hat er sich angelegt?«

»Die Frage sollte eher lauten: Mit wem nicht?« Die Frau sog hektisch an der Zigarette. Dabei klemmte sie die Kippe zwischen Ring- und Mittelfinger, was beim Rauchen so aussah, als würde sie die Hand vor den Mund schlagen. Eine spezielle Haltung, die Ribera ebenfalls bekannt vorkam. Merkwürdig.

Castro sei bei einem meeresbiologischen Institut in Esporles beschäftigt gewesen, erzählte sie. In den letzten Jahren habe er aber meistens von zu Hause aus gearbeitet. Sein Spezialgebiet sei die Posidonia oceanica gewesen, das Neptungras vor Mallorca.

Ihm habe es aber nicht genügt, nur zu forschen, er habe aktiv etwas für ihren Schutz tun wollen und sei deshalb dem GOB beigetreten, einer Umweltschutzorganisation. Immer wieder sei es zu Auseinandersetzungen gekommen: mit dem Seglerverband, den Stadtwerken von Palma, sogar der balearischen Umweltbehörde.

Ribera hatte sich auf einen Sessel gesetzt und aufmerksam zugehört. »Um was ging es dabei genau?«

»Er hat mir nicht immer alles erzählt. Soweit ich es mitbekommen habe, im Grunde genommen immer um das Gleiche: Toni hat ihnen vorgeworfen, entweder die Posidonia zu schädigen oder nicht genug für deren Schutz zu unternehmen. Er wurde im Laufe der Zeit immer radikaler, hat sich kaum mehr um etwas anderes gekümmert. ›Conxi‹, hat er einmal zu mir gesagt, ›die mache ich alle fertig.‹«

Bei Ribera fiel plötzlich der Groschen. »Conxita? Conxita Martínez?«

Sie riss die Augen auf, schien wie vom Schlag getroffen. »Pau Ribera?«

Blums Blick wanderte verwirrt zwischen den beiden hin und her.

Ribera schlug sich an die Stirn. »Dass wir uns unter diesen Umständen … Ich fass es nicht.« Kurzer Moment der Stille im Raum, bis sich Ribera an Blum wandte. »Wir kennen uns von früher aus meiner alten Heimatstadt Lleida, haben uns aber jahrelang nicht gesehen.« Zu Conxita Martínez meinte er: »Wir sollten das ein andermal vertiefen. Dürften wir einmal einen Blick in sein Arbeitszimmer werfen?«

»Natürlich.« Sie zeigte ihnen den Weg zum rückwärtigen Teil des Hauses und blieb dann an der Tür stehen. »Ich habe nichts verändert.« Sie schniefte und zog sich zurück.

Ribera und Blum schauten sich um. Ein winziges Zimmer, gerade groß genug für einen Schreibtisch am Fenster mit Blick in den Garten, ein Regal und ein Zweisitzer-Sofa. An der Wand ein Poster mit dem Slogan *»Salvem la posidònia«*, darunter das Motiv einer Seegraswiese mit Fischen und Hinweise zum Schutz.

Ein anderes Poster informierte auf Spanisch, Katalanisch und Englisch über den ökologischen Nutzen des Neptungrases.

Blum blieb davor stehen. »Die kenne ich noch aus meiner GOB-Zeit. Wurden vor allem in Schulen und Jugendzentren verteilt.«

»Wusste ich ja gar nicht, dass du mal Umweltschützerin warst«, sagte Ribera, während er gerahmte Fotos an der Wand studierte. Sie zeigten meist Gruppenaufnahmen von Castro zusammen mit mehreren männlichen und weiblichen Begleitern auf einem Schlauchboot im Meer. Mal mit, mal ohne Neoprenanzüge. Wahrscheinlich irgendwelche GOB-Aktionen, vermutete er. Mehrere Bilder drehten sich ums Angeln. Castro und Joan Pastor, der Typ aus dem Fischereihafen, auf einem Boot. Castro, wie er stolz seinen Fang in die Kamera hielt. Schließlich noch ein Gruppenbild: Castro zwischen zwei Männern, Angelruten in den Händen, Fischerhüte auf dem Kopf. Einer wirkte wie ein Spanier, der andere wie ein Ausländer, groß, hellhäutig. Eine Karte der Balearen-Inseln zog ihn in den Bann. Auf ihr waren zahlreiche Posidonia-Standorte eingezeichnet. Im Falle von Mallorca waren mehrere Stellen mit roten Kreuzen markiert: Alcúdia, die Bucht von Palma, Santa Ponça, Pollença, Cabrera.

Der Schreibtisch bot auf den ersten Blick nichts Auffälliges. PC-Monitor, Tastatur, Drucker, Schreibutensilien.

»Den PC sollen unsere IT-Forensiker untersuchen«, sagte er zu Blum.

Die hatte einen Ordner aus dem Regal gezogen und blätterte darin herum. Sie rümpfte die Nase. »Nur wissenschaftliches Zeug.« Sie stutzte. »Das heißt – nicht ganz.« Zwischen den Papieren lag ein brauner DIN-A5-Umschlag. Sie öffnete ihn und fischte mehrere Fotos heraus. Leiser Pfiff durch die Zähne. »Manchmal hat es Vorteile, wenn jemand oldschool ist. Das musst du dir ansehen.«

Sie breitete die Abzüge auf dem Schreibtisch aus und beugte sich mit Ribera darüber. Die Motive wiederholten sich: eine attraktive Frau mit halblangen dunkelbraunen Haaren, Alter etwa Anfang bis Mitte vierzig.

»Castros Frau ist das auf jeden Fall nicht«, sagte Blum. »Was meinst du, sollen wir Señora Martínez dazu befragen?«

Ribera wackelte unschlüssig mit dem Kopf. In ihm kämpfte der Polizist gegen den Privatmenschen. »Erst einmal mitnehmen. Wir klären das später.«

Sie gingen zurück ins Wohnzimmer, wo Conxita Martínez rauchend am Fenster stand. Die dunklen Schatten unter ihren Augen waren noch dunkler geworden. Ribera erschrak über ihr Aussehen. Allzu viel konnte er dieser Frau heute nicht mehr zumuten. Die Fotos aus dem Büro zählten dazu.

»Wir sind fürs Erste fertig. Es werden noch Kollegen kommen, die den Computer auf mögliche Hinweise untersuchen. Eines würde mich aber noch interessieren: Wann hast du deinen Mann zuletzt gesehen?«

Die Antwort erfolgte prompt. »Das war am Tag dieses kürzlichen Unwetters.« Sie überlegte. »Es muss der 16. September gewesen sein. An die Uhrzeit erinnere ich mich nicht genau. Irgendwann vormittags, vielleicht zehn Uhr. Toni hat ja in den letzten Jahren meistens von zu Hause aus gearbeitet. Er sagte nur, er müsse weg, hat aber nicht gesagt, weshalb und wohin. Das war nichts Ungewöhnliches. Gerade in letzter Zeit ist er sehr oft fischen gewesen, weil im Moment Saison für Raor ist. Hinter dem war Toni her wie der Teufel. Ständig hat er Fische mit nach Hause gebracht. Das Eisfach ist voll davon. Manche hat er auch an Restaurants verkauft. Das ist eine Delikatesse auf Mallorca.« Sie machte ein angeekeltes Gesicht. »Ich kann ihn nicht mehr sehen. Aber deshalb habe ich mir zunächst auch keine Gedanken gemacht.«

Blum stellte das Mitschreiben ein. »Und warum haben Sie nichts unternommen, als er nicht wieder aufgetaucht ist – zum Beispiel im Hafen von Cala Gamba nachgefragt oder eine Vermisstenanzeige aufgegeben?«

Conxita Martínez schlug die Hände vors Gesicht. Sie schluchzte, ihr Körper zitterte. Ribera und Blum schauten sich ratlos an.

Nach etwa einer Minute hatte sich Martínez wieder gefangen

und wischte mit dem Taschentuch die Tränen weg. »Unsere Ehe lief seit einiger Zeit nicht mehr besonders. Wir hatten uns voneinander entfremdet, gifteten uns oft nur noch an, haben selten vernünftig miteinander geredet. Ich glaube auch, dass er eine andere hatte, traute mich aber nicht, ihn zur Rede zu stellen, weil ich Angst vor der Wahrheit hatte.«

Blum warf Ribera einen fragenden Blick zu und malte mit den Zeigefingern das Format eines Fotos nach. Er schüttelte unmerklich den Kopf. Martínez sagte nichts mehr.

Ribera holte eine Visitenkarte aus der Tasche, kritzelte etwas darauf und überreichte sie der Frau. »Da ist meine Privatnummer, ruf mich an, wenn dir noch etwas einfällt.« Er wollte sich schon zum Gehen aufmachen, als er innehielt und den Zeigefinger hob. »Das heißt, eine Frage hätte ich noch: Dein Mann hat sich offenbar Feinde gemacht. Hältst du es für möglich, dass jemand Interesse an seinem Tod hatte?«

Sie zündete eine weitere Zigarette an, nahm einen tiefen Zug, blies den Rauch langsam aus, während sie durchs Fenster nach draußen schaute. Ein kleiner Garten mit einem Orangenbaum schloss sich an das Haus an. »Ehrlich gesagt hatte ich zu wenig mit diesen Dingen zu tun«, antwortete sie nach kurzem Überlegen. »Und in letzter Zeit noch weniger als sonst. Auf jeden Fall ist Toni einigen Leuten heftig auf die Füße getreten. Die Stadtwerke von Palma wollte er sogar verklagen, wurde aber vom GOB zurückgepfiffen. *Dios mío*, Pau, wo leben wir denn? Das ist immer noch Spanien und nicht etwa Brasilien, wo Umweltschützer von irgendwelchen kriminellen Banden umgebracht werden, weil sie deren Kreise stören.«

Wieder draußen auf der Straße sagten Ribera und Blum zunächst kein Wort. Gedanken jagten durch Riberas Kopf wie die grauen Wolken, die am Himmel aufgezogen waren. Er fühlte sich von der unerwarteten Begegnung schlichtweg überfahren. Nie im Leben hätte er damit gerechnet, dass mir nichts, dir nichts ein Stück Vergangenheit in sein aktuelles Leben schwappen würde. Das musste er erst einmal sacken lassen. Er zog sein Mobiltelefon aus der Tasche und tippte darauf herum. »Neunzigprozentige Regenwahrscheinlichkeit. Sagt mir zumindest meine neue Wetter-App.«

Blum wirkte perplex. »Ich wusste gar nicht, dass du dich für so etwas interessierst.«

Ribera steckte das Handy wieder ein. »Ich bis vor Kurzem auch nicht. Hat mir jemand empfohlen, als ich während der Gota fría beim Joggen vom Regen überrascht wurde. Dachte, ich probiere das mal aus. Ich kann ja nicht ewig wie ein lebendes Fossil durch die Gegend laufen. Gerade jetzt, wo die Natur immer verrückter spielt. Mal sehen, was sie taugt. Übrigens, wusstest du, dass auf diese Dinger auch nicht immer hundertprozentig Verlass ist?«

Keine Antwort. Stattdessen platzte aus Blum ein Satz heraus. »Ich glaube, dass uns deine alte Freundin etwas verheimlicht.«

Ribera blieb abrupt stehen, als hätte er eine Vollbremsung hingelegt. »Den Eindruck hatte ich auch, ich wollte sie aber nicht zu sehr bedrängen.« Wieder dieses Nackenreiben, wenn er sich einer Sache nicht sicher war. »Im Moment prasselt eine Menge auf sie ein, vielleicht zu viel. Der Tod eines nahen Angehörigen ist eine persönliche Katastrophe. Aber ich werde ihr noch einmal auf den Zahn fühlen, wenn der erste Schock vorbei ist.«

Blum musterte ihn zweifelnd. »Und bis dahin?«

»Können wir eine Menge tun. Zum Beispiel nachhaken, warum genau sich Castro mit all diesen Leuten und Einrichtungen angelegt hat. Herausfinden, ob jemand einen Grund gehabt hat, besonders sauer auf ihn zu sein. Damit könntest du beginnen. Ich für meinen Teil werde zunächst den spanischen Wetterdienst in Palma besuchen.«

Er hatte seinen Dienstwagen erreicht, einen blau-weißen Toyota Prius, entriegelte ihn per Funkfernbedienung und öffnete die Tür. Über ihnen hatte die Bewölkung weiter zugenommen. »Ich würde zu gern wissen, wie vorhersehbar oder unvorhersehbar die Gota fría ist, vor allem die letzte war. Ich habe mich schon im Fischereihafen gefragt, warum jemand das Risiko eingehen sollte, bei einer solchen Wetterlage hinauszufahren.«

Zweifelnder Seitenblick Blums. »Und wenn es schlichtweg ein Unfall war?«

Ribera blieb die Antwort schuldig. Stattdessen nahm er auf dem Fahrersitz Platz und blickte ein wenig hilflos auf die zahlreichen Bedienungselemente: das Display unterhalb der Windschutzscheibe und den großen Touchscreen darunter. »Ein Hybridfahrzeug. Hat unser Polizeichef veranlasst, sagte mir der Fuhrparkleiter. Die Polizei müsse sich dem Trend anpassen und nachhaltiger werden.« Er fummelte an ein paar Knöpfen herum. »Ein Buch mit sieben Siegeln wie der Tod von Castro. Soll seinen Fahrer erziehen, hat es bei der Kurzeinweisung geheißen. Sogar Punkte für energiesparendes Fahren soll dieses Ding verteilen. Völliger Quatsch. Dauernd will uns irgendjemand erziehen – wie wir sprechen, wie wir denken, was wir essen, trinken und kaufen, wie wir den Müll entsorgen sollen. Gerade diese Umweltschützer verstehen sich oft als Super-Erzieher, das geht mir manchmal tierisch auf den Sack. Vielleicht gehörte Castro auch dazu, ist aber an jemanden gelangt, der darauf allergisch reagiert hat.« Er erschrak über seine eigenen Worte. »Natürlich wäre das krank. Um auf deine Frage zurückzukommen: Ehrlich gesagt glaube ich immer weniger an einen Unfall oder einen Selbstmord. Da passt etwas nicht zusammen. Ich mag mich irren, dann könnt ihr mir einen kräftigen Arschtritt verpassen, oder, noch besser, ich lade die ganze Abteilung zu einem Abendessen bei Marc Fosh ein.«

Damit rauschte er davon und ließ Blum mit der vagen Aussicht auf einen Besuch des Gourmetrestaurants in Palma zurück.

10

Palma, Hafenviertel Portopí. Der Regen setzte genau in dem Moment ein, als Ribera im Hafenviertel von Portopí ankam. Spitzentiming, dachte er. Als hätten es die himmlischen Mächte darauf abgesehen, ihn zu triezen. Dieses Mal war es jedoch keine Sintflut wie bei der Gota fría, sondern einer dieser kurzen Schauer, wie sie typisch waren für Mallorca. Er zog das Sakko über den Kopf und rannte zu einem zweigeschossigen weißen Flachdachgebäude, das in eine Grünanlage eingebettet war. Mehrere Palmen reckten ihre langen Stämme in die Höhe, unweit davon lag die Estación Marítima, wo die Fähren an- und ablegten, die zwischen den Inseln und dem Festland verkehrten. Ein idyllischer Ort, wenn man von den gesichtslosen Hotelklötzen und Apartmentbauten des Barrio El Terreno einmal absah, die sich jenseits der Hafenpromenade erhoben. Wie in Beton gegossene Zeugnisse einer Gesellschaft, die ihre Seele der Gewinnmaximierung verschrieben hatte.

Ribera meldete sich beim Pförtner an. Wenig später erschien ein Glatzkopf mit Brille und ergrautem Bart, leger in eine Cordhose und ein kurzärmliges braun-weißes Hemd gekleidet. Er stellte sich als Jaume Buontempo vor.

»Willkommen beim spanischen Wetterdienst, Chefinspektor. Das ist eine Premiere, dass wir Besuch von der Polizei bekommen. Jedenfalls soweit ich mich erinnere. Und das reicht mittlerweile fast dreißig Jahre zurück.« Buontempo führte Ribera in die erste Etage. »Ich hoffe, Sie machen uns nicht für das Wetter der letzten Tage verantwortlich. Trotz meines Namens. Was meinen Sie, was ich mir deswegen anhören muss? Wir mögen einen kürzeren Draht nach oben haben, aber wir stecken nicht mit denen unter einer Decke.« Er lachte. »*Disculpe*, alter Meteorologenwitz.«

Sie erreichten ein nüchternes, zum Flur hin offenes Großraumbüro. Was es von anderen Arbeitsräumen unterschied, waren die zahlreichen Monitore, die auf den Schreibtischen standen und an der Wand hingen. Darauf Grafiken, Karten, Kurven, Zahlen. Fast wie die Serie eines abstrakten Künstlers.

»Hier sammeln wir alle Wetterdaten, die bei uns eingehen. Rund um die Uhr, sieben Tage die Woche. Und das mit einem äußerst kleinen Team, wenn ich das an dieser Stelle erwähnen darf. Dabei sind wir noch zuständig für –«

»Verzeihen Sie«, unterbrach Ribera. »Auch wenn ich Ihre

Arbeitsweise hochinteressant finde, bin ich doch wegen einer anderen Sache hergekommen, bei der ich Ihre Expertise brauche.«

Buontempo wirkte enttäuscht und neugierig zugleich und bat ihn, Platz zu nehmen. Ribera erzählte ihm von dem Toten im Meer und dass er zum ersten Mal mit einem Fall zu tun habe, der im Zusammenhang mit einem Wetterphänomen stand.

Der Meteorologe hatte ihm konzentriert zugehört, ein Lächeln huschte über sein Gesicht. »Sehen Sie es mir bitte nach, wenn ich nicht völlig ernst bleibe, Chefinspektor. Aber wenn ich es recht verstehe, wollen Sie wissen, ob die Natur als Mörder in Frage kommt. Ein wirklich spannender Gedankengang und gänzlich neu für mich. Die Meteorologie erscheint auf einmal in einem ganz anderen Licht.« Er überlegte einen Augenblick. »Zunächst einmal: Natur ist nicht per se böse, allenfalls einschüchternd oder beängstigend. Und ja: Sie kann tödlich sein, oder, besser gesagt, sie ist unbedingt tödlich, eine systemimmanente Fiesheit sozusagen. Schließlich sterben wir alle irgendwann. Dürfte nur schwierig werden, jemanden dafür zur Verantwortung zu ziehen.«

Ribera schmunzelte. »Schon gut, ich habe verstanden. In diesem Fall würde ich von höherer Gewalt sprechen. Ansonsten sind es doch wir Menschen, die Verbrechen an der Natur begehen.«

Buontempo zog die Augenbrauen hoch. »Wow, Sie überraschen mich, Chefinspektor. Womöglich ein Umweltschützer im Polizeifell?«

»Eher ein Realist. Deshalb interessiert mich in diesem Fall, wie vorhersehbar die Gota fría ist und ob sich immer sagen lässt, wann und wo sie auftritt. Bitte keine lange wissenschaftliche Erklärung. Mir geht es nur darum, die Ausgangssituation zu kennen.«

Buontempo nahm die Brille ab und putzte die Gläser mit einem Zipfel seines Hemds. »Gar nicht so einfach. Sie sprechen ein großes Thema an, mit dem wir Meteorologen uns ständig herumschlagen. Aber ich will Sie nicht mit Theorie langweilen, deshalb die Kurzfassung.« Er stand auf und wanderte im Raum umher. »Die Meteorologie hat zwar in den letzten Jahrzehnten enorme Fortschritte gemacht. Dennoch stoßen wir nach wie vor an Grenzen, was die Verlässlichkeit von Wettervorhersagen betrifft. Die basieren immer auf Wahrscheinlichkeiten, völlige Sicherheit gibt es also nie. Man kann zwar recht präzise Phänomene vorhersagen wie eine Kaltfront oder eine Hitzewelle. Bei einer Gota fría oder Dana, wie wir sie nennen, verhält es sich anders. Okay, man kann erkennen, dass sie sich bildet. Sie wissen wahrscheinlich, warum sie sich entwickelt: warmes Meer, Wasserdampf steigt hoch.« Buontempo hob langsam die Hände mit den Handflächen nach oben, als würde er einen Fahrstuhl imitieren. »Trifft dann auf feuchtkalte atlantische Tiefausläufer. Luftmassen prallen aufeinander, zack, bum.« Er knallte die Fäuste gegeneinander. »Jetzt kommt das große Aber. Es ist nämlich verdammt schwer, den Verlauf dieses kleinen Monsters vorauszusagen. Kann ganz plötzlich irgendwo zuschlagen, dieser Fiesling. Die Prognose ist eine Frage von Stunden.«

»Über wie viele reden wir?«

Buontempo setzte sich wieder. »Wenn wir Glück haben, sechs bis acht Stunden vorher. Aber normalerweise zwei Stunden oder weniger. Die jüngste Dana zum Beispiel, wegen der Sie hergekommen sind, war so ein Fall. *Coño,* es hat uns eine Menge Probleme bereitet, das Biest. Palma ist im Regen versunken, während an anderen Orten kein Wölkchen den Himmel getrübt hat. Dennoch ist das Ganze quasi ein Tropfen auf den heißen Stein verglichen mit Galicien, wo es im Durchschnitt doppelt so viel regnet wie im restlichen Spanien. Wussten Sie, dass die Galicier über hundert verschiedene Wörter für ›Regen‹ kennen? Da wären zum Beispiel –« Buontempo brach mitten im Satz ab. »Entschuldigen Sie, Chefinspektor, wenn ich vom Thema abschweife, manchmal geht der Meteorologe mit mir durch. Sie haben sicher noch Fragen.«

Ribera hob abwehrend die Hand. Die ansteckende Leidenschaft Buontempos fand er sympathisch, auch wenn er den Eindruck hatte, dass er zu jedem Aspekt seines Berufs ein Impulsreferat halten könnte. »*No pasa nada.* Was mich interessieren würde, ist Folgendes: Wie gefährlich ist es bei so einer Wetterlage, sich auf dem Meer aufzuhalten?«

»Die Dana ist wie eine Hydra, ein mehrköpfiges Ungeheuer.« Buontempo fletschte die Zähne, wie um das Gesagte zu unterstreichen. »Sie bringt nicht nur heftige Gewitter, einen dramatischen Temperatursturz, sintflutartige Regenfälle und Hagel, sondern auch Sturm. Bis zur Orkanstärke, wenn es dumm läuft. Das Mittelmeer ist zwar klein, aber keine Badewanne, wie manche meinen. Es gibt hier lokale Winde, die sehr schnell sein und starken Wellengang verursachen können.«

»Wie stark?«

Buontempo streckte den linken Arm nach oben. »Sehr stark, zehn, zwölf, auch vierzehn Meter sind im Extremfall drin. Im letzten Jahr hatten wir mal elf Meter hohe Wellen. Das ist dann kein Spaß mehr, wenn Sie mit einem kleinen Schiff unterwegs sind. Als würden Sie versuchen, auf einem Bullen zu reiten. Auch in den Häfen gibt es immer wieder Schäden. Sie müssen wissen, wir erstellen hier Vorhersagen für das ganze Gebiet von Spanien bis nach Italien. Glauben Sie mir, ich weiß, was auf dem Mittelmeer los sein kann. Dagegen ist die Stierhatz in Pamplona ein Streichelzoo. Um auf Ihren Fall zurückzukommen: Wir können allerdings nur warnen. Es liegt in der Verantwortung der Kapitäne, ob sie auslaufen. Ich würde mir das jedoch dreimal überlegen.«

Ribera hatte genug gehört. Wenige Minuten nachdem er sich von Buontempo verabschiedet hatte, stand er vor dem AEMET-Gebäude. Der Regen war strahlendem Sonnenschein und spätsommerlicher Wärme gewichen. Ihm rauchte der Kopf nach all den Informationen. Jetzt wäre eine Zigarette nicht schlecht. Er ärgerte sich, dass ihn immer noch diese Gelüste nach Nikotin überkamen, obwohl er sich das Rauchen vor über einem Jahr abgewöhnt hatte. Er fingerte ein Metalldöschen aus der Brusttasche seines Sakkos. Es enthielt Zahnstocher, die er prophylaktisch immer bei sich führte. Mit Geschmack, um das Verlangen nach einer Kippe zu kompensieren. Mal sehen, was hatte er heute dabei? Ah, Zimt. Während er auf dem Weg zum Auto auf dem Holzstäbchen herumkaute, verspürte er einen Riesenhunger. Essen war an diesem Tag bisher zu kurz gekommen.

Er überlegte, seine Freundin Núria anzurufen und sie zu fragen, ob sie mit ihm essen gehen wolle. Wäre außerdem eine gute Gelegenheit, sich bei ihr zu melden, nachdem sie sich in den letzten Monaten seltener gesehen hatten. Dem vorausgegangen war ein Streit, danach hatte sich jeder in sein Schneckenhaus zurückgezogen und wartete seitdem auf ein Signal des anderen. Vielleicht sollte er über seinen Schatten springen und den Anfang machen, dachte er.

Das Klingeln seines Mobiltelefons verhinderte das Vorhaben. Auf dem Display erkannte er die Nummer der Rechtsmedizin.

»Wenn du im Augenblick nichts Besseres zu tun hast, solltest du uns schnellstmöglich beehren, Ribera«, hörte er die raue Stimme von Pep Bosch. »Es gibt da eine kleine Überraschung.«

11

Magaluf. Dem Treiben am Strand schenkte Ignacio Zafra keinerlei Beachtung, während er vor der Außenanlage des Beachclubs »La Mariana« in Magaluf auf und ab ging. Dafür war er zu nervös. Etwas, was nicht zu seinem abgebrühten Image passte, das er sich aufgebaut hatte. Aber das war im Grunde nur eine professionelle Fassade. Eine Rolle, die er spielte und die schnell ins Wanken kam, sobald er in Stress geriet. Und den empfand er in diesem Augenblick, weil er die Situation, in die er sich hineinmanövriert hatte, nicht einschätzen und daher nicht kontrollieren konnte.

Er zog ein Päckchen »Fortuna« und ein Feuerzeug aus seiner Hosentasche, um sich eine Zigarette anzuzünden. Dazu diese Umgebung, die ihm nur allzu vertraut war, obwohl sein letzter Aufenthalt hier schon länger zurücklag. Da war die überraschend hübsche Bucht, die viele an dieser Stelle nicht vermuteten. Er dachte an die Tabledance-Bars und -Clubs, in denen man leicht und für wenig Geld eine Prostituierte fand, sofern er damals überhaupt für solche Dienstleistungen bezahlen musste. Ihm fiel ein feuchtfröhlicher Abend mit Kollegen ein, der in den Armen einer scharfen nigerianischen Nutte geendet hatte. Sie konnte nur wenig Spanisch. Unwichtig. Dafür hatte sie genügend andere Qualitäten. Allein bei dem Gedanken daran bekam er einen Steifen. Und das, obwohl es ein paar Jahre her war. Seither hatte er nach Möglichkeit einen großen Bogen um dieses Touristenghetto im Südwesten der Insel gemacht. Weckte einfach zu viele schlechte Erinnerungen, auf die er verzichten konnte.

»Señor Zafra?«

Eine Stimme hinter ihm beendete jäh sein Kopfkino, wie bei einem Filmriss zu Zeiten der Zelluloid-Ära. Als er sich umdrehte, blickte er in zwei rot getönte Gläser einer Sonnenbrille. Sie gehörten einer Frau mit extravagantem Aussehen. Bunter Seidenponcho, schwarze Shorts, gebräunte Haut, rote Sandalen an den Füßen. Das halblange tiefschwarze Haar zurückgekämmt und mit einem eleganten, mit Strass besetzten Haarreifen fixiert. Er schätzte sie auf Anfang fünfzig. Nicht unattraktiv, dachte er, trotz ihrer leicht zur Fülle neigenden Figur. Sie hatte auf ihn die Ausstrahlung einer in die Jahre gekommenen Edelhure. Auffällig war auch der große graue Hund, den sie an einer Leine mit sich führte und der Zafra beschnupperte.

»Keine Angst, Dolores tut nichts. Sie ist nur notorisch neugierig. Aber machen wir es uns doch gemütlich und setzen wir uns irgendwo hin«, sagte sie in einem Tonfall, der keinen Widerspruch zuließ. Knappes Kopfnicken in Richtung des bärtigen Türstehers am Eingang. Offenbar war sie in dem mondänen Strandclub keine Unbekannte.

Er schnippte die Kippe in den Sand und folgte ihr. Sie nahmen auf Korbsofas Platz, die überall auf dem Areal unter weißen Sonnenschirmen aufgestellt waren.

»Dolores, Platz!«, befahl sie dem Hund. Das Tier legte sich zu ihren Füßen. »Lassen Sie uns etwas trinken.« Fast im selben

Atemzug orderte sie bei einer Kellnerin eine Flasche Cava. Sie schob die Sonnenbrille nach oben und lächelte ihn an. »Das entspannt. Und wir beide wollen ja ein ganz entspanntes Gespräch führen, nicht wahr?« Sie machte eine ausladende Geste. »Passend zu diesem Ort und zum heutigen Tag. *Dios mío*, was für eine Hitze.« Sie wedelte sich gekünstelt mit der Hand Luft zu.

Er schaute sich um. Die typische Atmosphäre eines Beachclubs. Männer mit nacktem Oberkörper, Frauen im Bikini, chillige Loungemusik, das Mobiliar eine Mischung aus Wohn- und Schlafzimmer und der Ausstellungsfläche eines Möbelladens, dazu ein Hauch spätrömischer Dekadenz. Durchaus sein Stil. Im Normalfall, aber im Moment war er nicht in Stimmung.

Die Bedienung kam mit dem Cava, schenkte zwei Gläser ein und stellte die Flasche in einen Sektkübel auf einen niedrigen Holztisch.

Sein Gegenüber nippte an ihrem Glas. »Ah, *bueno*. Eine gute Marke, nicht das übliche Supermarkt-Spülwasser.« Erneut verzogen sich die rot geschminkten Lippen zu einem strahlenden Lächeln. »Aber ich denke, Sie sind nicht wegen des Cavas hier. Kommen wir zur Sache. Sie haben am Telefon angedeutet, dass Sie im Besitz wichtiger Informationen zu unserer Firma sind. Das hat mich natürlich neugierig gemacht, zumal wir ein Unternehmen sind, das um höchste Diskretion bemüht ist. Sie verstehen?«

Er rutschte unruhig auf seinem Sitz hin und her. »Ähm, ja. Das verstehe ich absolut.« Hektisch schüttete er einen großen Schluck Cava in sich hinein. »Und deshalb möchte ich Ihnen ein Angebot unterbreiten.«

Seine Gesprächspartnerin führte ihr Glas erneut an den Mund, ließ ihn dabei aber nicht aus den Augen. In ihren dunklen Pupillen meinte er etwas Lauerndes zu erkennen, wie bei einer Raubkatze, die ihr potenzielles Opfer fixierte.

»Ich habe mich über Sie erkundigt«, sagte sie, ohne auf seine Worte einzugehen. »Ich kenne Ihre Vergangenheit. Und jetzt sind Sie Privatdetektiv. Eine schwierige Branche. Wie kommt es, dass Sie mit unserer Firma zu tun hatten?«

Er trank seinen restlichen Cava in einem Zug und wurde forscher. »Zufall. Bei einem Auftrag, der aber mittlerweile abgeschlossen ist. Mehr brauchen Sie darüber für den Moment nicht zu wissen. Jedenfalls bin ich dabei auf einige geschäftliche Aktivitäten Ihres Unternehmens gestoßen. Die waren so interessant, dass ich weitere Nachforschungen angestellt habe.« Er griff zum Glas, um festzustellen, dass es leer war. Er setzte es wieder ab. »Was ich dabei herausgefunden habe, würde ich für mich behalten, gegen – nennen wir es einen kleinen Unkostenbeitrag.«

Ihr Blick verhärtete sich, als wollte sie sich auf ihn stürzen. Nichts dergleichen geschah. Stattdessen nahm sie die Flasche aus dem Sektkübel und schenkte sich und Zafra nach. Synchron führten beide ihre Gläser zum Mund, danach stellte sie ihres vernehmlich auf dem Tisch ab. Sie hatte im Gegensatz zu ihm kaum etwas getrunken.

»Nun, Señor Zafra. Das kommt alles sehr überraschend. Wir werden Ihr …«, sie malte mit den Zeige- und Mittelfingern Gänsefüßchen in die Luft, »… Angebot erst einmal sorgfältig prüfen, inwieweit es interessant für uns ist. Sollte dem so sein, melden wir uns bei Ihnen. Nur für den Fall der Fälle: In welcher Höhe bewegen sich denn Ihre Unkosten?«

Zafra spürte den Alkohol in Verbindung mit der Mittagshitze, sämtliche Nervosität war von ihm abgefallen, er glaubte, Oberwasser zu haben. »Sagen wir mal so: Ich konnte in der Zeit keine anderen Fälle annehmen. Ein nicht unerheblicher Verdienstausfall.«

Sein Gegenüber trommelte ungeduldig mit den Fingern auf den Tisch. »Wie viel?«

»Hunderttausend Euro, inklusive Spesen, versteht sich. In bar.« Er trank aus. »*Bueno*, ich denke, damit ist alles gesagt.« Er erhob sich, ging in Richtung Ausgang, drehte sich aber noch einmal um und sagte mit schiefem Grinsen: »Und lassen Sie sich nicht zu viel Zeit. Ich könnte mir vorstellen, dass die Informationen auch für andere interessant sein könnten. Sie verstehen.«

Draußen steckte er sich eine Zigarette an, die er auf dem Weg zum Auto genüsslich rauchte. Er fühlte sich gut, mehr noch, geradezu euphorisiert. Ist besser gelaufen als erwartet, sagte er sich und malte sich aus, was er mit dem Geld anfangen würde.

Er hatte nicht mitbekommen, dass sich auf ein Zeichen seiner Gesprächspartnerin hin jemand an seine Fersen geheftet hatte.

12

Palma, Zentrum. Beim Anblick des beklemmenden dreistöckigen Hauses im Carrer de les Parellades überkam Pau Ribera ein leichtes Schaudern. Wie jedes Mal, wenn er vor der mit anthrazitfarbenen Platten bedeckten Fassade stand, hinter der das Instituto de Medicina Legal y Ciencias Forenses de Palma de Mallorca residierte. Dazu noch diese undurchsichtige große Milchglasscheibe neben dem Eingang, die neugierige Blicke von Passanten abprallen ließ und damit den Voyeurismus noch mehr anstachelte. Ein Satz von Núria kam ihm in den Sinn. Vielmehr war es ein Kommentar, als er ihr einmal von seinen Besuchen bei Pep Bosch erzählt hatte. »Was jammerst du? Die Rechtsmedizin gehört doch zu den Adressen auf der Insel, an denen du am häufigsten verkehrst«, hatte sie ihm an den Kopf geknallt.

Etwas überspitzt, aber ein Körnchen Wahrheit steckte drin, musste er sich eingestehen. Eigentlich ein Armutszeugnis. Ein Ort, an dem der Tod ein und aus ging, war ihm vertrauter als manch anderer Fleck, an dem das Leben zu Hause war. Bosch schien damit keine Schwierigkeiten zu haben, oder es drang einfach nicht durch seinen Panzer aus Sarkasmus durch, den er sich zugelegt hatte. Eine weitere Skurrilität fiel Ribera ein. Die Rechtsmedizin stand auf einer ähnlichen Stufe wie die Kfz-Werkstatt von Paco, was die Häufigkeit seiner Anwesenheit betraf. Überhaupt gab es mehrere Parallelen, die ihm vorher noch nie aufgefallen waren. Beide lagen inmitten eines Wohngebiets und zudem nicht besonders weit voneinander entfernt. Und: Sowohl mit dem Leiter der Rechtsmedizin als auch mit dem Werkstattbesitzer verband ihn ein freundschaftliches Verhältnis, was einen zusätzlichen Einfluss auf die Taktung seiner Besuche hatte.

An diesem Tag führte ihn jedoch ausschließlich der Dienst her. Vor allem eines beschäftigte ihn: Was hatte Pep Bosch mit der am Telefon angekündigten Überraschung gemeint? Gespannt machte er sich auf den Weg in das Untergeschoss, was ihm jedes Mal wie der Abstieg in den Hades vorkam, jenes Reich der Toten in der griechischen Mythologie. Das aber dürfte kaum nach Formaldehyd gerochen haben, dachte Ribera, als er sich Boschs Arbeitsplatz näherte. Er hatte zwar keine besonders empfindliche Nase, dennoch konnte er sich nicht an diese olfaktorische Kulisse gewöhnen, die zur Rechtsmedizin gehörte wie in einer Parfümerie die Allgegenwart von edlen Düften.

Durch eine Tür mit einem runden Fenster betrat er das Epizentrum der Bosch'schen Unterwelt: den Sektionsraum. Weiße Kacheln und silbermetallene Tische, kaltes Neonlicht. An einer Türöffnung zu einem Nebenraum sah er von hinten eine gedrungene Gestalt in weißer Laborkleidung und mit schwarzer Baseballmütze auf dem Kopf.

»Könnt ihr nicht endlich mal etwas gegen diese Geruchsbelästigung unternehmen?«, schmetterte er in den Raum. »Das hält ja kein Mensch aus. Es sei denn, er liegt auf diesem Tisch oder gehört eurer Dr.-Frankenstein-Zunft an.«

Die Gestalt drehte sich ruckartig um und schaute ihn verdutzt an. Erst jetzt bemerkte Ribera, dass er nicht Pep Bosch vor sich hatte, sondern eine junge Frau, die er nicht kannte.

»Was haben Sie hier zu suchen?« Der Satz mündete in ein verstehendes Lächeln und strahlende Augen. »Pau Ribera, nehme ich an. Mein Vater hat mich auf einen solchen Auftritt vorbereitet.«

»Vater?«

»So nennt man das, wenn man seine Gene weitergibt, Ribera.« Boschs Bariton dröhnte durch die offene Tür. Sekunden später erschien er selbst. »Darf ich vorstellen, meine Tochter Blanca. Sie ist seit Kurzem Teil unseres Teams.«

Tatsächlich war eine gewisse familiäre Ähnlichkeit nicht von der Hand zu weisen, fand Ribera. Kleine, kräftige Statur, rötlich braune Haare, dunkler Teint, grünbraune Augen, offener Blick durch eine markante Brille mit schwarzem Gestell. Das Auffälligste an ihr war ihr etwas breit geratener Mund, der ihr zugleich etwas Charakteristisches verlieh. Sie mochte Mitte dreißig sein, schätzte Ribera. Es war das erste Mal, dass er ihr begegnete. Bosch hatte ihm zwar bei ihren gelegentlichen Kneipentouren von ihr erzählt, persönlich hatte er sie aber nie kennengelernt.

»Wie kommt es, dass du deine Tochter bisher vor mir versteckt hast?«

»Ich wollte sie nicht endgültig von dem Job abschrecken, nachdem sie sich an die Geruchsbelästigung gewöhnt hatte. Dann noch die Belästigung durch euch Bullen, das wäre einfach zu viel gewesen. Hatte sie eigentlich als meine Nachfolgerin vorgesehen, bevor sie sich auf die Forensische Entomologie gestürzt hat.« Bosch hatte in seinem typisch rauen Duktus gesprochen, ohne eine Miene zu verziehen, nur um Sekunden später laut loszuprusten.

»Ach, Papa, was erzählst du da für einen Unsinn?«, protestierte Blanca und wendete sich Ribera zu. »Hör nicht auf ihn, er wird immer verschrobener. Die Wahrheit ist, dass ich nach dem Studium eine Zeit lang im Ausland war. Ich habe in der Forensischen Entomologie der Rechtsmedizin in Frankfurt in Deutschland hospitiert. Wir sind gerade dabei, hier eine eigene Abteilung aufzubauen. Wie du wahrscheinlich selbst weißt, wird die gerichtliche Insektenkunde heutzutage als Hilfsmittel und Teildisziplin in der Rechtsmedizin angesehen.« Blanca nahm die Mütze ab und zupfte ihre Haare zurecht, die ihr nun ungebändigt auf die Schultern fielen. »In einem hat er allerdings recht. An den Geruch musste ich mich wirklich erst gewöhnen. Aber anscheinend war ich dazu verdammt, in dieser Branche zu landen.«

»Du hast dich ja schon als kleines Mädchen mehr für tote Viecher als für Puppen interessiert«, warf Bosch ein.

»Der Fluch der Abstammung«, seufzte Blanca. »Du hast es

mir ja vorgelebt. Und du hast damals mein kaputtes Stofftier obduziert, um mir zu demonstrieren, dass es keine Organe hat.«

»Und du hast irgendwann damit angefangen, tote Vögel zu vergraben, um herauszufinden, wie lange es dauert, bis sie sich zersetzen.« Erneuter Lachanfall.

Ribera hüstelte. »Entschuldigt, wenn ich mich in euer morbides Vater-Tochter-Gespräch einmische, aber weshalb hast du mich eigentlich herkommen lassen?«

Von einer Sekunde auf die andere schaltete Bosch auf den nüchternen Rechtsmediziner um. Und auch wenn Ribera um diese zwei unterschiedlichen Seiten seines Freundes wusste, verblüffte ihn diese Wandlungsfähigkeit immer wieder aufs Neue. Wie eine Art Dr. Jekyll und Mr. Hyde mutete ihn Bosch in solchen Momenten an.

Der fuhr fort: »Wir haben bei deiner Wasserleiche eine interessante Entdeckung gemacht. Dachte, das kann nicht warten, bis ihr in ein paar Tagen unseren offiziellen Bericht bekommt.« Bosch strich mit der Hand über seine graue Stoppelhaarfrisur und meinte mit einem Seitenblick zu Blanca: »Ich nehme an, du legst keinen gesteigerten Wert auf einen Anschauungsunterricht?«

Ribera schüttelte den Kopf. Nein, auf den Anblick eines obduzierten menschlichen Körpers konnte er verzichten. Mehrmals hatte er in der Vergangenheit bei einer Autopsie zugesehen und verfolgt, wie die Rechtsmediziner Oberkörper mit einem Y-Schnitt öffneten, Brustbein und Rippen entfernten und Organe entnahmen, um sie anschließend zu untersuchen. Nicht unähnlich zur Arbeit von Paco, wenn der die Mechanik eines Autos auseinandernahm und die einzelnen technischen Teile auf Defekte prüfte. Nur mit dem Unterschied, dass die Fahrzeuge hinterher weiterlebten. Von Ausnahmen wie seinem Seat Ibiza mal abgesehen. Auch wenn Bosch die Toten nach der Obduktion wieder zusammennähte, bevor sie dann zur Bestattung freigegeben wurden, war Riberas Bedarf an weiteren Erfahrungen dieser Art gestillt. Er folgte Vater und Tochter in den Nebenraum, in dem ein Schreibtisch nebst PC stand.

Bosch setzte sich und rief eine Datei auf. »Was den Todeszeitpunkt angeht, so ist der bei Wasserleichen verdammt schwer zu bestimmen. Hängt auch immer von der jeweiligen Wassertemperatur ab. Gehen wir mal von einer durchschnittlichen Wassertemperatur von etwa fünfundzwanzig Grad im Meer vor Mallorca im September aus. Dazu der noch gute Zustand der Leiche – ich würde sagen, der Typ war nicht lange im Wasser.«

»Seit der letzten Gota fría etwa?«, fragte Ribera.

»Gut möglich.« Bosch drehte sich zu ihm um. »Die entscheidende Frage ist aber – und deshalb habe ich dich angerufen –, ob der Typ ertrunken ist oder schon vorher tot war, also postmortal ins Wasser geworfen wurde. Klingt zunächst simpel, ist es aber in der Praxis nicht. Die meisten glauben ja, dass man das anhand von Wasser in der Lunge feststellen kann.«

»Dachte ich auch«, sagte Ribera.

»Ist aber ein Irrtum«, fuhr Bosch fort. »Zum Beispiel ist es möglich, dass ein sogenannter Stimmritzenkrampf eintritt, der das Einatmen von Wasser verhindert. Woran man jedoch festmachen kann, ob jemand wirklich ertrunken ist, das sind Kieselalgen.« Bosch hatte das Wort in die kleine Runde geworfen wie ein Angler einen Köder ins Wasser, damit ein Fisch danach schnappte.

Ribera biss an. »Kieselalgen – du willst doch nicht sagen, dass sich auf einem Körper im Wasser Algen bilden, wenn jemand ertrunken ist?«

»Nicht auf, sondern im Körper«, sagte Bosch. »Die Kieselalgen sind mikroskopisch klein und können wegen ihres geringen Durchmessers über die Lungenbläschen in den Blutkreislauf gelangen, wenn jemand wirklich Wasser einatmet. Weil der Kreislauf zu diesem Zeitpunkt noch funktioniert, werden sie verteilt und sind in der Lunge und vor allem in den inneren Organen nachweisbar. Also in der Leber, den Nieren, aber auch im Knochenmark. Und wenn die Kieselalgen des Gewässers mit denen übereinstimmen, die bei dem Toten gefunden werden, können wir sagen, dass er lebend dorthin gelangt und ertrunken ist.«

Blanca mischte sich ein. »Wir haben natürlich prophylaktisch eine Wasserprobe genommen.« Sie zuckte mit den Schultern. »Ich helfe ihm manchmal.«

»Macht es nicht so spannend«, sagte Ribera. »Was ist dabei herausgekommen?«

»*Nada*«, antwortete Bosch. »Nichts.«

Ribera blickte Vater und Tochter konsterniert an. »Könntet ihr etwas deutlicher werden – nur so für Kieselalgen-Laien?«

»Wir haben keine Kieselalgen gefunden«, antwortete Bosch. »Mit ziemlicher Sicherheit ist er also nicht ertrunken, sondern an einem schweren Schädel-Hirn-Trauma gestorben.«

Ein kurzer Moment der Stille trat ein, in die sich das Brummen von Riberas Mobiltelefon mischte. Er ignorierte es.

Blanca räusperte sich. »Da wäre noch etwas. Einen Augenblick.« Sie verließ den Raum, um nach kurzer Zeit mit einem kleinen Glas mit weißem Deckel zurückzukommen. Darin waren mehrere elfenbeinfarbene Maden zu sehen. »Das haben wir unter der Rettungsweste des Toten entdeckt – Fliegenlarven.«

Ribera holte ein Etui aus der Innentasche seines Sakkos, setzte seine Lesebrille auf und betrachtete die knapp zwei Zentimeter langen Larven mit dem zugespitzten Vorderteil und dem dickeren Ende. »Nicht schlecht. Erst Kieselalgen, dann Fliegenlarven im Meer, so langsam kommt ihr mir vor wie der Ableger eines Zoos. Was hat das wieder zu bedeuten?«

Bosch schloss die Datei und schwang sich auf dem Bürostuhl zu Ribera herum. »Dass der Typ auf jeden Fall tot war, bevor er im Meer gelandet ist.«

Ein plötzliches Schwindelgefühl überkam Ribera, als er wieder vor der Rechtsmedizin stand, sodass er sich erst einmal an der Hauswand abstützen musste. Kalter Schweiß trat auf seine Stirn, er zitterte. Schuld daran waren nicht die Informationen, die er von Pep und Blanca Bosch erhalten hatte. Der Grund war schlicht und einfach, dass er inzwischen mit einem gewaltigen Hungerast durch die Gegend lief und sein Blutzuckerspiegel abgesackt war. Das Knurren seines Magens erinnerte ihn an das

Brummen seines Smartphones in der Rechtsmedizin. Cristina Blum hatte versucht, ihn anzurufen, stellte er beim Blick darauf fest. Zunächst brauchte er aber eine Kleinigkeit zu essen, bevor er endgültig zusammenklappte.

Kurz entschlossen ging er in eine kleine Bar, die direkt neben der Rechtsmedizin lag und in der er sich schon einmal nach einer seiner Bosch-Stippvisiten erholt hatte. Ein Wasser und ein Bocadillo, das er heißhungrig verschlang, ließen seine Lebensgeister zurückkehren. Dann informierte er Blum über das Ergebnis der Obduktion und beraumte für den nächsten Morgen eine Besprechung in der Jefatura an. Seine Kollegin hatte die Nachricht mit hörbarer Aufregung quittiert. Ihn selbst beschäftigten mehrere Dinge. Vor allem die Frage, wer Castro aufs Meer befördert hatte und warum. Unklar war außerdem nach wie vor, was genau den Tod verursacht hatte – ein Schlag, ein Stoß, oder war es doch ein Unfall gewesen?

Ribera bestellte noch einen Cortado, bevor das Gedankenkarussell wieder einsetzte. Er dachte an seine alte Freundin Conxita. Wie würde sie das Ganze aufnehmen? Würde sie die Entwicklung noch stärker aus der Bahn werfen? Gern hätte er sie geschont, er konnte ihr jedoch einen weiteren Besuch nicht ersparen. Generell galt es, die Ermittlungen zu intensivieren und auch die Presse zu informieren. An Letzteres dachte er mit Grauen. Er hasste es, sich in die Karten schauen zu lassen, besonders von einer neugierigen, geschwätzigen Medienmeute. Und noch mehr hasste er es, im Scheinwerferlicht zu stehen. Andererseits konnte die Zusammenarbeit auch manchmal hilfreich sein, wenn man sie einzubinden verstand. Zunächst einmal jedoch dürfte ein toter Umweltschützer erheblichen Staub aufwirbeln, in der kleinen Inselwelt sowieso. Und was das Lästigste war: Er kam um ein Gespräch mit Polizeichef Moix nicht mehr herum. Es war wunderlich, dass der nicht längst auf der Matte gestanden hatte. Offenbar war er durch irgendetwas anderes abgelenkt. Moix war ja ein Mensch, der auf vielen Hochzeiten tanzte.

Ein Bruchteil davon könnte ihm sicher nicht schaden, dachte Ribera. Da hatte seine Freundin den Nagel auf den Kopf getroffen, als sie behauptet hatte, dass er zu eindimensional war, sich neben seinem Beruf kaum mit etwas anderem beschäftigte. Ein wiederkehrendes Muster in seinem Leben, das war ihm bewusst. Nicht umsonst war seine Ehe in die Brüche gegangen, stand er kurz vor der Scheidung. Kurz entschlossen rief er Núria an und verabredete sich mit ihr für den nächsten Tag.

Kaum hatte er aufgelegt, ging ein Videoanruf via Whatsapp ein. Das hagere Gesicht von Leland Bloodgood erschien auf dem kleinen Bildschirm. Breites Grinsen unter der markanten Adlernase seines Polizistenkumpels aus den USA. Ribera und er kannten sich seit seinem Praktikum im Rahmen eines spanisch-amerikanischen Polizistenaustauschs, der ihn vor ein paar Jahren nach Albany im Bundesstaat New York nördlich der Weltstadt geführt hatte. Sie hatten sich angefreundet und hielten seither Kontakt.

»Hey, Bro«, sagte Bloodgood mit sonorer Stimme. »Setz dich besser hin. Ich habe eine Idee, die auch dich betrifft.«

13

Palma, El Camp d'en Serralta. Wenige Tage nach dem Höllenspektakel der Natur erinnerte nichts mehr an das Intermezzo der Gota fría. Es schien, als hätte sich die Insel nur einmal kräftig geschüttelt und wäre nun wieder zur Normalität zurückgekehrt. Normalität bedeutete in diesen Zeiten hochsommerliche Temperaturen um die dreißig Grad, und das mitten im September. Mallorca stöhnte angesichts der Hitzewelle, und auch Ribera kam auf seinem morgendlichen Gang zur Jefatura ins Schwitzen. Das Hauptquartier der Polizei war in eine Art pappige Trägheit verfallen, in den Büros liefen die Klimaanlagen auf Hochtouren. Schnurstracks ging er in das Besprechungszimmer der Mordkommission und bekam dort noch den letzten Teil eines Gesprächs mit.

»Dieses Wetter ist die reinste Folter«, sagte Quique Montoya. Er rieb sich mit der Hand den imaginären Schweiß von der Stirn. »Bereits am Morgen kaum auszuhalten. Und das bei dieser jämmerlichen Klimaanlage in dieser elenden Bruchbude.«

Cristina Blum blickte von ihrem Tablet auf, das sie wie immer bei solchen Zusammenkünften in der Hand hatte. »Ich vermute mal, du sprichst von den aktuellen Temperaturen. Ich muss dir ausnahmsweise recht geben. Für Mitte September ist das wirklich ungewöhnlich. AEMET hat heute Morgen sogar eine Hitzewarnung für Mallorca herausgegeben. Warnstufe gelb mit Temperaturen von bis zu sechsunddreißig Grad. Das Wetter wird immer extremer. Dabei haben wir noch das Glück, dass wir auf einer Insel leben und hier andere Windverhältnisse herrschen als auf dem Festland.«

»Ich würde sagen, perfekte Rahmenbedingungen für unsere kuschelige Morgenrunde, Herrschaften«, sagte Ribera.

Verblüffung über die Aufgekratztheit ihres Chefs, war Ribera ansonsten doch kein Mensch überschäumender Emotionalität, eher ein meist kontrollierter bis muffiger Charakter. Heute war davon nichts zu spüren.

»Aber ich habe eine gute Nachricht: Mit unserem Fall hat das Wetter nichts zu tun, allenfalls am Rande.« Er berichtete von seinem Besuch in der Rechtsmedizin. »Fragt sich, wo wir am besten ansetzen. Keine einfache Sache, wenn man davon ausgeht, dass sich Castro mit allen möglichen Leuten angelegt hat.« Er ging zu dem Flipchart, der in dem Zimmer stand, nahm einen Filzstift und schrieb ein paar Namen darauf, die er mit Linien verband: neben Castro seine Frau Conxita, den Seglerverband, die Stadtwerke von Palma, die balearische Umweltbehörde. »Wer weiß, ob er noch jemandem auf die Füße getreten ist, von dem wir bisher nichts wissen. Wir müssen uns auf jeden Fall aufteilen.«

»Nicht zu vergessen deine alte Freundin Conxita«, sagte Blum. »Wir sollten sie uns noch einmal vornehmen. Nicht zuletzt müssen wir Castros Computer im meeresbiologischen Institut sicherstellen.«

Ribera antwortete zunächst nicht. Stattdessen stierte er zum Fenster hinaus, das auf den Passeig de Mallorca hinausging.

Auf dem Boulevard am Rand der Altstadt herrschte dichter Berufsverkehr. Ribera schenkte ihm keine Beachtung. Er wusste natürlich, dass Blum recht hatte, zugleich verspürte er Skrupel, auch wenn er Conxita seit Jahren nicht gesehen hatte. Aber es musste sein.

Abrupt wandte er sich wieder Blum und Quique zu. »Das übernehme ich. Cristina, du als alte Umweltschützerin kümmerst dich zunächst um den GOB. Quique, du um dieses Forschungsinstitut in Esporles. Unsere Techniker sollen Castros Rechner überprüfen. Apropos Technik. Frag mal nach, ob es an der Cala Gamba eine Überwachungskamera gibt. Wir müssen versuchen herauszufinden, wo sich Castro unmittelbar vor seinem Tod aufgehalten hat. Dann an die Arbeit, *vámonos*!«

Ribera ging in sein Büro, um Martínez anzurufen, als Penelope Roca hereinplatzte. Sie sagte kein Wort, sondern klatschte ihm den »Diario de Mallorca« auf den Schreibtisch. »Schon gesehen?« Sie deutete auf einen Artikel auf der Titelseite mit der Überschrift »Deutsche Radfahrerin auf Mallorca überfahren«.

Ribera überflog den Inhalt. Darin schrieb die mallorquinische Tageszeitung, dass sich die Eltern der Getöteten in der deutschen Presse darüber beklagten, dass der Schuldige immer noch nicht gefunden worden sei. Gleichzeitig beschwerte man sich über die angebliche Untätigkeit der mallorquinischen Polizei.

»Das wird ihm gar nicht gefallen«, sagte Roca und wies mit dem Finger nach oben. »Er hat übrigens angerufen und nach dir verlangt.«

Wenige Minuten später betrat Ribera das Büro des Polizeichefs und glaubte, seinen Augen nicht zu trauen. Mariano G. Moix bemerkte Riberas Anwesenheit zunächst nicht, weil er hoch konzentriert mit etwas anderem beschäftigt war: Er spielte Golf. Genauer gesagt trieb er mit einem Golfschläger einen kleinen weißen Ball über eine schmale grüne Matte, die vor der Rückwand des großen Arbeitszimmers auf dem Boden ausgelegt war. Die Matte wurde am vorderen Ende von einer niedrigen

Querleiste abgeschlossen, davor war ein Loch in das Grün eingelassen, das wiederum von einem Fähnchen markiert wurde. Die Imitation eines Holes wie auf einem Golfplatz im Freien. Der Schlag ging daneben, der Ball krachte gegen die Leiste.

»*Mierda*«, brach es aus Moix heraus. Er verzog das Gesicht. Erst danach stellte er fest, dass er einen Besucher hatte. »Ribera, ich habe Sie gar nicht kommen hören.« Verlegenes Lächeln, eine Regung, die bei Moix selten vorkam. »Entschuldigen Sie. Ein kleines Freizeitvergnügen, dem ich seit einiger Zeit fröne. Mein Arzt meint, ich bräuchte mehr Bewegung.« Er wies auf einen Bauchansatz, der sich unter seinem Hemd abzeichnete. »Und da ich mir nicht vorstellen kann, in kurzen Hosen schwitzend auf dem Paseo Marítimo zu joggen, habe ich mit dem Golfen angefangen. Ein wirklich schöner Sport – viel frische Luft, Natur, Entspannung, dazu soziale Kontakte. Sollten Sie auch mal probieren, Ribera. Überhaupt sollten viel mehr Kollegen Golf spielen und dienstliche Besprechungen auf dem Golfplatz stattfinden. Ich garantiere Ihnen, dass dies ganz neue gruppendynamische Effekte freisetzen würde.«

Ribera schmunzelte bei dieser Vorstellung, vor allem was die sozialen Kontakte betraf, verzichtete aber auf eine Erwiderung.

Der Polizeichef steckte den Schläger in eine Golftasche, die an der Wand lehnte. »Die Putting-Matte hat mir ein Freund aus den USA mitgebracht. Um mein Handicap zu verbessern.« Moix ging zu einer Sitzecke mit Ledersofa und zwei Sesseln, die um einen Glastisch gruppiert waren, und bat Ribera, Platz zu nehmen. Vor ihm lag die aktuelle Ausgabe des »Diario de Mallorca«. »Aber ich habe Sie nicht hergebeten, weil ich mich mit Ihnen über die Vorzüge des Golfens unterhalten möchte.« Er wies auf den Artikel auf der Titelseite der Zeitung. »Ich nehme an, Sie wissen bereits davon.«

Ribera nickte.

»Mich hat der Tourismusminister angerufen. Er zeigte sich sehr beunruhigt und auch ungehalten über diesen Vorgang. Ich brauche Ihnen nicht zu sagen, wie wichtig dieser Wirtschaftsbereich und gerade der Radtourismus für die Insel sind.«

Ribera wusste um die Befindlichkeit von Moix, wenn es um die Außendarstellung Mallorcas und vor allem der Jefatura, sprich seiner eigenen Person, bestellt war. Selbstverständlich habe man alle Hebel in Bewegung gesetzt, um den Fall schnellstmöglich aufzuklären, sagte er. Bisher gebe es aber weder eine konkrete Spur, da es sich um Fahrerflucht handle, noch Zeugen. Erschwerend komme hinzu, dass sie parallel an einem zweiten Fall arbeiteten.

Moix hatte sich zurückgelehnt, dem Vortrag Riberas konzentriert zugehört und sich nur hin und wieder über seinen schmalen silbergrauen Schnurrbart gestrichen. Nun aber beugte er sich vor, seine Mundwinkel zuckten nervös. »Ich höre.«

Ribera berichtete von dem toten Umweltschützer und davon, dass sie bisher nur einen Anfangsverdacht gehabt hätten, nun aber definitiv feststehe, dass jemand seine Hand im Spiel gehabt habe und die Ermittlungen Fahrt aufnähmen.

Als er geendet hatte, verschränkte Moix die Arme und kräuselte die Lippen. Schweigend saßen sich die beiden Männer eine Weile gegenüber, ehe Moix die Sprache wiederfand.

»Hm. Umweltschützer. Ausgerechnet. Hm. Unangenehme Sache. Vielleicht sogar mit einer politischen Dimension, das Ganze. Hm. Wir müssen da äußerst sensibel herangehen. Und wir müssen proaktiv werden und ein offizielles Statement an die Presse herausgeben, zusammen mit einer Erklärung zu dieser toten Radfahrerin. Es kann ja nicht sein, dass uns diese Medienbande vor sich hertreibt und uns in ein schlechtes Licht rückt. Wir müssen das Heft des Handelns in der Hand behalten.« Er klatschte sich auf die Oberschenkel. Das Zeichen, dass das Gespräch beendet war.

Ribera hatte schon die Türklinke in der Hand, als Moix ihm noch etwas hinterherrief. »Und, Ribera, wir müssen zeitnah zu einem Ergebnis kommen – auch was diese Sache mit der toten Radfahrerin betrifft. Machen Sie Ihren Leuten mal etwas Dampf. Und halten Sie mich unbedingt auf dem Laufenden. Wenn's sein muss, Tag und Nacht!«

Das ist neu, dachte Ribera, als er sich auf den Rückweg

machte. Ein solch üppiges Zeitfenster hatte er noch nie ins Spiel gebracht. Normalerweise beschränkte sich die Erreichbarkeit des Polizeichefs auf neun bis fünf Uhr nachmittags, wenn er nicht zwischendurch wegen irgendwelcher superwichtigen Meetings unabkömmlich war, wie er nicht müde wurde zu betonen. Vielleicht wollte er bei seinen sozialen Kontakten auf dem Golfplatz durch Fahndungserfolge glänzen.

Ribera war zwar nicht der Typ, der sich davon nervös machen ließ. Auch nicht von der bürokratischen Formulierung »zeitnah«, einer der Lieblingsfloskeln in Moix' Sprachkatalog. Dennoch war ihm bewusst, dass die Erwartungshaltung hoch war und sie unter Druck standen. Und das gleich von mehreren Seiten. Anders ausgedrückt: Sie mussten Gas geben.

Zurück in seinem Büro legte er sofort damit los und rief bei Conxita Martínez an. Zudem reservierte er beim Fuhrpark der Jefatura einen Dienstwagen. Das letzte Telefonat aktivierte wohl eine Synapse in seinem Gehirn. Denn plötzlich überfiel ihn eine Erkenntnis: Bei ihren bisherigen Ermittlungen hatten sie eine Sache gänzlich außer Acht gelassen.

14

Palma, Arxiduc. Hinter Menschen herzuschnüffeln war nicht gerade Ivan Peskows Stärke. Weder hatte er eine polizeiliche Ausbildung noch irgendwelche einschlägigen Erfahrungen in diesem Bereich. Das Einzige, was er in dieser Richtung vorweisen konnte, war die mehrjährige Mitgliedschaft in einer paramilitärischen Organisation, die auf Töten und maximale Zerstörung spezialisiert war. Aber darum ging es bei diesem Auftrag nicht. Noch nicht.

Seit dem Treffen im Beachclub in Magaluf hatte er sich an Ignacio Zafras Fersen geheftet und dessen Tagesablauf und Gewohnheiten studiert. Binnen kurzer Zeit glaubte er, ein Bewegungsprofil auszumachen: Er wusste, dass Zafra allein in einem

Apartment in Es Secar de la Real wohnte, einem nördlichen Vorort von Palma. Dass er die Angewohnheit hatte, morgens vor der Arbeit gegen halb neun auf einen Sprung in die Bar »Mateo« zu gehen, die in der Nähe seiner Wohnung lag, wo er einen Kaffee trank und danach draußen auf der Terrasse eine Zigarette rauchte. Dass er sich danach in seine Detektei im Viertel Arxiduc begab und gegen vierzehn Uhr zu Mittag in der Bar »Venecia« aß, die sich um die Ecke von seiner Arbeit befand. Dass er abends gegen neunzehn Uhr noch einmal einen Absacker in der Bar »Mateo« zu sich nahm. Und dass er wohl ab und zu ein asiatisches Massagestudio aufsuchte und ins Fußballstadion ging, um Heimspiele von Real Mallorca anzuschauen. Zu allen möglichen Stationen hatte er Zafra begleitet – wie ein Schatten. Sein Auftrag lautete, unauffällig so viele Informationen wie möglich zu sammeln. Daher hatte er zunächst darauf geachtet, ihm nicht zu nahe zu kommen, ihn nur mit gebührendem Abstand zu beobachten. Schnell war er jedoch forscher geworden, hatte ein Spiel daraus gemacht, ihm immer mehr auf den Leib zu rücken.

Am zweiten Observierungstag trieb er die Annäherung jedoch auf die Spitze. Zusammen mit Zafra saß er gleichzeitig um die Mittagszeit in der Bar »Venecia« im Carrer de l'Arxiduc Lluís Salvador. Er war ihm so nah, dass sie sich über den Tisch hinweg hätten unterhalten können – vielleicht über Fußball oder ein anderes belangloses Thema. Er bestellte sogar das Gleiche. Ob er ihn wahrnahm? Es waren ja noch eine Menge anderer Gäste im Raum. Ausgeschlossen war es nicht, immerhin war der Kerl quasi vom Fach, vielleicht aber auch zu betriebsblind, um damit zu rechnen, dass er selbst beschattet wurde. Peskow meinte jedoch, einen misstrauischen Blick zu ihm herüber bemerkt zu haben. Besonders als sein Mobiltelefon klingelte, er den Anruf aber wegdrückte. War jedoch auch nicht tragisch. Im Gegenteil. Er fand sogar Gefallen an dem Psychospielchen, dem Gedanken, bei Zafra eine latente Unsicherheit hervorzurufen. Nur allzu offensichtlich wollte er nicht agieren. Nicht, dass er Angst vor ihm gehabt hätte. Zafra war mindestens einen Kopf kleiner als er mit seinen eins neunundachtzig, älter, leicht übergewichtig und rauchte wie ein Schlot. Auf der anderen Seite hatte er einen breiten, kräftig gebauten Oberkörper, war also nicht zu unterschätzen. Zur Not hatte Peskow ja auch noch seine gute alte Makarow im Hosenbund stecken. Nein, er wollte keinen Scheiß bauen, der Auftrag brachte schließlich Kohle, die er gut gebrauchen konnte. Außerdem war bereits zu viel schiefgelaufen in letzter Zeit. Da konnten sie sich keinen weiteren Fehler erlauben.

Als Zafra eine knappe Dreiviertelstunde später zahlte und die Bar verließ, blieb er denn auch noch eine Weile sitzen und überlegte, welche Optionen es in diesem Fall gab. Noch war unklar, wie sie weiter vorgehen würden. Sicher war nur eines: Dieses Problem musste wohlüberlegt und so geräuschlos wie möglich aus der Welt geschafft werden. Sonst könnten sie den Laden dichtmachen. Dann wäre sein Leben endgültig ein Scherbenhaufen.

15

Palma, Arxiduc. Fast zeitgleich, als Ivan Peskow und Ignacio Zafro zusammen in der Bar »Venecia« saßen, betrat Cristina Blum nur wenige Straßenzüge entfernt ein Gebäude im Carrer de Manuel Sanchís Guarner. In der schmalen Seitenstraße des Barrio Arxiduc residierte der Grup Balear d'Ornitología i Defensa de la Naturalesa, kurz GOB genannt, im Erdgeschoss eines dreistöckigen braunen Baus.

Gleich die ersten Meter in der Naturschützerzentrale bescherten Blum ein Déjà-vu, begleitet von ambivalenten Gefühlen. Das lag daran, dass sie in der Vergangenheit selbst einmal Mitglied bei der Umweltorganisation gewesen war. Das Engagement hatte sie aber eingestellt, als sie mit der Ausbildung bei der Polizei anfing. Sie empfand nach wie vor große Sympathie für die Organisation, deren Stimme auf Mallorca und den Balearen Gewicht hatte, legte man doch bei jeder Gelegenheit den Finger in die Wunden von Politik und Gesellschaft. Dass sie dort einmal in einem Mordfall ermitteln würde, hätte sie sich damals jedoch in ihren kühnsten Träumen nicht ausgemalt. Ein bisschen konnte sie in diesem Moment die Gewissensnöte nachempfinden, die Ribera bei Conxita Martínez hatte.

All das ging ihr durch den Kopf, als sie vor dem großen Holzregal im Foyer wartete. Zahlreiche Broschüren und Flyer über die verschiedenen Projekte und die Gruppe selbst waren dort aufgereiht. Unterteilt nach Themengebieten: Energie, Klimawandel, Konsum, Biodiversität und wo der GOB sonst noch mitmischte. Blum nahm eine der Broschüren heraus und blätterte darin herum. Es ging um die Geierpopulation auf Mallorca, für die sie sich eingesetzt hatte. Wie bekannt ihr das alles vorkam.

»Interessierst du dich immer noch für Artenschutz?«

Eine schlanke Frau mit halblangen dunklen Haaren war zu ihr getreten. Sie war einige Jahre älter als Blum, hatte aber eine jugendliche Ausstrahlung.

Blum lächelte und legte die Broschüre zurück. »Das lässt einen wahrscheinlich nie ganz los. Vor allem wenn es mit persönlichen Erinnerungen verbunden ist.« Sie wandte sich der Frau zu, die ihr bestens vertraut war, als hätten sie erst gestern miteinander zu tun gehabt. Es handelte sich um GOB-Sprecherin Maite Ribot. Blum hatte sie während ihrer Zeit bei den Umweltschützern kennengelernt. Im Gegensatz zu Castro, dem sie erst begegnet war, als er tot im Müllboot gelegen hatte. Aber die beiden Frauen verband noch etwas anderes jenseits der GOB-Aktivitäten. Sie hatten eine kurze Liebesbeziehung gehabt, die jedoch nach ein paar Monaten in die Brüche gegangen war. Beide wirkten verlegen, als sie sich gegenüberstanden. Ribot brach das Eis und umarmte Blum.

»Können wir irgendwo in Ruhe sprechen?«, fragte diese.

Ribot nickte und führte sie durch den verschachtelten Raum vorbei an Schreibtischen und Regalen voller Ordner in eine kleine, offene Gemeinschaftsküche mit Kaffeemaschine, Kühlschrank und Mikrowelle. An der Wand hingen vergilbte Poster früherer Protestaktionen. Sie setzten sich an einen Tisch, der zwischen Fotokopierer, Schrank und einem weiteren Regal eingezwängt war.

Blum blickte sich um. »Hat sich nichts geändert, bis auf die Mikrowelle. Aber du hast beim GOB Karriere gemacht, habe ich gehört.«

Ribot lachte laut auf. »Wahnsinnskarriere – Sprachrohr der Insel-Nervensägen. Du sollst auch aufgestiegen sein – von der schüchternen Cristina zur Polizeiüberfliegerin. Respekt. Aber du warst schon immer sehr ehrgeizig.«

»Na ja, eher zur Nervensäge der Mordkommission. So sehen mich jedenfalls einige männliche Kollegen, die es nicht gewohnt sind, dass auch Frauen Karriere machen oder wie immer man das nennt, was ich bei der Policía Nacional erreicht habe.«

Wieder ein Moment der Verlegenheit. Erneut ergriff Ribot die Initiative. »Du bist sicher nicht hergekommen, um alte Geschichten aufzuwärmen oder damit wir uns gegenseitig beweihräuchern. Wäre nicht deine Art. Um was geht's also, Cristina?«

»Es geht um Toni Castro.«

»Mein Gott, was hat er jetzt wieder angestellt?«, fragte Ribot in einem Tonfall, der zwischen besorgt und aufgebracht schwankte. Ein paar Sekunden später wurde sie aschfahl im Gesicht, nachdem Blum ihr vom Tod Castros berichtet hatte.

Sie wartete kurz, bis sich Ribot wieder gefasst zu haben schien. »Er soll sich mit allen möglichen Leuten angelegt haben. Seine Frau erzählte, dass es dabei um die Seegraswiesen vor Mallorca ging.«

»Das ist im Prinzip richtig«, sagte Ribot, »trifft es aber nicht vollständig.« Sie stand auf, ging zu dem Regal neben dem Tisch und zog einen dicken Ordner heraus. »Toni war unser Wasserexperte. Besonders der Abwasserskandal auf Mallorca war sein Spezialgebiet.«

Blum wusste nur zu gut, wovon Ribot sprach. Die veraltete Kanalisation der Insel war ein chronisches Problem und ein großes Ärgernis. Zu alt, zu ineffizient, überlastete Kläranlagen; vor allem bei Starkregen kollabierte das System regelmäßig, was zeitweise dazu führte, dass ungeklärtes Abwasser ins Meer lief.

Ribot setzte eine Brille auf, öffnete den Ordner und nahm ein paar Zeitungsausschnitte heraus. Die Presseberichte handelten von Badestränden, die vorübergehend geschlossen werden mussten, und von Seegraswiesen, die durch die Fäkalien bedroht waren.

»Die Strände waren Toni ziemlich egal, aber wenn es um die Neptungraswiesen ging, hat er rotgesehen. Gelinde gesagt. Er ist mehrmals nachts in Kläranlagen eingestiegen, hat dort heimlich Fotos gemacht und an die Presse lanciert. Damit hat er sich unter anderem eine Klage wegen Hausfriedensbruch eingehandelt. Einmal gab es auch eine Rangelei mit einem Angestellten eines Sicherheitsdienstes – inklusive Anzeige wegen Körperverletzung. Er war nicht besonders zimperlich.« Sie blätterte weiter. »Hier, noch so eine Guerilla-Aktion, wie sie typisch für Toni war.«

Blum überflog den Artikel. Er drehte sich um einen Streit mit der Balearischen Seglervereinigung. Castro, der in dem Bericht erwähnt wurde, hatte die Ankerketten von Segelschiffen gekappt. Der Vorsitzende der Federación Balear de Vela, ein gewisser Daniel Fonseca, hatte ihn daraufhin wegen Sachbeschädigung angezeigt, und Toni wurde zu einer Geldstrafe verurteilt.

Ribot klappte den Ordner wieder zu. »Und das war nicht der einzige Vorfall dieser Art. Gegen die Segler hat Toni einen regelrechten Kreuzzug geführt, weil sie seiner Meinung nach an Stellen ankern, an denen Posidonia wächst. Damit hatte er nicht unrecht, dennoch waren viele beim GOB mit seinen Methoden nicht einverstanden. Vor allem, weil er zunehmend auf eigene Faust agiert hat, ohne sich mit irgendjemandem abzusprechen.« Ribot stellte den Ordner wieder ins Regal zurück. »Am Anfang unterstützte der GOB Toni noch, aber er wurde immer radikaler. Irgendwann haben wir uns von ihm distanziert. Mussten wir, weil es andernfalls unseren Ruf ruiniert hätte. Nicht nur ich hatte die Befürchtung, dass die Sache zu einem Egotrip ausartete. Daraufhin hat Toni uns wüst beschimpft und mit Austritt gedroht. Wahrscheinlich wäre er nur seinem Rausschmiss zuvorgekommen. Das hat sich ja nun erledigt.« Ribot nahm die Brille ab und rieb sich die Augen. Sie waren gerötet. »*Dios mío.* Irgendwie musste es fast so kommen.«

»Kannst du dir vorstellen, dass jemand von den Leuten, mit denen Castro Ärger hatte, ein Motiv für einen Mord hatte?«, hakte Blum nach.

»Puh. Du stellst Fragen.« Ribot schloss für einen kurzen Moment die Augen, bevor sie antwortete. »Ehrlich gesagt bin ich damit überfragt. Wie du weißt, haben wir des Öfteren Auseinandersetzungen mit allen möglichen Leuten und Institutionen. Wir kleben uns aber nicht irgendwo fest wie manche Klimaaktivisten. Das spielt sich maximal auf einer juristischen Ebene ab. Andererseits ging es bei manchen Aktionen von Toni recht rustikal zu. Vor allem bei dieser Geschichte mit den Seglern. Die waren stinksauer auf ihn. Aber deswegen ermordet man doch niemanden. Nein.« Sie schüttelte den Kopf. »Das schließe ich kategorisch aus.« Plötzlich erstarrte sie. »Bis auf diese eine obskure Sache. Die hätte ich fast vergessen.«

Fragender Blick Blums.

»Ich weiß nicht, ob es etwas zu bedeuten hat oder nur eine Wahnvorstellung von Toni war. Er hat zuletzt Andeutungen gemacht, dass er einer großen Sache auf der Spur sei. Er wollte aber nicht sagen, um was es sich dabei konkret handelte. Da wir weiter nichts mehr davon gehört haben, sind wir davon ausgegangen, dass er sich in etwas verrannt hatte.«

»Gibt es jemanden beim GOB oder außerhalb, dem er sich anvertraut haben könnte?«

Ribot überlegte. »Mir fällt da niemand ein. Toni wurde im Laufe der Zeit immer mehr zum Einzelgänger. Am ehesten noch seine Frau, auch wenn die mit seinen GOB-Aktivitäten nichts zu schaffen hatte, soweit mir bekannt ist. In der Ehe soll es außerdem gekriselt haben.«

Blum hatte gespannt zugehört. Sie musste unbedingt Ribera verständigen. Kurz darauf verabschiedete sie sich, um mit ihrem Vorgesetzten zu telefonieren. Sie erreichte ihn nicht und schickte ihm eine Sprachnachricht. Vielleicht hörte er sie ab, bevor er bei Conxita Martínez eintraf.

Aber noch etwas anderes beschäftigte sie: die Häufung vermeintlich großer Sachen. Nicht nur Ribot hatte davon gesprochen, sondern auch der Polizeichef, als er sie kurz vor ihrem Termin beim GOB telefonisch zu einem persönlichen Gespräch gebeten hatte. Ohne Näheres zu verraten.

16

Can Pastilla. Das »Café Troyen« lag an der Grenze von Can Pastilla und Cala Gamba. Eine typische mallorquinische Kneipe: gemütlicher Innenraum, schlichtes dunkles Mobiliar, heller Kachelboden, gedämpftes Licht von Wandleuchtern, ein Spielautomat und ein großer Flachbildschirm neben dem Eingang, auf dem im Dauerbetrieb irgendwelche Fernsehsendungen liefen, für die sich keiner der Gäste interessierte. Dazu ausladende Fenster, durch die man eine gute Sicht auf das Geschehen draußen hatte. Blickfänger war die schöne Theke, ebenso aus Holz wie die Decke über ihr. Vervollständigt wurde das Ambiente durch den verspiegelten Hintergrund, auf dem zu lesen war, dass die Bar seit 1965 existierte. Hätte die Begegnung unter anderen Umständen stattgefunden, wäre Pau Ribera vermutlich begeistert von dem Ort gewesen.

Conxita Martínez, die die Cafetería vorgeschlagen hatte, saß bereits an einem der Marmortische. Vor ihr lagen ein Päckchen Zigaretten und ein Feuerzeug. Die Andeutung eines Lächelns huschte über ihr Gesicht, als sie ihn sah. Sie war dezent geschminkt. Die Haare trug sie dieses Mal offen. Wie früher, dachte Ribera, als sie sich in einer gemeinsamen Clique in ihrer alten Heimatstadt herumgetrieben hatten. Wie alt waren sie damals gewesen? Anfang zwanzig. Sie hatten nichts miteinander gehabt, auch wenn er sich das durchaus hätte vorstellen können. Aber sie war damals mit einem gemeinsamen Freund zusammen gewesen, der sie in die Gruppe mitgebracht hatte. Die Zusammensetzung war volatil gewesen, Leute waren gekommen und gegangen. Irgendwann hatten sich auch ihre Wege wieder getrennt, das Leben hatte sie in unterschiedliche Richtungen geweht. Dennoch unerklärlich, dass er sie beim ersten Mal nicht sofort erkannt hatte. Andererseits waren die Jahre natürlich nicht spurlos an ihr vorübergegangen. Besonders auffällig war ein bitterer Zug, der sich um ihren Mund eingekerbt hatte. Erst jetzt fiel er ihm auf.

Er setzte sich zu ihr. »Tut mir leid, dass ich dich noch einmal belästigen muss. Aber es gibt wichtige Neuigkeiten, die ich dir persönlich mitteilen wollte.«

Zum zweiten Mal am heutigen Tag berichtete Ribera von der rechtsmedizinischen Untersuchung. Entgegen seiner Erwartung brach Conxita Martínez nicht zusammen. Geradezu gefasst nahm sie die Nachricht entgegen, als hätte sie mit dem Schlimmsten gerechnet. Keine Tränen, kein Jammern und Wehklagen. Sie wandte das Gesicht zum Fenster und beobachtete das Treiben auf der Straße. Es herrschte die Betriebsamkeit eines sonnigen, warmen Tages auf der Uferpromenade. Ein afrikanischer Straßenhändler versuchte, einem Touristenpärchen eine seiner Billigsonnenbrillen aufzuschwatzen, die er in einem Karton mit sich führte. Der männliche Teil schien nicht uninteressiert zu sein, probierte mehrere Modelle an. Seine Freundin legte der Gestik und Mimik nach jedes Mal Widerspruch ein, der Deal kam nicht zustande.

»Sei vorsichtig bei dem, was du dir wünschst, es könnte in Erfüllung gehen«, murmelte Martínez vor sich hin.

»Wie meinst du das?«

Sie drehte den Kopf wieder in Riberas Richtung. Jetzt hatte sie doch wässrige Augen. »Toni hat das Meer geliebt, mehr als mich, hatte ich den Eindruck. Es hatte für ihn etwas Spirituelles. Es sei der Ursprung des Lebens, hat er mir gesagt, als ich gefragt habe, warum er sich so daran festbeiße. Und dem wollte er so nah wie möglich sein. So oft wie möglich.«

Eine Kellnerin trat zu ihnen an den Tisch. Sie trug ein schwarzes Polohemd mit dem Logo der Bar. Tradition wurde hier hochgehalten. Ribera bestellte eine *coca de trampó*, die ihm

Conxita vorher empfohlen hatte, und ein stilles Wasser. Sie lediglich einen Cortado.

»Du hast das letzte Mal gesagt, du hättest den Eindruck gehabt, dass Toni eine andere hatte. Wieso?«

»Da waren verschiedene Dinge. Er hat häufiger Überstunden gemacht, sich angeblich mit Freunden getroffen. Er guckte ständig auf sein Handy. Wir haben auch nichts mehr gemeinsam unternommen. Richtig misstrauisch wurde ich aber, als ich ihn einmal beim Lügen ertappt habe. Jedenfalls glaube ich, dass er gelogen hat.« Sie schüttete Zucker in ihren Kaffee, langsam versank die weiße Masse im Milchschaum. »Er wolle etwas am Boot reparieren, sagte er mir. Das war schon gegen Abend. Ich dachte, ich überrasche ihn und bringe etwas zu essen und Wein in den Hafen. Er war aber nicht da, kam auch erst Stunden später nach Hause. Als ich ihn fragte, wo er gewesen sei, meinte er nur, er habe einen Anruf von einem GOB-Kollegen bekommen, der mit ihm etwas Dringendes besprechen wollte. Mit dem habe er sich getroffen – behauptete er.« Sie rührte mit dem Löffel in ihrem Kaffee herum, ohne ihn zu trinken. Eine Träne lief ihre Wange herunter.

Riberas Telefon vibrierte. Er warf einen Blick darauf, eine Nachricht von Cristina Blum. »Entschuldige, scheint wichtig zu sein«, sagte er, stand auf und ging raus auf die Straße. Nach etwa einer Minute kehrte er zurück.

»*Disculpa.* Meine Kollegin, die du vor Kurzem kennengelernt hast, war beim GOB und hat dort eine interessante Information erhalten. Hat Toni in letzter Zeit von einer großen Sache erzählt, der er auf der Spur sei?«

»Eine große Sache?«, wiederholte Martínez wie ein Echo. Sie überlegte einen Augenblick. »Hm, ich kann mich nicht erinnern.« Sie nippte an ihrem Cortado, stellte die Tasse wieder ab. »Wobei … Toni hat sich vor Kurzem tierisch über etwas aufgeregt, als er nach Hause kam. Erwähnte etwas von einer Mafia, der er das Handwerk legen werde. Mehr hat er aber nicht gesagt. Ich habe es für das übliche Thema gehalten und nicht nachgefragt. Ansonsten war er in letzter Zeit noch öfter als sonst unterwegs.«

»Gab es dafür einen besonderen Grund?«

Martínez fingerte eine Zigarette aus dem Päckchen, steckte sie in den Mund und nahm sie wieder heraus. Ribera fühlte sich an Situationen in Verhören erinnert, wenn die Verdächtigen anfingen, ein Geständnis abzulegen.

Martínez sprach mit leiser Stimme. »Da ist noch etwas, was ich dir sagen muss. Du erfährst es ja doch irgendwann.« Sie schluckte erneut. »Ich hatte schon seit Längerem den Verdacht, dass Toni mich betrügt, hatte aber gehofft, dass sich das wieder legt. Kommt schließlich in vielen Ehen vor. Vielleicht bin ich da zu nachsichtig. Dennoch hat es an mir genagt, ich wurde immer eifersüchtiger und habe angefangen, ihn zu kontrollieren. Und als dann diese Sache mit dem angeblichen Treffen mit einem Kollegen war, wurde ich noch misstrauischer. Ich war aber überzeugt davon, dass es keinen Wert hätte, Toni damit zu konfrontieren, dass er mich eh nur anlügen würde.« Ihre Stimme hörte sich belegt an. Sie räusperte sich. »Irgendwann habe ich die Unsicherheit nicht mehr ausgehalten und einen Privatdetektiv damit beauftragt, Toni zu beschatten. Ich hatte es satt, angelogen werden. Kannst du das verstehen?«

»Irgendwie schon. Und was ist dabei herausgekommen?«

»Toni hatte tatsächlich eine Affäre – mit einer Raquel Alvarez Fonseca. Das ging wohl schon länger. Ich wollte ihn eigentlich zur Rede stellen, habe auch überlegt, ihn rauszuschmeißen, aber dazu kam es nicht mehr.«

Ribera pfiff leise durch die Zähne. Damit würde er sich später befassen. Er zog den Umschlag mit den Fotos aus Castros Büro aus der Innentasche seines Sakkos. »Ist sie das?«

Martínez betrachtete das Porträt der Frau mit einem Gesichtsausdruck, als hätte ihr Ribera ein Bild einer Kakerlake gezeigt. Sie schlug die Hand vor den Mund und nickte nur.

Eine andere Frage brannte ihm noch auf der Zunge. »Wie ist dein Mann zum Hafen von Cala Gamba gekommen?«

»Das kam drauf an. Oft mit dem Auto, wenn er es eilig hatte, manchmal auch mit dem Fahrrad. Wieso fragst du?«

»Wir versuchen herauszufinden, wo er vor seinem Verschwinden war. Vielleicht finden sich im Auto Anhaltspunkte. Hat er sein Auto auch an diesem Tag benutzt?«

»Ich vermute mal. Jedenfalls habe ich es seither nicht mehr gesehen.«

»Gibt es einen Zweitschlüssel? Und kannst du mir die Adresse von diesem Privatdetektiv geben?«

Sie kramte in ihrer Handtasche und holte einen Schlüsselbund hervor, entfernte einen Schlüssel und reichte ihn Ribera. Sie wühlte noch mal, bis eine zerfledderte Visitenkarte zum Vorschein kam, die sie ebenfalls Ribera gab.

Wenige Minuten später verließ Martínez das Restaurant. Ribera sah, wie sie draußen hektisch eine Zigarette anzündete und rauchend davonging. Das Gespräch schien sie ziemlich mitgenommen zu haben. Kein Wunder, dachte er. Und das war unter Umständen nicht das Ende der Fahnenstange, je nachdem, was bei dieser Geschichte noch ans Tageslicht kommen würde.

Er schlang sein Essen hinunter. Es war unterdessen fast kalt, ein Zustand, der ansonsten für ihn kulinarisch so attraktiv war wie abgestandenes Bier. Egal, seine Gedanken kreisten eh um etwas ganz anderes. Sie mussten Castros Auto finden. Sie mussten Raquel Alvarez befragen, und sie mussten auch diesem Privatdetektiv einen Besuch abstatten. Wie hieß der doch gleich? Er warf einen Blick auf die Visitenkarte: Ignacio Zafra.

Ein paar Minuten stand Ribera vor dem Café und drehte die Visitenkarte in den Händen. Vor sich die niedrige Ufermauer, dahinter durchquerte ein Stand-up-Paddler die Bucht, aus der Einfahrt des Sporthafens von Cala Gamba tuckerte ein Segelschiff mit Hilfe seines Außenbordmotors. Instinktiv und ohne nachzudenken, ging er Richtung Club Nautico, der fußläufig erreichbar war. Wenn er schon in der Gegend war, konnte er auch gleich nachschauen, ob das Auto von Castro in der Nähe abgestellt war. Ein weißer Renault Captur, hatte Martínez ihm gesagt, ein Allerweltsmodell, wie es sie tausendfach auf Mallorca gab. Das kam der Suche nach der Nadel im Heuhaufen gleich. Aber einen Versuch war es wert.

In der Straße vor dem Eingang zum Club Nautico war schon mal Fehlanzeige. Kurzer Blick auf den kleinen Parkplatz auf dem Hafengelände, der nur über eine mit einer Schranke versehene Einfahrt zugänglich war. Ebenfalls nichts zu entdecken. Er beschloss, das an den Sporthafen angrenzende Viertel abzugrasen. Überwiegend Wohngebiet, dazwischen kleine Geschäfte, schmale, gerade Straßen mit niedrigen Häusern, schachbrettartig angelegt, voller parkender Autos. Fast schon amerikanisch, dachte Ribera. Er wählte das erstbeste Sträßchen, das er bis zur nächsten Querstraße abging. Zwischendurch betätigte er immer wieder die Fernbedienung des Autoschlüssels. Nichts. Er bog in die Querstraße ab, drückte wieder – *nada*. Weiter bis zu einem Sportgelände. Davor dicht an dicht viel Blech. Ein erneuter Druck mit dem Daumen. Auf einmal sah er in einer Reihe parkender Fahrzeuge ein Licht aufblinken. Er ging in die Richtung, drückte auf die Schließen-Taste. Ein Klacken, begleitet von flackerndem Licht. Da stand der Renault. Damit hatte er nicht wirklich gerechnet. Er warf einen Blick in das Wageninnere, ohne einzusteigen. Ja keine etwaigen Spuren vernichten. Es war nichts Auffälliges zu entdecken. Ein paar Parkzettel lagen auf dem Armaturenbrett. Auf dem Rücksitz stand eine halb gefüllte Supermarkttüte.

Mit behandschuhten Händen öffnete er den Kofferraum. Eine Taucherbrille befand sich darin, daneben eine Golftasche mit ein paar Schlägern. Castro und Golfen? Vielleicht kannte ihn der Polizeichef. Kopfschütteln. Der Fall gab ihm immer mehr Rätsel auf.

Er rief die Spurensicherung an. Danach Penelope Roca in der Jefatura. Sie sollte die Adresse dieser Raquel Alvarez herausfinden. Routiniert und ganz automatisch lief das alles ab. Ein Impuls hatte sich eingestellt, den er schon länger nicht mehr so stark verspürt hatte. Sein Ermittlerehrgeiz war geweckt, offenbar ausgelöst durch das unerwartete Erfolgserlebnis des heutigen Tages. Das trieb ihn auch dazu, weiterzumachen, obwohl er große Lust verspürte, den Tag langsam mit einem Wermut oder einem Glas Wein ausklingen zu lassen. Am liebsten auf der Außenterrasse einer Bar mit Blick aufs Meer. Stattdessen holte er die Visitenkarte des Privatdetektivs aus der Tasche und wählte dessen Nummer. Wenige Minuten später war er unterwegs nach Arxiduc.

Etwa eine Stunde später stand Ribera vor einem mehrgeschossigen Eckhaus im belebten Carrer del 31 de Desembre. Im Erdgeschoss war ein Tabakgeschäft untergebracht, darüber hing ein Firmenschild mit der Aufschrift »IPP – Investigaciones Privadas Palma de Mallorca«. Ignacio Zafra hatte ihn bereits erwartet, denn die Eingangstür sprang gleich nach dem ersten Klingeln mit einem Summen auf.

Leutselige Begrüßung: »Chefinspektor, welch hoher Besuch in meiner bescheidenen Hütte. Und vor allem so überraschend.«

Zafra sah anders aus, als Ribera ihn sich vorgestellt hatte. Nach der sonoren Stimme am Telefon hatte er einen großen, schlanken, etwas älteren Mann erwartet. Nun erwies sich der Privatdetektiv als bulliger Typ und etwas kleiner als er selbst, schätzungsweise in den Vierzigern, breites Gesicht mit Bart, die braunen Haare zurückgekämmt und mit Gel in Form gehalten. Er trug ein weit aufgeknöpftes hellblaues Hemd, die Ärmel bis zum Ellbogen hochgekrempelt.

Zafra führte Ribera in sein Büro, räumte hastig ein paar Unterlagen von einem Stuhl vor einem Schreibtisch. »Entschuldigen Sie die Unordnung. Meine Sekretärin ist zurzeit krank. Ich muss mich um alles selbst kümmern.«

»Machen Sie sich keine Umstände«, sagte Ribera und setzte sich. »Danke, dass Sie so kurzfristig Zeit hatten.«

Zafra nahm am Schreibtisch Platz und taxierte ihn. »Kommt nicht gerade oft vor, dass die Polizei unsereins um einen Termin bittet. Sie sagten vorhin am Telefon etwas von einem meiner Fälle, zu dem Sie ein paar Fragen hätten. Um was geht es denn genau?«

Ribera erzählte ihm von dem mysteriösen Tod Castros und von seinem Gespräch mit Conxita Martínez. »Wir tappen derzeit noch im Dunkeln und versuchen herauszufinden, mit wem

Castro vor allem in letzter Zeit Kontakt hatte. Vielleicht ist Ihnen bei der Beschattung etwas aufgefallen, was für uns möglicherweise von Interesse ist.«

Das Lächeln war mit einem Schlag aus Zafras Gesicht verschwunden. »Toni Castro tot? Ermordet?«

Ribera antwortete ausweichend: »Wir ermitteln noch in alle Richtungen.«

Zafra zündete sich eine Zigarette an. Ribera bemerkte, dass seine Hände zitterten.

Er zog ein paarmal an der Kippe und inhalierte gierig. Knistern, glimmende Glut. »Puh, mal überlegen. Schwierig bei all den Fällen, die ich habe. Und dieser ist längst abgeschlossen. Kann man schließlich nicht alles im Kopf behalten.«

Er legte die brennende Zigarette auf einem Aschenbecher ab, der bereits überquoll, erhob sich und ging in ein Nebenzimmer. Ribera hörte, wie eine Schublade herausgezogen wurde. Von der Zigarette stieg eine dünne weiße Rauchfahne zur Decke. Wenig später kam Zafra mit einigen Fotos in der Hand zurück.

»Eine Routinesache, nichts Besonderes. Solche Geschichten gehören schließlich zu den Hauptstandbeinen meiner Branche. Es stand schnell fest, dass der Mann seine Frau betrog. Ich bin ihm ein paarmal gefolgt, als er sich mit dieser Raquel Hernandez getroffen hat oder wie seine Geliebte hieß. Sehen Sie selbst.«

Er breitete drei Fotos auf dem Tisch aus. Darauf waren Castro und eine Frau mit langen schwarzen Haaren zu sehen, wie sie ein Hotel betraten. Das andere Bild zeigte, wie sich die beiden in einem Auto küssten. Auf einer dritten Aufnahme waren Castro und dieselbe Frau wieder küssend beim Baden im Meer abgebildet.

»Viel mehr gab es da nicht«, sagte Zafra. »Meist war Castro bei seinem Boot im Hafen oder beim Fischen. Aber das war für mich uninteressant. Ich sollte lediglich herausfinden, ob er eine Affäre hatte oder nicht.«

»Wie lange haben Sie ihn denn beschattet?«

»Nicht lange. Vielleicht eineinhalb Wochen, maximal zwei. Aber auch nicht ständig. Hat jedenfalls dicke gereicht, um ihm auf die Schliche zu kommen. Mir persönlich war es egal, was er so treibt. Passiert schließlich häufig. Wussten Sie, dass Spanien bei den Ländern mit der höchsten Untreuequote an achter Stelle steht? Habe ich in einer Statistik übers Fremdgehen gelesen. Platz eins belegt übrigens Thailand. Danach folgen Dänemark und Deutschland.«

Ribera überging die letzten Bemerkungen. »Hat er sich in dieser Zeit mit niemand anderem getroffen?«

»Doch. Einmal ist er in die Zentrale des GOB gefahren. Sie wissen schon, diese Umweltschützer, die sich in alles einmischen. Traumtänzer, wenn Sie mich fragen. Anders ausgedrückt: Die nerven wie die Sau.«

»Wann haben Sie ihn zuletzt verfolgt?«

Zafra ergriff die nach wie vor brennende Zigarette, nahm einen tiefen Zug und blies den Rauch über die Nase aus. »Hm, muss etwa zwei Wochen her sein. Vielleicht 'n bisschen länger.« Er breitete die Arme aus und hob die Hände. »Tut mir leid, Chefinspektor. Mit mehr kann ich beim besten Willen nicht dienen. Vielleicht hat ja der Ehemann der Frau von dem Seitensprung etwas mitbekommen und ist ausgetickt. Wäre nicht das erste Mal, dass so etwas vorkommt. Aber dazu kann ich nichts sagen. War nicht Teil des Auftrags, mich damit zu beschäftigen. Und *time is money*.« Er drückte die Zigarette im Aschenbecher aus.

Ribera rieb mit den Fingern an seiner Nase. Enttäuschung stellte sich ein, hatte er sich doch mehr von dem Detektiv versprochen als ein paar Fotos, die ein außereheliches Verhältnis dokumentierten, von dem er bereits wusste. Aber sein Gesprächspartner gab ihm deutlich zu verstehen, dass die Unterhaltung für ihn beendet war.

»*Bueno*, Señor Zafra. Dann will ich Sie nicht weiter belästigen.« Er reichte ihm eine Visitenkarte. »Falls Ihnen doch noch etwas einfallen sollte.«

Auf dem Weg nach draußen stachen ihm an der Wand neben der Tür einige gerahmte Fotos ins Auge. Er neigte sich vor. Sie alle zeigten Ignacio Zafra in der dunkelblauen Uniform eines

Lokalpolizisten in verschiedenen Szenen. Mit schusssicherer Weste auf einem Gruppenbild mit Kollegen. Mit dunkler Sonnenbrille auf einem Motorrad. Beim Schießtraining. »Sie waren bei der Polizei?«

Der Privatdetektiv, der ihn zum Ausgang begleitete, gab ein höhnisches Schnauben von sich. »In einem früheren Leben habe ich dem Verein mal angehört, ja. War aber auf Dauer nichts für mich – zu wenig Freiheit, zu viele Überstunden, zu schlechte Bezahlung. Aber die Kollegen waren klasse. Zu einigen habe ich heute noch Kontakt.«

Auf der Straße steckte sich Ribera einen seiner aromatisierten Zahnstocher in den Mund. Heute eine tropische Geschmacksvariante. Während er kauend zum Auto ging, ließ er das Gespräch Revue passieren. Zafra hatte die Beschattung deutlich vor der Gota fría beendet. Behauptete er jedenfalls. Ob er ihm wirklich alles gesagt hatte, was er wusste? Andererseits, warum sollte er ihm bei einem Routinefall etwas verheimlichen? Oder war es vielleicht doch mehr gewesen als Routine? Ribera war unsicher, was aber auch daran lag, dass er im Laufe der Jahre ein generelles Misstrauen entwickelt hatte. Außerdem war ihm der Privatdetektiv nicht besonders sympathisch, ohne genau definieren zu können, was ihn an ihm störte. Vielleicht diese demonstrative Geschäftstüchtigkeit, die er an den Tag legte. Auch wenn das sein gutes Recht war. Und dann dieses Zittern seiner Hände, als er vom Tod Castros erfahren hatte.

Irgendwo tief in Riberas Inneren schrillten die Alarmglocken, wenn auch noch leise. Jetzt hatte er jedoch keine Zeit und Lust, sich damit zu beschäftigen. Er hatte sich mit seiner Freundin Núria verabredet. Feierabend für den Chefinspektor.

17

Palma, westliche Altstadt. Die Biblioteca de Babel lag im Carrer Arabí, einer ruhigen Seitengasse in der Altstadt von Palma. Wie eine Oase jenseits von Hektik und Trubel der Balearen-Metropole wirkte der Buchladen, der im Erdgeschoss eines fünfgeschossigen Stadthauses untergebracht war. Verstärkt wurde der Eindruck durch die dunkelgrüne Fassade des Geschäfts und die in der gleichen Farbe gehaltenen Markisen über Eingangstür, Fensterfront und einer kleinen Terrasse, die mit Korbstühlen und ebenfalls grünen Bistrotischen bestückt war. Im Kontrast dazu stand die wuchtige Fassade der Kirche Sant Miquel gegenüber. Wie ein steinerner Koloss, der den beschaulichen Ort vor der Vereinnahmung durch den Massentourismus schützen wollte.

Núria Oliver saß hinter der Kasse und bediente einen Kunden, als Ribera eintrat. Er sah sich ein bisschen in dem Laden um, den er nach mehreren Besuchen schätzen gelernt hatte. Das Babel war kein reines Buchgeschäft, vielmehr eine Kreuzung aus Literatur- und Weinverkauf und Café. Zielstrebig ging er in den Raum, in dem er sich am liebsten aufhielt. Unter der niedrigen Decke mit den für Mallorca typischen freiliegenden dunklen Holzbalken ballten sich Bücherregale. Im rückwärtigen Teil war eine Bar mit Theke untergebracht. Davor stand ein schwarzes Piano auf dem Parkettboden. Er stöberte in den Regalen, bis ihn ein Buch über das historische Mallorca neugierig machte. Wie wenig er doch von seiner Wahlheimat wusste. Schande über ihn.

Er ließ sich an einem runden Bistrotisch vor dem bis zum Boden reichenden Panoramafenster an der Stirnseite nieder, setzte seine Lesebrille auf und blätterte in dem Buch. An einem alten Stich blieb er hängen. Er zeigte den Verlauf des Torrent de Sa Riera im 17. Jahrhundert. Wie ein breiter Fluss schlängelte sich der Sturzbach mitten durch Palma und mündete unterhalb der Kathedrale ins Meer. Die Stadt sei damals in zwei Hälften geteilt gewesen und immer wieder von Überschwemmungen heimgesucht worden, las er – mit Tausenden Toten, weshalb der Torrent schließlich verlegt und um die Stadt herumgeleitet worden war.

»Wasser«, sagte er halblaut vor sich hin. »Alles dreht sich ums Wasser.«

Es war mehr seine Intuition als ein konkreter Gedanke, der aus den Tiefen seines Unterbewusstseins an die Oberfläche gespült wurde. Sein Blick wanderte vom Buch nach draußen, wo der Carrer Arabí wie ein steinerner Fluss durch die Häuserschlucht mäanderte. An den Tischen, die vor einem Café an der Seitenmauer der Kirche Sant Miquel aufgestellt waren, saßen mehrere Gäste und schienen den milden Abend zu genießen.

»Bildest du dich weiter?«

Núrias rauchige Stimme ließ ihn aus seiner Versunkenheit auftauchen. Er setzte die Brille ab. »Besser spät als nie. Vielleicht kann ich damit das intellektuelle Niveau der Polizei etwas heben.«

Sie lachte, wirkte aufgeräumt. Keine Spur von Groll ihm gegenüber, was er befürchtet hatte, nachdem sie sich nach ihrem Streit aus dem Weg gegangen waren.

»Was liest du da überhaupt?« Núria betrachtete die aufgeschlagene Seite. Eine Strähne ihres schulterlangen kastanienbraunen Haars streifte seine Wange, er roch ihr Parfüm. Ihre Nähe hatte ihm gefehlt, stellte er fest.

»Woher auf einmal dieses Interesse für Mallorca? Bisher hatte ich den Eindruck, dass dir die Insel im Grunde scheißegal ist.«

Ribera schmunzelte. »Ich drücke es mal so aus: Wir nähern uns langsam einander an. Vielleicht haben wir sogar eine tiefere Verbindung entwickelt, als du ahnst. Das mit dem Buch ist nämlich wirklich eigentümlich, fast gespenstisch. Ist mir wie automatisch in die Hand gesprungen, als hätte es im Regal auf mich gewartet oder als hätte es mir die Insel geschickt.« Er beugte sich zu ihr vor und flüsterte: »Manchmal denke ich, dieser Steinhaufen im Mittelmeer ist in Wahrheit ein lebender Organismus, der genau verfolgt, was auf ihm vor sich geht.«

Núria schaute ihn amüsiert an. »Das ist unbedingt ein lebender Organismus, wie die ganze Erde.«

Ribera fuhr fort: »Auf jeden Fall fand ich darin diese Geschichte über den Torrent de Sa Riera und die verheerenden Überschwemmungen, die es früher hier gab. Sehr spannend. Aber vielleicht liegt's einfach nur an dem, was in letzter Zeit passiert ist.«

»Das da wäre?«

Er erzählte ihr von dem toten Umweltschützer im Meer, von der Gota fría, von seinem Besuch bei AEMET und seiner durchnässten Joggingrunde am Paseo Marítimo.

»Vor ein paar Jahrhunderten wärst du beim Joggen vielleicht nicht so glimpflich davongekommen.«

»Wieso das?«

»Das Bett des Torrents verlief damals nicht weit von hier durch die Stadt. Unten auf der heutigen Rambla, dann über den Borne und weiter bis ins Meer. Das führte immer wieder zu Überschwemmungen in der Stadt. Eine besonders verheerende gab es im 15. Jahrhundert – mit Tausenden von Todesopfern. Auslöser soll eine Gota fría gewesen sein.« Sie fasste sich an ihren Bauch. »Und wenn wir noch lange weiterreden, kommt ein weiteres Opfer dazu. Das aber nicht wegen einer Überschwemmung, sondern vor Hunger gestorben ist. Komm, lass uns etwas essen gehen. Mir knurrt der Magen. Ich kenne ein nettes Restaurant, wo ich schon lange mal hinwollte …« Sie schlug die Hand vor den Mund. »Oh, das ist jetzt wirklich purer Zufall – es liegt ganz in der Nähe des Torrent de Sa Riera. Außerdem muss ich dir noch etwas Wichtiges sagen.«

Kurz darauf schlenderten sie Hand in Hand durch die in das gelbliche Licht der Straßenlaternen getauchten Gassen der Altstadt. Zusammen mit zahlreichen anderen Menschen, die den lauen Abend zum Bummeln oder Ausgehen nutzten. Eine entspannte Stimmung umgab sie, die Ribera und Núria einfing wie eine warme Sommerbrise. Sie ließen sich alle Zeit der Welt, blieben immer wieder stehen, um sich zu küssen, als wären sie ein frisch verliebtes Paar.

Der aktuelle Fall war mit einem Mal in weite Ferne gerückt, der Polizist in Ribera auf einem anderen Planeten – inklusive seines Instinkts für bedrohliche Situationen. Er bemerkte daher auch nicht, dass ihnen seit der Biblioteca de Babel eine schwarz gekleidete Gestalt gefolgt war und Fotos von ihnen schoss.

18

Palma, El Fortí. Ein Sprung ins »Café a Tres Bandas« gehörte zu den Konstanten in Quique Montoyas Leben. Zum einen aus lokaler Verbundenheit, denn das Lokal galt als beliebter Treff des Barrio El Fortí, in dem er wohnte. Ein nicht unwichtiger Pluspunkt war jedoch, dass es zugleich Kleinkunstbühne und somit Schauplatz von Konzerten und allen möglichen anderen Kultur-Events war. Für ihn als Hobbymusiker also ein unwiderstehliches Paket. Wie so oft nach Feierabend verschlug es ihn auch an diesem Abend in den Szenetempel an der Plaça de Barcelona. Er setzte sich an die Theke und bestellte ein Estrella Galicia 1906, sein Lieblingsbier. Als ihm die Barkeeperin die Flasche hinstellte, trank er sie in wenigen Zügen aus. Hatte er nötig nach dem, wie er fand, beschissenen Tag.

Bald nach der Besprechung in der Jefatura war er nach Esporles gefahren, um zwei Fliegen mit einer Klappe zu schlagen. Hatte er sich jedenfalls gedacht. Zunächst hatte er den Lokalpolizeikollegen aufgesucht, den er an dem Ort getroffen hatte, wo die Radfahrerin ums Leben gekommen war. Die Ausbeute war mager. Der Kellner einer Bar in Bunyola, bei dem sie am Morgen vor dem Unfall einen Kaffee getrunken hatte, habe sich gemeldet. Das war's. Danach war er zum Meeresforschungsinstitut gefahren, für das Toni Castro gearbeitet hatte. Das IMEDA lag mitten in einem Wohngebiet auf einem Hügel oberhalb des Zentrums von Esporles. Rund zehn Kilometer von der Nordwestküste entfernt und durch den Gebirgszug der Tramuntana davon abgeschnitten. Den Besuch hätte er sich ebenso sparen können. Die Nachricht von Castros Tod war inzwischen bis dort durchgedrungen. Natürlich waren dessen Aktivitäten bei der Umweltschutzorganisation auch bei IMEDA bekannt. Ebenso hatte man mitbekommen, dass er des Öfteren Ärger gehabt hatte. Aber im Institut selbst hatte er einen guten Ruf genossen, war als engagierter, kompetenter Mitarbeiter geschätzt worden. Lediglich hinter vorgehaltener Hand hatte ein Ex-Kollege verraten, dass Castro cholerisch sein und nerven konnte. Es sei daher nur eine Frage der Zeit gewesen, dass sich das rächen würde. Mit Mord habe er natürlich nicht gerechnet. Auch eine Auswertung von Castros Rechner schien wenig Erfolg versprechend. Er habe seit der Pandemie fast nur noch von zu Hause aus gearbeitet, sei bis auf gelegentliche Besprechungen selten im Institut gewesen. Quique hatte den Computer dennoch mitgenommen und den Kriminaltechnikern zur Untersuchung übergeben.

Er brauchte noch ein Estrella Galicia. Wieder trank er gierig. Das Lokal füllte sich allmählich mit Gästen. Munteres Stimmengewirr mischte sich mit der Hintergrundmusik und dem Klirren von Gläsern. Es lief an ihm vorbei, zu sehr hing er seinen Gedanken nach. Cristina Blum war ihm bei ihren Ermittlungen sicher wieder mal weit voraus. Zu allem Übel hatte ihm Penelope Roca nach seiner Rückkehr noch diesen Zeitungsartikel über die tote deutsche Radfahrerin gezeigt. Er mache bereits die Runde in der Jefatura, hatte sie gemeint. Besser, er erfahre es von ihr als von anderen.

Er bestellte noch ein Bier. Untätigkeit der Polizei – pfff, lachhaft. Das würde sicher ihm angekreidet, er hörte schon den Anpfiff durch Ribera oder den Polizeichef höchstpersönlich. Der ging eh ab wie eine Rakete, wenn nur ein Anflug von Kritik an der Polizei auftauchte. Manchmal kotzte seine Arbeit Quique wirklich an, er hatte große Lust, alles hinzuschmeißen. Daran änderte auch das einzige Erfolgserlebnis des Tages nichts. Der Anruf beim Segelclub von Cala Gamba hatte ergeben, dass es dort eine Überwachungskamera gab. Am nächsten Tag wollte er die Datei abholen.

Die Barkeeperin stellte ihm das dritte Bier hin. Er betrachtete die bernsteinfarbene 0,33-Liter-Flasche. Vom Genuss- zum Frusttrinker, dachte er. Scheiß drauf. Er setzte sie an die Lippen. Und wahrscheinlich hätte er die Flasche genauso schnell geleert wie die vorigen, hätte nicht sein Mobiltelefon geklingelt. Oh, sicher der erste Anschiss, aber jetzt war's ihm auch egal.

Umso überraschter war er, als sich Jaume Pujol meldete. Er

schaute auf die Uhr: Es war bereits nach zwanzig Uhr. »Jaume, *compadre*, endgültig in die Riege der Untoten abgestiegen, oder was treibst du um diese Zeit noch?«

Er hörte den Chef der Spurensicherung lachen. »Ich weiß zwar nicht, was du zu dir genommen hast und wohin du abgestiegen bist, ich für meinen Teil bin jedenfalls noch am Arbeiten.«

»Du weißt aber schon, wie spät es ist?«

»Ist mir bewusst. Aber ihr habt uns in den letzten Tagen derart mit Arbeit eingedeckt, dass wir nicht mehr nachkommen. Und im Gegensatz zur Mordkommission gehen wir nicht um fünf nach Hause, sondern machen ab und zu ein paar Überstunden. Wie heute. Aber um es abzukürzen: Wir haben etwas entdeckt, was dich interessieren dürfte.«

Quique wurde hellhörig. »Im Klartext?«

»Wir haben den Ort unter die Lupe genommen, an dem diese tote Radfahrerin gefunden wurde. Viel war dort nicht zu holen nach dem monströsen Regenguss. Bis auf ein paar blaue Lacksplitter, die vom Unfall stammen könnten.«

Quique, der die Wirkung des Biers bereits gespürt hatte, fühlte sich auf einen Schlag wieder nüchtern. Hatte nicht Blum bei ihrer Besprechung davon gesprochen, dass sich ein Fahrzeug anhand von Lackspuren ermitteln ließ?

»*Cojonudo!* Habt ihr herausgefunden, mit was für einem Fahrzeug die Frau von der Straße gerammt wurde?«

Pujol lachte. »Auch wenn wir uns für euch den Arsch aufreißen, so schnell geht's nicht, *amigo*. Um festzustellen, zu welchem Wagen sie gehören, braucht es erst einen spektroskopischen …«

»… Fingerabdruck, ja, ja ich weiß. Habt ihr den etwa noch nicht gemacht?«

Schweigen in der Leitung, gefolgt von anerkennendem Pfeifen. »Respekt, *compadre*, du überraschst mich. Hätte ich dir gar nicht zugetraut. Nein, haben wir nicht. Können wir auch nicht, selbst wenn wir die Nacht durchmachen würden. Wir müssen die Probe erst ins Labor schicken. Ich kann dir nicht sagen, wie lange das dauert. Aber sobald wir Näheres wissen, hörst du von uns.«

19

Palma, Zentrum. Ribera hatte nicht mitgekriegt, dass der Besucher sein Zimmer betreten hatte. Plötzlich war er da, über die angelehnte Terrassentür hereingekommen. Lautlos bewegte er sich durch den Raum, bis er sein Ziel erreicht hatte. Ein paar Sekunden stand er vor dem Bett und starrte auf den tief schlafenden Menschen. Dann machte er einen Satz und landete auf der Decke, legte sich hin und fing an, laut zu schnurren.

»Buenos días, caballero.« Ribera war durch das Geräusch wach geworden und beobachtete die schwarze Katze. Er fingerte nach seiner Armbanduhr, die auf dem Nachttisch lag. Kurz nach sieben Uhr. Die übliche Zeit für den Morgenbesuch von Lemmy, dem Hauskater der Pension »Costa Dorada«. Zu ihm war Ribera im Prinzip wie die Jungfrau zum Kind gekommen. Ohne eigenes Zutun. Ein paar Wochen nachdem er sich in der »Costa Dorada« eingemietet hatte, hatte Lemmy offenbar ihn als Bezugsperson auserkoren. Warum, das war Ribera ein Mysterium, zumal er bis zu diesem Zeitpunkt mit Haustieren nichts am Hut gehabt hatte. »Das hat er bisher noch bei keinem Gast gemacht. Aber Katzen suchen sich ihre Menschen aus«, hatte seine Wirtin Natividad Iglesias gesagt. »Und sie erziehen sie sich.«

Tita, wie sie von allen genannt wurde, sollte recht behalten. Regelmäßig zweimal am Tag machte Lemmy seither seine Aufwartung. Ribera hatte sich nach dem anfänglichen Versuch, die Besuche zu unterbinden, nicht nur in sein Schicksal gefügt, sondern sein Zimmer nach und nach katzenmäßig aufgerüstet. Futternapf, Katzenklo, Körbchen, Kratzbaum – das volle Programm eines Tierhalters. Mit der Folge, dass das Verhältnis im Laufe der Zeit enger wurde und Ribera langsam zum

Lemmy-Fan mutierte. Auch weil er die Selbstständigkeit des Tiers und seinen freien Geist mochte. Es kam aus freien Stücken zu ihm und ging auch wieder, wenn es ihm passte. »Fehlt nur noch, dass du Katzenvideos ins Netz stellst«, hatte sein Freund Pep Bosch gelästert, als er ihm davon berichtet hatte. Für Ribera bedeutete der unerwartete Anschluss zugleich ein Stück Normalität in seinem Dauerprovisorium, wie Núria es formuliert hatte.

Er blieb noch ein paar Minuten liegen und dachte über den gestrigen Abend mit seiner Freundin nach. Ein emotionales Wechselbad. Einerseits hatte es sich gut angefühlt, mit ihr zusammen zu sein. Etwas, was er in den letzten Jahren nicht gekannt hatte. Dann hatte ihm Núria erzählt, dass sie und ihre zwölfjährige Tochter Gemma demnächst aus ihrer Wohnung in Coll d'en Rabassa ausziehen müssten. Der Eigentümer stehe kurz davor, das Haus an einen Investor zu verkaufen, der das Gebäude luxussanieren wolle. Ob er sich vorstellen könne, mit ihnen zusammenzuziehen, hatte sie ihn gefragt. Sie könnten damit zwei Fliegen mit einer Klappe schlagen: Zusammen könne man sich eine größere Wohnung leisten. Und es wäre auch eine Gelegenheit für ihn, endlich aus dieser Pension auszuziehen. Denn das sei auf Dauer ja auch kein Zustand.

Die Frage brachte ihn in eine Zwickmühle. Núria war die erste Frau, auf die er sich nach seiner Trennung vor drei Jahren näher eingelassen hatte. Aber war er wirklich bereit für den nächsten Schritt? Was Zwischenmenschliches betraf, besonders Herzensangelegenheiten, war er ein zurückhaltender, ja zögerlicher Charakter. Erschwerend kam hinzu: Er hatte sich daran gewöhnt, allein zu wohnen, schätzte die Freiheit, einen Rückzugsort zu besitzen, in dem er keine Kompromisse mit einem Partner schließen musste. Dazu die Verantwortung für ein Kind, auch wenn er Gemma wirklich mochte und sie ihn, glaubte er wenigstens. Oder war es eine Bindungsunfähigkeit, in die er seit dem Scheitern seiner Ehe geschlittert war? Ihm war bewusst, dass seine Freundin etwas Festes wollte, dass ihr eine Freundschaft mit Benefits – so charakterisierte er für sich ihr

Verhältnis – zu wenig war. Wohingegen er sich in dem Schwebezustand ihrer Beziehung eingerichtet hatte.

Vielleicht kam alles zu früh. Gerade für ihn, der von seinem Naturell her ein Gewohnheitstier war und generell Schwierigkeiten mit Neuerungen hatte. Außerdem war seine Scheidung bisher nicht durch. Apropos Tier, auch das schwirrte durch seinen Kopf, auch wenn ihm der Gedanke selbst abstrus vorkam: Was würde mit Lemmy werden? Núrias Frage hatte ihn aus dem Gleichgewicht gebracht oder aus dem, was er unter diesem Begriff verstand. Er war ihr deshalb an dem Abend eine Antwort schuldig geblieben, hatte zugesagt, darüber nachzudenken. Sie hatte leicht säuerlich darauf reagiert.

Er schälte sich vorsichtig aus dem Bett, um den Kater nicht aufzuscheuchen. »Was hältst du davon, wenn ich hier ausziehe, *amigo*?«

Lemmy zuckte nur mit dem Schwanz. Der schrille Klingelton von Riberas Mobiltelefon scheuchte ihn auf.

»Ich störe ja nur ungern die traute Zweisamkeit mit deinem WG-Mitbewohner«, hörte Ribera Pep Bosch sagen. »Aber für dich und deine Polizeikollegen dürfte es heute ein ungemütlicher Tag werden.«

»Willst du uns in der Jefatura heimsuchen, Pep?«

»Das wäre noch das geringste Problem. Nein, die Meldung über den toten Umweltschützer macht gerade die Runde auf der Insel. Schau mal in die Zeitung – oder lass es besser sein.«

Ribera hatte den Gedanken an die Öffentlichkeit verdrängt. Entweder der Polizeichef hatte die von ihm erwähnte Pressemitteilung herausgegeben, oder die Sache war durchgesickert. Was nicht weiter verwunderlich wäre.

»Der eigentliche Grund für meinen Anruf ist aber ein anderer«, fuhr Bosch fort. »Wir haben herausgefunden, wie der Typ gestorben ist. Du erinnerst dich an diese Wunde am Kopf?« Bedeutungsvolle Pause. »Sie rührt definitiv nicht von einem Sturz her. Haben wir bei einer genaueren Analyse der Verletzung festgestellt. Schon gefrühstückt?«

»Nein, aber mach schon.«

»Wie du willst. Ich erspare dir rechtsmedizinische Feinheiten und komme gleich zum Wesentlichen: Im Bruchspalt am Schädel haben wir eingeklemmte Haare entdeckt. Das bedeutet, dass bei der Verletzung eine hohe Dynamik im Spiel gewesen sein muss.«

»Wie bei einem Schlag?«

»Richtig, aus dir könnte noch ein guter Bulle werden. Diese Geschwindigkeit erreichst du nicht, wenn jemand mit dem Kopf zum Beispiel auf eine Kante knallt. Das kommt nur vor, wenn ein Gegenstand verwendet wird. Das hat zur Folge, dass der Knochen aufgedehnt wird und ein Spalt entsteht. Dann schnappt der Knochen wieder zurück, dabei werden oft Haare oder Fasern von einer Mütze in dem Bruch eingeklemmt. *Comprendes?*«

»Lässt sich auch sagen, mit was für einem Gegenstand er erschlagen wurde?«

»Leider nein; falls Spuren vorhanden waren, sind die im Wasser ausgewaschen worden. *Buena suerte* bei den weiteren Ermittlungen!«

Im Schlafanzug wanderte Ribera in seinem Pensionszimmer herum. Alle möglichen Gedanken schwirrten durch seinen Kopf: das Gespräch mit Conxita, der Besuch bei dem Privatdetektiv, der Abend mit Núria, der Anruf von Pep Bosch. Dazu hatte er noch eine E-Mail von Moix erhalten, der ihn zu einem weiteren Gespräch bat. Was mochte der Alte schon wieder wollen?

Ein Motorroller knatterte draußen durch die Altstadtgasse, in der das »Costa Dorada« lag, zurückgeworfen und verstärkt von den eng stehenden Häuserfassaden. Die Morgendämmerung war in die ersten Sonnenstrahlen übergegangen. Lemmy kreiste um seine Beine. Wie ferngesteuert füllte Ribera seinen Napf, ging unter die Dusche, zog sich an und machte sich auf den Weg in Richtung Jefatura.

Unterwegs klingelte sein Telefon. Es war Nieves Moreno, Chefredakteurin des »Diario de Mallorca«, einer der beiden spanischen Tageszeitungen der Insel. Er stellte das Handy auf stumm und steckte es zurück in die Tasche. Der Tag versprach turbulent zu werden.

20

Es Secar de la Real. Ignacio Zafra fühlte sich gerädert, als er kurz vor acht Uhr aufwachte. Was für eine Nacht. Erst hatte er nicht einschlafen können, dann war er gegen vier Uhr plötzlich hellwach gewesen. In seinem Kopf hatte es gerattert. Mit aller Macht war ein Tsunami aus Sorgen und Ängsten auf ihn eingestürzt, hatte sich zu einer Monsterwelle aufgebaut, aus der es kein Entrinnen gab. Alle Geschehnisse der letzten Zeit waren dabei zusammengekommen: die Beschattung Castros, das Treffen in Magaluf, vor allem aber das unerwartete Auftauchen dieses Polizisten der Mordkommission und die beunruhigenden Nachrichten, die er mitgebracht hatte. In seiner dystopischen Gedankenwelt steuerte sein schöner Plan, den er entwickelt hatte, unweigerlich auf ein Desaster zu. Wie ein massereicher Stern, der sich in seinem Todeskampf erst zu einem roten Riesen aufblähte, um dann in einer Supernova zu explodieren. Kein Wunder also, dass er zunächst keinen Schlaf mehr finden konnte. Unruhig war er in der Wohnung herumgelaufen, auf den Balkon getreten und von der Düsternis umfangen worden. Ein Gefühl der Verlassenheit und Hoffnungslosigkeit hatte ihn überkommen. Nachdem er zwei Kippen geraucht hatte, war er wieder ins Bett gegangen und am Ende doch noch eingeschlafen. Nun, am Morgen, hatte sich der nächtliche Panikschub wieder relativiert. Ihm war bewusst, dass er in eine Wolfsstunde geschlittert war, eine Hirnmarter mit hohem Dramatikpotenzial, von der viele heimgesucht wurden.

Er zündete sich eine Zigarette an, ging wie üblich in die Bar »Mateo«, bestellte einen *café con leche* und nahm an einem der Tische draußen auf der Terrasse Platz. Nervös blickte er sich um. Wolfsstunde hin oder her, eine gewisse Verunsicherung war geblieben. Dafür gab es verschiedene Auslöser. Da war dieses latente Empfinden einer Bedrohung, das er seit einigen Tagen wahrnahm. Er war sich nicht sicher, glaubte aber, dass ihm jemand gefolgt war. Dafür hatte er eine Nase. Dann der Tod Castros, der ihn unvorbereitet getroffen hatte. Nicht weil er Mitleid gehabt hätte. Hoffentlich hatte er sich gegenüber diesem Ribera nichts anmerken lassen. Viel hatte der Typ ja nicht rausgelassen. Was wusste die Polizei über Castros Treiben? Machte sie ihm womöglich noch einen Strich durch die Rechnung? Jetzt, wo er den Fisch praktisch an der Angel hatte? Aber was, wenn der sich in einen Hai verwandelte und sich ihn als Opfer ausgesucht hatte? Castros Tod war eine Warnung. Der Bulle hatte zwar nicht explizit von Mord gesprochen, aber das M-Wort hatte mitgeschwungen. Das alles konnte kein Zufall sein. Das spürte er. Er musste vorsichtiger sein – ohne auf den fetten Fisch zu verzichten. Lag auch nicht in seiner Natur, denn wenn er einmal Blut geleckt hatte, ließ er nicht mehr locker.

Zafra trank den Kaffee aus und machte sich auf den Weg in sein Büro. Dort nahm er ein Lederholster mit einer Pistole aus einer verschlossenen Schublade seines Schreibtisches. Er hatte die Waffe schon länger nicht mehr benutzt. Prüfender Blick aufs Magazin: Es war geladen.

21

Palma, El Camp d'en Serralta. Penelope Roca war eine Art Seismograf für die aktuelle Stimmung in der Mordkommission und – da sie im Haus gut vernetzt war – manchmal auch in der Jefatura. War sie guter Laune, was bei ihr die Regel war, schien alles in Ordnung zu sein. Lag hingegen etwas im Argen, drückte sich das bei ihr oft in einer für sie auffälligen Einsilbigkeit aus. Die Leidensmiene, mit der sie an diesem Vormittag an ihrem Schreibtisch saß, ließ somit nichts Gutes ahnen.

»Jemand gestorben?«, fragte Ribera, als er an ihrem Büro vorbeikam.

Roca bedachte ihn mit einem Blick, der Zweifel am Geisteszustand ihres Gegenübers transportierte. »Wenn man so will.« Sie deutete aufs Telefon. »Du hörst wohl keine Nachrichten, oder?« Es war rhetorisch gemeint, denn sie fuhr gleich fort: »Seit die Nachricht vom Tod dieses Umweltschützers bekannt ist, steht das Telefon nicht mehr still. Irgendwie ja verständlich, dass die Leute besorgt sind. Als ob wir in einer Bananenrepublik leben würden. Wusstest du, dass allein 2020 weltweit über zweihundert Aktivisten umgebracht wurden, nur weil sie irgendjemandem in die Quere gekommen sind beim Raubbau an der Natur?«

Ribera winkte mit den Händen ab. »Nur keine voreiligen Schlüsse. Bislang ist der Hintergrund der Tat unbekannt. Vielleicht ist die Wahrheit ja viel banaler. Wäre nicht das erste Mal.«

»Häufig geht es um die Vertuschung einer anderen Straftat«, mischte sich eine Stimme in ihrem Rücken ein. Cristina Blum war aufgetaucht. »Oft geschehen Morde auch im Affekt oder aus Habgier oder Eifersucht.«

Roca hatte sich unterdessen wieder abgeregt. »*Lo siento*, vielleicht war das wirklich voreilig. Aber ich war heute Morgen mit fast nichts anderem beschäftigt, als wahlweise Informationsstelle, Kummerkasten oder Blitzableiter zu spielen. Eine Nieves Moreno vom ›Diario‹ hat gleich mehrfach angerufen. Und zwischendurch habe ich die Adresse und die Telefonnummer von dieser Raquel Alvarez Fonseca herausgefunden. Sie wohnt zusammen mit ihrem Mann in Gènova, nicht die schlechteste Ecke von Palma.« Sie reichte ihm einen gelben Post-it-Zettel.

Ribera steckte ihn ein. »Was würden wir nur ohne dich machen! Und wenn du schon dabei bist, hätte ich einen kleinen Zusatzauftrag. Keine polizeiliche Ermittlung, das wäre ja gegen die Dienstvorschriften. Nennen wir es eine Spezialrecherche.«

»Um was geht es dabei?«

Ribera kam nicht dazu, weiterzureden. »Habt ihr den Namen Fonseca erwähnt?«, unterbrach ihn Blum aufgeregt, als wäre soeben ihre Losnummer bei der Weihnachtslotterie gezogen worden. Sie erzählte von dem Gespräch mit Maite Ribot beim GOB. »Der Vorsitzende des Balearischen Seglerverbands heißt auch Fonseca, Daniel Fonseca. Ich habe ihn mal aus Neugierde gegoogelt. Er arbeitet als Architekt in Palma. Hat ein Büro an der Plaza Mayor.«

Ribera war wie vom Blitz getroffen. Konnte es sein, dass Castro ein Verhältnis ausgerechnet mit der Frau eines seiner Erzfeinde hatte? Sollte diese Geschichte in einer solchen Banalität enden – einem Eifersuchtsdrama? »Lass uns den beiden schleunigst einen Besuch abstatten. Wo ist eigentlich Quique?«

»Ich glaube, der wollte die Aufzeichnungen der Überwachungskamera im Hafen von Cala Gamba abholen.«

»Okay, so lange können wir nicht warten.« Ribera reichte Blum den Post-it-Zettel. »Ruf doch mal bei dieser Señora Fonseca an und frag, ob sie zu Hause ist.« Er wandte sich an Roca. »Was die kleine Recherche betrifft: Hör dich bitte ein bisschen um, was über einen ehemaligen Kollegen namens Ignacio Zafra bekannt ist.«

Palma, Plaza Mayor. Daniel Fonseca wirkte alles andere als überrascht, als Ribera vor ihm stand und ihm seinen Dienstausweis entgegenhielt.

»Gehen wir am besten in mein Büro«, sagte er, als er den Polizisten an der Tür seines Büros empfing. Er wirkte, als hätte er den Besuch erwartet.

Die Entscheidung, Fonseca an seinem Arbeitsplatz aufzusuchen, war etwa eine halbe Stunde zuvor in der Jefatura gefallen. Ihr Mann sei im Büro, hatte Raquel Alvarez Fonseca am Telefon gesagt. Um keine Zeit zu verlieren, hatten Ribera und Blum beschlossen, sich aufzuteilen.

Daniel Fonseca war eine elegante Erscheinung. Er überragte Ribera, braun gebrannter Teint, kurze weiße Haare, hohe Stirn, sportlicher Körperbau, wenn auch mit erkennbarer Wölbung am Bauch. Der taubenblaue Anzug mit Einstecktuch und das weiße Hemd verstärkten den mondänen Eindruck, den er ausstrahlte. Ribera schätzte ihn auf irgendetwas in den Fünfzigern. Jedenfalls etwas älter als er selbst, aber dafür wirkte er körperlich wesentlich fitter. Schwer vorstellbar, dass der Mann den Paseo Marítimo entlangkeuchte, um sich in Form zu bringen. Er spürte einen Anflug von Neid und auch schlechtem Gewissen, weil er sich in den vergangenen Monaten so hatte gehen lassen. Zugleich machte Fonseca auf Ribera einen in sich gekehrten, desillusionierten Eindruck. Die zweite Merkwürdigkeit, wie er fand.

Fonseca führte ihn in ein Büro. Ein nüchtern eingerichteter Raum mit einem langen, schmalen Schreibtisch am Fenster, das zur Plaza Mayor hinausging. Auf einer Tischplatte stand das weiße Modell eines modernen Gebäudes. Davor putzige Miniaturbäume und Miniaturmenschen.

»Haben Sie das auch in Groß gebaut?«

Fonseca winkte ab. »Bisher nicht. Leider. Das war für einen Architekturwettbewerb für ein neues Hotel auf der Insel. Er läuft noch.«

Als ob es nicht schon genug Hotels auf Mallorca gäbe, dachte Ribera. Ein weiteres Modell, das sich in einem Regal befand, erregte seine Aufmerksamkeit. Dieses Mal kein Haus, sondern ein altes Segelschiff, wie es häufig auf historischen Abbildungen zu sehen war. »Nicht Ihr eigenes, nehme ich an.«

Ein spöttisches Lächeln umspielte Fonsecas Lippen. »Nein, das gehörte einem anderen Segler. Einem gewissen Christoph Kolumbus, falls Ihnen der Name etwas sagt. Die Santa Maria, sein Flaggschiff bei der ersten Entdeckungsfahrt nach Amerika im Jahr 1492. Aber ich vermute, Sie sind wegen etwas anderem hier.«

Ribera kam ohne weitere Umschweife zur Sache. »Richtig. Es geht um Toni Castro, falls Ihnen der Name etwas sagt. Es scheint Sie gar nicht zu überraschen, dass Sie Besuch von der Polizei erhalten.«

Fonseca reagierte gelassen. »Nein, ich hatte damit gerechnet, dass Sie irgendwann hier auftauchen würden, nachdem ich vom Tod dieses Castro gelesen habe. Den Weg hätten Sie sich aber sparen können, weder ich noch jemand anders aus unserem Verband haben damit etwas zu tun. Wir sind keine Mörderbande, sondern Menschen, die ihrem Hobby nachgehen. Das haben wir alles gerichtlich geklärt.«

»Und wie steht es mit dem Verhältnis, das Castro und Ihre Frau hatten – wie haben Sie das geklärt?«

Fonsecas Gesichtszüge erstarrten, seine Augen verengten sich zu schmalen Schlitzen. Wenn Ribera jedoch geglaubt hatte, sein Gegenüber mit seiner Direktheit aus der Reserve zu locken, sah er sich getäuscht. Lediglich ein fast gebellter, unvollständiger Satz entfuhr ihm. »Woher wissen Sie ...?«

»Wir wissen davon, das soll für den Moment genügen. Ich muss Sie das fragen: Wo waren Sie am Freitag, den 16. September, zwischen zehn und neunzehn Uhr?«

»Das weiß ich nicht auswendig. Da muss ich erst in meinem Terminkalender nachsehen.« Fonseca holte sein Smartphone heraus und hantierte daran herum. »Der 16., sagten Sie. Also vor sechs Tagen, einer gefühlten Ewigkeit. Mal sehen. An diesem Tag hatte ich hier eine Besprechung. Danach der übliche Bürokram. Später bin ich zu meinem Schiff gefahren.«

»Trotz der Gota fría?«

»Wegen der Gota fría. Ich wollte es prophylaktisch zusätzlich sturmfest machen. Reine Vorsichtsmaßnahme, war ja nicht hundertprozentig klar, wann, wo und wie stark die Gota fría dieses Mal zuschlagen würde.«

»Wo liegt Ihr Schiff?«

»Im Sportboothafen von Palma. Dort habe ich seit Jahren einen Liegeplatz.«

»Gibt es dafür Zeugen?«

»Möglich, dass mich der eine oder andere gesehen hat. Aber jemand Bestimmtes fällt mir jetzt nicht ein. Ich weiß nicht, ob Sie das Hafengelände kennen, Chefinspektor. Das ist nicht gerade klein, da gehen viele ein und aus. Und gerade vor der Gota fría herrschte eine ziemliche Hektik.«

»Wir werden das überprüfen. Eines interessiert mich jetzt aber doch noch. Seit wann wussten Sie von dem Verhältnis Ihrer Frau mit Castro?«

»Ich glaube nicht, dass die Polizei das etwas angeht.«

Ribera ließ sich von der Schroffheit nicht beeindrucken. »Bei einer Mordermittlung interessiert uns alles. Wir können das Gespräch aber auch gern in der Jefatura fortsetzen.«

Fonseca holte zweimal tief Luft, als wollte er sich selbst beruhigen, um dem Polizisten nicht ins Gesicht zu springen. »Meinetwegen. Seit ein paar Wochen. Meine Frau hatte ihr Handy zu Hause vergessen. Normalerweise kontrolliere ich sie nicht, aber das Gerät hat mich genervt, weil mehrere Nachrichten eingegangen sind. Da habe ich den Chat zwischen den beiden entdeckt.«

»Und wie haben Sie darauf reagiert?«

»Wie würden Sie reagieren, wenn Ihre Frau mit jemandem eine Affäre hätte, für den Sie ein Feindbild sind und der Ihnen übel mitgespielt hat? Ich war natürlich wütend und habe sie zur Rede gestellt. Seither herrscht bei uns Eiszeit. Wir leben zurzeit getrennt.«

»Und Castro haben Sie nicht zur Rede gestellt?«

»Nein.«

Ribera wunderte sich über die schnelle, schmallippige Antwort. Fonseca machte auch keinerlei Anstalten, dem einzelnen Wort eine Erklärung hinzuzufügen.

Stattdessen sagte er: »Aber jetzt müssen Sie mich entschuldigen, ich habe zu tun. Seit meine Frau und ich beschlossen haben, auch in unserem beruflichen Verhältnis eine Pause einzulegen, habe ich hier ein paar Zusatzaufgaben.«

»Berufliches Verhältnis?«

»Meine Frau war für die Buchhaltung im Architekturbüro verantwortlich.«

Ribera spürte, dass Fonseca zugemacht hatte, und bohrte nicht weiter. Er hinterließ ihm seine Visitenkarte und verließ das Büro.

Wieder draußen, blieb er unter den Arkaden stehen und beobachtete das Treiben auf der Plaza Mayor. Menschen flanierten über das rechteckige, von Gebäuden eingefasste Areal, um vom Carrer de Colom in den Carrer de Sant Miquel zu wechseln, eine der Haupteinkaufsstraßen der Stadt. Auch viele Plätze unter den Sonnenschirmen vor den Cafés waren an dem erneut warmen Septembertag gefüllt, während die Restaurants noch auf die Mittagskundschaft warteten. Ein paar afrikanische Straßenverkäufer hatten billige Imitate von Markentaschen und Ledergürteln auf Decken auf dem Boden ausgebreitet, um sie Touristen anzudrehen. Wer kaufte den Ramsch überhaupt? Aber vielleicht war es den Käufern auch egal, ob das Zeug echt war. Was zählte, war der Schein, die Illusion, wie so oft im Leben. Und andererseits waren die armen Teufel von Händlern auf die wenigen Einnahmen angewiesen, um sich einigermaßen über Wasser zu halten.

Ribera zog einen Zahnstocher aus dem Metalldöschen in seiner Tasche und steckte es in den Mund. Was nun?, dachte er, unschlüssig über die nächsten Schritte. Das Modell der Santa Maria in Fonsecas Büro kam ihm in den Sinn. Im Prinzip glich eine Mordermittlung einer Entdeckungsfahrt, wie damals bei Kolumbus. Das Ziel stand fest – in ihrem Fall die Aufklärung des Falls. Nur ob und wann man dort anlangen würde, stand in den Sternen. Ebenso unbekannt war, was man genau entdeckte, wohin diese Entdeckungsfahrt sie führte. Und eine weitere Parallele: Auch sie mussten – metaphorisch gesprochen – mit einem Schiffbruch rechnen, wenn die Ermittlungen scheiterten. Würde nicht gut ankommen und vor allem auf ihn als Navigator zurückfallen, aber daran wollte er im Moment nicht denken. Der Polizeichef fiel ihm ein, der ihn sprechen wollte. Okay, das hatte Zeit. Würde schon nicht so dringend sein. Mehr interessierte ihn, was Blum und Quique herausgefunden hatten.

Bevor Ribera wieder in die Jefatura zurückging, wollte er noch auf einen Sprung ins »El Pintxo«. Die Bar schräg gegenüber dem Kommissariat hatte sich in den letzten Monaten zu einer seiner Anlaufstellen entwickelt. Anfangs aus der Not geboren, weil seine Lieblingsbar bis dato, das »Bocadillos«, nicht mehr existierte. Eines Tages hatte das Betreiberpaar Pilar und Tomeu ihm die Hiobsbotschaft überbracht. »Wir haben ein Angebot erhalten, das Restaurant eines Golfclubs zu übernehmen. In der Nähe von Tomeus Heimatort Santa Maria del Camí. Eine einmalige Chance. Außerdem soll das Haus hier eh in den nächsten Jahren abgerissen werden.«

Ribera war aus allen Wolken gefallen. Das »Bocadillos« war zu einem Fixpunkt seines Arbeitsalltags geworden, eine Mischung aus Verpflegungsstation, Wellnessoase und Reflexionskammer. Ein kulinarischer und mentaler Pitstop, an dem er sich bei mehreren Fällen Inspiration geholt hatte. Krisenstimmung. Wie ohne diese tägliche Auszeit überleben?, hatte er sich gefragt. Dazu kam seine Abneigung gegen Veränderungen. Er hatte den schweren Verlust überlebt, dank des »El Pintxo« und dank Penelope Roca. Der Sekretärin der Mordkommission hatte Ribera sein Leid geklagt. Wie sich herausstellte, war Roca keine Bocadillista wie ihr Chef, sondern bevorzugte das »El Pintxo«, das im Barrio El Camp d'en Serralta fest verankert war.

»Im Prinzip kannst du das Viertel in zwei unterschiedliche Lager einteilen«, hatte ihm Roca erklärt. »Die einen gehen ins ›Bocadillos‹, die anderen ins ›El Pintxo‹. Das ist ein bisschen so, als würdest du in Madrid Real oder Atlético den Vorrang geben. Nur dass sich hier niemand hasst.«

Ribera war weder ein Fanatiker noch jemand, der aus seiner Präferenz für eine Bar ein Dogma machte, sondern ein Entwurzelter, dem Orte und Rituale Halt gaben. Und es dauerte nicht lange, bis er sich umgewöhnt hatte. Das lag vor allem an Gwendolyn Uriarte, der aus dem Baskenland stammenden Besitzerin des »El Pintxo«.

Einen freien Platz zu finden war gegen elf Uhr eine Herausforderung. Nicht nur Anwohner des Barrio bevölkerten das »El Pintxo«, sondern auch mehrere uniformierte Polizeikollegen, stellte Ribera fest, als er die kleine Bar im Carrer Simó Ballester, Ecke Carrer Mateu Obrador betrat. Er setzte sich an einen Tisch im hinteren Teil, wie er es oft tat, um von dort aus das Treiben in dem Lokal zu beobachten. Auf diese Weise konnte er im Laufe der Zeit Stammkunden von Gelegenheitsbesuchern unterscheiden, wusste ungefähr, wer zu welcher Zeit dort verkehrte, und bei manchen sogar, was sie bestellten. Eine Marotte, die er sich früher auf Reisen angewöhnt hatte, als er oft per Zug oder Bus unterwegs gewesen war und sich so das Warten auf eine Verbindung vertrieben hatte. Penetrante Neugierde hatte ihm Núria einmal vorgeworfen, der Riberas ständiges Herumschielen aufgefallen war. Perfektioniert hatte er es in seinem Job, in dem eine gute Beobachtungsgabe zum Handwerkszeug gehörte. »Besser, als auf ein Smartphone zu starren«, hatte seine lakonische Antwort gelautet.

»Betreibst du wieder Feldstudien, *cariño*?« Eine schlanke, nicht mehr junge Frau mit kurzen blonden Haaren und auffällig rot geschminkten Lippen war zu ihm getreten.

Auch Gwendolyn Uriarte hatte Riberas Eigenart während seiner Besuche mitbekommen. Gehörte im Prinzip auch zu ihrem Job als Wirtin, einen Blick für die Gewohnheiten und Macken ihrer Kundschaft zu haben, die sie ohne Ausnahme duzte. Wie generell in dem kleinen Ecklokal eine familiäre Atmosphäre herrschte. Für viele Gäste war es ein erweitertes Wohnzimmer. Ein Kneipe gewordenes soziales Netzwerk an der Schnittstelle zwischen privatem und öffentlichem Leben.

Ribera grinste die Frau nur an. Es bedurfte zwischen ihnen nicht vieler Worte, damit sie sich verstanden. Das hatte er bald festgestellt, nachdem er im »El Pintxo« gelandet war. Eine Seelenverwandtschaft, wie er sich dieses Vertrauensverhältnis und die Übereinstimmung in vielen Dingen erklärte. Ohne sexuelle Ambivalenz, was zu einem entspannten Umgang miteinander geführt hatte.

»Was darf's sein?«

Ribera orderte ein Bocadillo mit Thunfisch, ein Glas Wasser und einen Café solo.

Kurz darauf brachte sie ihm die Bestellung. »Sicher ganz schön was los bei euch nach dieser Geschichte mit dem Umweltschützer.« Gwendolyn stemmte die Arme in die Hüften. »Die Leute reden im Moment von nichts anderem mehr. Ich hätte nie für möglich gehalten, dass so etwas auf dieser Insel passiert.«

Ribera schluckte den Bissen hinunter, den er im Mund hatte. Er wollte entgegnen, dass bisher überhaupt nichts feststand, aber Gwendolyn plapperte weiter.

»Erinnerst du dich noch an die Geschichte mit diesem Greenpeace-Schiff? Wie hieß das noch mal?« Sie überlegte. »Rainbow Warrior. Ist schon eine Ewigkeit her. Das Schiff wurde damals vom französischen Geheimdienst versenkt. Hat viel Staub aufgewirbelt. Irgendwie musste ich an diese Sache denken. Komisch. Aber ich lass dich jetzt in Ruhe. Du hast deswegen wahrscheinlich schon genug um die Ohren, *cariño*.« Damit verschwand sie in der Küche.

Während Ribera sein Bocadillo zu Ende aß, gingen ihm ihre letzten Worte durch den Kopf. Verschwommen erinnerte er sich auch an den Rainbow-Warrior-Vorfall, der sich in seiner Jugend ereignet hatte. Ohne es zu wollen, hatte ihm die Wirtin einen Floh ins Ohr gesetzt. Nicht, was irgendwelche Geheimdienstaktionen betraf. Aber was wäre, wenn der Streit zwischen Castro und Fonseca nach der Geldstrafe für Castro weiter außerhalb des Gerichts ausgetragen worden wäre? Eine Spekulation, aber er musste diese Möglichkeit in Betracht ziehen. Zu deutlich waren die Ausschläge seines inneren Frühwarnsystems, dass man ihn bisher mit Halbwahrheiten abgespeist hatte.

Er trank seinen Kaffee und nippte an seinem Wasser. Zu warm für den heutigen Tag. Gwendolyn war wieder aus der Küche aufgetaucht. Er reichte ihr sein Glas. »Kann du mir ein paar Eiswürfel reinmachen?« Er konnte die ironische Spitze nicht unterlassen. »Wenn schon die Insel heiß läuft, kann etwas Abkühlung nicht schaden.«

Gwendolyn reagierte mit einem heiseren Lachen, holte mit einer silbernen Zange zwei Eiswürfel aus einem Kühlfach und füllte sie ins Glas. »Mehr gibt's nicht, *cariño*. Wir haben kaum mehr welche und müssen sparen.«

»Wie das?«

»Da kommt vieles zusammen – der heiße Sommer, der Touristenansturm nach der Krise, hohe Energiepreise, die Hersteller hatten zu wenige Vorräte angelegt und hinkten dann mit der

Produktion hinterher. Die Folgen sind bis heute spürbar. Auch in den Supermärkten sind die Regale leer geräumt. Wenn wir Gastronomen uns nicht gegenseitig aushelfen würden, wären wir aufgeschmissen.« Ein weiteres heiseres Lachen. »Aber vielleicht steckt in Wahrheit ein Komplott der Eiswürfel-Mafia dahinter, die das Angebot künstlich knapp hält, um die Preise diktieren zu können.« Sie ließ ein ironisches Augenblinzeln folgen. »Die Preise sind übrigens tatsächlich gestiegen, wie du dir vorstellen kannst, *cariño*.«

»Du hast jedenfalls eine blühende Phantasie, das muss man dir lassen. An dir ist eine Ermittlerin verloren gegangen«, sagte Ribera und machte sich auf den Weg in die Jefatura. Er wusste, was nun zu tun war: Er musste erneut mit der Küstenwache Kontakt aufnehmen.

Im Büro angekommen, griff Ribera sofort zum Telefon und rief die Küstenwache an. »Habt ihr euch das Schiffswrack von neulich näher angeschaut?«

Die Antwort fiel ruppig aus. »Glaubst du, wir machen Vergnügungsfahrten auf dem Mittelmeer? Natürlich untersuchen wir havarierte Schiffe auf eine mögliche Unglücksursache. Das gehört zu unseren Aufgaben.«

Ribera bemühte sich um einen versöhnlichen Ton. »*Perdone*, ich wollte eure Kompetenz nicht anzweifeln. Liegt denn schon ein Ergebnis vor? Mich würde interessieren, ob es Spuren von Fremdeinwirkung gibt.«

Schweigen, gefolgt vom Klackern einer Tastatur.

»Komisch, im Computer kann ich nichts dazu finden. Augenblick, ich erkundige mich bei den Kollegen, die das Wrack untersucht haben. Ich melde mich gleich.«

Ribera nutzte die Zeit, um Nieves Moreno zurückzurufen, bevor sie Penelope Roca weiter nervte. Zu der Chefredakteurin des »Diario de Mallorca« hatte er trotz seiner grundsätzlichen Distanz zur Presse ein pragmatisches Verhältnis entwickelt, eine Vernunftbeziehung, von der beide Parteien mitunter profitierten. Er verzichtete im Gegensatz zum Polizeichef auf die große, nichtssagende Bühne und fütterte Moreno dafür gelegentlich mit exklusiven Informationen. Unter der Hand natürlich. Auf der anderen Seite hielt Moreno die Füße still, wenn die Polizei im Dunkeln tappte, und sorgte damit dafür, dass der öffentliche Druck nicht noch größer wurde. Außerdem unterstützte sie einzelne Aktionen.

Nach kurzem Klingeln hatte er die Journalistin am Apparat.

»Chefinspektor, ich dachte schon, Sie lassen sich verleugnen, um nicht mit der Presse über diese brisante Geschichte reden zu müssen.«

»Ich merke, Sie kennen mich, Señora Moreno. Leider gibt es bisher nicht viel zu sagen. Das ist ein Fall, wie er mir noch nie untergekommen ist.«

»Auch auf der Insel kommt so etwas nicht jeden Tag vor. Sie können sich nicht vorstellen, was in den sozialen Netzwerken gerade los ist. Dagegen sind wir klassische Zeitungen zahme Schafe.«

Ribera hatte eine Ahnung, auch wenn er sich von den hyperventilierenden Internetmedien in der Regel fernhielt.

Moreno sprach weiter. »Ich will Sie keinesfalls belehren, Chefinspektor. Aber sollte das eine politische Dimension haben, könnte es das Gefüge dieser Gesellschaft erschüttern. Das ist in den letzten Jahren sowieso fragiler geworden mit all den Gruppen, die immer weiter auseinanderdriften.«

Eine prägnante Kurzanalyse, fand Ribera. Er war verblüfft. Das hatte nichts mit der Sensationsgeilheit zu tun, die er Presseleuten ansonsten unterstellte – auch Moreno. »Sie sind eine kluge Frau, Señora Moreno. Ich warne nur davor, die Sache kategorisch so hoch zu hängen. Warten wir's ab. Sollten wir jedoch Fortschritte machen, sind Sie die Erste, die davon erfährt, versprochen.«

»Nun gut, Chefinspektor. Belassen wir es zunächst dabei. Aber vergessen Sie nicht, auch Schafe fangen an, laut zu blöken, wenn sie kein Futter bekommen. Ich melde mich wieder, versprochen.«

Das Gespräch war erst wenige Sekunden beendet, als der

Rückruf der Küstenwache einging. »Die Kollegen haben das Boot unter die Lupe genommen, hatten aber ihre Ergebnisse noch nicht digital erfasst. Eine Sache ist ihnen aufgefallen.«

Ribera spürte, wie sich sein Pulsschlag beschleunigte.

»Es gab zwar keinen Hinweis darauf, dass das Boot durch Fremdverschulden gesunken ist. Aber außen auf der rechten Bugseite fanden sich Spuren einer Beschädigung.«

»Was heißt das?«

»Möglicherweise rühren die von einer Kollision her. Die Kollegen haben dem zunächst keine große Bedeutung beigemessen, da so etwas auch durch einen Manövrierfehler im Hafen vorkommen kann. Dort geht es ja oft sehr eng zu, sodass Boote gelegentlich aneinanderstoßen. Der Kollege meinte aber, dieser Schaden müsse von einem heftigeren Aufprall stammen. Ich schicke dir gleich ein paar Fotos.«

Das Telefonat war zwar noch kein Beweis für Riberas Verdacht, aber es erhärtete ihn. Und es verstärkte den Elan, den er aus dem »El Pintxo« mitgebracht hatte. Er schnellte aus seinem Sessel hoch und machte sich auf zum Büro von Cristina Blum und Quique Montoya. Es gab einiges zu besprechen.

Von der Tür aus sah er, wie Quique und Blum die Köpfe zusammengesteckt hatten. Sie starrten auf den Bildschirm eines PCs, auf dem ein Film lief. »Schaut ihr euch YouTube-Videos an, oder was treibt ihr da?«

Sie zuckten zusammen und drehten sich ruckartig um. Erst jetzt konnte Ribera sehen, was die beiden so gefesselt hatte. Es handelte sich offenbar um ein Video, das immer dieselbe Stelle zeigte, manchmal einsam und verlassen, manchmal mit Personen.

»Du kommst genau richtig«, sagte Quique. »Wir haben uns die Aufzeichnungen der Überwachungskamera von der Cala Gamba angeschaut. Es geht um den Tag, als Castro verschwunden ist. Die schlechte Nachricht ist, dass die Speicherkarte im Laufe des Vormittags voll war.«

»Was heißt das?«

»Dass die Kamera nur bis zu einem bestimmten Zeitpunkt funktioniert hat. War halt Freitag, da war die Speicherkapazität offenbar erschöpft. Jetzt kommt die gute Nachricht: Alles, was sich vorher auf dem Gelände abgespielt hat, wurde aufgezeichnet. Ich zeige dir mal die wichtigsten Stellen.«

Ribera rückte ein Stück heran und setzte seine Lesebrille auf, während Quique das Video startete. Es handelte sich um den 16. September, wie er dem eingeblendeten Datum entnahm. Er erkannte Castro, wie er gegen zehn Uhr den Eingang des Club Nautico passierte. Danach geschah eine Weile nichts, dann tauchte ein weiterer Mann auf.

»Das ist Daniel Fonseca«, sagte Ribera.

Quique spulte etwas vor. Fonseca verließ die Anlage nach einer guten Viertelstunde wieder. Er hatte es offenbar eilig. Ein weiterer Mann erschien auf der Bildfläche. Er war nicht zu erkennen, weil er eine Baseballmütze trug, die tief ins Gesicht gezogen war. Etwa zehn Minuten später trat ein weiterer Besucher auf den Plan, den Ribera ebenfalls kannte.

»Zafra?«, fragte er erstaunt. »Den hätte ich nun wirklich nicht erwartet.«

Von Castro selbst war nichts mehr zu sehen. Auch von dem Mützentypen nicht. Kurz darauf brachen die Aufzeichnungen ab.

»Das war's«, sagte Quique. »Möglicherweise gibt es noch Aufnahmen von einer Überwachungskamera an einem der Privathäuser gegenüber dem Club Nautico. Jedenfalls wirkte der Winkel des Teils so eingestellt, dass ein größerer Bereich erfasst wird.«

»Warum ›möglicherweise‹?«

»Ich konnte es bisher nicht verifizieren – die Bewohner sind zurzeit verreist. Ich habe einen Zettel im Briefkasten hinterlassen und sie gebeten, sich nach ihrer Rückkehr mit uns in Verbindung zu setzen.«

Ribera hatte sich hingesetzt, hauchte die Gläser seiner Brille an und polierte sie mit einem Tuch. »Wie es scheint, hat Señor Fonseca gelogen. Von wegen Besprechung und Bürokram.« Er berichtete von den Gesprächen mit dem Architekten und der Küstenwache. »Damit ist mindestens ein Teil seines Alibis geplatzt. Cristina, was hat eigentlich die Befragung seiner Ehefrau ergeben?«

Blum klappte ihren Schreibblock auf. »Ganz schwierig. Sie war aufgewühlt, hat dann aber das Verhältnis mit Castro zugegeben. Das ging wohl schon eine ganze Weile und über eine Affäre hinaus. Die beiden hätten sogar überlegt, ihre Partner zu verlassen. Und sie sagte, ihr Mann sei sehr wütend und aggressiv gewesen, als er davon erfahren habe. Sie habe Angst gehabt, dass er sie schlagen würde, weil er gelegentlich zu cholerischen Ausrastern neige. Und er habe damit gedroht, dafür zu sorgen, dass sie Castro nicht mehr wiedersehen würde.«

»Immer wieder überraschend, was sich hinter der schönen Fassade eines Menschen verbirgt«, sagte Ribera. Er griff zu einem Kugelschreiber und ließ ihn auf dem Schreibtisch kreisen. »Wie ich das sehe, haben wir im Moment folgende Szenarien. Nummer eins: Entweder Fonseca hat Castro in einem Wutanfall umgebracht und ihn dann mit seinem Schiff aufs Meer gebracht. Er hatte ein Motiv und die Möglichkeiten. Oder dieser Mützen-Typ hat etwas damit zu tun. Aber der kann ja auch mit einem anderen Boot irgendwohin gefahren sein. Nummer drei: Ich frage mich, was Señor Zafra dort verloren hatte. Wo doch der Beschattungsauftrag angeblich abgeschlossen war. Viel Widersprüchliches.« Ribera erhob sich vom Stuhl. »Ich finde, wir sollten uns zunächst auf Señor Fonseca konzentrieren.«

»Also verhören wir ihn«, sagte Blum.

Ribera ging Richtung Tür. »Nur mal langsam. Im Moment haben wir nicht viel gegen ihn in der Hand. Um das zu ändern, sollten wir erst noch etwas klären.«

»Du meinst die Sache mit dem beschädigten Boot?«, warf Quique ein.

Auf den Gesichtern von Ribera und Blum zeichnete sich Erstaunen ab angesichts der Geistesgegenwart ihres Kollegen.

»Richtig erkannt, Quique«, sagte Ribera. »Wenn schon sein Besitzer so schweigsam ist, schauen wir mal, was uns das Schiff erzählt. Quique, übernimm du das. Wo du inzwischen auf solche Details spezialisiert bist.«

Nach knapp zwei Stunden war Quique zurück von seiner Fahrt zum Sporthafen von Palma, mit der ihn Ribera beauftragt hatte. Mit dem Motorradhelm in der Hand stürmte er in Riberas Büro.

»Du hattest recht«, sagte er atemlos. »Fonsecas Segelboot hat tatsächlich ganz schöne Schrammen am Bug. Sieh selbst!« Er deponierte den Helm auf Riberas Schreibtisch, zückte sein Smartphone und zeigte ihm mehrere Fotos. »War gar nicht so einfach, den Kahn ausfindig zu machen in diesem Labyrinth. Ich musste mich erst durchfragen.«

Ribera betrachtete die Aufnahmen. Schließlich nahm er Quique das Telefon aus der Hand und vergrößerte einzelne Fotos, um sich die Details anzusehen. Dann öffnete er die E-Mail der Küstenwache mit den Bildern von Castros Boot, die er inzwischen erhalten hatte. »*Hostia!* Könnte passen.« Er blickte Quique an. »Was meinst du?«

Quique rückte ein Stück näher. »Sieht ganz so aus, als wären sich die beiden Kutter näher gekommen.«

»Sehe ich genauso, auch wenn wir das noch von der Spurensicherung verifizieren lassen müssen.« Ohne zu zögern, griff Ribera zum Telefon und setzte die Spusi-Kollegen darauf an. Dann wandte er sich Quique zu. »Sollte sich unser Verdacht bestätigen, wird uns Señor Fonseca eine Menge zu erklären haben.«

Quique schnappte seinen Helm und ging Richtung Tür, als Ribera ihn stoppte. »Bei der Gelegenheit fällt mir ein: Was macht denn die Geschichte mit der toten Radfahrerin?«

Quique hob beide Arme und verzog das Gesicht zu einer schmerzverzerrten Grimasse. »Bisher nicht viel.«

»Ich bin der Letzte, der übermäßig Druck macht. Aber wir stehen derzeit unter verschärfter Beobachtung. Ziemlich sicher wird mich der Polizeichef bei nächster Gelegenheit erneut danach fragen. Du weißt, wie penetrant Moix in solchen Fällen sein kann.«

»Na ja, wenn's denn so einfach wäre«, druckste Quique herum. »Ich habe diesen Typen von der Kfz-Werkstatt angerufen, diesen Paco. Er meinte, dass er uns ja gern helfen würde, aber ohne genauere Angaben zum Fahrzeugtyp sei das ziemlich aussichtslos. Wollte sich dennoch bei seinen Kollegen umhören.«

»Und die Spurensicherung?«

»Pujol und seine Leute sind dran.« Quique berichtete Ribera von seinem letzten Gespräch mit dem Leiter der Spurensicherung und dass er auf einen Rückruf warte. »Die sind ganz schön am Schwimmen im Moment. Kämen kaum mehr hinterher, sagte Pujol. Da kann unser Polizeichef noch so viel Druck machen.«

Nachdem Quique gegangen war, zog sich Ribera in sein Büro zurück. Unruhig wanderte er in dem kleinen Raum umher, wie er das oft tat, wenn er seine Gedanken sortieren, Geschehnisse einordnen oder Strategien zum weiteren Vorgehen entwickeln wollte. Es gab einigen Anlass dazu nach den jüngsten Ereignissen. Dafür, dass sie sich bisher im Schneckentempo bewegt hatten, schien plötzlich alles schnell zu gehen. Als hätte eine unsichtbare Macht den Fuß von einer imaginären Bremse genommen, sodass der Ermittlungsexpress Fahrt aufnehmen konnte.

Er kannte diesen Moment von früheren Fällen nur zu gut. Im Grunde genommen war die Herausforderung jedes Mal die gleiche: Sie hatten ein großes Puzzle zusammenzusetzen – allerdings im Unterschied zu einem Freizeitspiel ohne jegliche Vorlage und Anleitung. Und immer vorausgesetzt, dass die einzelnen Teile überhaupt gefunden wurden, was beileibe keine Selbstverständlichkeit war. Waren die Fotos der Überwachungskamera und der Schaden an Fonsecas Boot die fehlenden Stücke? Sie schienen sich ins Szenario einzufügen. Einerseits natürlich beruhigend, wenn sich ein Ermittlungserfolg abzeichnete. Auf der anderen Seite spürte er eine gewisse Enttäuschung angesichts der möglichen Banalität des Falls. Von wegen große Sache, der Castro angeblich zuletzt auf der Spur gewesen war. Aber vielleicht hatte es sich wirklich nur um ein Hirngespinst gehandelt, wie die Bekannte von Blum beim GOB es ausgedrückt hatte. Castro hatte sich in seinem Kampf für die Seegraswiesen zu einer Art Kreuzritter entwickelt, der das Richtschwert gegen alles und jeden schwang, der sich ihm entgegensetzte. Das war aus den bisherigen Aussagen herauszuhören gewesen. Sehr wahrscheinlich, dass ihm dabei der Realitätssinn abhandengekommen war. Und er hatte Grenzen überschritten, wie seine illegalen Aktionen in den Kläranlagen zeigten. Ribera hingegen musste sich zuallererst an die Fakten halten. Aus ihnen galt es ein gerichtsfestes Paket zu schnüren, das ihnen nicht bei erster Gelegenheit um die Ohren fliegen würde.

Die Mittagssonne fiel durch die schmalen Fenster seines Büros direkt in sein Gesicht. Wer war nur auf die Idee gekommen, ein Gebäude mit solchen Schießscharten zu bauen?, wunderte er sich nach wie vor über diese misslungene Konstruktion. Aber irgendwie passten sie zu dem festungsartigen Charakter der Jefatura. Er blinzelte in die Sonne und musste plötzlich an die Eiswürfelknappheit in der Gastronomie denken und an Gwendolyns Verschwörungstheorie. »Wie abgefahren.« Leises Lachen, begleitet von einem warmen Gefühl der Sympathie. Diese Frau hatte es ihm wirklich auf eine spezielle Art angetan, was in seinem Leben nicht an der Tagesordnung war. »Wasser«, entfuhr es ihm. Da war er wieder, dieser Gedanke. Nur einen Sekundenbruchteil lang. Dann verflüchtigte er sich wie ein Regentropfen im heißen Wüstensand.

Etwas anderes war ihm in den Sinn gekommen. Der Polizeichef. Ribera musste ihn über den vielleicht entscheidenden Wendepunkt informieren, auch wenn ihm das ein Gräuel war angesichts der Richtung, in die sich der Fall entwickelt hatte. Die mutmaßliche Verstrickung eines hochrangigen Mitglieds des Seglerverbands in einen Mord würde bei Moix einen automatischen Abwehrmechanismus auslösen. Hundertprozentig. Er sah ihn vor sich und hörte ihn bereits in seiner unnachahmlichen Art sagen: »Ribera, die Reputation der Insel steht auf dem Spiel, da müssen wir sehr sensibel vorgehen. Der Tourismusminister ist auf das Äußerste besorgt.«

Half alles nichts. Er rief im Sekretariat von Moix an. Der sei nicht da, hieß es. Unter der Hand verriet die Vorzimmerdame Ribera, dass der Chef sich den Nachmittag zum Golfen freigenommen habe.

Ribera atmete auf, auch wenn es lediglich einen Aufschub bedeutete. Im Moment konnte er nicht viel mehr tun, als auf das Ergebnis der Spurensicherung zu warten. Bis auf eine Sache. Ignacio Zafra schuldete ihm eine Erklärung, warum er in Cala Gamba gewesen war. Ribera wählte die Nummer des Privatdetektivs, aber es nahm niemand ab.

Danach machte er sich an den Schreibkram, der sich in den vergangenen Tagen angesammelt hatte. Dazu kamen E-Mails, die sich unbeantwortet in seinem Eingangsordner stauten. Manche von ihnen so alt, dass sich die Sache längst erledigt hatte. Eine Arbeit, die er hasste und daher ständig vor sich herschob. Nein, er war einfach kein Schreibtischtäter und Bürohengst wie andere Kollegen oder der Polizeichef. Seine Welt war die Straße, der direkte Kontakt zu den Leuten, die Grenzgänge zwischen den verschiedensten Lebenswelten. Aber wie überall hatte in den letzten Jahren der Verwaltungsanteil an der Arbeit zugenommen. Immer mehr Vorschriften, Sicherheitsauflagen und Berichtspflichten. Die Regelungswut machte auch vor der Polizei nicht halt. Sehr zu seinem Leidwesen.

Ein Klopfen an der Tür sorgte für eine willkommene Unterbrechung. Penelope Roca trat ein und schloss die Tür hinter sich. »Meine kleine Spezialrecherche war erfolgreich«, sagte sie mit einem verschwörerischen Grinsen.

Ribera schaute sie erwartungsvoll an. »Und?«

»Ich habe interessante Informationen zu eurem Ex-Kollegen erhalten, diesem Ignacio Zafra.«

Nach Penelope Rocas Besuch stürzte sich Pau Ribera wieder in seine Büroarbeit. Oder vielmehr versuchte er es. Knapp über eine Stunde mühte er sich ab, ohne richtig bei der Sache zu sein. Immer wieder schweiften seine Gedanken ab, kreisten um einen Gegenstand wie Insekten um eine nächtliche Lichtquelle. Vor allem das, was ihm Penelope Roca von Ignacio Zafra berichtet hatte, beschäftigte ihn. Es ließ den Privatdetektiv in einem ungünstigen Licht erscheinen. Gelinde gesagt. Wie sich herausgestellt hatte, war dessen Abgang bei der Lokalpolizei alles andere als freiwillig gewesen. Konkreter Anlass: eine Korruptionsaffäre, in die er vor ein paar Jahren verwickelt gewesen war. Vor Riberas Zeit auf Mallorca. Mehrere Polizisten hatten sich seinerzeit von Nachtclubbesitzern in Magaluf schmieren lassen. Sexdienste, Gratisgetränke und Geld im Gegenzug dafür, dass sie vor Razzien warnten und bei illegalen Aktivitäten wie der Beschäftigung minderjähriger Prostituierter oder Mädchen ohne Aufenthaltsgenehmigung beide Augen zudrückten. Nach einem Prozess waren Zafra und einige seiner Kollegen gefeuert worden. Sie hatten zwar jegliche Schuld abgestritten, aber die Beweise gegen sie waren zu erdrückend gewesen.

Hatte sich sein erster Eindruck im Nachhinein also bestätigt, dachte Ribera. Vielleicht war es voreingenommen von ihm, aber einen geläuterten Eindruck hatte Zafra bei ihrer Begegnung nicht gerade auf ihn gemacht, dafür hatte er zu geschäftsmäßig gewirkt. Wer weiß, wozu er fähig war, wenn es um Geld ging. Und was zum Teufel hatte er in Cala Gamba zu suchen gehabt? War es vielleicht nicht bei der Beschattung Castros geblieben? Aber welches Interesse sollte er daran gehabt haben? Oder war da etwas anderes, was Castro für Zafra interessant gemacht hatte? Vielleicht diese ominöse große Sache?

Ribera konnte sich keinen Reim darauf machen. Er schnappte sich eine der Akten auf seinem Schreibtisch, warf einen flüchtigen Blick darauf, bevor seine Gedanken die nächste Laterne anflogen: eine weitere Unstimmigkeit, die ihm erst im Nachhinein auffiel, diese Geschichte mit den Unfallspuren – sowohl bei Fonsecas Segelboot als auch bei dieser toten Radfahrerin. Eine rätselhafte Häufung solcher Indizien. Obwohl es keine Verbindung zwischen beiden Fällen gab. Zumindest soweit bekannt. Okay, Ribera, dachte er, jetzt verrennst du dich endgültig in etwas. Diese Neigung zu gelegentlich aus dem Ruder laufenden Reflexionen kannte er nur zu gut von sich. Sie hatte sich bereits in seiner Jugend bemerkbar gemacht, weshalb ihm manche Lehrer in der Schule eine äußerst lebhafte Phantasie bescheinigt hatten. »Ribera, entweder du wirst Künstler oder Krimineller«, hatte ihm einer vorausgesagt. Immerhin Letzterem hatte er sich angenähert, wenn auch von der anderen Seite.

Ribera stellte die Arbeit für heute ein. Hatte keinen Wert mehr, er würde eh nichts mehr zustande bringen. Wenige Minuten später verließ er die Jefatura und machte sich zu Fuß auf den Heimweg. Er überquerte den Passeig de Mallorca und kam an den Torrent de Sa Riera. Bisher hatte er ihm keine große Beachtung geschenkt, etwas, was wie selbstverständlich da war, ohne dass man sich dessen bewusst war. Nun blieb er stehen, beugte sich über das Geländer, sah in der Tiefe die Palmen und schlanken Zypressen, die auf einem schmalen Grünstreifen wuchsen. Darunter floss der Sturzbach, eingezwängt in ein Korsett aus dicken Steinmauern, Richtung Meer. Wobei von Fließen keine Rede sein konnte, nicht mal ein Rinnsal war zu sehen, das Bett war ausgetrocknet.

Ein paar Minuten betrachtete Ribera die Szenerie, als ihm einfiel, dass er noch eine Verabredung hatte. Sein Freund Leland Bloodgood wollte ihn am Abend anrufen. Auch etwas, was in den letzten Tagen ständig im Hintergrund mitschwang, seit er bei ihrem letzten Telefonat eine überraschende Nachricht verkündet hatte: Er wollte Ribera auf Mallorca besuchen. Auf die Idee war er gekommen, nachdem ein Direktflug zwischen den USA und der Insel eingerichtet worden war. Nur der genaue Termin hatte noch nicht festgestanden. Den wollte er heute Abend durchgeben. Ribera fühlte ein nervöses Kribbeln in der Bauchgegend. Lag es an der Aussicht, den Freund nach seinem Gastspiel bei der US-Polizei und vielen anschließenden Telefonaten zum ersten Mal in Spanien zu empfangen? Oder war es der nächste Tag, der seine Schatten vorauswarf mit einem eventuell entscheidenden Durchbruch bei ihrem Fall? Vielleicht beides. Er trat vom Geländer zurück. Genug Torrent besichtigt.

Kurz darauf tauchte er in die Altstadt von Palma ein, und als er zwanzig Minuten später in der »Costa Dorada« ankam, klingelte sein Mobiltelefon. *Hola*, Leland, du bist früh dran, wollte er schon sagen. Aber es war nicht Bloodgood, sondern Penelope Roca.

Er schaute auf seine Uhr und wunderte sich: fast halb acht. »So spät noch bei der Arbeit? Oder was treibst du um diese Zeit im Büro?«

»Nachdem sich in letzter Zeit diese kleinen Spezialrecherchen häufen, komme ich kaum mehr zu meiner normalen Arbeit.« Sie kicherte. »Scherz, ich habe etwas vorgearbeitet, weil ich morgen freihabe. Als ich gerade Schluss machen wollte, hat jemand von der Hafenpolizei angerufen. Er sagte, er habe einen sturzbetrunkenen Mann im Sporthafen aufgegriffen, der auf dem Weg zu einem Boot gewesen sei.«

Ribera beschlich eine Ahnung, dennoch fragte er nach: »Und was haben wir damit zu tun?«

»Na ja, der Kollege ist wohl recht neu bei der Hafenpolizei und kennt den Typen nicht. Und Papiere hatte er keine bei sich, dafür eine Visitenkarte von dir. Sie haben ihn vorübergehend in Gewahrsam genommen, auch um ihn vor sich selbst zu schützen.«

22

Palma, Zentrum. Ribera fror erbärmlich, während er im Wasser trieb. Arme und Beine, der ganze Körper fühlte sich schwer an. Seine Kleidung hatte sich mit Wasser vollgesogen, das zusätzliche Gewicht drohte ihn in die Tiefe zu ziehen. Hektisch strampelte er mit den Beinen und ruderte mit den Armen, um nicht unterzugehen. Seinen Kopf konnte er gerade noch oben halten, musste aber immer wieder Wasser schlucken. Eklig, salzig. Er spuckte es aus. Seine Situation war zum Verzweifeln. Das Meer um ihn herum eine beängstigende schwarze Unendlichkeit, aus der es kein Entrinnen zu geben schien, wie das Weltall. Nur mit dem Unterschied, dass keine Sterne zu sehen waren, sondern Finsternis herrschte, als wäre er in einem Darkroom gefangen.

Plötzlich ein Licht in der Ferne, das näher kam. Er schöpfte Hoffnung, winkte wild und versuchte, schreiend auf sich aufmerksam zu machen, aber kein Ton kam aus seinem Mund. Als das Licht nur noch wenige Meter von ihm entfernt war, erkannte er, dass es sich um ein Müllboot handelte. Allerdings kein Modell, wie er es im Hafen von Palma gesehen hatte. Auf dem Dach der Kabine war ein langer, gebogener Stab installiert. Dessen Ende leuchtete wie bei einem Tiefsee-Anglerfisch, der damit seine Opfer anlockte. Das Boot selbst war ganz in Schwarz gehalten, sein Bug wurde aus zwei mächtigen Greifarmen gebildet. Kurz bevor das Boot ihn erreicht hatte, öffneten sich die Greifarme. Ihre Innenseiten bestanden aus langen, spitzen Zähnen, die sich langsam schlossen und ihn zu durchbohren drohten. Begleitet vom dämonischen Lachen der zwei Vermummten an Bord. Die waren in schwarze Kutten gehüllt und trugen spitze Hauben auf dem Kopf wie die Büßer bei den Prozessionen in der Osterwoche. Panisch versuchte er, wegzuschwimmen, konnte sich aber nicht von der Stelle bewegen.

In diesem Moment hörte er ein Klingeln. Es war der Wecker seines Smartphones, der ihn aus seinem Alptraum erlöste. Diese Amokläufe seines Gehirns in den frühen Morgenstunden, die ihn vor allem in Situationen heimsuchten, in denen eine Menge gleichzeitig auf ihn einströmte und sich sein Leben wie unter einem Brennglas abspielte. Dennoch war er beruhigt, als er bemerkte, dass er nicht hilflos im Meer gefangen war, sondern in seinem Bett lag und das einzig Schwarze Lemmy war, der sich am Fußende eingerollt hatte.

Den Wecker hatte er gestellt, weil er sich für den Tag einiges aufgebürdet hatte. Die ersten Vorbereitungen hatte er bereits gestern getroffen. Zunächst hatte er mit der Hafenpolizei telefoniert. Seine Vorahnung hatte ihn wieder einmal nicht getrogen. Bei dem Betrunkenen im Sporthafen handelte es sich um Daniel Fonseca. Wollte der etwa fliehen, oder hatte die Aktion mit dem Zustand seiner Ehe zu tun? Ersteres konnte nicht ausgeschlossen werden. Daher hatte Ribera den Polizeichef informiert, dass er einen Haftbefehl gegen Fonseca wegen Fluchtgefahr plus einen Durchsuchungsbeschluss seiner Privat- und Geschäftsräume beantragen würde. Außerdem hatte er Quique und Blum verständigt und sie gebeten, wegen der Untersuchung von Fonsecas Boot nachzuhaken, und sich mit ihnen am Sitz der Hafenpolizei am Moll Vell verabredet.

Beim Aufstehen bemühte er sich, Lemmy möglichst nicht zu stören. »Bleib nur liegen, *compadre*. Ich denke, das schaffe ich ausnahmsweise mal allein. Es ist alles so weit arrangiert, oder habe ich etwas vergessen?« Er überlegte und schlug sich dann gegen die Stirn. »Aber natürlich, wie dumm von mir, etwas Superwichtiges – dein Futter. Keine Sorge, wird noch erledigt. Und ja, ich weiß, das Katzenklo riecht etwas streng. Ich bringe heute Abend neues Katzenstreu mit, versprochen.«

Eine halbe Stunde später verließ Ribera die »Costa Dorada«, um in seinem morgendlichen Stammcafé »Verde« an der Plaça de la Mercè noch ein kleines Frühstück zu sich zu nehmen. Während er einen Kaffee und ein Croissant genoss, blätterte er wie üblich die Zeitungen durch. Relativ ruhig, die Medienlandschaft, stellte er fest. Die Aufregung nach dem Mord an Castro hatte sich gelegt, von der toten Radfahrerin war gar nichts mehr zu lesen. Die Titelseiten beherrschte eine Bilanz des heißesten Sommers auf Mallorca seit Beginn der Wetteraufzeichnungen, wie es hieß. Verbunden damit die Sorge über Mallorcas Wasserversorgung. Die Reserven seien so gering wie lange nicht, erkennbar etwa an den niedrigen Pegeln der Stauseen im Tramuntana-Gebirge. Ein Artikel endete in einer pessimistischen Zukunftsprognose für Mallorca und den Mittelmeerraum. Amüsant fand Ribera hingegen einen kleinen Schlenker zu der Eiswürfelkrise, über die Gastronomen klagten. Ob da etwa Gwendolyn darunter war?

Nichts über den toten Umweltschützer. Ah doch, im Lokalteil wurde er fündig. In einem Artikel stellte ein Mitglied des GOB eine wilde Verschwörungstheorie gegen die Ökobewegung auf und verlangte ein Eingreifen des Staates. Im »Diario de Mallorca« setzte sich hingegen eine Autorin mit den teils fragwürdigen Alleingängen Castros in der Vergangenheit auseinander. Ribera musste schmunzeln, den Tipp hatte er Chefredakteurin Nieves Moreno nach ihrem kürzlichen Gespräch gegeben – unter der Hand als Zeichen seines guten Willens.

Ende der Presseschau. Er bezahlte und wollte gehen, als ihn Kellnerin Inés zurückhielt. »Übrigens, da hat sich neulich ein Typ nach dir erkundigt. Hat gemeint, er kenne dich von früher, erinnere sich aber nicht mehr an deinen Namen. Es sei ihm peinlich gewesen, dich anzusprechen. Wollte auch wissen, was du beruflich machst. Kam mir irgendwie komisch vor.«

Ribera schaute sie verwundert an. »Wie sah der aus?«

»Puh, wie sah der aus? Bei all den Gästen merke ich mir kaum Gesichter, nur wenn sie häufiger kommen. Den hatte ich vorher noch nie gesehen. Also, er war relativ groß, hatte so einen Kinnbart, wenn ich mich recht erinnere.« Inés strich mit dem Zeigefinger kreisförmig um Mund und Kinn. »Auf jeden Fall kein Spanier, sprach mit einem komischen Akzent, den ich nicht einordnen konnte. Ich habe ihm nichts zu deinem Job gesagt. Das wäre ja noch schöner, mich über Gäste auszufragen.« Betreten blickte sie zu Boden und fügte leise hinzu: »Nur dein Name ist mir blöderweise rausgerutscht, da hatte er mich anfangs auf dem falschen Fuß erwischt.«

»Danke, Inés, schon gut. Ich habe nicht die leiseste Ahnung, wer das gewesen sein könnte.«

Palma, Sporthafen. Auf dem Weg zum Hafen beschäftigte Ribera die Geschichte weiter. Mysteriöse Sache. So viele Menschen kannte er auf Mallorca schließlich nicht. Auch wenn er langsam Wurzeln auf der Insel schlug. Nein, keine tiefen, sondern eher flache Wurzeln, wie Bäume oder Sträucher sie hatten, die sich in den oberen Bodenschichten ausbreiteten und so eine gewisse Standfestigkeit entwickelten. Ein Nebeneffekt davon war, dass dabei erste Ansätze eines sozialen Netzes entstanden. Und die wenigen Leute, mit denen er privat zu tun hatte, wussten, dass er bei der Nationalpolizei war. Vielleicht jemand von früher, vom

Festland. Bisher war Conxita die Einzige, der er begegnet war. Es sei denn, es war jemand, von dem er bisher nichts wusste. Dagegen sprach, dass die Beschreibung von Inés auf niemanden passte, an den er sich erinnerte.

Noch geistesabwesend erreichte er die Plaça del Banc de l'Oli, die in der Altstadt zwischen »Café Verde« und Plaza Mayor lag. Im Vorbeigehen nahm er die Skulpturengruppe wahr, die in einer von Orangenbäumen gesäumten Grünanlage in der Mitte des Platzes stand. Eine sitzende ältere Frau mit langem Kleid und Kopftuch. Zu ihren Füßen kauerten ein Mädchen und ein Junge, die Hände und Arme auf ihrem Schoß, und blickten andächtig zu ihr hoch, während sie etwas zu erzählen schien.

Riberas Mobiltelefon meldete sich. Quique. »Wir haben das Ergebnis der Untersuchung von Fonsecas Boot. Die Jungs haben den Turbo eingelegt. *Puta mierda*, du hattest recht mit deiner Vermutung – die Spurensicherung ist sich sicher, dass die Schramme von einer Begegnung mit Castros Boot herrührt. Jedenfalls gibt es eine Übereinstimmung an beiden Rümpfen, was den Schaden angeht. Cristina ist mit den Kollegen von der Spurensicherung bei der Hausdurchsuchung.«

Ribera hatte stumm zugehört, beendete den Anruf dann mit einem knappen Satz: »Alles klar, wir treffen uns gleich bei der Policía Portuaria.«

Da war sie also, die Bestätigung, auf die er gewartet hatte. Dennoch stellte sich bei Ribera in diesem Augenblick keine Genugtuung darüber ein, dass er den richtigen Riecher gehabt hatte. Routinemäßig, ja fast buchhalterisch hatte er die Information zur Kenntnis genommen – wie einen Punkt auf einer To-do-Liste, der erledigt war. Er fühlte sich seltsam emotionslos, als wäre er nicht aus Fleisch und Blut, sondern aus Stein, wie eine der Skulpturen auf dem Sockel. Klar, die Indizien summierten sich, fehlte nur noch das Geständnis von Daniel Fonseca, dann würden sie einen Haken unter den ganzen Fall machen können. Danach könnte er ruhigen Gewissens ein paar Tage freinehmen, wenn Leland Bloodgood nach Mallorca kam. Denn das stand nun definitiv fest. Noch mehr: Bei ihrem gestrigen Gespräch hatte sein Freund Nägel mit Köpfen gemacht und sich auf ein Datum für seine Reise festgelegt.

Ribera setzte seinen Weg zum Hafen fort. Während er weiter durch die Altstadtgassen des Zentrums von Palma eilte, schob sich die Unterhaltung mit Kellnerin Inés vor die Freude über den Besuch aus den USA. Vor allem eine Frage ließ ihm keine Ruhe: Falls es kein auch noch so ferner Bekannter war, der nach ihm gefragt hatte, welches Interesse sollte ein Fremder an seiner Person haben?

Daniel Fonseca leistete nicht den geringsten Widerstand, als Ribera und Quique ihn bei der Hafenpolizei abholten. Das Gesicht bleich und zerknautscht, Hose und Hemd zerknittert und schmutzig, hatte er nichts mehr von der Mondänität der ersten Begegnung. Den Haftbefehl nahm er äußerlich ungerührt zur Kenntnis, ohne ein Wort zu sagen, als hätte ihm jemand mitgeteilt, dass er zu schnell gefahren sei und nun mit einem Strafzettel zu rechnen habe. Lediglich seinen Anwalt verlangte er anzurufen.

Als sie in der Jefatura mit der Vernehmung beginnen wollten, klopfte es an der Tür des Verhörraums. Eine relativ junge, schlanke Frau mit langen braunen Haaren in einem klassischen dunkelblauen Kostüm und weißer Bluse trat ein, lächelte und reichte Ribera die Hand. Noch bevor sie sich vorstellte, wusste er bereits, dass es sich um eine Rechtsanwältin handelte. Um die dreißig Jahre alt, schätzte er.

»Patricia Segura von Segura Abogados. Entschuldigen Sie meine Verspätung, aber ich hatte noch einen anderen Termin und kam nicht sofort weg. Ich möchte zu meinem Mandanten, Señor Fonseca.« Freundlich, aber bestimmt fügte sie mit einer für ihre zierliche Figur erstaunlich tiefen Stimme hinzu: »Ich würde ihn gern kurz unter vier Augen sprechen.«

Ribera und Quique verließen den Raum. Als die Unterredung nach etwa zehn Minuten zu Ende war und die beiden wiederkamen, wandte sie sich erneut an Ribera. »Chefinspektor Ribera, richtig? Ich denke, wir können es kurz machen: Mein

Mandant ist ein unbescholtener, angesehener Bürger und weist sämtliche gegen ihn erhobenen Vorwürfe zurück. Ansonsten macht er von seinem Aussageverweigerungsrecht Gebrauch. Ich weise Sie außerdem darauf hin, dass Sie meinen Mandanten nach spanischem Recht maximal zweiundsiebzig Stunden festhalten dürfen. Aber das wird Ihnen selbst bekannt sein. Ich sehe jedoch keinen Grund, Señor Fonseca weiter hierzubehalten.«

Ribera war derlei juristische Spielchen gewohnt. Es waren immer unbescholtene, angesehene Bürger, die völlig unschuldig waren. Er fragte sich, ob die Anwälte das wirklich selbst glaubten. Andererseits gehörte es zum Job, sich für einen Klienten einzusetzen und das Bestmögliche herauszuholen. Sein Fall wäre das dennoch nicht.

Unbeeindruckt antwortete er: »Sie werden verzeihen, Señora Segura, dass wir das etwas anders sehen. Unserer Meinung nach liegt durchaus ein begründeter Tatverdacht vor, dass Ihr Mandant Señor Castro ermordet hat und dass er sich gestern einer Verhaftung entziehen wollte. Deshalb beabsichtigen wir auch, Untersuchungshaft wegen Fluchtgefahr zu beantragen.«

Patricia Segura warf ihm einen abschätzigen Blick zu, gefolgt von einem kalten Lächeln und einer aus drei Wörtern bestehenden Antwort: »Wir werden sehen.«

Danach verabschiedete sie sich.

»*De puta madre*, toughes Weib«, sagte Quique, der die Unterhaltung mitbekommen hatte. »Von der würde ich mich auch verteidigen lassen.« Sein anerkennender Pfiff schrillte durch den Flur, sodass sich die noch in Hörweite befindliche Patricia Segura irritiert zu ihnen umdrehte.

Ribera riss sich vom Anblick der dynamisch davoneilenden Anwältin los. »Ehrgeizige junge Frau, die Karriere machen möchte, würde ich sagen. Ich tippe, dass sie erst vor ein paar Jahren ihr Examen gemacht hat, danach in die Kanzlei ihres Vaters eingestiegen ist und nun beweisen möchte, dass sie mehr draufhat, als nur Tochter zu sein.«

»Glaubst du, dass der Richter Untersuchungshaft anordnet?«

»Würde mich wundern, wenn nicht. Es gibt mehrere gute

Argumente dafür. Fonseca hatte ein Motiv. Er hat kein Alibi für die Tatzeit und hat uns einen Bären aufgebunden. Er war am Tag von Castros Verschwinden im Hafen von Cala Gamba. Sein Segelboot hat offenbar Castros Boot gerammt. Außerdem wollte er sich dem Anschein nach aus dem Staub machen.« Die Aufzählung unterstrich er mit den Fingern seiner Hand. »Wir hatten schon schlechtere Karten. Und mal abwarten, ob die Hausdurchsuchung weiteres Belastendes zutage fördert.«

Ein Hüsteln ertönte hinter Ribera und Quique. Penelope Roca war hinzugestoßen. »*Perdón*, ich unterbreche eure Unterhaltung nur ungern. Aber die Informática Forense hat sich gemeldet. Die Kollegen haben die Untersuchung des Autos von diesem Castro abgeschlossen und dabei eine Entdeckung gemacht, die euch interessieren wird.« Sie reichte Ribera einen Zettel. »Hier ist die Nummer, die ihr anrufen könnt, falls ihr den schriftlichen Bericht nicht abwarten wollt.«

Ribera steckte den Zettel ein. »Das muss warten. Hören wir uns erst einmal an, was der Musterbürger zu sagen hat.«

Das Ergebnis war enttäuschend, andererseits auch nicht völlig unerwartet. Daniel Fonseca behauptete steif und fest, nichts mit Castros Tod zu tun zu haben, und schwieg ansonsten beharrlich. Nach gut einer halben Stunde brachen sie das Verhör ab.

Desillusioniert zog sich Ribera in sein Büro zurück und klemmte sich ans Telefon, um die Informática Forense zu kontaktieren. Ein Santiago Escalas von der Technikabteilung der Nationalpolizei meldete sich. Er kam ohne Umschweife zum Thema.

»Hab mir gedacht, dass ihr anruft. Euer Mann war in den letzten Wochen recht fleißig unterwegs.«

»Wie kommt ihr darauf?«

»Ganz einfach, sein Wagen hat ein eingebautes Navigationsgerät. Das hat er des Öfteren für Fahrten auf der Insel eingesetzt, um bestimmte Adressen zu finden. Wir konnten so ein ganz gutes Bewegungsprofil erstellen.«

»Welche Adressen hat er angesteuert?«

»Oh, das würde jetzt zu lange dauern, die alle aufzuzählen. Am besten, wir schicken euch eine Liste. Dann habt ihr es schwarz auf weiß.«

Ribera trommelte ungeduldig mit den Fingern auf die Schreibtischplatte. »Kannst du mir vorab wenigstens sagen, was seine letzten Ziele waren?«

»Kein Problem, mal schauen. Da gibt es eine gewisse Häufung in der Ecke Calvià. Zum Beispiel das Ayuntamiento von Calvià. Nach dem Rathaus gab es weitere Anlaufstationen – da hätten wir zum Beispiel einen Golfclub in der Nähe von Magaluf. Aber das ist noch nicht alles, worauf wir bei der Untersuchung gestoßen sind. Du wirst staunen.« Escalas legte eine kurze Kunstpause ein. »An dem Fahrzeug war außerdem ein GPS-Tracker installiert. Per Magnet am Unterboden befestigt.«

»Ein Peilsender?«, fragte Ribera konsterniert. »Das heißt, er wurde überwacht?«

»Gut möglich. Man kann so ein Ortungssystem aber auch selbst als Diebstahlschutz einsetzen. Meistens sind die Geräte dann aber irgendwo im Fahrzeuginneren versteckt. Dazu muss man aber erst einmal in das Auto hineinkommen, es also knacken oder einen Schlüssel haben. Spricht meines Erachtens dafür, dass der GPS-Tracker nicht vom Fahrzeugbesitzer montiert wurde. Das herauszufinden ist euer Job, Kollege. Der schriftliche Bericht mit allen Einzelheiten liegt euch morgen vor.«

Nachdem er aufgelegt hatte, stützte sich Ribera mit den Ellbogen auf dem Schreibtisch ab und faltete die Hände vor dem Gesicht zusammen. Er wusste nicht genau, worüber er sich mehr wundern sollte: über Castros Mini-Odyssee im Raum Calvià oder über den GPS-Tracker. Okay, der Golfclub erklärte zumindest die Golftasche, die Ribera in seinem Wagen gesehen hatte. Auch wenn diese Art von Sport zu einem radikalen Umweltschützer wie Castro in etwa so gut passte wie ein Kardinal auf einen Satanistenkongress. Und dann war da doch noch die Geschichte mit den Kläranlagen, in die er heimlich eingestiegen war. Nur wo war der Zusammenhang? Falls der überhaupt existierte. Und was den Peilsender betraf, der konnte natürlich von

Zafra stammen. Wäre wieder etwas, was ihm der Privatdetektiv vorenthalten hatte, auch wenn dieser ihm keine Rechenschaft über seine Methoden schuldete. Dennoch spürte Ribera eine Wut in sich aufkommen und das Bedürfnis, ihn zur Rede zu stellen. Sein zweiter Versuch eines Anrufs innerhalb von zwei Tagen lief jedoch erneut ins Leere. Niemand hob ab. Er hinterließ eine Nachricht und nahm sich vor, sich später noch einmal mit ihm zu befassen.

Ihm fielen Conxita Martínez und Raquel Alvarez ein. Sie könnten vielleicht Licht in diese Golfsache bringen. Fehlanzeige, bei Martínez erreichte er nur die Mailbox und bat um Rückruf. Bei Alvarez verspürte er Skrupel. Wäre das erste Mal seit der Verhaftung ihres Mannes, dass er sie kontaktierte. Im Gegensatz zu Conxita hatte sie gleich zwei Päckchen zu tragen: der Liebhaber ermordet, eventuell vom eigenen Mann, der in Haft saß und auf seinen Prozess wartete. Heftig. Ribera rang sich trotzdem durch, sie anzurufen. Vergeblich. Weder nahm jemand ab, noch sprang ein Anrufbeantworter an.

Ihm reichte es für heute. Jetzt erst einmal auf einen Sprung rüber ins »El Pintxo«. Nach diesem turbulenten Vormittag brauchte er dringend eine Stärkung. Er hatte eine dunkle Ahnung, dass der Tag Weiteres in petto haben würde.

Wie üblich saß Ribera an seinem Stammplatz und studierte die Menü-Empfehlungen, die Gwendolyn Uriarte per Hand auf einer Schiefertafel an der Wand notiert hatte. Hörte sich alles verdammt gut an, aber irgendwie hatte er heute nicht den Kopf frei, um wie sonst den Aufenthalt in der Bar zu genießen. Gwendolyn kam aus der Küche und schien seine Unentschlossenheit zu bemerken. »Ich empfehle dir den Bacalao a la Vizcaína, *cariño*, ein klassisches baskisches Kabeljaurezept. Du wirst es lieben ...« – sie stockte – »... oder auch nicht.« Mit einem Stirnrunzeln schaute sie in Richtung Tür. »Ich befürchte, das Essen muss warten. Wenn ich es recht sehe, bekommst du Besuch.«

Ribera blickte an ihr vorbei und sah Cristina Blum auf ihn zusteuern. Sie wirkte kurzatmig. »Penelope hat gesagt, dass du hier bist. Ich komme von der Hausdurchsuchung bei Fonseca. Wir haben etwas entdeckt, was den Verdacht gegen ihn erhärten könnte.«

Gwendolyn war in die Küche verschwunden, Ribera konzentrierte sich auf Blum. »Um was geht es genau?«

»Zum einen hat Fonseca laut dem Verbindungsnachweis für sein Festnetztelefon im Büro kurz vor Castros Tod mit ihm telefoniert. Vielsagender finde ich aber, dass er auf seinem Rechner eine sorgfältig ausgearbeitete Segelroute abgespeichert hat – von Mallorca über die Kanaren bis in die Dominikanische Republik, inklusive der Häfen, die er unterwegs anlaufen wollte, und einer Auflistung, was er dafür an Proviant benötigt und so weiter. Hört sich für mich so an, als hätte er seine Flucht vorbereitet. Und dann war da noch eine dritte Sache.« Blum zog ihren Notizblock aus der Tasche. »Wie es scheint, hat er sich vor Kurzem online einen Peilsender gekauft, mit dem man Leute überwachen kann.«

»Etwa einen GPS-Tracker?« Ribera schrie die Frage förmlich heraus, sodass etliche Besucher der Bar die Köpfe zu ihnen drehten und Blum erschrocken zusammenzuckte.

»Äh, ja genau. Wieso weißt du davon?«

Ribera erzählte ihr von dem Gerät, das an Castros Wagen installiert war. Er rutschte vom Hocker herunter. »Konfrontieren wir Fonseca doch damit. Ich bin gespannt, ob er weiterhin alles abstreitet.«

Die zweite Befragung von Daniel Fonseca endete im Prinzip wie die erste. Zumindest was das Ergebnis betraf. Trotz aller Indizien, die gegen ihn sprachen, wich der Architekt keinen Millimeter von seiner bisherigen Aussage ab, nichts mit Castros Tod zu tun zu haben. Einen Unterschied zum ersten Verhör gab es dieses Mal jedoch: Fonseca bestand nicht mehr auf sein Aussageverweigerungsrecht, sondern machte den Mund auf, nachdem er sich erneut mit seiner Anwältin besprochen hatte. Er gab zu, Castro angerufen zu haben, um sich mit ihm im Hafen von Cala Gamba zu treffen. Dort habe er ihn aber lediglich zur Rede gestellt und ihn aufgefordert, die Finger von seiner Frau zu lassen. Die Segelroute auf seinem PC habe rein gar nichts mit etwaigen Fluchtabsichten zu tun, beteuerte er. Bei dem geplanten Törn in die Karibik handle es sich um einen lang gehegten Wunsch, den er sich irgendwann erfüllen wollte. Was den GPS-Tracker betraf, so gab er zu, dass er ein solches Gerät gekauft hatte. Er sei eifersüchtig gewesen und habe damit seine Ehefrau überwachen wollen. Dazu sei es aber nicht gekommen. Er habe Skrupel bekommen und einen Rückzieher gemacht, sagte er und brach dabei fast in Tränen aus.

Es war ein intensives Verhör, bei dem sich Ribera, Blum und Quique immer wieder ablösten. Gegen Ende stieß auch Polizeichef Moix dazu, aber nur um das Ganze von außen durch den Einwegspiegel zu verfolgen. Nach etwa einer Stunde wurde Fonseca wieder abgeführt.

»Ganz schön harte Nuss«, sagte Quique, als er, Ribera und Blum vor dem Verhörraum zusammenstanden, um das weitere Vorgehen zu besprechen.

Blum nickte bestätigend. »In erster Linie ist er ein guter Schauspieler. Als hätte er seine Rolle einstudiert. Vielleicht hat ihn seine Anwältin instruiert, um …« Sie brach ab, als Moix auf sie zukam.

Der Polizeichef schüttelte jedem mit staatstragender Mimik die Hand. »Ich gratuliere Ihnen, gute Arbeit. Auch wenn wir bisher kein Geständnis haben, liegt die Sache doch klar auf der Hand. Der Rest ist nur eine Frage der Zeit. Ostras! Ein Mann dieses Kalibers ruiniert mit einer solchen Wahnsinnstat sein ganzes Leben.« Er seufzte vernehmlich und hob beide Hände. »Aber du steckst in niemandem drin – *homo homini lupus*, wie es so schön heißt, der Mensch ist dem Menschen ein Wolf.« Er knöpfte den obersten Knopf seines Sakkos zu. »Nun denn, ich werde persönlich mit dem Haftrichter sprechen. Ich denke, damit können wir diese unerfreuliche Geschichte abschließen, die Öffentlichkeit informieren und danach wieder zur Tagesordnung übergehen. Bis zum Beginn der nächsten Urlaubssaison ist dann hoffentlich endgültig Gras über diese unselige Angelegenheit gewachsen.« Er war schon fast am Ende des Flurs angekommen, als er stehen blieb, den Arm hob und ihnen zurief: »Ach, Ribera, kommen Sie doch morgen mal in mein Büro, ich muss dringend etwas mit Ihnen besprechen.«

23

Magaluf. Das Bad im Pool von »La Mariana« konnte Ivan Peskow wahrlich gebrauchen. Endlich süßes Nichtstun nach dem aufreibenden Beschattungsmarathon der vergangenen Tage. Der Wermutstropfen war, dass der Unfallschaden am Lkw nach wie vor nicht repariert war. Aber immerhin gab es die Perspektive, dass sich jemand darum kümmern wollte. Ein kleiner Lichtblick, mehr nicht. Überhaupt hatte er das Gefühl, dass der Lack von seinem Mallorca-Traum immer mehr abblätterte. Zersetzt von der Realität, in der er sein Dasein entwurzelt und oft einsam fristete. Oft übertüncht mit Alkohol und Sex.

Umso mehr genoss er nun, wie das kühlende Nass seinen Körper umschloss und ihn in eine sanfte Schwerelosigkeit gleiten ließ. Das Sonnenlicht, das auf der blauen Wasseroberfläche tänzelte wie eine psychedelische Lichtshow. Dazu dieser Blick auf den Strand und die Bucht von Magaluf sowie auf die kleine Isla de Sa Porrassa, die sich wenige hundert Meter entfernt aus dem Meer erhob, als wäre ein riesiger Wal aufgetaucht. Eine karge Welt, ein Naturschutzgebiet, das im Kontrast stand zu all den oberflächlichen Freizeitvergnügungen, denen sich die Menschen hier hingaben. Dazu gehörten auch britische Halbstarke, die im Bierrausch versuchten, zu dem Felsen zu schwimmen, wie Peskow erfahren hatte. Aber das ging ihn nichts an.

Er schwamm zum Beckenrand, wo er ein Glas Gin Tonic abgestellt hatte. Wie das auch andere Gäste des Beachclubs machten, die sich an diesem Nachmittag im Pool tummelten. Er trank einen Schluck und blinzelte in die Sonne. Als er das

Glas wieder absetzte, spürte er etwas Weiches an der Hand. Erschrocken zog er sie zurück und blickte auf die Schnauze eines großen grauen Hundes, der neugierig an seinem Getränk schnüffelte.

»Dolores, aus!«, ertönte es. Der scharfe Befehl stammte von einer Frau, die sich vom Eingang her näherte. Es war Lourdes Camacho, die Besitzerin des Clubs.

Peskow entspannte sich. »Hast du deinen Köter immer noch nicht im Griff?«

»Dieser Hund ist unbelehrbar. Ich kann es ihm nicht abgewöhnen, die Leute zu belästigen. Apropos, du hast am Telefon gesagt, wir müssten uns über unseren speziellen Freund unterhalten. Gibt es etwas Neues?«

Peskow stemmte sich aus dem Wasser, trocknete sich ab, schnappte sein Glas und folgte Camacho zu einem der Korbsofas neben dem Pool. Währenddessen erzählte er von seinen Observationen.

»Ich bin diesem Zafra gefolgt. Besonders gut scheint sein Geschäft nicht zu laufen. Es gab in der ganzen Zeit keinen einzigen Besucher. Bis auf einen.«

Camacho hatte sich mittlerweile einen Cava bestellt und musterte ihn über den Rand ihres Glases hinweg. »Wer war das?«

Peskow nahm die Zitronenscheibe aus seinem Gin, saugte sie aus und legte sie weg. »Ein Bulle. Ich bin auch ihm gefolgt und habe mich erkundigt. Er ist von der Policía Nacional.«

Sie lehnte sich zurück, ihr Oberkörper sank in den weißen Polstern ein. Sie wirkte nachdenklich. »Sehr beunruhigend. Wer weiß, warum der da war. Das wird unseren Geschäftspartnern nicht gefallen. Vor allem nach dem, was in letzter Zeit schiefgelaufen ist.«

»Sollen wir ihn …?« Peskow fuhr sich mit dem Daumen quer über den Hals.

Camacho rückte den Reifen in ihrem schwarzen Haar zurecht. »Ich glaube nicht, dass er der Polizei etwas verraten hat. Sonst hätten die bereits vor der Tür gestanden. Außerdem macht er den Eindruck, dass er nur an Geld interessiert ist. Dennoch könnte er zum Problem werden. Aber wir müssen vorsichtig sein und dürfen uns keinen weiteren Fehler erlauben.« Ihr Blick wanderte auf die Bucht von Magaluf und Sa Porrassa hinaus. »Wusstest du, dass auf dieser unscheinbaren Insel eine besondere Tierart lebt?«

Peskow schüttelte den Kopf.

»Podarcis lilfordi, die Balearen-Eidechse. Das hat mir mal ein Gast erzählt. Sie ist schwarz und hat besondere Eigenschaften entwickelt. Da sie von den Inseln nicht wegkommt und keine natürlichen Feinde hat, fühlt sie sich in Sicherheit und kann in aller Ruhe nach Nahrung suchen.« Ihre Stimme wurde leiser und nahm einen bedrohlichen Unterton an. »Ich denke, dass unser Freund sich ebenfalls in Sicherheit wähnt.«

Sie schälte sich aus dem Polster. Dolores, die bis jetzt neben dem Sofa gelegen hatte, schreckte auf.

»Ich bespreche das mit unseren Geschäftspartnern und melde mich dann bei dir. Halte dich bereit. Ich denke, wir sind uns darüber einig, dass wir einen Schlussstrich ziehen müssen, bevor alles auffliegt.«

24

Palma, El Camp d'en Serralta. Am Morgen gab es für Ribera kein Durchkommen zur Jefatura. Grund war eine dichte Menschenmenge, die sich an der Ecke Passeig de Mallorca und Carrer de Simó Ballester ballte, wo sich das Polizeipräsidium befand. Einige von ihnen hielten Schilder der Umweltgruppe GOB in die Höhe. Slogans wie *»Naturaleza nuestra riqueza«*, *»Medioambientalistas en lugar de deportistas«* oder *»Protección y no corrupción«* wurden skandiert. Die Demonstranten bewegten sich Richtung Jefatura, die aber von einer dichten Polizeikette abgeriegelt wurde. Ribera wusste zunächst nichts mit den Sprüchen anzufangen und verfolgte unschlüssig das

Geschehen, bis er von Weitem Gwendolyn Uriarte erblickte, die vor ihrer Bar stand und wie viele Anwohner ebenfalls dem Treiben auf der Straße zuschaute. Er kämpfte sich zu ihr durch.

Ihre wie immer auffällig geschminkten Lippen verzogen sich zu einem breiten Lächeln. »Ganz schön was los heute. Der reinste Flashmob. Ein völlig neues Barrio-Erlebnis.«

»Natur unser Reichtum, Umweltschützer statt Sportler, Schutz und keine Korruption«, zitierte Ribera die Slogans, »was soll das?«

»Kannst du dir das nicht denken?

»Natürlich.« Bei Ribera fiel der Groschen. Die Verhaftung Fonsecas. Entweder hatte Moix am Vortag eilig die Pressemeldung herausgegeben, oder die Nachricht hatte sich so herumgesprochen oder war von jemandem in der Jefatura an die Medien durchgestochen worden. So oder so unglücklich, weil er heute Conxita Martínez anrufen wollte, um ihr von der Verhaftung zu berichten, bevor sie es anderweitig erfuhr. Das war er ihr in seinen Augen schuldig.

Gwendolyn war unterdessen in die Bar geeilt und kam mit einer Zeitung zurück. »Hier, sieh selbst.«

»Mord an Umweltschützer aufgeklärt, Seglerverbandschef verhaftet«, las er auf der Titelseite.

Pfeifen und Gejohle ertönten. Ribera und Gwendolyn reckten die Hälse, um zu sehen, was gerade passierte. Der Lärm galt dem Polizeichef, der vor den Eingang der Jefatura getreten war, der oberhalb einer Treppe lag. Er hob beschwichtigend die Hände, versuchte, etwas zu der Menge zu sagen, aber die übertönte ihn mit einem grellen Pfeifkonzert. Nach wenigen Minuten zog sich Moix wieder in das Gebäude zurück.

Ribera konnte sich ein mitleidiges Grinsen nicht verkneifen. Von wegen zur Tagesordnung übergehen. Das hatte Moix nicht einkalkuliert.

»Ich habe vorhin mit ein paar von den Leuten geredet«, sagte Gwendolyn. »Sie sind wütend oder besorgt oder beides. Die betrachten den Mord als Anschlag auf den Umweltschutz. Die Nachricht von der Verhaftung dieses Seglers hat sich anscheinend in Windeseile über die sozialen Netzwerke verbreitet. Das Resultat siehst du hier.«

Obwohl Ribera die Wirkung der Onlineportale nur zu gut kannte, wunderte er sich über diese heftige Reaktion. Andererseits auch wieder nicht, in einer Zeit, zu deren Begleiterscheinungen eine digitale Empörungskultur nebst hysterischer Entladung gehörte. Was ihn aber bei der Sache am meisten störte: Obwohl es bisher weder handfeste Beweise noch einen offiziellen Schuldspruch eines Gerichts gegen Fonseca gab, hatten ihn die Leute bereits verurteilt.

Wenig später zerstreute sich die Menge, und Ribera verabschiedete sich von Gwendolyn.

In der Mordkommission trommelte er als Erstes seine beiden Mitarbeiter zu einer Besprechung zusammen. Ohne das übliche Vorgeplänkel kam er zur Sache, kaum dass Quique und Blum im Besprechungsraum Platz genommen hatten.

»Ich habe euch etwas mitzuteilen.«

Die anfängliche Aufregung nach der Demonstration vor dem Kommissariat war auf einmal weg, als hätte ein Blitzeinschlag für einen Stromausfall gesorgt.

»Hast du etwa vor, zu kündigen und aufs Festland zurückzukehren?«, fragte Quique erschrocken.

»Nein, noch nicht. Aber es geht auch um eine Änderung. Und zwar meine bisherige Meinung im Castro-Fall. Ich habe mir die Ermittlungen und vor allem das letzte Verhör noch mal durch den Kopf gehen lassen.« Ribera schaute von einem zum anderen. Ihre Mienen drückten gespannte Erwartung aus. »Ich glaube nicht, dass Fonseca der Mörder ist.«

»Was?« Quique und Blum reagierten in seltener Einmütigkeit. »Wie kommst du denn darauf?«, schoss Blum hinterher. Völlige Verständnislosigkeit schwang mit.

»Zunächst einmal: Ich weiß, dass im Moment alles gegen ihn spricht. Vermutlich hat auch Fonseca mitgekriegt, dass es für ihn eng werden könnte. Mir kam seine Verzweiflung in der zweiten Vernehmung jedenfalls echt vor. Und auch was er gesagt hat, wirkte auf mich glaubhaft.«

»Was ist mit dieser ausgearbeiteten Segelroute auf seinem PC?«, fragte Blum.

»Oder den Aufnahmen der Überwachungskamera in der Cala Gamba und den Schrammen an seinem Segelboot?«, ergänzte Quique. »Ich finde, da sieht unser Meister verdammt alt aus.«

»Zugegeben. Dennoch kann ich mir beim besten Willen nicht vorstellen, dass ein Mann seiner Intelligenz so dumm ist, solch amateurhafte Spuren zu hinterlassen, die eine Steilvorlage für jeden zweitklassigen Ermittler sind. Auch dass er im Hafen von Cala Gamba aufgekreuzt ist, obwohl solche Anlagen in der Regel videoüberwacht sind, was er als Segler wissen müsste, spricht nicht für ihn als Täter. So naiv kann er nicht sein. Es sei denn, er legte es darauf an, geschnappt zu werden.« Ribera schlug mit der flachen Hand an die Wand. »Und dann ist da noch das Castro-Paradoxon.«

Man hätte in diesem Augenblick angesichts der Stille, die eintrat, eine Nadel fallen hören können. Die Blicke von Blum und Quique signalisierten massive Zweifel am Geisteszustand ihres Chefs. Okay, sie waren mittlerweile an die oft unkonventionelle Herangehensweise Riberas und an seine gelegentliche Kauzigkeit gewöhnt, aber diesmal schien selbst für seine Verhältnisse eine neue Stufe auf der nach oben hin offenen Ribera-Skala erreicht zu sein.

Die offensichtliche Verwirrung seiner beiden Mitarbeiter blieb Ribera keineswegs verborgen. »Ich kann euch verstehen. An eurer Stelle würde ich wahrscheinlich genauso reagieren. Bevor ihr mich einweisen lasst: Ich bin nach wie vor Herr meiner Sinne, soweit ich das beurteilen kann. Es gibt Gründe für meine Einschätzung.«

Er berichtete von dem Fund der Polizeitechniker an Castros Wagen und davon, wie widersprüchlich ihm Castros Treiben vorkam. Auch die mysteriöse Rolle, die Ignacio Zafra bei der Angelegenheit spielte, schilderte er. Zu guter Letzt erwähnte er den Unbekannten, der sich im »Café Verde« nach ihm erkundigt hatte.

»Für meinen Geschmack eine Häufung von Ungereimtheiten, die mich misstrauisch macht. Dem würde ich gern auf den Grund gehen.«

Gespräche mit dem Polizeichef rangierten auf Riberas persönlicher Beliebtheitsskala in etwa auf einer Stufe mit einem Zahnarztbesuch. Lästige Pflicht, aber gelegentlich unumgänglich. Bei der anstehenden Besprechung gab es allerdings neben dem Castro-Fall dieses »Etwas«, das Moix mit ihm besprechen wollte. Das verhieß nichts Gutes, sagte ihm seine Vorahnung.

Dieses Mal fand er seinen Vorgesetzten nicht mit dem Golfschläger in der Hand vor, sondern an seinem Schreibtisch beim Telefonieren. Mit der Hand bedeutete er Ribera, auf einem der beiden Stühle davor Platz zu nehmen. Er machte einen genervten Eindruck, die Stimme war lauter als gewöhnlich. »Natürlich haben wir die Lage jederzeit im Griff gehabt, berichten Sie das Ihren Lesern«, hörte er ihn mehr bellen als sprechen.

Moix knallte den Hörer auf die Station und starrte den Apparat an, als wollte er ihn für das soeben stattgefundene Gespräch bestrafen. »Diese unselige Demonstration. Ich weiß nicht, was die Leute geritten hat. Dabei haben wir die Identität dieses Daniel Fonseca mit keinem Wort in unserer Presseerklärung erwähnt. Sehen Sie selbst!« Er reichte Ribera ein Blatt Papier, das auf seinem Schreibtisch gelegen hatte.

Ribera überflog den aus wenigen Zeilen bestehenden Text. »Im Zuge umfangreicher und aufwendiger Ermittlungen ist es der Abteilung für Gewaltverbrechen des Cuerpo Nacional de Policía gelungen, den Mordfall Antoni C. aufzuklären. Der mutmaßliche Täter, ein fünfundvierzigjähriger Mann aus Palma de Mallorca, konnte im Laufe des gestrigen Tages bei einem Fluchtversuch im Sporthafen von Palma dingfest gemacht werden. Wegen dringenden Tatverdachts aufgrund zahlreicher schlüssiger Indizien wurde gegen ihn ein Haftbefehl erwirkt. Zum Schutz der noch andauernden Ermittlungen können aktuell keine weiteren Einzelheiten zu dem Ermittlungsverfahren mitgeteilt werden.« Es folgten noch Angaben zum Verschwinden von Castro und zum Auffinden der Leiche. Ende der Meldung.

Moix strich sich über seine Krawatte. »Aus mir unerfindlichen Gründen hat sich die Identität des Täters herumgesprochen.« Leises Stöhnen. »Manchmal ist diese Insel schwer auszuhalten. Eine einzige Klatsch-und–Tratsch-Börse. Und nun belagern uns natürlich die Medien, und ich komme zu nichts anderem mehr. Seien Sie froh, Ribera, dass Sie sich nicht mit solchem Kram herumschlagen müssen. Manchmal beneide ich Sie darum, dass Sie sich auf die Polizeiarbeit konzentrieren können.«

Ribera entgegnete nichts. Er kannte derlei Kokettieren seines Vorgesetzten mit seinen ach so schweren Aufgaben zur Genüge und kam direkt zum Thema. »Sie wollten mich wegen etwas sprechen.«

Moix zerknüllte die Meldung und warf sie mit einem verächtlichen Ausdruck in den Papierkorb neben seinem Schreibtisch. »Ach richtig. Sie haben vielleicht schon ansatzweise mitbekommen, dass die Jefatura zeitgemäßer ausgerichtet werden soll. Die Polizei kann sich dem Kampf gegen den Klimawandel nicht verschließen. Deshalb haben wir damit begonnen, unseren Fuhrpark auf Elektromobilität umzustellen. Wir wollen damit Flagge zeigen, dass auch wir uns unserer Verantwortung für die Umwelt bewusst sind. Das soll aber nicht nur auf das Thema Mobilität beschränkt bleiben. Die gesamten Polizeistrukturen, das heißt die Strukturen und Abläufe sämtlicher Abteilungen, sollen auf den Prüfstand kommen und danach im Hinblick auf Nachhaltigkeit entsprechend umgestaltet werden. Diese Aufgabe soll eine Stabsstelle übernehmen, die direkt mir unterstellt ist.«

Ribera argwöhnte Schlimmes. Das klang in seinen Ohren nach noch mehr Bürokratie innerhalb des Polizeiapparats. Als ob es davon nicht schon genug gäbe. Er behielt seine Meinung für sich. »Inwiefern bin ich davon betroffen?«

Moix legte die Fingerspitzen zusammen, sodass seine Hände ein Dach formten. Eine Geste, die er oft an den Tag legte, wenn er möglichst souverän auftreten wollte. »Nun, bei der Besetzung der Stabsstelle dachte ich zuerst an Ihre Abteilung. Keine Angst, nicht Sie. Ihre Fähigkeiten sehe ich an anderer Stelle besser aufgehoben. Ich dachte da vielmehr an eine junge, aufstrebende Kollegin, die, wie ich hörte, ein ausgeprägtes ökologisches Bewusstsein hat.«

»Meinen Sie etwa Cristina Blum?«

»Genau. Aber bevor ich die Kollegin kontaktiere, wollte ich Sie als ihren Vorgesetzten informieren.«

»Und was passiert mit ihrer Stelle in der Mordkommission? Unsere Arbeit wird ja nicht weniger. Ich glaube kaum, dass die Kriminellen aus ökologischen Gründen auf Verbrechen verzichten.«

Moix verzog den Mund zu einem schiefen Grinsen. »Ach, Ribera, Sie ewiger Bedenkenträger. Das soll ja nicht für immer sein. Und bis dahin wird sich eine Übergangslösung finden. Gerade nach dem jüngsten Ermittlungserfolg ist die Situation günstig für eine solche interne Umstrukturierung.«

»Und wenn der Fall vielleicht doch nicht abgeschlossen ist?«

Moix' Mimik erstarrte bei Riberas unvermittelt ausgesprochenem Satz, als wäre er schockgefroren worden. »Wieso nicht abgeschlossen? Wir haben hier doch eine eindeutige Indizienkette, die nur einen Schluss zulässt. Allein dieser Fluchtversuch ist doch ein Schuldeingeständnis.«

»Auf den ersten Blick ja, da gebe ich Ihnen recht, aber ...«

Moix hörte sich Riberas Zweifel an, um am Ende milde zu lächeln wie ein weiser Lehrer, dessen Schüler sich in eine abenteuerliche Theorie verrannt hatte. »Ich glaube, Sie sehen Gespenster, Ribera. Wir sind auf Mallorca. Natürlich ist das keine Oase des Friedens voller Gutmenschen. Auch hier gibt es Verbrechen und niedrige Instinkte. Aber keine dunklen Machenschaften, wie Sie sie, wenn ich es recht verstehe, hinter dem Mord vermuten. Sie hängen das viel zu hoch. Vermutlich liegt das an Ihrer Festlandherkunft. Wissen Sie, was Ihr Problem ist, Ribera? Ihnen fällt es schwer, die Realität zu akzeptieren. In diesem Fall handelt es sich um eine schnöde Beziehungstat, das älteste Motiv der Welt, auch wenn Ihnen das banal erscheinen mag.«

Sie waren an einem toten Punkt angelangt. Ribera merkte, dass er seinen Chef nicht überzeugen konnte. Heute nicht. Die Polizei hatte einen Verdächtigen, für Moix war Fonsecas Schuld erwiesen, die Akte Castro damit geschlossen und das Seelenheil der Insel wiederhergestellt, trotz der unverhofften Störung durch die Demonstranten. Auf Rückendeckung von dieser Seite konnte er bei weiteren Nachforschungen daher nicht hoffen. Andererseits war das für ihn noch nie ein Hinderungsgrund gewesen, auf eigene Faust zu ermitteln. Sein Entschluss stand somit fest, als er Moix' Büro verließ: Er würde seinem inneren Kompass folgen.

Zurück in der zweiten Etage der Mordkommission fuhr Ribera seinen PC hoch, öffnete das E-Mail-Programm und schaute nach, ob der versprochene Bericht der Polizeitechniker angekommen war. Nichts. Vielleicht sollte er einmal nachfragen. Sein Telefon klingelte. Es war Conxita Martínez.

»*Hola*, Pau, entschuldige, dass ich mich erst jetzt melde, aber ich war ein paar Tage auf dem Festland und habe meine Mailbox in dieser Zeit nicht abgehört.«

Ihm fiel ein Stein vom Herzen. Die Nachricht von Fonsecas Verhaftung war bisher nicht zu ihr durchgedrungen. Sie schwieg zunächst, nachdem er ihr die Ereignisse geschildert hatte. Vielleicht der Schock, erklärte er sich die Reaktion. Oder vielleicht hatte sie auch schon zu sehr mit allem abgeschlossen.

»Weiß man schon Näheres, wie es passiert ist?«, fragte sie schließlich leise, fast flüsternd.

»Nein, es gibt noch kein Geständnis, aber eine Reihe starker Indizien, die auf den Täter hinweisen. Es wird wohl auf eine Anklage hinauslaufen.« Seine Zweifel ließ er unerwähnt. »Eines muss ich dich noch fragen: Hat dein Mann Golf gespielt?«

»Nicht dass ich wüsste. Wieso fragst du?«

Ribera erzählte ihr von der Golftasche in Castros Auto und dass man noch dabei sei, die Zeit vor dem Mord zu beleuchten.

»Wie ich schon gesagt habe, Toni hat mir in letzter Zeit einiges verschwiegen. Wenn er Golf gespielt hätte, würde mich das allerdings überraschen. Außer dem Angeln hatte er keine Hobbys – das allerdings ohne Garantie. Nach dem, was in den letzten Wochen alles passiert ist, habe ich manchmal das Gefühl, Toni gar nicht mehr richtig gekannt zu haben.«

Wenig später legte sie auf, nachdem Ribera angekündigt hatte, in nächster Zeit bei ihr vorbeizukommen. Er kaute nachdenklich auf dem Bügel seiner Lesebrille herum. Solche Gespräche gehörten nicht gerade zu seiner Kernkompetenz. Und dieses ging ihm unter die Haut. Dazu die Information von Conxita, die weitere Fragen aufwarf. Aber Castros Ehefrau war eventuell die falsche Adresse. Raquel Alvarez. Dieses Mal erreichte er sie, und entgegen seiner Befürchtung machte sie am Telefon einen beherrschten Eindruck, wie er nach der Begrüßung fand. Nichtsdestotrotz tastete er sich vorsichtig zum Zweck seines Anrufs vor.

»Verzeihen Sie, dass wir Sie erneut behelligen, Señora Alvarez. Aber wir benötigen Ihre Hilfe bei einer Frage, die sich nachträglich gestellt hat. Sie betrifft Señor Castro.«

Sie blieb in der Leitung, was ihn beinahe verwunderte. Er fragte erneut nach Castros Golf-Verbindung. Ohne Erfolg. Auch Alvarez hörte zum ersten Mal davon. Ob sie generell von seinen Aktionen gewusst habe, wollte Ribera wissen. Vor allem von denen unmittelbar vor seinem Tod.

»Das haben Toni und ich bewusst außen vor gelassen, damit unser Verhältnis davon möglichst unbelastet bleibt. Es war ohnehin schwierig genug, auch wegen des Konflikts zwischen Toni und den Seglern.« Sie verstummte, ein Schniefen war zu hören. Nach ein paar Sekunden sprach sie weiter. »Jetzt kommt langsam wieder alles hoch, was ich in den letzten Tagen verdrängt habe. Nur ein Mal hat er eine Andeutung gemacht. Das war, glaube ich, kurz bevor er verschwunden ist. Er sagte, dass er noch eine dringende Sache erledigen müsse. Danach hätte er den Kopf frei für unsere gemeinsame Zukunft. Ich habe nicht nachgefragt. Im Nachhinein kommt mir das unverzeihlich vor.

Aber ehrlich gesagt konnte ich mit diesen Dingen wenig anfangen.« Sie schluchzte. »Wenn ich heute darüber nachdenke, hatten wir eigentlich recht wenig gemeinsam. Verzeihen Sie diesen Ausbruch, das war alles zu viel für mich. Am liebsten würde ich irgendwohin weit weggehen. Aber bevor ich noch mehr Unfug erzähle, möchte ich das Gespräch lieber beenden.« Sie legte auf.

Das Telefonat beschäftigte Ribera weiter. Raquel Alvarez war eine Kandidatin für eine psychologische Betreuung, dachte er. Er machte sich Vorwürfe, dass er ihr das nicht angeboten hatte. Schließlich hatten sie Polizeipsychologen, die sich um solche Fälle kümmerten. Er fühlte sich mies, dass er die Frau allein zurückgelassen hatte, nachdem sie ihm gegenüber Ansätze eines Seelenstriptease hingelegt hatte. Andererseits ließ es sich in ihrem Job nicht vermeiden, mit Privatem und selbst Intimem konfrontiert zu werden. Die meisten seiner Kollegen hatten damit keine Probleme, wie er in vielen Gesprächen erfahren hatte. Er selbst war weniger abgebrüht, kam sich manchmal wie ein Voyeur vor. Raquel Alvarez und Toni Castro muteten ihn wie zwei Seelen an, die in unterschiedlichen Welten zu Hause gewesen waren und die beide davon geträumt hatten, ihrem Käfig zu entfliehen.

Núria. Ein Gedankensprung à la Ribera, bei dem er oft unterschiedliche Bereiche miteinander verwob. Beruflich wie privat. Was hatten sie denn gemeinsam außer gelegentlichen Unternehmungen und Sex? Auch mit seinem Beruf konnte sie wenig anfangen, was sie hin und wieder durchklingen ließ. Okay, es gab auch die Habenseite. Ribera war schlecht darin, seine eigenen Emotionen auszudrücken. Eines wusste er aber: Trotz ihrer Unterschiedlichkeit herrschte zwischen ihnen ein grundsätzlicher Gleichklang. Er war bei allem Unabhängigkeitsdrang gern mit ihr zusammen, liebte es, mit ihr über alles Mögliche zu reden, brauchte sich bei ihr auch nicht zu verstellen. Und er vermisste sie, wenn sie sich eine Weile nicht sahen. Aber reichte das als Basis für ein Zusammenleben?

Unvermittelt flog die halb offene Tür seines Büros auf. Quique rauschte herein, ohne anzuklopfen.

»Das Laborergebnis liegt vor. Dachte, das würde dich interessieren.«

Ribera stand zunächst auf dem Schlauch. »Labor?«

»Wegen dieser toten Radfahrerin – die Lacksplitter am Fundort der Leiche. Schon vergessen?«

Tatsächlich war ihr aktueller Zweitfall von seinem Radar verschwunden, nachdem sich die Ereignisse zuletzt überschlagen hatten. Schande über ihn. »Und was sagt das Labor?«

Quique fuhr mit einem Eifer fort, den Ribera ansonsten bei Cristina Blum verortete. »Die Warterei hat sich gelohnt. Unsere Laborratten haben den spektroskopischen Fingerabdruck mit Lackproben in einer europäischen Datenbank abgeglichen. Nennt sich ...« – er las von einem Blatt Papier ab – »... EUCAP, das steht für European Collection of Automotive Paints. Aber egal. Sie sind dort fündig geworden.«

Ribera war nun ganz Ohr. »Und was spricht dieses EUCAP?«

»Mehr, als ich erwartet hatte. Zum Beispiel, dass die Lacksplitter von einem Lkw stammen, Hersteller MAN, älteres Baujahr, vermutlich 2010, das ließ sich nicht hundertprozentig bestimmen.«

»Das ist schon mal ein Anhaltspunkt«, sagte Ribera. »Fragt sich nur, wie viele Lastwagen dieses Modells auf Mallorca herumfahren.«

In Quiques Gesicht zeichnete sich Ernüchterung ab. »Das ist das Problem. Vermutlich nicht wenige. Ich habe ein wenig recherchiert. MAN-Lkws finden sich so häufig wie ...« – Quique suchte den passenden Vergleich – »... wie Seat Ibiza. Na ja, nicht ganz. Aber Tatsache ist, dass viele Unternehmer auch in Spanien die Kisten am Start haben.«

»Aber keine mit einem Unfallschaden«, warf Ribera ein. »Hör dich mal um, ob es Werkstätten gibt, die auf Lkws spezialisiert sind. Außerdem sollten wir bei der Zulassungsbehörde der Insel nachfragen. Eventuell können die uns weiterhelfen, auch wenn ich das bezweifle, wenn es so viele davon gibt, wie du sagst. Aber irgendwie müssen wir vorwärtskommen, sonst steht bald wieder die Presse auf der Matte und damit auch unser

Polizeichef.« Ribera rieb sich das Kinn. »Das bringt mich auf eine Idee.« Ihm war Nieves Moreno vom »Diario« eingefallen. »Wir gehen selbst an die Öffentlichkeit und starten einen Aufruf in den Medien, um nach etwaigen Zeugen zu suchen. Möglicherweise hat jemand zum Zeitpunkt des Unfalls in der Gegend einen solchen Lkw gesehen. Einen Versuch ist es auf jeden Fall wert.«

Nachdem Quique gegangen war, warf Ribera erneut einen Blick auf seine E-Mails. Dieses Mal mit Erfolg: Der Bericht der Techniker war eingegangen. Er öffnete ihn und staunte nicht schlecht.

Wie sich herausstellte, hatte der Kollege von der Polizeitechnik nicht übertrieben. Castro hatte in den Wochen vor seiner Ermordung wirklich eine beachtliche Umtriebigkeit an den Tag gelegt. Ein Schwerpunkt lag im Raum Calvià, wie Ribera mit einem Blick auf die Landkarte bemerkte. Neben dem Rathaus der Stadt hatte er auch die dortige Kläranlage angesteuert. Dazu kamen weitere Kläranlagen in Coll d'en Rabassa, Colònia de Sant Jordi, Santa Ponça, Bendinat und Peguera. Außerdem Golfplätze in Calvià und Bendinat sowie ein Wasserdepot namens Son Pacs im Norden von Palma.

Ribera rauchte der Kopf angesichts dieser Flut von Namen und Destinationen, die ihm völlig unbekannt waren. Und was Kläranlagen und Golfplätze betraf, so gehörten diese nicht gerade zu seinen persönlichen Wohlfühlorten.

»Was hast du da nur getrieben, du Verrückter?«, sagte er halblaut vor sich hin. Allein mit den Seegraswiesen, die Castro am Herzen lagen, ließ sich das Ganze nicht erklären. Dessen war er sicher.

Ribera nahm ein Blatt Papier und einen Stift und fertigte eine Skizze an. Darauf verteilte er die einzelnen Stationen, die Castro angesteuert hatte. Von dessen Wohnort Can Pastilla aus verband er die einzelnen Punkte mit Linien, sodass am Ende eine Zeichnung entstand, die an eine Karte mit den Flugrouten erinnerte, die von Mallorca aus in alle Himmelsrichtungen abgingen. Zum Schluss zog er um Calvià und Palma herum einen

Kreis, da die Orte, die Castro aufgesucht hatte, diesen beiden Kommunen zugeordnet waren. Hier hatte sich offenbar ein Großteil der Aktivitäten abgespielt. Darauf wollte er sich zunächst konzentrieren. Aber wo anfangen? Die Hand mit dem Stift schwebte unschlüssig über dem Papier, während er überlegte. Dann fiel sie hinunter wie ein Raubvogel, der sich auf ein Kaninchen am Boden stürzte: Er hatte das Rathaus von Calvià gewählt. Fragte sich nur, an wen er sich dort wenden sollte. Castro hatte sich vor allem mit Kläranlagen beschäftigt, ergo bot sich nur eine Möglichkeit an.

Ribera rief im Rathaus an, erkundigte sich nach dem Zuständigen für Abwasserfragen und wurde mit dem stellvertretenden Bürgermeister namens Miquel Molina verbunden. Der war zwar erstaunt über seinen Anruf, aber dennoch zu einem Termin am Nachmittag bereit.

Bevor er aufbrach, leitete Ribera den Bericht der Polizeitechniker an Blum und Quique weiter. Außerdem bat er Penelope Roca, ihm Informationen zu diesem Wasserdepot Son Pacs zu besorgen.

Sie zwinkerte ihm zu, als hätte sie sich daran gewöhnt, mit derlei Spezialaufträgen betraut zu werden. »Schon wieder eine kleine Recherche? Erinnere mich daran, dass ich bei nächster Gelegenheit eine Gehaltserhöhung verlange.«

Ansonsten stellte sie keine Fragen, wofür Ribera ihr dankbar war. Es war ein Stochern im Nebel, das er betrieb, dachte er während der Fahrt auf der Ma-1 nach Westen Richtung Calvià. Das wusste er selbst. Aber in diesem Nebel verbarg sich möglicherweise eine Antwort. Oder er machte sich endgültig zum Narren in der Jefatura und setzte damit seine Karriere aufs Spiel.

Teil 2

Die Magie der Mohawk

1

Calvià. Für eine mallorquinische Kleinstadt mit knapp über zweitausend Einwohnern kam Ribera das Verwaltungsgebäude von Calvià überproportional groß vor. Massiv, fast wehrhaft, wie die moderne Variante einer mittelalterlichen Burg thronte der Bau mit seiner gelblichen Marès-Stein-Fassade am Ende einer schmalen Straße auf einer Anhöhe. Genauer gesagt setzte er sich aus zwei nahezu identischen quadratischen Gebäudekomplexen im mediterranen Stil zusammen, die durch einen flachen Vorbau miteinander verbunden waren. Unterhalb des Rathauses schloss sich ein kleiner, gepflegter und von Palmen bestandener Park an, was den grobschlächtigen Gesamteindruck abmilderte.

Der Gedanke, dass Calvià zu den reichsten Gemeinden der Insel gehörte, drängte sich Ribera geradezu auf, als er die breite Treppe zum Rathaus hinaufging. Eine Gruppe von Angestellten, die auf dem Weg in die Mittagspause waren, kam ihm entgegen. Am Empfang im Foyer meldete er sich an. Wenig später erschien aus dem Inneren des Rathauses ein Mann mit Vollglatze, der trotz seiner Korpulenz mit dynamischen Schritten auf ihn zusteuerte. Lächelnd streckte er ihm die Hand entgegen. »Señor Ribera? Ich bin Miquel Molina, wenn Sie mir bitte in mein Büro folgen würden.«

»Vielen Dank, dass Sie so kurzfristig Zeit hatten«, begann Ribera.

Molina winkte ab. »Ich bitte Sie, wir unterstützen die Polizei doch nach bestem Wissen und Gewissen. Was kann ich für Sie tun, Chefinspektor?«

Ribera erzählte ihm von Castro und dass dieser vermutlich kurz vor seinem Tod im Rathaus von Calvià gewesen sei. Im Zuge der noch laufenden Ermittlungen sammle man weitere Informationen, um sich ein vollständiges Bild machen zu können, die man dann im bevorstehenden Prozess gegen den Tatverdächtigen präsentieren wolle. Unerwähnt ließ er seine Zweifel und seine Skepsis.

Molina hatte den Kopf schief gelegt und stumm zugehört. Als Ribera fertig war, nickte er bestätigend. »Es stimmt, Señor Castro war wirklich hier. Das hatte einen ganz simplen Grund. Hauptsächlich wollte er sich über unser Abwassermanagement informieren. Sie müssen wissen, dass wir in den vergangenen Jahren eine Menge investiert haben, um unser Entsorgungs- und auch Versorgungssystem zu sanieren und zu modernisieren.«

Mit einem Schwung drehte er sich mitsamt seinem Schreibtischstuhl um hundertachtzig Grad und deutete auf ein Poster, das hinter ihm an der Wand hing. Es zeigte zwei stilisierte, weit geöffnete Hände, die einen riesigen blauen Wassertropfen auffingen. Darüber in großen Buchstaben der Slogan »Aigua és Vida«.

Wieder dieses Lächeln, das Ribera etwas aufgesetzt vorkam. »›Wasser ist Leben‹. Das stammt aus einer Kampagne zum Sparen von Wasser, die wir vor einiger Zeit gestartet haben. Wie Ihnen sicherlich bekannt sein dürfte, leidet Mallorca zunehmend unter einem Wasserproblem. Calvià macht da natürlich keine Ausnahme, weshalb wir gezwungen sind, mit dem kostbaren Nass zu haushalten. Die Verwaltung versucht, dabei mit gutem Beispiel voranzugehen.« Er schwang sich auf seinem Stuhl zurück. »Außerdem kannten Señor Castro und ich uns persönlich. Zum einen, weil er ursprünglich aus dieser Ecke stammte und hier gelebt hat, bevor er nach Can Pastilla gezogen ist. Zum anderen teilten wir die Leidenschaft fürs Angeln. Da läuft man sich zwangsläufig über den Weg, wenn man das regelmäßig betreibt. Durch meine Arbeit hatte ich in den letzten Jahren leider immer weniger Zeit dafür. Dennoch nehme ich an, dass das ein Grund war, weshalb er sich explizit an mich wandte. Über unser gemeinsames Hobby haben wir natürlich auch ausgiebig gesprochen.« Er stockte und strich sich über die Augen. »Verzeihen Sie, sein plötzlicher Tod geht mir nahe. Wie schrecklich, und das auf unserer Insel.« Fast im selben Atemzug griff er zu seinem Mobiltelefon, das vor ihm lag, und warf einen Blick darauf.

Ribera schätzte Molina auf Mitte vierzig. Er trug ein weißes Hemd, die Ärmel leger bis zu den Ellbogen hochgekrempelt. Ein smarter Karrierebeamter, vielleicht mit politischen Ambitionen auf den Chefsessel im Rathaus. Die geschliffene Rhetorik dafür beherrschte er jedenfalls, und auch das Auftreten – inklusive des inflationär eingesetzten Lächelns, wie Ribera fand. Ihm kam es vor, als könnte Molina es nach Belieben ein- und ausschalten, gesteuert von einem inneren Algorithmus. Vorstellbar, dass das auch für andere Emotionen wie den gerade gezeigten Anflug von Trauer galt. Er bemerkte einen silbernen und einen bronzenen Pokal auf einem niedrigen Schrank neben dem Schreibtisch. Beide trugen eingravierte Inschriften: »2. Platz beim Benefizturnier Golf Royal« und »3. Platz Charity Golf Royal«.

Er wies mit dem Kinn darauf. »Sie spielen auch Golf?«

Belustigtes Schnauben. »Kaum der Rede wert. Sporadisch für einen guten Zweck wie in diesem Fall. In meiner Position muss man gelegentlich öffentliche Präsenz zeigen. Bei meinem Handicap ist jedoch eine Menge Luft nach oben.« Komplizenhaftes Augenzwinkern. »Warum fragen Sie? Spielen Sie ebenfalls?«

Ribera lachte auf. »*Dios mío*, nein, damit habe ich nichts am Hut. Aber mein Chef versucht sich seit einiger Zeit in dem Sport. Castro hat auch Golf gespielt. Wussten Sie das?«

Molinas Strahlen verschwand. »Nein, das höre ich heute zum ersten Mal. So eng war unser Verhältnis auch wieder nicht.«

»Nach unseren Informationen hat er vor seinem Tod ein paar Golfplätze in der Gegend besucht – unter anderem den Club Golf Royal. Möglicherweise sind Sie sich dort ja begegnet.«

Molina faltete die Hände und rieb die beiden Daumen hin und her. »Nicht dass ich wüsste. Mag sein, dass er verschiedene Plätze ausprobiert hat. Das ist gang und gäbe in der Golfszene. Zwischen den einzelnen Anlagen gibt es teilweise gewaltige Unterschiede. Wir pflegen seitens der Kommune ein gutes Verhältnis zu den Betreibern und kooperieren auf verschiedenen

Ebenen mit ihnen. Immerhin sind das Freizeiteinrichtungen von beträchtlichem touristischem Wert. Von daher sind sie für unsere Gemeinde wichtig und wertvoll.« Nach dem letzten Satz schaute Molina demonstrativ auf seine Armbanduhr. »Entschuldigen Sie, Chefinspektor, ich würde mich gern weiter mit Ihnen unterhalten, aber die Pflicht ruft. Ein dringender Termin. Wir sind ja auch am Ende, glaube ich. Ich hoffe, dass ich Ihnen ein bisschen weiterhelfen konnte und dass diese unselige Geschichte bald abgeschlossen ist.« Die Mundwinkel gingen nach oben – wie ein endgültiger Schlusspunkt des Gesprächs.

Elegant hinauskomplimentiert, dachte Ribera, als er die Drehtür passierte und draußen vor dem gläsernen Eingangsportal des Rathauses stand. Es war offensichtlich, dass Molina keine Lust auf eine weitere Unterhaltung gehabt hatte. Sonderlich verheißungsvoll war der Auftakt nicht gewesen, eher Wasser auf die Mühlen von Moix, hätte der das mitbekommen. Dennoch hatte das Gespräch eine wertvolle Erkenntnis gebracht: Castros Aufschlag in Calvià kam nicht von ungefähr. Und es gab irgendeinen Zusammenhang mit den Golfplätzen. Dafür sprach die Häufung der Besuche in dieser Region. Denn wäre es nur ums Golfen gegangen, wären näher an seinem Wohnort gelegene Anlagen für ihn bequemer gewesen. Er nahm Molina auch nicht ab, dass er von Castros Aktivitäten nichts mitbekommen hatte. Abgesehen davon, dass er sich verdammt gut in diesem Sport auszukennen schien, dafür, dass er angeblich nur sporadisch spielte. Überhaupt sagte Ribera seine Nase, dass der Dezernent ihm nicht den wahren Grund für Castros Besuch genannt hatte. Wenn er etwas aus den Informationen über Castro gelernt hatte, dann gehörte eine Schlussfolgerung dazu: Ein fanatischer Umweltschützer wie er hätte sicherlich keinen derartigen Aufwand betrieben, um sich mit einem Bekannten über das Angeln zu unterhalten und sich über ein angeblich so vorbildliches Abwassermanagement zu erkundigen. Nein, Castro war konfliktorientiert, da musste etwas anderes dahinterstecken. Von Molina würde er schwerlich mehr erfahren. Aber von wem dann?

Riberas Blick schweifte über die Umgebung. Der Himmel hatte sich bewölkt. Als er die Treppe hinunterging, bemerkte er auf der anderen Straßenseite direkt auf Höhe eines Zebrastreifens eine kleine, von außen unscheinbare Bar, die er bei seiner Ankunft übersehen hatte. Das einzig Auffällige war der Name: »Can Pau«, stand in weißen Buchstaben auf dem Fenster. Geradezu ein Wink mit dem Zaunpfahl, wenn die Kneipe schon hieß wie er. Außerdem waren solche Orte die klassischen sozialen Netzwerke eines Dorfes. Er zögerte keine Sekunde und trat ein.

Die Bar Can Pau war eine typische Dorfkneipe. Unprätentiöse Einrichtung mit schlichten quadratischen Holztischen, roten Terrakottafliesen auf dem Boden, sich träge drehenden Ventilatoren an der Decke. Alte Emailschilder an den Wänden, die für Zigaretten, Kaffee und Likör warben, und ein Festnetztelefon neben der Eingangstür verliehen ihr einen nostalgischen Charme.

Ribera setzte sich an einen freien Platz in der Nähe der Theke, die am Kopfende des schmalen Raums angesiedelt war. Gegen fünfzehn Uhr leerte sich die Bar allmählich, die letzten Zuckungen der Mittagspause, die manche Rathausbedienstete hier verbrachten. Das schlussfolgerte er aus ein paar Gästen am Nebentisch. Unter ihnen erkannte er welche aus der Gruppe, die ihm vorhin draußen auf der Treppe begegnet war. Nach wenigen Minuten servierte ihm ein bärtiger Mann mit Halbglatze ein *pa amb oli* und eine *caña*, die er bestellt hatte.

»Ganz schön was los bei euch«, sprach Ribera den Kellner auf Katalanisch an und deutete mit dem Daumen nach draußen in Richtung Rathaus. »Aber kein Wunder, bei der Nachbarschaft.«

Der Mann stellte Teller und Glas geräuschvoll ab, richtete sich auf und grinste ihn an. »Es gibt schlechtere Standorte. Du bist wohl nicht von hier? Habe dich jedenfalls noch nie bei uns gesehen.«

Ribera verneinte, gab sich jedoch nicht als Polizist zu erkennen, sondern flunkerte dem Kellner vor, dass er aus Palma sei und überlege, mit seiner Freundin und deren Tochter aufs Land zu ziehen. Die Preise in Palma könne sich kein Mensch mehr leisten, weshalb er sich nach Alternativen umsehe. Wenigstens ein Teil seines persönlichen Hintergrunds stimmte. »Calvià soll ja auch ein guter Standort zum Leben sein. Beschauliches Städtchen, schöne Strände und Golfplätze in der Nähe, viel Natur. Sogar die Abwasserentsorgung soll perfekt funktionieren. Hört sich nach einem Traumort an.«

Verächtliches Schnauben vonseiten des Kellners, gefolgt von einem kurzen Umschauen, als wollte er sich versichern, dass seine Worte nicht in falsche Ohren gerieten. Nur an einem entfernten Tisch am Fenster saßen noch zwei Handwerker und unterhielten sich lebhaft. Dennoch senkte er die Stimme. »Von wegen Traumort. Höchstens für diejenigen, die es sich leisten können. Es ist wie überall: Diejenigen, die Kohle haben, kriegen noch mehr Geld in den Arsch geschoben. Und die Golfplätze! Verschwenden eine Menge Wasser, das sie zu günstigen Konditionen von der Kommune erhalten. Wie man hört, soll es da enge Verbindungen ins Rathaus geben. Die Reichen können halt machen, was sie wollen.«

Ribera hatte sich nicht getäuscht, der Kellner hatte das Bedürfnis, sich bei jemandem auszukotzen. Er hakte nach: »Wie kommst du darauf?«

»Na ja, du solltest mal sehen, wie viele Wassertransporte durch die Gegend fahren. Und wozu das Ganze? Damit noch mehr Geldsäcke auf Mallorca einfallen. Eine einzige Mauschelei, wenn du mich fragst. Und die Abwasserentsorgung funktioniert so perfekt, dass die Kacke manchmal ins Meer läuft.«

»Und da machen die nichts dagegen?«

»Angeblich schon, aber gebracht hat's bisher nicht viel.«

Eine raue Stimme durchschnitt den Raum. »Hey, Tito, hör auf zu quatschen und bring uns die Rechnung.« Absender des Satzes war einer der beiden Handwerker.

Der Kellner blaffte: »Mach nicht so einen Aufstand. Bisher hattet ihr es auch nicht eilig, zurück an die Arbeit zu kommen.« Er erhob sich zähneknirschend. Ein letzter Satz an die Adresse

Riberas, untermalt mit einem Augenzwinkern: »Ich würde mir an deiner Stelle gut überlegen, ob ich hierherziehe.«

Kurz darauf verließ Ribera das »Can Pau«. Während er in Richtung seines Autos ging, wog er die Informationen, die er erhalten hatte, gegeneinander ab. Einerseits die heile Welt, die Molina heraufbeschworen hatte. Andererseits die Schilderung des Wutkellners. Reichlich widersprüchlich. Er musste sich selbst ein Bild machen. Am besten bei diesem Golf Club Royal, zu dem Molina offensichtlich ein enges Verhältnis pflegte. Bei alldem stufte er die Aussichten als gering ein, dort der Wahrheit wirklich näher zu kommen. Ein Anflug von Hoffnungslosigkeit keimte in ihm auf. In was hatte er sich da nur verrannt? Warum konnte er nicht wie Moix und die Kollegen akzeptieren, dass der Fall gelöst war?

Unterdessen war die Wolkendecke am Himmel dichter geworden, er spürte einen Regentropfen auf der Haut, als er den Parkplatz erreichte. Oberhalb davon, in einem höher gelegenen Teil Calviàs, erhob sich die Kirche Sant Joan Bautista. Das historische Gotteshaus überragte den ganzen Ort wie eine Allegorie auf die Grenzen der irdischen Macht. Als hätte es dazu noch eines Beweises bedurft, prasselte Sekunden später der Regen auf das Dach seines Dienstwagens, in den er sich schnell geflüchtet hatte. Den Golfplatz hakte er für heute ab.

Vielleicht ein Zeichen, dass er sich stattdessen mit etwas anderem beschäftigen sollte. Oder mit jemand anderem. Zum Beispiel mit Ignacio Zafra. Wenn der GPS-Tracker an Castros Wagen von ihm stammte, wusste er auch von dessen Ausflügen nach Calvià. Ribera musste ihn sprechen. Mehrmals hatte er erfolglos probiert, den Privatdetektiv zu erreichen. Nun startete er einen weiteren Versuch. Er ließ es lange klingeln. Das gleiche Resultat: Wieder nahm niemand ab. Ungewöhnlich für jemanden aus dieser Branche, der auf Aufträge angewiesen war. Dass Zafra seinen Anruf demonstrativ ignorierte, schloss Ribera aus, da er ihm seine Mobilnummer nicht gegeben hatte. Er beschloss, auf dem Heimweg nach Palma einen Abstecher zu Zafras Büro zu machen.

Palma, Arxiduc. Auf das Klingeln und Klopfen an der Tür öffnete niemand. Ribera trat einen Schritt zurück, vielleicht war etwas durchs Fenster im ersten Obergeschoss zu erkennen, wo die Detektei ihren Sitz hatte. Kein Licht, keine Bewegung, alles tot.

Er suchte das Tabakgeschäft im Erdgeschoss auf und erkundigte sich dort. Der Ladenbesitzer reagierte abweisend. »Den habe ich schon eine Weile nicht mehr gesehen, aber ehrlich gesagt bekomme ich nur selten mit, wer in diesem Haus ein und aus geht. Ich habe genug mit meinem Geschäft zu tun. Da kann ich mich nicht auch noch um die anderen Bewohner kümmern.«

Ribera gab auf. Für heute. Irgendetwas war hier faul, das spürte er.

Am späten Nachmittag setzte auf dem Carrer del 31 de Desembre, der an Zafras Detektei vorbeiführte, allmählich der Feierabendverkehr ein. Auch Ribera hatte sich entschlossen, Schluss zu machen, sein Bedarf an Informationen und Eindrücken war für heute gedeckt, und er hatte das Bedürfnis nach Ruhe und Entspannung. Er merkte, dass die Belastungen mittlerweile nicht mehr spurlos an ihm vorübergingen. Sein jüngster Gesundheitscheck und seine in der Gota fría abgebrochene Joggingrunde fielen ihm ein. Seither hatte er das Laufen schleifen lassen, die guten Vorsätze waren dahin, zerrieben vom Alltag und seiner eigenen Inkonsequenz. Das schlechte Gewissen drückte ihn. Vielleicht sollte er es an diesem Abend noch einmal versuchen. Vorher galt es aber, noch etwas zu erledigen.

Zunächst rief er Quique an und bat ihn, die Privatadresse von Zafra herauszufinden, um dort vorbeifahren zu können. Irgendwo musste der Kerl ja stecken. Mehr denn je hatte er das Gefühl, dass Zafra von Castros Besuchen in Calvià wusste. Was für ein ambivalenter Ort.

Er überlegte, von wem er sonst erfahren könnte, was sich dort genau abspielte. Eine Möglichkeit wäre, Nieves Moreno vom »Diario« anzuzapfen. Die Presse war in der Regel gut vernetzt, hatte diverse Informanten und Quellen. In diesem Punkt ähnelten sich bei allen unterschiedlichen Interessen Polizei- und Zeitungsarbeit. Eventuell hatte es sogar bereits Berichte gegeben. Ein Blick in das Archiv des Verlags wäre nicht uninteressant. Außerdem erschien ihm Moreno vertrauenswürdig. Andererseits blieb seine Skepsis. Es waren Journalisten, da bestand die Gefahr, dass er schlafende Hunde weckte, die dann zu viel Radau machten, den er nicht gebrauchen konnte. Auch im Hinblick auf den Polizeichef, der im Moment nichts von seinem Agieren in der Grauzone erfahren sollte. Zu riskant.

Wer sonst käme in Frage? Ihm fiel Cristina Blum mit ihren Kontakten zum GOB ein. Wenn jemand nah an Themen wie Wasser und Abwasser dran war, dann eine Umweltschutzorganisation. Sein nächster Anruf galt Blum, sie sollte dort nachhaken. Erledigt. Jetzt könnte er die Füße hochlegen oder sie am Paseo Marítimo bewegen. Stattdessen folgte ein schwerer Kampf mit seinem inneren Schweinehund. Seine Bequemlichkeit behielt die Oberhand. Wieder einmal. Ribera war eingefallen, dass er dringend Katzenstreu für Lemmy besorgen musste. Also machte er sich auf den Weg zum Supermarkt Carrefour, der nur einen Steinwurf entfernt war. Jetzt bist du endgültig in der Haustier-Community angekommen, dachte er. Fehlten nur noch Frau und Kind, dann wäre der Weg in ein spießiges, bürgerliches Leben endgültig vollzogen.

Das Stichwort brachte ihm in Erinnerung, dass er sich dringend mit seiner privaten Zukunft beschäftigen musste. Vor allem mit einer großen Frage: Wollte er mit Núria zusammenziehen? Das Thema hatte er seit dem letzten Treffen vor ein paar Tagen zwar erfolgreich verdrängt, es holte ihn aber zwischendurch immer wieder ein. Demnächst war eine Entscheidung fällig, das war ihm klar, auch wenn sie keinen Druck auf ihn ausübte. Aber er wusste natürlich, dass sie auf eine Antwort wartete. Er tat sich schwer damit, spürte innere Widerstände, sich festzulegen. Das Ganze war ihm nicht geheuer, hatte es doch das Potenzial, sein jetziges Leben komplett auf den Kopf zu stellen.

Mitten in seine Überlegungen hinein klingelte sein Telefon.

»*Buenas tardes*«, hörte er Núrias Stimme. »Keine Angst, ich wollte mich nicht erkundigen, ob du inzwischen eine Entscheidung getroffen hast.«

Ribera musste schlucken. Aber da ihm keine geistreiche Erwiderung einfallen wollte, ließ er ihre Bemerkung unkommentiert. Zu müde nach dem ereignisreichen Tag.

Núria sprach weiter: »Ich wollte dich fragen, ob du Lust auf einen kleinen Ausflug an einen besonderen Ort der Insel hättest. Gemma ist bei ihren Großeltern, und uns beiden könnte eine kleine Auszeit vom Alltag nicht schaden. Vor allem einem notorischen Workaholic wie dir.«

»Klingt vielversprechend. Was schwebt dir vor?«

»Die Jardines de Alfabia. Die gehören zu meinen Lieblingsadressen. Und du interessierst dich ja neuerdings für die Geschichte Mallorcas – da würden wir zwei Fliegen mit einer Klappe schlagen. In der Nähe gibt es auch ein nettes Restaurant, wo wir etwas essen könnten. Was meinst du?«

Die alten maurischen Gärten Mallorcas. Er kannte sie nur vom Hörensagen. Klang reizvoll. Wie überhaupt Núrias Vorschläge bisher immer Volltreffer gewesen waren und seinen Geschmack getroffen hatten. Außerdem verhinderten sie, dass er sich vollends in seiner Arbeit vergrub, wozu er neigte, wenn er an einem neuen Fall arbeitete. Mehr noch: Er tauchte dann in einen Tunnel ein und entwickelte eine Besessenheit, die ihn nahezu vollständig vereinnahmte und seine generell schon ungünstige Work-Life-Balance weiter in Schieflage brachte. Und das trotz aller Vorsätze, beim nächsten Mal mehr Distanz zum Job zu wahren. Keine Chance. Als wäre es in seinen genetischen Code einprogrammiert. Auf andere Gedanken zu kommen war wirklich eine sehr gute Idee, fand er. Spontan sagte er zu – und war gleichzeitig erleichtert, dass ihm Núria nicht die Pistole auf die Brust gesetzt hatte.

2

Calvià, Golf Royal. Am nächsten Morgen ging Ribera erst gar nicht in die Jefatura, sondern machte sich gleich auf den Weg nach Calvià. Sein Ziel war eine Halbinsel etwa achtzehn Kilometer westlich von Mallorcas Hauptstadt. Wie ein Ziegenbart ragte sie in das Mittelmeer hinein und bildete den Abschluss der Bucht von Palma. Flache, ausladende Topografie, am Horizont das Tramuntana-Gebirge mit den Gipfeln des Sa Mola de s'Esclop und des Puig de Galatzó – ein mediterraner Traum.

Dennoch kam sich Ribera seltsam fehl am Platz vor, als er seinen Opel Corsa, den er sich für den Tag geliehen hatte, auf dem Parkplatz von Golf Royal abstellte: Rechts von seinem Wagen ein brauner Bentley. Links davon ein graues Audi-Cabrio. Und auch darüber hinaus war eine Menge Blech weit jenseits seiner Gehaltsklasse vertreten. Es war eine andere Liga, die hier spielte, auch wenn er so etwas erwartet hatte.

Das erste Mal, dass er einen Golfplatz besuchte. Bislang war er über Minigolf nie hinausgekommen, obwohl er diverse Einladungen erhalten hatte, mal eine Runde zu spielen. Nicht, dass er grundsätzliche Berührungsängste gehabt oder etwas auf das alte Klischee von »Haben Sie noch Sex, oder spielen Sie schon Golf?« gegeben hätte. Und er wusste auch, dass der Sport längst keine elitäre Angelegenheit von Geldsäcken mehr war, wie es der Kellner in Calvià ausgedrückt hatte. Aber er sah keinerlei Reiz darin, einen kleinen Ball durch die Gegend zu schlagen, um ihn dann mit Glück in einem ebenso kleinen Loch im Rasen zu versenken.

Er schaute sich um und saugte die Eindrücke in sich auf wie ein Staubsauger Schmutzpartikel. Die weitläufige Anlage verströmte einen Hauch von Exklusivität. Dreh- und Angelpunkt war ein aus mehreren weißen Gebäuden bestehendes Anwesen, das Ribera an eine mexikanische Hacienda erinnerte. Davor ragten einige schlanke Washington-Palmen in die Höhe. Umgeben war der Komplex von einem akkurat geschnittenen Rasen, der sich wie ein riesiger Teppich in die Landschaft erstreckte. Unterbrochen wurde dieses Meer aus Grün von kleinen Sandflächen und Teichen. Dazwischen ebenfalls sorgsam gepflegte Olivenbäume, Palmen und Pinien. Eine von Menschenhand angelegte Reißbrett-Idylle, die Ribera an die perfekten Kulissen von Modelleisenbahnen erinnerte. Eine suggestive Anziehungskraft ging davon aus, und er konnte nachvollziehen, dass dieser manche Menschen verfielen.

Ribera betrat das Hauptgebäude und wandte sich an eine junge Frau am Empfangsschalter. Sie trug ein weißes Poloshirt mit dem Aufdruck »Golf Royal« und strahlte ihn mit einem Lächeln an, das ihm ebenso perfekt designt vorkam wie die Fairways und Grüns der Außenanlage.

Ribera machte es kurz und schmerzlos, zückte seinen Dienstausweis und verlangte nach dem Geschäftsführer. Augenblicklich erlosch die Berufsfreundlichkeit der Frau. Ohne ein weiteres Wort verschwand sie in den Tiefen des Gebäudes, kehrte nach wenigen Minuten zurück und sagte dann in trockenem, sehr formellem Tonfall: »Señor Heideking befindet sich derzeit in einem Gespräch. Er bittet Sie, so lange draußen auf der Terrasse unseres Clubhauses zu warten. Er wird sich Ihnen in wenigen Minuten widmen. Wenn Sie mich begleiten wollen. Ich werde Sie hinführen.«

Ribera ließ sich an einem Tisch an einer niedrigen Mauer nieder, die sich um die Terrasse zog. Wie von einem Logenplatz aus breitete sich das Geschehen auf dem Golfplatz vor ihm aus. Es roch nach Gras und Nadelbäumen, das trockene Klacken von Abschlägen drang zu ihm herüber. In einiger Entfernung von ihm standen drei Männer und droschen nacheinander Bälle über die Spielbahn. Zwei schafften es auf das Green in der Nähe des Lochs, einer landete in einem der kleinen Seen neben dem Fairway, begleitet von einem lauten *»Mierda«* und dem Spott der anderen beiden Spieler. Kurz darauf sauste ein weißer Elektro-Buggy über das Grün. Ribera meinte, einen der drei Männer schon einmal gesehen zu haben, aber sie waren zu schnell weg, als dass er ihn hätte erkennen können.

Um sich die Wartezeit zu verkürzen, nahm er die Speisekarte zur Hand, die auf dem Tisch lag. Getrüffeltes Perlhuhn mit Roter Bete, Himbeere und Holunderblüten-Jus. Heimischer Corvina-Fisch mit frischem Erbsenpüree, Zitronengras und Seefenchel. Orangen aus Sóller mit Mandelcreme und rotem

Wermut. Ein Hauch Sterneküche, auch was die Preise betraf. Der Mehrsprachigkeit zufolge ausgerichtet auf ein internationales Publikum: neben Spanisch, Deutsch und Englisch war sogar Russisch vertreten.

»Ich sehe, Sie genießen die Annehmlichkeiten unseres Clubs.«

Er drehte sich um und war perplex. Hinter ihm war ein Mann aufgetaucht. Schlank, nach hinten gekämmte, kurze graublonde Haare, gepflegter Dreitagebart, Alter circa Ende vierzig. Das Auffälligste an ihm war aber etwas anderes: Er saß in einem Rollstuhl. Für einen Moment war Ribera sprachlos.

Der Mann beendete das peinliche Schweigen mit einer saloppen Bemerkung. »Damit dürfte das alte Vorurteil widerlegt sein, dass alle Golfer karierte Hosen tragen.« Er wies an sich hinunter auf seine weißen Jeans. »Señor Ribera, nehme ich an. Willkommen bei Golf Royal.« Er wandte sich an die Bedienung, die im Hintergrund wartete. »Joana, bring mir bitte einen Cortado und …« Er blickte Ribera fragend an. »Für Sie? Wir haben übrigens eine hervorragende Küche.«

»Ein stilles Wasser mit etwas Eis.« Ribera wartete, bis die Bedienung gegangen war, dann sagte er: »Verzeihen Sie mein Erstaunen, aber ich hatte nicht damit gerechnet, hier …«

»Jemanden anzutreffen, der im Rollstuhl sitzt«, vollendete Heideking den Satz. »Machen Sie sich nichts draus, Sie sind in guter Gesellschaft. Trotz des Booms, den unser Sport in den letzten Jahren erlebt hat, kursieren nach wie vor Klischees. Behinderte gehören nicht dazu. Dennoch gibt es mittlerweile etliche Rollstuhlfahrer, die Golf spielen. Es existiert sogar ein Europäischer Behindertengolf-Verband, die EDGA. Unser Platz ist zudem als rollstuhlfreundlicher Golfplatz zertifiziert. Und im November haben wir hier das erste Wheelchair-Golf-Open-Turnier auf Mallorca.«

Ribera wurde zunehmend ungeduldig und war drauf und dran, Heidekings Redeschwall zu unterbrechen, als die Bedienung die Getränke brachte. Heideking rührte Zucker in seine Tasse und leckte dann den Milchschaum vom Löffel ab.

»*Perdone*, bei diesem Thema kann ich mich hineinsteigern.« Er nippte an seinem Cortado und sah Ribera mit seinen graublauen Augen an. Der bisherige weiche, zuvorkommende Tonfall nahm ein hartes Timbre an. »Was führt Sie zu uns?«

Ribera präsentierte ihm die gleiche Geschichte wie schon Molina: Man wolle die Mordermittlungen für den bevorstehenden Prozess sozusagen wasserdicht abrunden, alles andere ausschließen und suche daher eine logische Erklärung dafür, warum ein Umweltschützer wie Castro vor seiner Ermordung hier gewesen sei.

Heideking legte den Löffel beiseite und überlegte. »Castro war sein Name, sagen Sie? Tut mir leid, nie gehört. Ein Mitglied scheint er nicht gewesen zu sein. Sehen Sie es mir bitte nach bei all den Leuten, die hier täglich ein und aus gehen. Ich kann aber gern in unserer Datei nachsehen. Möglicherweise ein Gastspieler oder jemand, der unsere Golfschule besucht oder einen Platzreifekurs gemacht hat. Wie Ihnen vielleicht bekannt ist, muss ein Spieler ein gewisses Handicap haben, um auf einem Platz zu spielen. Es gibt verschiedene Möglichkeiten bei unserem vielfältigen Angebot. Ich lasse das checken.«

Er griff zu seinem Handy, das er an einem Band um den Hals trug, und telefonierte.

»Hab ich's mir doch gedacht«, sagte er, als das Gespräch nach knapp zwei Minuten beendet war. »Ihr Señor Castro hat bei uns einen Kurs in der Golfschule belegt, diesen aber nicht abgeschlossen. Damit wäre das geklärt. Manchmal geht so etwas ganz einfach.«

»Sieht so aus«, entgegnete Ribera. »Sagt Ihnen der Name Ignacio Zafra etwas?«

Prompte Antwort. »Tut mir leid, Chefinspektor, da muss ich erneut passen. Wer soll das sein? Auch jemand, der bei uns Golf gespielt hat? Soll ich das ebenfalls checken?«

Ribera ging über die Spitze hinweg. Er ärgerte sich ein wenig über sich selbst, dass ihm diese unbedachte Frage herausgerutscht war. »Nicht nötig. Aber da wäre eine andere Kleinigkeit.«

Heideking sah ihn argwöhnisch an.

Ribera nippte an seinem Wasser und stellte das Glas wieder ab. »Sie pflegen eine enge Kooperation mit dem Ayuntamiento von Calvià. Zum Beispiel erhalten Sie von dort Wasser für Ihre Grünanlagen. Obwohl die Kläranlage dort nicht immer einwandfrei funktionieren soll, wie man so hört. Ist das kein Problem für Golf Royal? Oder beziehen Sie Ihr Wasser noch aus anderen Quellen?«

Heidekings Miene nahm einen mürrischen Ausdruck an. »Zu den angeblichen Mängeln der Kläranlage ist mir nichts bekannt. Calvià hat meines Wissens in den letzten Jahren eine Menge Geld in die Hand genommen, um sein Abwasser- und Wasserversorgungssystem zu erneuern. Darüber hinaus bereiten wir das Wasser bei uns noch einmal mit einer Osmose-Anlage auf. Und dass Golfplätze ihr Wasser von den Kommunen beziehen, ist nichts Ungewöhnliches. Im Gegenteil. Und nein, wir beschränken uns auf geklärtes Abwasser. Andere Quellen wie Entsalzungsanlagen sind für uns unwirtschaftlich, zu teuer. Darauf würden wir nur im Notfall zurückgreifen. Aber warum interessiert Sie das überhaupt?« Heidekings Augen blitzten aggressiv. »Unterstellen Sie uns etwa Verschwendung wertvoller Ressourcen? Wäre nicht das erste Mal, dass jemand versucht, die Golfplätze an den Pranger zu stellen.«

Ribera versuchte zu deeskalieren. »Reine Routine, um die Akte schließen zu können. Es geht nur darum, dass sich Señor Castro als Umweltschützer mit solchen Themen beschäftigt hat.«

Aber Heideking hatte sich nun eingeschossen und legte nach. »Ach, und da spielt sich die Policía Nacional als Agua Cops auf, als eine Art Wasserpolizei?«

Trotz des anhaltend rüden Tons musste Ribera schmunzeln. Polizisten als *polizonte* oder *madero* zu beleidigen war an der Tagesordnung. Als Agua Cop hingegen hatte ihn noch niemand tituliert. Hätte auch von Pep Bosch stammen können, der bisweilen zu solch drastischen Formulierungen neigte.

Wegwerfende Handbewegung seines Gegenübers. »Bei uns

hat er lediglich Golf gespielt – wie die übrigen Gäste. Denen versuchen wir ein Premium-Ambiente zu bieten, wozu auch eine perfekte Grünanlage gehört. Wohingegen Sie offenbar der Meinung sind, dass sich Golf und Umweltschutz widersprechen.«

»Wie kommen Sie darauf?«, fragte Ribera, verwundert darüber, dass Heideking mit einem Mal auf Krawall gebürstet war.

»Sie sagten doch vorhin, dass Sie eine Erklärung dafür suchen, warum ein Umweltschützer hier Golf gespielt hat. Für mich klingt das, als schlösse das eine das andere aus. Ich kann Ihnen versichern, dass wir unsere Anlage nach streng ökologischen Gesichtspunkten gestalten. Vielleicht hat das Señor Castro als Posidonia-Experten zusätzlich motiviert, unseren Club zu besuchen. Nicht umsonst lautet der Name des Clubs Golf Royal. Das ist kein leeres Versprechen, sondern auch darauf gemünzt, dass der Kunde bei uns König ist. Diesem Anspruch fühlen wir uns verpflichtet.«

Eine kurze Pause entstand, in der keiner der beiden Männer etwas sagte.

Als Erster ergriff Heideking wieder das Wort: »Sie können es gern einmal selbst ausprobieren.«

»Wie bitte?« Ribera stand auf der Leitung, vielleicht auch weil Heideking auf einmal auf Versöhnungskurs zu sein schien.

»Ich meine eine Probestunde bei uns. Sie wären nicht der erste Skeptiker, den wir von den Vorzügen des Golfsports überzeugen. Nicht zuletzt bieten wir unseren Stammgästen die eine oder andere zusätzliche Annehmlichkeit.«

»Vielleicht ein andermal. Aber vielen Dank für das Angebot.« Er leerte sein Glas, wie um einen Schlusspunkt unter das Gespräch zu setzen.

Die Luft war raus, außerdem füllte sich die Terrasse allmählich mit anderen Gästen. Darunter waren drei Männer im fortgeschrittenen Alter, die sich suchend nach einem freien Tisch umsahen. Alle drei trugen weiße Baseballmützen, darauf in Versalien die Aufschrift »PRO«, die Abkürzung für einen professionellen Golfer. Bei einem von ihnen klappte die Kinnlade herunter, als er Ribera bemerkte.

»Was machen Sie denn hier?«

Auch Ribera traute seinen Augen nicht: Es war Mariano G. Moix.

Heideking hatte die Szene mit einem herablassenden Grinsen verfolgt. »Die Herren kennen sich?«

Moix zupfte an seinem roten Poloshirt herum, ihm war die Situation sichtlich peinlich. Ribera war wie vom Donner gerührt angesichts des unerwarteten Zusammentreffens. Dennoch versuchten beide, gute Miene zum bösen Spiel zu machen.

»Wir haben gelegentlich miteinander zu tun«, sagte Ribera lakonisch und ohne nähere Erklärung.

Moix entrang sich ein gequältes Lächeln, aber Ribera konnte die Missbilligung in den Augen seines Chefs deutlich sehen. Das würde ein Nachspiel haben, dessen war er sich sicher.

Während seine beiden Begleiter Heideking jovial grüßten und dann weitergingen, blieb Moix stehen und knüpfte an Riberas Bemerkung an. »Manchmal sogar mehr, als einem lieb ist. Und an Orten, wo man es nicht erwartet hätte.«

Dabei blieb es, denn Moix wurde von seinen beiden Golfpartnern gerufen, die unterdessen Platz genommen hatten. »Mariano, komm endlich! Wir wollen deinen Tauchgang von vorhin feiern.« Erneuter gequälter Gesichtsausdruck, bevor er sich zu der Runde gesellte.

Ribera sah ihm nach, erst jetzt fiel ihm auf, dass Moix karierte Hosen trug.

Als er wenig später auf der Ma-1 nach Palma unterwegs war, hatte Ribera immer noch die Begegnung mit Heideking in den Kleidern wie Rauchgeruch nach einem Partybesuch. Ein seltsames Gespräch. Ob Heideking das PR-Gequatsche von Premium-Ambiente, ökologischen Gesichtspunkten und dem Kunden als König wirklich selbst glaubte? Für ihn klang das nach Potemkinschen Dörfern, die der Geschäftsführer ihm gegenüber aufgebaut hatte. Es erinnerte ihn an Dezernent Molina. Als hätten sich die beiden abgesprochen. Nach wie vor wunderte Ribera sich über den Stimmungswechsel bei dem

Geschäftsführer. Dünnhäutig war ihm dieser vorgekommen. Und die Erklärung für Castros Besuch bei Golf Royal war für seinen Geschmack etwas schnell gekommen. Was Ribera aber am meisten erstaunte: Mit keinem Wort hatte er erwähnt, dass Castro auf den Schutz der Posidonia-Wiesen spezialisiert gewesen war. Woher hatte Heideking also diese Information genommen? Konnte natürlich in der Berichterstattung der Medien aufgetaucht sein. Konnte. Oder auch nicht. Er würde sich einmal näher mit diesem zwielichtigen Señor beschäftigen.

3

Bunyola. Für den Nachmittag hatte Ribera sich kurz entschlossen freigenommen, um mit Núria in die Gärten von Alfabia zu fahren. Seine Freundin wartete gegenüber der Plaça d'Espanya im Zentrum Palmas. Von dort aus fuhren sie auf dem Carrer del 31 de Desembre aus der Stadt hinaus, wo er in die Landstraße Ma-11 überging, um dann an der Nordwestküste in Port de Sóller zu enden. Eine der Lebensadern der Insel, die Hauptstadt und Peripherie verband. Die Fahrt ging über das flache Hinterland. Wie ein Garten Eden mutete Ribera die Landschaft mit ihren Myriaden von knorrigen Johannisbrot- und pittoresken Olivenbäumen an. Lediglich die am Ende des Sommers blätterlosen Mandelbäume wirkten wie abgestorben.

»Wusstest du, dass die Mallorquiner die Mandelbäume um diese Jahreszeit Totenbäume nennen?«, fragte ihn Núria.

»Erscheinen dort die Geister eurer Vorfahren?«

»Viel einfacher. Es heißt, der traurige Anblick der Bäume locke Selbstmordkandidaten an, die sich daran erhängen.«

In diesem Moment ertönte lautes Hupen auf der linken Seite ihres Wagens und ließ Ribera vor Schreck zusammenfahren. Ein Lkw donnerte an ihnen vorbei und fädelte sich dicht vor ihnen wieder auf die rechte Spur ein. Ein Wassertransporter, wie Ribera der Aufschrift »Aguas de Establiments« auf dem Heck entnahm.

»*Caraculo!*«, entfuhr es ihm. »Das Arschgesicht hat es ja verdammt eilig.«

»Ich glaube, wir sind ein bisschen zu langsam gefahren«, sagte Núria.

Er sah auf den Tacho: Die Nadel zeigte nur etwas mehr als sechzig Stundenkilometer an. Núrias Geschichte hatte ihn so abgelenkt, dass er alles andere um sich herum vergessen hatte.

Nach etwa zwanzig Minuten erhoben sich die ersten Berge des Tramuntana-Gebirges vor ihnen wie eine majestätische Phalanx von steinernen Wächtern. Durchbrochen wurde der Felsenwall vom Sóller-Tunnel, der aussah, als würde ein schwarzer Schlund die hineinfahrenden Autos erst verschlucken und dann wieder ausspucken. Sie selbst bogen kurz davor nach rechts auf einen Parkplatz ab. Von den Gärten von Alfabia war von der Straße aus nichts zu sehen: eine Steinmauer um das Gelände herum, dahinter eine Reihe von hohen Platanen, die eine Allee bildeten. Ribera war bemüht, seine Enttäuschung zu verbergen, als sie auf den Eingang zugingen.

»Lass dich überraschen«, sagte Núria, die seine Skepsis zu bemerken schien.

Zwei Minuten später kam es Ribera vor, als wären sie durch ein Wurmloch in eine andere Galaxie befördert worden. Über eine von Palmen gesäumte Freitreppe betraten sie ein verwunschenes Reich, das mit einer verschwenderischen Fülle an Sinneseindrücken aufwartete. Ein antiker Säulengang, über den sich eine von üppigem Blauregen und anderen Kletterpflanzen bewachsene Pergola wölbte, Bougainvilleen, deren Blüten wie gemalt aussahen, verschlungene Wege, mächtige Bäume, die für eine angenehme Kühle sorgten, der Duft von Jasmin, der die Luft erfüllte. Das alles wurde abgerundet von einem Element, das der Anlage seinen Stempel aufdrückte: Wasser. Auf jede erdenkliche Weise trat es in Erscheinung. Es spritzte aus Fontänen und Wasserspeiern, floss bemooste Kaskaden hinab, ruhte in Brunnen, Seerosenteichen und Grotten. Begleitet von ständigem Rauschen und Plätschern, in das sich das Gurren von Tauben und das Zwitschern von Singvögeln mischten. Ein

Phantasieland, in dem die Zeit ganz anders dahinfloss als in der Außenwelt, das Ribera sofort einfing und ihm ein neues, für ihn bisher unbekanntes Mallorca-Gefühl bescherte. Was für ein Kontrast zu seinem Besuch bei Golf Royal. Hier zählte Historie statt Handicap, Magie statt Mondänität.

Er breitete unwillkürlich die Arme aus, schloss die Augen, atmete geräuschvoll durch die Nase ein und verharrte dann für ein paar Sekunden regungslos wie eine Statue in dieser Position. Es kam ihm vor, als würde dieser spezielle Ort seine Energie auf ihn übertragen und die Welt draußen unwirklich erscheinen lassen.

Núria verfolgte seine Reaktion mit Erstaunen. »Ich wusste gar nicht, dass du so begeisterungsfähig sein kannst.«

»Er wäre nicht der Erste, der diesem phantastischen Flecken Erde verfällt. Das ist schließlich ein Kraftort.«

Ribera und Núria fuhren zusammen. Wie aus dem Nichts war hinter ihnen eine Frau aufgetaucht.

»Oh, verzeiht, ich wollte euch nicht erschrecken.« Sie lächelte auf eine unergründliche Art. Wie überhaupt ihre ganze Erscheinung wirkte, als entstammte sie einer Fabelwelt: langes weißes Kleid, wallende graue Mähne, hageres Gesicht, dunkle, fast schwarze Augen, geschätztes Alter Mitte sechzig.

»Kein Problem«, wehrte Ribera ab und griff das Duzen auf. »Wir haben dich nur nicht kommen sehen. Wie hast du das gemacht? Hast du dich hergezaubert, oder bist du aus dem Brunnen dort herausgestiegen?« Er deutete auf eine runde Konstruktion in ihrer Nähe, die von zwei steinernen Löwen bewacht wurde.

Kehliges Lachen. »Wer weiß, das ist ein Reich voller Geheimnisse. Hier spukt nachts der Geist des Wesirs Ben Abet herum und feiert wilde Partys mit den Dones d'Aigo.« Sie winkte ab. »Scherz. Ich kenne mich auf dem Gelände aus wie in meiner Westentasche, da ich öfters herkomme. Als Lehrerin brauche ich manchmal solche Rückzugsorte, um abzuschalten, nachzudenken und –«

»Ich glaube, ich muss ihm erst etwas erklären«, unterbrach

Núria sie mit einem Seitenblick zu Ribera. »Er ist nicht von der Insel.«

Mitleidige Miene.

Núria erzählte, dass es sich bei den Wasserfrauen um Nymphen aus den mallorquinischen Märchen handelte und dass Ben Abet ein maurischer Wesir gewesen war, der vor Jahrhunderten die Gärten angelegt hatte, indem er das Wasser aus den Bergen in einem ausgeklügelten Kanalsystem auffing. »Mallorquinisches Basiswissen, lernt jedes Kind in der Schule.«

Bestätigendes Nicken. »Ja, die Mauren waren kluge Köpfe. Sie betrachteten Wasser als ein gnadenvolles Geschenk, dank dem wir das Paradies erschaffen können, Gärten, die den Geist beflügeln, und Felder, die den Körper nähren. Aber jetzt Schluss mit dem hochtrabenden Geschwafel einer schrulligen Alten. Ich lasse euch besser allein, ihr seht aus, als könntet ihr das gut gebrauchen.«

Die beiden schauten sich wortlos an, Ribera holte Luft, wollte etwas entgegnen, aber zu spät, die Frau war so plötzlich verschwunden, wie sie erschienen war. Er hob ratlos die Hände. »Das geht doch nicht mit rechten Dingen zu.«

»Unwirklich, was für eine geheimnisvolle Begegnung«, pflichtete ihm Núria bei. »Es kommt mir fast so vor, als wäre die nette Alte ebenfalls ein Fabelwesen. Vielleicht haust sie doch in dem Brunnen – wie Maria Enganxa.«

»Noch so ein bizarres Wesen aus eurem mallorquinischen Märchenzoo?«

»Allerdings, aber kein sympathisches wie die Dones d'Aigo, sondern ein fieses Miststück. Wenn sich jemand unachtsam über den Brunnenrand beugt, packt Enganxa ihn mit einem Haken und zieht ihn auf den Grund der Wasserfinsternis, aus der man nie zurückkehrt.«

»Unsere Dame wirkte eher wie die nette Schwester dieser Maria Enganxa. Dennoch klingt das nach einer Menge ungelöster Kriminalfälle. Vielleicht sollte ich mich sofort an die Ermittlungen machen. Eine Tatverdächtige hätten wir ja.«

Núria drohte ihm scherzhaft mit dem Zeigefinger. »Untersteh dich, die Arbeit ist heute absolutes Tabu. Dein Job nimmt dich genug in Beschlag.«

Sie flanierten noch eine Weile durch die Anlage und besichtigten danach das alte Herrenhaus mit seinen historischen Möbeln, Gemälden, Büchern und den Alltagsgegenständen verschiedener Epochen.

Schließlich schlug Núria vor, essen zu gehen. »Das Restaurant liegt nur ein paar Meter von hier entfernt und dürfte dir gefallen.«

Das »El Vasco« war ein Ort ganz nach Riberas Geschmack. Von außen ein unscheinbarer, länglicher Steinbau, entpuppte es sich im Inneren als rustikal-elegantes Gasthaus mit stimmungsvollem Ambiente. Schwere Holzbalken durchzogen die niedrige Decke, dazu dunkle Sprossenfenster, helle Holztische, gedämpftes Licht, das Publikum wirkte einheimisch.

Einer der schwarz gekleideten Kellner führte sie zu einem freien Tisch auf der gemütlichen Außenterrasse. Sehr zu Riberas Freude war der Name Programm, wie er beim Blick auf die Speisekarte feststellte. Das »El Vasco« war auf baskische Küche spezialisiert. Würde Gwendolyn Uriarte garantiert gefallen, dachte er, aber wahrscheinlich kannte sie den Laden längst. Er bestellte eine Auswahl von *croquetas*, Lammkoteletts mit Pommes und als Nachtisch einen baskischen Käsekuchen. Dazu einen Txakoli, einen baskischen Weißwein. Núria wählte Tatar vom roten Thunfisch und *Bacalao al pil-pil*, Stockfisch auf baskische Art, und als Nachtisch eine *pantxineta*, ein Blätterteigtörtchen mit Mandelcreme und Vanilleeis.

Ribera fühlte sich ähnlich gelöst wie zuletzt, als er Núria in der Buchhandlung abgeholt hatte. Während sie auf das Essen warteten und von ihrem Txakoli tranken, erzählte er ihr von der überraschenden Begegnung mit seiner alten Freundin Conxita Martínez und auch von dem bevorstehenden Besuch seines Freundes Leland Bloodgood. Für ihn, jedenfalls in dieser Menge, ungewöhnliche Einblicke in sein privates Ich.

Núria hatte ihm die ganze Zeit interessiert zugehört, bevor sie, vielleicht angesteckt von Riberas guter Laune und Lockerheit, das sensible W-Thema anschnitt. »Ich habe mich übrigens in Coll d'en Rabassa umgeschaut. Dabei habe ich eine Wohnung entdeckt, die mir gefallen würde.« Sie schaute ihn mit erwartungsvollem Blick an. »Willst du sie dir mal ansehen? Völlig unverbindlich?«

Die Frage traf Ribera unvorbereitet, wobei er bei diesem Thema wahrscheinlich immer unvorbereitet gewesen wäre, weil er nach wie vor nicht wusste, was er eigentlich wollte. Er betrachtete die blühenden Oleanderbüsche am Rand der Terrasse und einen markanten Berg, der sich jenseits der Landstraße erhob, während er nach einer passenden Antwort suchte. Sein Smartphone vibrierte und unterbrach seine Bemühungen. Er schaute aufs Display. »Tut mir leid, da muss ich rangehen.«

Núria stöhnte laut auf.

Der Anruf stammte von Quique, er klang aufgelöst. »Endlich erreiche ich dich. Du musst sofort kommen, es geht um diesen Zafra – er ist tot.«

»Wird nichts mit unserem schönen Essen«, sagte Ribera. »Ich muss sofort nach Palma zurück – auch wenn ich dazu nicht die geringste Lust habe.«

Núrias Blick war so eisig wie eine Klimaanlage auf höchster Stufe.

Palma, Zentrum. Wenige Minuten später fuhr Ribera nach Palma zurück. Allein und ohne etwas gegessen zu haben. Die Rechnung hatte er dennoch beglichen. Núria hatte sich entschieden, im »El Vasco« zu bleiben, um dann später mit dem Bus zurückzufahren. Wahrscheinlich auch als Retourkutsche auf seinen unvorhergesehenen Abgang. Ihre Verärgerung war offensichtlich gewesen, und Ribera wusste, dass kein Wort von ihm daran etwas geändert hätte. Im Gegenteil. Also hatte er gar keinen Versuch gemacht, sie zu besänftigen. Bei der Verabschiedung war die Luft zwischen ihnen meterdick gewesen, all die vorherige Harmonie wie weggeblasen. Weder eine Erwiderung auf sein *»Hasta luego«*, noch hatte sie ihn eines Blickes gewürdigt.

Das ist verdammt schlecht gelaufen, dachte er, als er im Auto saß. Gleichzeitig hatte er den Kopf nicht frei, sich weiter damit zu beschäftigen, dafür war er bereits zu sehr im Tunnel.

Er erreichte die von Quique angegebene Adresse. An der Plaça de Santa Eulàlia traf er auf das übliche Tatortszenario: Polizei- und Krankenwagen, Flatterband, um den Bereich vor der gleichnamigen Kirche vor Schaulustigen abzuschirmen. Ein Fernsehteam hatte seine Kamera aufgebaut, Pressefotografen versuchten, das Geschehen abzulichten. Einige Sensationssüchtige hatten ihre Smartphones gezückt. Dahinter auf dem Pflaster des schmalen, knapp drei Meter breiten Carrer Sant Crist eine menschliche Gestalt, das Gesicht nach unten. Dennoch erkannte er Zafra, um den Kopf herum hatte sich eine große Blutlache gebildet.

Ein Fotograf der Spurensicherung machte Aufnahmen von allen Details. Quique unterhielt sich mit dem Fahrer einer Pferdekutsche und einem jüngeren Paar, das mit ihm auf einer Rundfahrt durch die Altstadt unterwegs gewesen war. Zwischendurch notierte er sich etwas. Seine Gesprächspartner wirkten aufgeregt, der Kutscher deutete mehrmals hektisch nach oben in Richtung einer steinernen Balustrade, die sich oberhalb der gotischen Spitzfenster des Kirchenschiffs um das Gebäude zog. Dazwischen alle paar Meter Wasserspeier mit dämonischen, nach unten gerichteten Phantasietierfratzen, als würden sie sich an dem Spektakel am Boden ergötzen.

Quique war fertig, übergab das Paar an einen Notarzt, der Fahrer schwang sich auf die Pritsche der Kutsche und ließ das Pferd weitertraben. »Die zwei sind Touristen und mit den Nerven völlig am Ende, die brauchen erst mal psychologische Betreuung. Aber kein Wunder.« Sein Kinn zuckte in Richtung des Toten. »Der Typ muss auf der Dachterrasse der Kirche gewesen sein. Die ist öffentlich zugänglich. Ist nur wenige Meter hinter ihnen aufs Pflaster geknallt. Die Gegend rund um Santa Eulàlia gehört zu den üblichen Besichtigungsrouten für die Pferdekutschen. Die Frau ist beinahe in Ohnmacht gefallen vor lauter Schreck. Wie es dazu gekommen ist, hat aber keiner der drei gesehen.«

»Was ist sonst bisher bekannt? Gibt es Zeugen?«

»In der Gasse herrscht um diese Zeit tote Hose.« Quique wies mit dem Kinn auf die rechte Seite, wo ein Lokal namens »La Bodegueta«, eine »Bar Tony« und ein Antiquariat namens »El Bazar del Libro« angesiedelt waren. »Hatten blöderweise bis auf das Antiquariat alle zu. Und in dem Buchladen hat der Besitzer null Komma nix mitbekommen.« Er bog den Kopf nach hinten. »Vielleicht war jemand auf der Terrasse. Cristina müsste noch oben sein. Übrigens habe ich dieses Mal gleich die Spurensicherung und auch die Rechtsmedizin verständigt. Dein *amigo* Pep Bosch müsste jeden Augenblick da sein.«

Bestätigendes Nicken Riberas. »Bis *amigo* Bosch uns beehrt, schaue ich mir das dort oben mal selbst an.«

»Sollen übrigens einundsiebzig Stufen sein«, rief ihm Quique nach, als er zur Kirche unterwegs war.

Der Eingang zur Terrasse befand sich kurz vor der Apsis neben dem Hauptaltar. Eine niedrige Holztür neben einem Beichtstuhl. Darüber hing ein Gemälde, das den vom Kreuz abgenommenen Leichnam Jesu zeigte. Geradezu makaber angesichts des Toten draußen auf der Straße, dachte er.

Was Quiques Information bedeutete, merkte Ribera, als er die kaum einen Meter breite Wendeltreppe vor sich sah. Spärliches Licht fiel durch ein paar Scharten in der Wand. Langsam und bald nach Luft japsend quälte er sich die abgetretenen Stufen hoch. Er fühlte sich wie sein Seat Ibiza auf drei Zylindern, bevor er endgültig den Geist aufgegeben hatte. Aber kein Wunder, nachdem sich sein einmaliger Joggingversuch als sportlicher Quickie ohne nachhaltigen Wert herausgestellt hatte. Auf dem Zahnfleisch kriechend erreichte er die Dachterrasse. Der Anblick, der sich ihm bot, entschädigte ihn für die Mühsal. Über sich der Glockenturm mit seiner verschnörkelten Spitze, vor sich das Häusermeer von Palma, weiter entfernt die Kathedrale La Seu und am Horizont als schmaler Streifen das Meer. Von dort drang das tiefe Tuten eines Schiffshorns bis hierher und vermischte sich mit menschlichen Stimmen, Autogeräuschen und dem Hufgetrappel der Kutschen, die von der Straße zu ihm heraufdrangen.

Er lief auf dem welligen, nach außen abfallenden Boden

des Rundgangs entlang, ging unter den massiven Strebebögen hindurch, die Kirchenschiff und Strebepfeiler verbanden, schlängelte sich an herumliegenden Kabeln und Scheinwerfern sowie Dutzenden niedrigen Betonsockeln vorbei, die wie Warzen überall aus dem Boden wuchsen. Sein Blick wanderte über die Dächer der Häuser, über Satellitenschüsseln, Schornsteine und windschiefe alte Antennen. Er bewunderte mehrere private Dachterrassen, von denen sich eine den Luxus eines kleinen Pools erlaubte. Lebensqualität auf hohem Niveau im wahrsten Sinne des Wortes. Ob Lemmy ebenfalls dieses Terrain für seine nächtlichen Streifzüge nutzte, sich dort mit ein paar Katzen-Chicas traf oder sich mit anderen Katern stritt?

Schließlich erreichte er die Stelle, an der Zafra der Lage der Leiche nach hinuntergestürzt sein musste. Von oben sah die Gasse wie eine lange, schmale Spalte aus, durch die kaum ein Mensch zu passen schien. Die Gebäude auf der anderen Seite waren so nah, dass er sich ausmalte, wie jemand mit einem kühnen Satz hinüberspringen könnte. Was war passiert? Mord? Selbstmord? Oder bloß ein tragischer Unfall? Ausgerechnet in dem Moment, in dem sie auf der Suche nach ihm waren, sollte er ohne Fremdeinwirkung ums Leben gekommen sein? Bittere Ironie des Schicksals? Dummer Zufall? Alles in Ribera sträubte sich, diese Möglichkeiten in Betracht zu ziehen. Dafür hatte Zafra zu tief in der Castro-Sache dringesteckt.

Er sah sich weiter um. Nichts Auffälliges war zu bemerken, außer dass die steinerne Brüstung an dieser Stelle zwar massiv, aber auch relativ niedrig war. Er beugte sich etwas vor, bis sich seine Höhenangst meldete, woraufhin er den Kopf sofort zurückzog. Er machte sich auf den Rückweg, ging wieder an diesen skurrilen Betonsockeln vorbei. Auf einem von ihnen entdeckte er einen roten Fleck. Er betrachtete ihn näher. Eingetrocknet. Vielleicht Blut. Er begab sich auf die andere Seite der Terrasse, die zum breiteren Carrer de Santa Eulàlia hinausging. Sein Bedarf an Besichtigung war gedeckt, er stieg wieder hinunter, tastete sich auf den letzten Stufen vorsichtig durch das Halbdunkel, bis er die Tür fand.

Im Kirchenschiff angekommen, fesselte ihn die mystische Atmosphäre des verwaisten Sakralraums. Licht fiel durch die riesige Rosette über dem Portal und das bunte Glas der Kirchenfenster auf die besucherlosen Holzbänke. Die gähnende Leere sprang ihn förmlich an, ließ den Raum mit seinen nach oben strebenden Pfeilern und Bögen noch größer erscheinen als im belebten Zustand. Um ihn herum befanden sich lediglich die Heiligenfiguren, die ihn aus ausdruckslosen Augen stumm anglotzten. Fast meinte Ribera, einen Vorwurf in ihren Gesichtern zu erkennen angesichts des weltlichen Frevels, der in ihre sakrale Welt der Stille und Spiritualität eingedrungen war. Fehlte nur noch, dass sie zum Leben erwachten und wie Zombies mit langsamen, ungelenken Bewegungen auf ihn zukamen und gierig ihre Arme nach ihm ausstreckten. Ihn beschlich ein mulmiges Gefühl bei dieser Vorstellung, und er ging weiter.

Im Eingangsbereich entdeckte er Cristina Blum, die sich mit einem Priester und einer Frau unterhielt.

»Das sind Padre Quetglas von der Gemeinde Santa Eulàlia und Señora Alzamora, sie sitzt an der Kasse, an der man für den Besuch der Dachterrasse bezahlt.« Sie stellte ihn vor.

Besorgnis spiegelte sich in ihren Gesichtern wider. Quetglas, ein etwa sechzigjähriger schlanker Mann mit kurzen grauen Haaren und randloser Brille, hob beide Arme und richtete die Augen nach oben, als wollte er höhere Mächte anrufen. »Was für eine Tragödie, und das ausgerechnet in einem Haus Gottes. So etwas hatten wir hier noch nie in all den Jahren. Verstehen Sie mich nicht falsch, Chefinspektor, aber können Sie denn schon sagen, wie lange Sie und Ihre Leute unsere Kirche noch in Beschlag nehmen werden? Wir haben hier schließlich einen seelsorgerischen Auftrag zu erfüllen. Nach diesem Vorfall ist der nötiger denn je.«

»Tut mir leid, *padre*, ich verstehe Ihre Nöte, aber wir haben ebenfalls einen Auftrag zu erfüllen, auch wenn der im Vergleich zu Ihrem profaner sein mag. Ich kann Ihnen jedoch versichern, dass wir bemüht sind, Sie so schnell wie möglich wieder Ihren Schäfchen zu überlassen. Zuvor müsste ich aber wissen, ob jemandem von Ihnen etwas oder jemand aufgefallen ist. Zum Beispiel an der Kasse.«

Quetglas und Alzamora zögerten mit der Antwort.

»Unser Gotteshaus ist ja nur an bestimmten Tagen für Besichtigungen geöffnet«, sagte schließlich der Priester. »Und wenn, herrscht ein ständiges Kommen und Gehen. Sie müssen wissen, unsere Dachterrasse gehört zu den spektakulärsten Aussichtspunkten der Stadt, mindestens, auch wenn wir im Schatten von La Seu stehen. Obwohl wir die älteste Pfarrei in Palma sind. Hier wurde schon Ramon Llull getauft und Jaume II. zum König von Mallorca gekrönt. Langer Rede kurzer Sinn: Ich fürchte, ich kann Ihnen da nicht behilflich sein. Aber vielleicht Señora Alzamora. Sie sitzt sozusagen am Nadelöhr, das alle Besucher passieren müssen.«

Die Angesprochene, eine kleine Frau in einem schlichten blauen Kleid, spielte zunächst unsicher mit ihren Händen. »Mir ist niemand aufgefallen.« Sie wies auf das dicke Glas ihrer Brille. »Außerdem bin ich kurzsichtig. Ehrlich gesagt habe ich auch ein ziemlich schlechtes Gesichtergedächtnis und achte daher erst gar nicht darauf, wer ein Ticket löst. Mein Mann sagt manchmal, er sei froh, wenn ich ihn abends erkenne.« Verlegenes Lächeln. »Außerdem war heute zeitweise ziemlich viel los. Dauernd kamen Leute. Es ging zu wie im Taubenschlag. Vielleicht wegen des schönen Wetters. Nur gegen Ende hat es nachgelassen. Und dann das …«

Ribera fühlte sich entmutigt. Das hörte sich wenig Erfolg versprechend an.

Blum scannte mit ihren Augen die Umgebung. »Gibt es hier irgendwo eine Überwachungskamera?«

Padre Quetglas zuckte mit den Achseln. »Bedaure, damit können wir leider nicht dienen. Bisher gab es dazu keine Notwendigkeit. Ich fürchte, mein liebes Kind, in diesem Fall war nur der Herrgott Zeuge.«

»Vielleicht können Sie ein gutes Wort für uns einlegen. Sie sind da näher dran als wir«, sagte Ribera. »Ansonsten halten Sie sich bitte zur Verfügung, falls wir noch Fragen haben.«

»Chefinspektor, und wie lange …?« Padre Quetglas reckte mit verzweifelter Miene die Arme nach ihm.

»Nicht mehr lange, versprochen. Ich gebe Bescheid.«

Sie gingen die Treppe hinunter zur Plaça de Santa Eulàlia.

»Vielleicht offenbart sich der Herrgott ja dem Pfarrer. Sonst irgendjemand, der etwas von dem Ganzen mitbekommen hat?«

»Wie's aussieht, nicht. Ich habe mit einer kleinen chinesischen Reisegruppe gesprochen. Auf der Treppe sei ihnen ein Mann entgegengekommen. Sie hätten aber nicht weiter auf ihn geachtet, auch weil es recht schummrig in dem Aufgang gewesen sei. Oben seien sie zunächst zur Seite Richtung Carrer Santa Eulàlia gegangen. Niemand aus der Gruppe will etwas davon bemerkt haben, was auf der Terrasse vor sich ging. Sie seien total begeistert von dem Erlebnis gewesen, sodass sie gar keine Augen und Ohren für etwas anderes gehabt hätten.«

Draußen im Carrer Sant Crist hatte sich unterdessen Pep Bosch an die Arbeit gemacht. Das übliche Prozedere bei Einsätzen der Rechtsmedizin. Bosch kauerte vor dem Toten und sprach während seiner Untersuchung seine Beobachtungen direkt in ein Aufnahmegerät. Die Menschenmenge vor dem Flatterband war unterdessen noch einmal angewachsen. Mehrere Journalisten, die Ribera vom Sehen kannte, riefen ihm etwas zu, als sie ihn erblickten. Er ignorierte es und ging zu dem Rechtsmediziner.

»Wie sieht's aus, Pep, kannst du schon etwas sagen?«

Bosch schaute ihn schräg von unten mit diesem unnachahmlichen Ihr-Bullen-habt-keine-Ahnung-Blick an, den Ribera nur zu gut kannte. Schließlich hatte er Erbarmen, stand auf, unterstrich jedoch geräuschvoll, welche Überwindung ihn diese gnädige Geste kostete. Letzter Akt des Bosch'schen Rituals war ein bärbeißiges »Inzwischen müsste dir bekannt sein, dass ich Genaueres erst nach der Autopsie sagen kann«.

Ribera ließ es geduldig über sich ergehen. Boschs polternde Art der Kommunikation kannte er zur Genüge von den bisherigen Zusammentreffen an Tatorten. Vermutlich hätte er diese Nummer auch aufgeführt, wenn er einen Tricorder zur Verfügung gehabt hätte, mit dem Raumschiff-Enterprise-Bordarzt Leonard McCoy in wenigen Sekunden einen Menschen scannen konnte, um festzustellen, wie es um ihn bestellt war.

»Kommst du gerade von einer Party?« Bosch deutete auf ein dünnes grünes Papierband, das Ribera um sein Handgelenk trug.

Erst jetzt bemerkte Ribera das Einlassbändchen der Jardines de Alfabia. Das hatte er in der Eile völlig vergessen. »So ähnlich«, sagte er und berichtete kurz von seinem Ausflug und dessen jähem Ende.

Vor allem Letzteres schien Bosch milde zu stimmen, denn nun rückte er doch noch mit ersten Informationen zu seiner Untersuchung heraus.

»Als Todesursache tippe ich auf ein Polytrauma, wie das bei tödlichen Stürzen aus großer Höhe üblich ist. In diesem Fall handelt es sich um eine Zerstörung des Schädels, verbunden mit einer Quetschung des Gehirns, wie man an der ausgetretenen Hirnflüssigkeit sehen kann. Aber auch im restlichen Körper dürften einige Knochen gebrochen sein, eventuell sind zusätzlich innere Organe abgerissen, was dann zu inneren Blutungen führt. Aber das kann selbst der blindeste Rechtsmediziner ohne Autopsie erkennen. Außerdem habe ich in den letzten Jahren einige Balconing-Opfer auf dem Seziertisch gehabt. Ein Sturz von einem Kirchendach ist mir in all der Zeit allerdings noch nie untergekommen. Wir schauen uns das auf dem Dach aber noch einmal näher an.«

Ribera war im Bilde. Das Balconing hatte sich zu einem Phänomen des Massentourismus entwickelt. Jede Saison gab es Todesfälle auf Mallorca, wenn sich junge Urlauber bei Mutproben von Balkon zu Balkon hangelten oder versuchten, vom Balkon in den Hotelpool zu springen. Davon konnte in diesem Fall garantiert keine Rede sein. Das war so sicher wie – der Gedanke kam ihm selbst grotesk vor – das Amen in der Kirche.

»Wie sieht's mit Suizid aus?«

»In diesem Fall ganz schwierig, wegen der besonderen Örtlichkeit. Bei den meisten Suiziden durch einen Sprung aus der

Höhe werden die Opfer mehr als ein bis zwei Meter von der Senkrechten zur Absturzstelle gefunden. Das ist bei dieser extrem engen Gasse kaum möglich.«

»Könnte jemand nachgeholfen haben?«

Bosch rollte mit den Augen. »Tut mir leid, *compadre*, meine Glaskugel, in die ich normalerweise hineinschaue, habe ich heute dummerweise vergessen. Aber sagen wir mal so: Spuren äußerlicher Gewalteinwirkung konnte ich keine feststellen. Definitives lässt sich jedoch erst nach einer feingeweblichen und toxikologischen Untersuchung sagen.«

»Schaut euch nachher oben auf der Terrasse mal einen dieser kleinen Sockel in der Nähe der wahrscheinlichen Absturzstelle an. Darauf ist ein roter Fleck, könnte Blut sein.«

»Für dich tun wir doch alles, *hombre*.«

Ribera klopfte ihm auf die Schulter. »Okay, wir sprechen uns später, wenn du mit der Autopsie von Zafra fertig bist.«

Verwunderter Blick. »Sag bloß, du kanntest den Typen?«

Er nickte. »Hängt vielleicht mit einem aktuellen Fall zusammen. Lass uns bei einer anderen Gelegenheit darüber reden. Schätze, wir haben jetzt ein bisschen was zu tun.«

»Verausgabt euch bloß nicht!«, rief ihm Bosch hinterher. »Erst die Wasserleiche, jetzt dieser Sturzflug, dazwischen die Radfahrerin im Tramuntana – habt ihr etwa eine Todes-Flatrate abonniert? Bin gespannt, was als Nächstes kommt.«

Palma, El Camp d'en Serralta. Bis zum späten Nachmittag waren sie mit der Durchsuchung von Zafras Büro in Arxiduc und seiner Wohnung in Es Secar de la Real beschäftigt. Wie Ribera erwartet hatte, fiel das Ergebnis mehr als übersichtlich aus. Das Interessanteste war, dass sich die Vermutung bezüglich des GPS-Trackers bestätigt hatte. Tatsächlich hatte Zafra den Peilsender eingesetzt, um Castros Aktivitäten zu überwachen. Die angefahrenen Ziele stimmten mehr oder weniger mit den Informationen von Castros Navi überein. Dazu gab es noch einige Fotos von den Treffen mit Raquel Alvarez Fonseca. Darunter auch ein paar intime Aufnahmen. Und es fanden sich

Unterlagen, die Zafras wirtschaftliche Schwierigkeiten deutlich machten. Fest stand auch, dass Zafra wenige Stunden vor seinem Tod eine Mobilnummer angerufen hatte. Wie sich herausstellte, gehörte die aber zu einem Prepaidhandy, keine Chance also, das Gespräch zurückzuverfolgen. Es kam jedoch noch schlimmer.

Zwischen Penelope Roca und Ribera hatte sich im Laufe der Monate eine spezielle Verständigungskultur eingespielt. Anstelle von Worten trat oft eine Pantomimensprache, bestehend aus Mimik und Gestik. Eine säuerliche Miene, verbunden mit dem Fingerzeig nach oben, war zum Beispiel das Zeichen für den Worst Case: Der Polizeichef wollte etwas. So war das auch heute der Fall, als sie in die Jefatura zurückkehrten. Es war einer der Momente, in denen sich Ribera einen Doppelgänger gewünscht hätte, der an seiner Stelle lästige Termine wahrnahm. Dieser versprach besonders lästig zu werden.

Moix war dabei, Schriftstücke in einer Unterschriftenmappe zu unterzeichnen, als er eintrat. Der Polizeichef sah kurz auf. »Ribera, setzen Sie sich.«

Er nahm auf einem der beiden Stühle vor dem Schreibtisch Platz, auf denen er sich immer ein bisschen fühlte, als wäre er zum Schuldirektor zitiert worden. Überhaupt gehörte das Sitzmanagement zum Repertoire von Moix' Führungsstil. Besprechungen in der Sitzecke standen für tendenziell lockere Gespräche. Die Schreibtischvariante bedeutete hingegen formelles Chefgehabe.

Schließlich klappte Moix die Mappe zu, atmete tief ein und räusperte sich laut und vernehmlich, wie er es gewöhnlich vor einer Strafpredigt tat. »Reden wir nicht lange um den heißen Brei herum. Ich war, wie Sie bemerkt haben dürften, wenig begeistert von Ihrem Auftritt heute Morgen bei Golf Royal. Ich meine, ich hätte mich in unserem letzten Gespräch klar und deutlich ausgedrückt, dass ich diesen Fall als abgeschlossen betrachte.«

Ribera wollte etwas entgegnen, aber Moix ließ sich nicht bremsen. Er schlug mit der flachen Hand auf den Tisch. »Ausgerechnet jetzt, wo sich die Lage nach all der Aufregung zu beruhigen begann, gießen Sie wieder Öl ins Feuer. Immer diese Eigenmächtigkeiten, Ribera. Ich habe lange beide Augen zugedrückt, nicht zuletzt wegen Ihrer unbestreitbaren Verdienste. Aber nun haben Sie es eindeutig zu weit getrieben. Haben Sie eine Ahnung, wie ich gegenüber Señor Heideking und meinen beiden Mitspielern dagestanden habe? Das waren keine Geringeren als der Leiter der Hafenbehörde und der Geschäftsführer der balearischen Wasserbehörde. Und das sind nicht die einzigen hochrangigen Vertreter der mallorquinischen Gesellschaft, die dort verkehren. Die denken, dass in der Jefatura jeder macht, was er will, und ich den Laden nicht mehr im Griff habe. Was ist das für ein verheerendes Bild, das wir in der Öffentlichkeit abgeben? Wir sind kein x-beliebiger Feld-Wald-und-Wiesen-Verein, sondern die oberste Polizeibehörde der Balearen.«

Ach, daher weht der Wind, dachte Ribera. Moix ging es wieder mal in erster Linie um seine Außenwirkung. Aber dieses Mal wollte er nicht einfach klein beigeben. »Ich hatte gute Gründe. Es gibt meiner Meinung nach ein paar gravierende Ermittlungslücken in diesem Fall, die ich nachprüfen wollte. Und dazu gehört zum Beispiel diese mysteriöse Verbindung zwischen Castro und dem Golfplatz. Da passt einiges nicht zusammen, das sagt mir mein Bauchgefühl. Da sehe ich mich in der Verpflichtung, dem nachzugehen. Außerdem –«

Moix wischte mit der Hand horizontal durch die Luft, als würde er sie mit einem Messer zerschneiden. »Papperlapapp, wir können uns keine unnötigen und dazu teuren Ermittlungen in Zeiten knapper Kassen leisten. Unser Budget ist begrenzt, und wir sind zum Sparen angehalten, wo wir können. Vor allem darf ich Sie außerdem daran erinnern, dass wir Polizisten sind. Bei uns zählen Fakten und Beweise und keine Gefühle.«

»Ist denn ein weiterer Todesfall in diesem Zusammenhang Fakt und Beweis genug?«

Moix schaute ihn verständnislos an. »Von was reden Sie da? Sind Sie jetzt endgültig von allen guten Geistern verlassen?«

Ribera antwortete nicht sofort, sondern ließ den Satz für

einige Sekunden stehen, als hätte er eine imaginäre Pausetaste gedrückt. Die Gesprächstaktik und die Argumentationsschiene seines Vorgesetzten waren nichts Neues für ihn, es war schließlich nicht das erste Mal, dass sie aneinandergeraten waren. Ihm war klar: Moix hatte sein Pulver verschossen, nun konnte er sich in Stellung bringen. Sein Bericht von Zafras Tod und dessen augenscheinlicher Verwicklung mit dem Fall Castro verfehlte seine Wirkung nicht. Moix schaltete sofort vom Angriffs- in den Nachdenklichkeitsmodus um. Ein Verhalten, das Ribera bereits aus ähnlichen Situationen kannte. Bei aller Geltungssucht und Anbiederei an Menschen, die in der Nahrungskette über ihm standen, hatte sich der Polizeichef einen Pragmatismus und ein seismografisches Gespür für Paradigmenwechsel bewahrt.

»In der Tat höchst seltsam«, schlussfolgerte er, nachdem Ribera alles auf den Tisch gepackt hatte, was in letzter Zeit passiert war, und ihm auch seine Begegnung mit Zafra und dessen Rolle in dem Mordfall geschildert hatte. Er stand auf und wanderte in seinem Büro herum. Dann blieb er stehen und drehte sich zu Ribera um. »Damit wir uns richtig verstehen: Ich bin nach wie vor von Fonsecas Schuld überzeugt. Aber ich muss zugeben, dass es in diesem Fall ein paar unerklärliche Vorkommnisse gegeben und dieser Zafra eine dubiose Rolle gespielt hat. Das wirft Fragen auf, ebenso sein Tod. Nach dem, was Sie erzählt haben, muss man von einer Gewalttat ausgehen. Im Gegensatz zu Ihnen halte ich einen Zusammenhang mit dieser Castro-Sache aber für unwahrscheinlich. Vielleicht hatte es mit einem seiner Klienten zu tun oder einer privaten Auseinandersetzung, eventuell ging es um Geld. Schauen Sie sich doch mal an, was bei diesem Menschen in den letzten Jahren alles schiefgelaufen ist. Erst der Rausschmiss bei der Polizei, und seine Detektei war offenbar alles andere als erfolgreich. Dem Mann stand das Wasser wirtschaftlich gesehen bis zum Hals, wie Sie erzählt haben. Dennoch: Nicht auszudenken, wenn bekannt würde, dass unsere Ermittlungen lückenhaft sind. *Dios mío*, was für ein Licht das auf uns werfen würde. Jeder Verteidiger würde uns das um die Ohren hauen. Zu Recht. Ich sehe schon die

Schlagzeile: ›Polizei kehrt Fakten unter den Teppich‹. Nein, diese Achillesferse können wir uns nicht leisten.« Er setzte sich wieder an seinen Schreibtisch. »Klären Sie, ob dieser Zafra mehr als nur beschattet hat und was es mit seinem Tod auf sich hat. Aber denken Sie dran: Wir brauchen gerichtstaugliche Beweise, keine Spekulationen. Und die Verbindung zum Mordfall Castro werden wir vorerst nicht kommunizieren, sonst haben wir die Pressemeute sofort wieder am Hals.«

Er hatte seine Lesebrille aufgezogen und blickte Ribera über den Rand hinweg an. »Tun Sie, was Sie nicht lassen können. Aber keine Alleingänge mehr. Und dieses Mal subtiler – nicht wie ein Elefant im Porzellanladen wie bei Golf Royal. Übrigens ein vorbildlich geführter Club, der sich auch sozial engagiert. Von daher für mich absolut kein Widerspruch, dass dieser Castro daran Gefallen gefunden hatte, auch wenn Sie das anders sehen.«

Die Mordkommission war wie ausgestorben, als Ribera gegen neunzehn Uhr in sein Büro zurückkam. Keiner seiner Mitarbeiter war mehr da – weder Blum noch Quique oder Penelope Roca, der lange Flur mit dem grauen Linoleumboden und den schmalen Holzbänken, auf denen sonst Besucher oder Verhaftete saßen, leer, die Büros verlassen. Fast ein wenig gruselig mutete die Stimmung an. Auf der anderen Seite war es ihm ganz recht nach diesem aufreibenden Tag.

Er ließ sich auf seinen Schreibtischstuhl fallen, legte die Füße auf den Tisch und verschränkte die Arme hinter dem Kopf. Das Gespräch mit Moix war besser verlaufen als befürchtet. Zumindest hatte er nun den Rücken frei. Aber wofür? Zafras Tod war ein herber Rückschlag. Und Zeugen schien es auch keine zu geben. Fühlte sich alles nach einer Sackgasse an. Er wollte für heute Schluss machen, nahm die Füße vom Tisch, wippte nach vorne und bemerkte dabei einen DIN-A4-Umschlag in seinem Postkörbchen. Darauf handgeschrieben in großer Schrift: »Kleine Spezialrecherche«. Er öffnete ihn. Darin befanden sich mehrere Ausdrucke zum Wasserverteilungszentrum Son Pacs und ein Zettel von Roca. »Kleine Feierabendlektüre – falls du heil von M zurückkommst«, stand darauf, dahinter ein Zwinker-Smiley.

»Penelope, du Teufelsbraut.«

Mit einem Mal war sein Anflug von Verzagtheit wie weggeblasen. Er musste an die kürzliche Situation in der Buchhandlung Babel denken, als ihm dieses Buch schier in die Hände gesprungen war. Dann die Begegnung mit dieser alten Dame in den Gärten von Alfabia. Eigentlich hatte er nichts mit Esoterik am Hut, aber vielleicht hatte Núria ja recht, und die Insel war wirklich ein lebender Organismus, der ihm eine erneute Botschaft schickte. Dieses Mal via Penelope Roca.

Ach komm, Ribera, jetzt schnappst du wirklich langsam über, dachte er. Vielleicht lag Moix mit seiner Einschätzung gar nicht so verkehrt.

Er sah das Dossier durch. Es stellte sich als eine wahre Fleißarbeit zum Thema Wasserversorgung auf Mallorca heraus. Dabei spielte das Wasserdepot von Son Pacs eine Schlüsselrolle. In der Anlage liefen nicht nur Grund- und Quellwasser zusammen, sondern auch das Trinkwasser, das in einer Meerwasserentsalzungsanlage in Palma gewonnen wurde. Von Son Pacs wurde das Wasser dann auf mehrere Kommunen verteilt: Neben Palma gehörten Andratx, Marratxí und eben Calvià zu den Abnehmern. Und zwar nicht zu knapp, wie Roca vermerkt hatte. Der Ort sei der Hauptabnehmer. Dafür wurden mehrere Gründe aufgeführt: ausgebaute touristische Infrastruktur, trockenes Gebiet, fast vollständig erschöpfte Grundwasservorräte. Wer weiß, ob die Golfplätze auch beliefert wurden, dachte Ribera, auch wenn Molina und Heideking etwas anderes behauptet hatten.

Er las weiter, dass von dem Depot aus auch Tramuntana-Dörfer mit entsalztem Meerwasser versorgt wurden – Puigpunyent, Banyalbufar oder Deià waren namentlich genannt. Per Tanklaster. Kein kostenloser Service, verstand sich. Betrieben wurde Son Pacs von der balearischen Wasserbehörde Abaqua. War da nicht was mit Wasserbehörde gewesen? Richtig. Einer der beiden Golfpartner von Moix war dort Geschäftsführer. Ziemlich vernetzt, dieses System, und von außen kaum zu durchschauen.

Fragte sich, warum sich Castro dafür interessiert hatte. Mit den Posidonia-Wiesen konnte das ebenso wenig zusammenhängen wie die Golfplätze. Okay, Letzteres ließe sich noch damit erklären, dass er eventuell doch selbst Gefallen an dem Sport gefunden hatte. Schrie geradezu nach einem Besuch.

Ribera googelte die Adresse. Ein Stück nördlich der Via de Cintura. Aber was würde wohl Moix dazu sagen, wenn er nach Golf Royal nun auch im Revier eines seiner Golfkumpel aufkreuzen würde? Leicht auszumalen, aber diese Geschichte mit Son Pacs hatte ihn zu sehr angefixt, als dass er davon ablassen konnte. Die Weichen für den Ribera-Express waren gestellt.

Er fuhr den PC herunter, um nach Hause zu gehen, als sein Telefon klingelte. Ohne zu zögern, griff er danach, in der Hoffnung, Núria würde anrufen. Sicher wollte sie sich nach dem missglückten Ende ihres Ausflugs reumütig für ihre harsche Reaktion entschuldigen. Sie war es nicht, wie ihm die Nummer auf dem Display verriet. Er drückte auf »annehmen« und vernahm stattdessen das vertraute Poltern von Pep Bosch.

»Ribera, bevor du dich in deine Pensionshöhle verkriechst oder was immer du abends treibst, wollte ich dir noch eine Demonstration Bosch'scher Qualitätsarbeit mit auf den Weg geben. Betrifft den Typen von Santa Eulàlia, den wir uns genauer angeschaut haben.«

Die erste Enttäuschung, dass es kein Anruf von Núria war, wich binnen Sekunden einer gespannten Erwartung.

»Könnte wirklich sein, dass doch jemand bei der Flugshow nachgeholfen hat«, resümierte Bosch.

»Hast du etwa in deine Glaskugel geschaut?«

»Nicht ganz, wir haben stattdessen die Kopfwunden mit Spuren auf diesem Betonsockel auf dem Dach verglichen.«

»Gratuliere zu der erfolgreichen Besteigung.«

Knurren. »Einundsiebzig Stufen … Hätte nicht gedacht, dass ich mir das in meinem Alter noch einmal antue. Aber die Tortur hat sich gelohnt. Und ich gebe es ja nicht gern zu, aber du hast mit deinem Verdacht richtiggelegen.«

Ribera hielt die Luft an.

»Es sind tatsächlich Blutspuren. Und sie stammen vom Opfer. Sieht so aus, als wäre der Typ mit dem Hinterkopf draufgefallen. Vielleicht während eines Streits, was weiß ich. Ist natürlich theoretisch auch möglich, dass ihm angesichts der Hitze schwindlig wurde und er deshalb gestürzt ist. Das ist ja kein lauschiges, kühles Plätzchen da oben wie die Jardines de Alfabia, man ist dort exponiert der Sonne ausgesetzt. Und danach hat er sich aufgerappelt, halb benommen an die Brüstung geschleppt, die Kontrolle verloren und ist runtergefallen. Klingt für mich bescheuert. Was da oben genau passiert ist, darfst du herausfinden. Viel Glück und *buenas noches, tío*.«

Wenige Minuten nach Boschs Anruf verließ Ribera die Jefatura und trat über die breite Eingangstreppe auf die Straße. Das »El Pintxo« schräg gegenüber war unbeleuchtet, der metallene Rollladen heruntergelassen, die Bar schlummerte dem nächsten Morgen entgegen. Was Gwendolyn wohl zu der neuesten Entwicklung sagen würde? Dass der Mord an Castro weitere Kreise zu ziehen schien, deren Ausmaß nicht absehbar war? Vielleicht so etwas wie: »Wundert es dich, *cariño*? Diese Insel hat schon vor Jahren ihre Unschuld verloren, falls sie die jemals hatte.« Das deckte sich mit seiner Meinung, unabhängig von dem, was heute geschehen war. Und anders als sein Vorgesetzter war er felsenfest davon überzeugt, dass Zafras Tod kein Unglücksfall war. Wie Castro musste er in etwas hineingeraten und für jemanden zur Bedrohung geworden sein, der keinerlei Skrupel hatte, über Leichen zu gehen. Ribera fragte sich, wozu derjenige sonst noch fähig war. Trotz des lauen Septemberabends lief ihm ein Schauer über den Rücken.

4

Palma, El Camp d'en Serralta. Im Prinzip hätte sich Ribera den Weg in seine Pension sparen und gleich in der Jefatura übernachten können. Nach einer Nacht mit unruhigem Schlaf tauchte er nach einem kurzen Abstecher im »Café Verde« bereits gegen halb neun Uhr wieder in der Mordkommission auf. Sehr zum Erstaunen von Penelope Roca, die gewöhnlich morgens immer die Erste in der Abteilung war.

»Leidest du an seniler Bettflucht, oder was treibt dich so früh her?«

Ribera berichtete ihr von dem Drama vom Vortag in der Innenstadt. »Hast du schon mal etwas von Planet neun gehört?«

Roca beäugte ihn mit einer Mischung aus Amüsiertheit und Verständnislosigkeit. »Was willst du mir damit sagen?«

Ribera erzählte ihr von der Theorie, dass es in unserem Sonnensystem einen unbekannten neunten Planeten geben solle, den aber bisher niemand zu Gesicht bekommen habe. Nun aber hätten Forscher Hinweise für dessen Existenz gefunden. Und zwar durch Bewegungen von Zwergplaneten außerhalb des Planeten Neptun, die nicht durch die Schwerkraft bekannter Himmelskörper erklärt werden könnten. Der Vorfall von Santa Eulàlia sei für ihn wie eine Bewegung, die von etwas Größerem ausgelöst worden sei, für das es aber bislang keine Beweise gebe.

»Interessante Theorie«, sagte Roca. »Deshalb diese kleine Spezialrecherche, vermute ich.«

Ribera zwinkerte ihr zu. »Vielen Dank übrigens dafür, hervorragende Arbeit. An dir ist eine Detektivin verloren gegangen. Was würde ich nur ohne dich machen!«

Er nutzte den frühen Arbeitsbeginn, um einen Termin in Son Pacs auszumachen. Danach nahm er sich den schriftlichen Bericht über die Obduktion vor, der inzwischen per E-Mail eingetroffen war. Ungewohnt schnell. Der frische Wind, den Boschs Tochter Blanca in die Rechtsmedizin gebracht hatte, war auffällig.

Knapp eine Stunde später stand die Morgenrunde an, in der sich Ribera und seine Mitarbeiter gegenseitig auf den neuesten Stand der Dinge brachten, Informationen austauschten und die nächsten Ermittlungsschritte besprachen. Oft unspektakuläre Routine, davon konnte aber an diesem Tag keine Rede sein.

Konsterniert saßen Quique und Blum auf ihren Stühlen, nachdem sie das Ergebnis der Autopsie erfahren hatten. Die Nachricht entpuppte sich als Gamechanger, eine Zäsur, geradezu mit den Händen greifbar.

Ribera durchbrach das kollektive Schweigen. »Ich weiß, ihr konntet meine Vorgehensweise in den letzten Tagen nicht nachvollziehen. Ein typischer Ribera-Egotrip. Aus Prinzip gegen den Strom schwimmen. Stur in abwegige Theorien verrannt. Ich kann es euch nicht verdenken. Glaubt mir: Ich zweifle mitunter selbst an mir, nach wie vor. Gleichzeitig habe ich aber das Gefühl, auf einer Spur zu sein, auch wenn ich keine Ahnung habe, was dabei herauskommt, ob überhaupt etwas herauskommt. Gut möglich, dass wir wie Don Quijote nur gegen Windmühlen kämpfen.«

»Und wie sollen wir deiner Meinung nach weiter vorgehen?«, fragte Blum zögernd und berichtete, dass auch ihre zweite Nachfrage beim GOB keine neuen Erkenntnisse geliefert habe. »Im Prinzip fischen wir doch lediglich im Trüben und gehen von Spekulationen und Mutmaßungen aus.«

Ribera widersprach ihr nicht.

»Wie steht es mit Moix?«, fragte Quique. »Würde mich sehr wundern, wenn er den Zirkus, den wir hier veranstalten, toll fände, wo er doch gerade einen abgeschlossenen Fall seiner Erfolgsstatistik hinzufügen konnte.«

Ribera berichtete von seiner Unterredung mit dem Polizeichef. »Ein Freifahrtschein ist das zwar keineswegs, aber er legt uns auch keine Steine in den Weg. Ich würde sagen, er hat sich geschmeidig positioniert – wie ein Politiker. Und was das weitere Vorgehen betrifft: Wir sollten das Umfeld von Zafra beleuchten. Vielleicht kann uns dort jemand weiterhelfen. Quique, klemm du dich dahinter. Da fällt mir ein: Bist du bei dieser Geschichte mit dem Lkw weitergekommen, der die Radfahrerin überfahren hat?«

»Darum wollte ich mich eigentlich gestern kümmern, dann hat dieser Typ von Santa Eulàlia dazwischengefunkt. Eines steht aber schon mal fest: Der Aufruf in den Medien hat nicht gefruchtet. Kein einziger Hinweis bis jetzt. Wer liest denn heutzutage auch noch Zeitung? Vielleicht sollten wir es in Zukunft stattdessen über die sozialen Medien probieren. Das ist doch heute der heiße Scheiß.«

Ausnahmsweise verdrehte Blum nicht die Augen, wie es sonst oft bei Quiques flapsigen Wortbeiträgen der Fall war. Im Gegenteil. »Ich muss ihm recht geben«, sagte sie, während sie wie üblich ihr Tablet in der Hand hielt.

»*No me digas*, welch unverhoffte Ehre«, entfuhr es Quique. Dass seine Kollegin ihn lobte, kam in ihrer Zusammenarbeit selten vor.

Blum beachtete die Spitze nicht, derlei Frotzeleien zwischen den beiden waren an der Tagesordnung. »Der Sturz von Santa Eulàlia ging viral in den Netzwerken, während in den klassischen Medien wenig davon zu lesen und hören ist.«

»Mit gutem Grund«, wandte Ribera ein. »Die halten sich zurück, weil es sich um Selbstmord handeln könnte. Das wird aber nicht von Dauer sein. Sobald bekannt wird, dass es kein Suizid war, werden wir sie ebenfalls an der Backe haben.«

Blum scrollte auf dem Tablet herum. »Das ist der Nachteil der Netzwerke. Auch heute wieder voller wilder Spekulationen und Kritik an den angeblich unzureichenden Sicherheitsvorkehrungen in den Kirchen von Palma. Unverantwortlich und vor allem für Kinder viel zu gefährlich, sagen manche. Einige fordern ein sofortiges Verbot von Terrassenbesuchen. Andere haben Fotos und Videos gepostet, auf manchen sind wir zu sehen. Unglaublich. Wenn es nach mir ginge, müsste man das an Tatorten rigoros unterbinden.« Der für Blum unübliche Gefühlsausbruch war genauso schnell vorbei, wie er gekommen war, und machte der sonst üblichen Nüchternheit Platz. »Dennoch sollten wir diese Kanäle mehr bespielen.«

»Du könntest ja als Influencerin für die Policía Nacional auftreten«, schlug Quique vor und zog mit dem Finger am unteren Augenlid. »Du wärst dafür die Idealbesetzung.«

Blum schenkte der sarkastischen Bemerkung keine Beachtung, legte das Mobilgerät beiseite und wandte sich Ribera zu.

»Du hast doch vorhin von einer Spur gesprochen – wie sieht die genau aus?«

Ribera berichtete von seinen Fahrten nach Calvià, den Zusammentreffen mit Molina und Heideking und seinen zwiespältigen Eindrücken. »Cristina, versuch mal, etwas über diesen Konrad Heideking herauszufinden, zum Beispiel was er vor seiner Zeit auf Mallorca gemacht hat. Ist zwar höchst unwahrscheinlich, dass er für den Mord an Castro in Frage kommt, dennoch würde ich gern wissen, mit wem wir es zu tun haben. Aber möglichst subtil bitte. Auf dem Golfplatz scheint eine Menge Inselprominenz zu verkehren oder das, was sich dafür hält – unter anderem unser Polizeichef. Um es in Quiques Worten zu sagen: Für die ist das der heiße Scheiß auf Mallorca, an dem wir uns die Finger verbrennen können.«

5

Palma, Polígono Son Rossinyol. Son Pacs lag im Norden von Palma im Niemandsland zwischen Urbanität und Ruralität, zwischen Metropole und mallorquinischem Hinterland. An der Schnittstelle dieser beiden Welten und etwas oberhalb der Via de Cintura mäanderte der Camí dels Reis durch die flache Landschaft. Trotz des wohlklingenden Namens gehörte der »Weg der Könige« zu den unscheinbaren, dennoch für die mallorquinische Infrastruktur unverzichtbaren Verbindungen. Dazu zählte auch eine weitläufige, von Zäunen und Mauern umgebene Anlage, die an eine Militärkaserne erinnerte. Verstärkt wurde der Eindruck durch einen niedrigen weißen Bau, von dem aus ein Portier durch eine große Glasscheibe den Eingang überwachte. Als Ribera kurz vor elf Uhr eintraf, herrschte ein ständiges Kommen und Gehen. Kleintransporter, Straßenkehrmaschinen, Müll- und Tanklaster passierten das offene Metalltor. Eine Drehscheibe des öffentlichen Versorgungssystems, das sich wie Pilzmyzel faserartig über die ganze Insel erstreckte und das meist nur wahrgenommen wurde, wenn es nicht funktionierte.

Das Büro von Marcos Puigserver hatte nichts gemein mit der exklusiven Mondänität von Golf Royal, wo Ribera dem Geschäftsführer der Wasserbehörde Abaqua zum ersten Mal begegnet war. Stattdessen spiegelte der Raum im ersten Obergeschoss eines Zweckbaus am Rand von Son Pacs seine nüchterne Umgebung wider. Eine halbrunde ausladende Schreibtischlandschaft im uniformen Hellgrau der Arbeitswelt, die von zwei PC-Monitoren dominiert wurde. Puigserver selbst hatte sich ein Stück weit den sportlich-legeren Golfplatz-Habitus bewahrt. Graues Polohemd, Jeans, teuer aussehende Sneaker transportierten Jugendlichkeit. Dazu sollten auch die dunkel gefärbten kurzen Haare beitragen, die dennoch nicht das fortgeschrittene Alter verbergen konnten.

»So schnell sieht man sich wieder«, empfing er Ribera gut gelaunt und bat ihn, auf einem roten Plastikstuhl Platz zu nehmen. »Sie müssen das spartanische Ambiente entschuldigen. Es kommt nicht oft vor, dass wir hier Besucher empfangen. Den wenigsten Leuten ist bekannt, dass es Son Pacs überhaupt gibt. Ich muss gestehen, dass ich daher im ersten Moment überrascht war, als ich Ihren Anruf erhalten habe. Aber natürlich helfe ich einem Mitarbeiter von Mariano jederzeit, wo ich kann, wenn ich auch nicht weiß, wie Sie ausgerechnet auf uns kommen.«

»Es geht um den Mord an diesem Umweltschützer, von dem Sie sicher gehört haben. Es gibt da noch ein paar Unklarheiten, die wir enträtseln möchten.«

Puigserver zog die Augenbrauen zusammen. »Mariano hat doch erzählt, dass Sie den Mörder geschnappt hätten. Was hat das mit uns zu tun?«

»Es gibt Hinweise, dass Señor Castro vor seinem Tod in Son Pacs war, nachdem er sich vorher in Calvià aufgehalten hatte. Stellt sich die Frage, warum. Der einzige erkennbare Zusammenhang besteht darin, dass Calvià mit Wasser aus dem Depot versorgt wird.«

Puigserver zupfte sich am Ohr. »Ich merke, Sie sind gut informiert, Chefinspektor. Das ist jedoch kein Geheimnis, sondern seit Langem Praxis. Calvià gehört zu einer ganzen Reihe von Kommunen, die wir regelmäßig mit Trinkwasser beliefern. Neben Son Pacs betreiben wir ja noch weitere Depots. Was Señor Castro betrifft: Seinen Tod bedauere ich natürlich, furchtbare Sache. Und für seinen Besuch gibt es eine ganz rationale Erklärung. Werfen Sie mal einen Blick nach draußen.« Er wies auf einen mächtigen Betonbau, der durch die Fensterfront seines Büros zu sehen war. Rechteckig, fensterlos, bunkerartig. »Das Herzstück von Son Pacs. Jedenfalls das, was zu sehen ist.« Er lächelte versonnen. »Die Hälfte der Anlage liegt unter der Erde, müssen Sie wissen. Fassungsvermögen etwa einundzwanzigtausend Kubikmeter Wasser. Ein großer Teil davon Meerwasser, das wir aus der Bucht von Palma holen, entsalzen, hierherleiten und dann an verschiedene Abnehmer verteilen. Tendenz steigend. Wegen des Klimawandels und der zurückgehenden Wasserressourcen setzen die Balearen wie andere Regionen immer stärker auf dieses System. Das sehen manche kritisch, wie Sie sich denken können. Aber das ist die Zukunft, da führt kein Weg daran vorbei. Und darüber wollte sich Señor Castro informieren. Wir konnten ihn davon überzeugen, dass für uns der Natur- und Umweltschutz oberste Priorität genießt. Selbstverständlich. Schließlich gehört Abaqua zur Umweltbehörde. Von daher unsere absolute Kernkompetenz.« Er setzte einen selbstzufriedenen Gesichtsausdruck auf.

Wie ein stolzer Vater, der von seinem Nachwuchs schwärmt, dachte Ribera, während er zuhörte. Der familiäre Nachwuchs in Gestalt von zwei Jugendlichen tauchte in dem Büro auf einem gerahmten Foto auf, das auf dem Schreibtisch stand. Jedenfalls glaubte Ribera eine gewisse Ähnlichkeit mit seinem Gegenüber festzustellen. Daneben ein weiteres Foto einer Frau und ein Pokal mit einer silbernen Figur, die einen Golfschläger schwang. Darauf die Gravur *»Nearest to the Pin Golf Royal«*.

Ribera fuhr den Zeigefinger aus. »Spielen Sie öfters dort?«

Puigservers Augen glänzten, Ribera hatte offenbar die Eitelkeit seines Gesprächspartners wachgekitzelt. »Ach das. Nicht der Rede wert. Eine unbedeutende Sonderwertung bei einem Charity-Turnier. Ich wünschte, ich hätte mehr Zeit dafür. Immerhin schaffe ich es gerade so, mit Ihrem Chef mitzuhalten.« Ironisches Grinsen. »Sollten Sie auch mal versuchen. Golf Royal kann ich wärmstens empfehlen, ein ausgezeichnet geführter Club mit interessantem Publikum.«

»Wie Señor Molina vom Ayuntamiento von Calvià?«

Naserümpfen und Augenblitzen waren die Reaktion – die Frage hatte Puigserver offensichtlich aus seiner thematischen Komfortzone hinauskatapultiert. »Was wollen Sie mir damit unterstellen? Gelegentlich trifft man sich, wenn man dasselbe Hobby hat, auf einer Insel erst recht.« Puigservers Körperhaltung, die bisher entspannt gewirkt hatte, versteifte sich. »War's das, Chefinspektor, oder haben Sie sonst noch Fragen zu meiner Freizeitbeschäftigung? Ansonsten würde ich mich gern wieder meinen Aufgaben zuwenden.«

»Eine Frage hätte ich noch: Sagt Ihnen der Name Ignacio Zafra etwas?«

»Wer soll das sein – ein weiterer Hobbygolfer? Nie gehört.«

Der patzige Ton Puigservers enthielt eine eindeutige Botschaft: Zeit für einen Abgang.

Ein formelles »Vielen Dank, dass Sie sich die Zeit genommen haben«, kurz darauf stand Ribera vor dem Gebäude, zog einen seiner aromatisierten Zahnstocher aus dem Döschen und kaute darauf herum. Minze. Er war in ein Fettnäpfchen getappt, so viel stand fest. Drinnen würde Puigserver wahrscheinlich in diesem Moment zum Telefonhörer greifen und sich bei Moix über ihn beschweren. Meinetwegen, dachte er. War nicht mehr zu ändern. Etwas anderes interessierte ihn weitaus mehr: Warum hatte der Geschäftsführer so dünnhäutig auf die Erwähnung des Namens Molina reagiert? Eine zweite Sache befremdete ihn. Wie Molina und Heideking hatte er einen auffällig unauffälligen Grund für Castros Auftauchen aus dem Ärmel geschüttelt, als verböte sich von vornherein jegliche Mutmaßung, es könnte etwas anderes dahinterstecken. Gerade das weckte Riberas Misstrauen.

Eine Aktion am Wasserdepot gegenüber erregte seine Aufmerksamkeit. Ein Tanklaster war vorgefahren, parkte unter einem langen Metallrohr, ähnlich einer großen Dusche. Ein Arbeiter schloss es an die Tanköffnung des Lkws an. Wohin dieser Transport wohl ging? War das wirklich die Zukunft, wie Puigserver sie skizziert hatte? Wasser gehörte zu den Dingen, über die er sich die längste Zeit seines Lebens wenig Gedanken gemacht hatte, stellte Ribera fest. Eine Selbstverständlichkeit wie die Luft zum Atmen – Hahn aufdrehen oder in den Supermarkt gehen, wo die Regale überquollen vor Plastikflaschen mit Trinkwasser – Font Vella, Bezoya, Nestlé, Vichy Catalán, Evian und wie die Hersteller alle hießen.

Bilder vom Haus seiner Großeltern auf dem Land tauchten vor seinem geistigen Auge auf. Son Pacs hatte ihn daran erinnert, dass es wie viele alte Häuser in Spanien einen großen Regenwasserspeicher gehabt hatte. Sein Großvater Oriol hatte die *cisterna* immer gepflegt, um in Zeiten der Trockenheit genug Wasser für seinen Garten zu haben. Er hatte ihm des Öfteren dabei zugesehen, wie er zunächst das Wasser abgepumpt hatte, dann mit einer Leiter hineingestiegen war, um die Zisterne vom Schlamm zu reinigen. Wenn nötig, hatte er Risse mit Zement ausgebessert. Noch im Nachhinein bewunderte Ribera die Sorgfalt, mit der Oriol dabei vorgegangen war. Nach dem Tod seiner Großeltern war das Haus verkauft worden, die Nachfolger hatten die Zisterne irgendwann zugeschüttet, wie das ebenfalls oft vorkam. Das rächte sich heute. Natürlich hatte er die Berichte über den Klimawandel und anhaltende Dürren in Spanien mitbekommen. Seine alte Heimat Katalonien gehörte zu den Regionen, in denen die Entwicklung in den letzten Jahren zunehmend zu einem Problem wurde, das selbst vor dem Winter nicht mehr haltmachte. Dennoch hatte Ribera dic Folgen, die damit verbunden waren, bisher weitestgehend verdrängt. Jetzt schien ihn das mit aller Wucht einzuholen, als würde er nach einem Wachkoma das Bewusstsein wiedererlangen.

Am Depot war das Auftanken des Lkws abgeschlossen. Der Fahrer kletterte über eine Metallleiter aufs Dach, zog das Füllrohr aus der Tanköffnung und schloss den Deckel. Ribera verfolgte die Aktion mit einem halben Auge. Irgendetwas an dem Kerl kam ihm bekannt vor, er wusste jedoch nicht, was es war. Er machte sich auf den Rückweg, sein Blick streifte ein letztes Mal über den Wagen und blieb am Marken-Emblem auf dem Kühlergrill hängen: ein Isuzu.

6

Palma, El Camp d'en Serralta. Wenn Quique etwas abgrundtief hasste, waren es Ermittlungen, die in einer Sackgasse endeten. Und an diesem Tag ereignete sich dieser GAU gleich zweimal. Es fing damit an, dass er sich im Umfeld von Zafra abmühte und bald einsehen musste, dass der Aufwand vergebliche Liebesmüh war. Die Detektei war unbesetzt, da Zafra seit Monaten keine Sekretärin mehr gehabt hatte. Ihn selbst hatten die Nachbarn in jüngster Zeit nicht gesehen. In der Privatdetektivszene Palmas kannte man Zafra zwar, aber dort wusste niemand über seine Geschäfte Bescheid. Er galt als Einzelgänger mit zweifelhaftem Ruf. Das gleiche Ergebnis beim Privatleben. Eine feste Beziehung hatte Zafra zuletzt nicht gehabt. Quique konnte zwar die Ex-Frau ausfindig machen, die war aber ebenfalls keine Hilfe. Die Trennung liege schon zu lange zurück, zu den Aufträgen ihres Ex-Mannes könne sie nichts sagen, hatte es am Telefon geheißen. Der einzige Hinweis, den sie geben konnte, war Zafras Mutter, die in Andalusien lebte. Die konnte er jedoch telefonisch nicht erreichen.

Blieb die Suche nach dem ominösen Lkw, aber die kristallisierte sich schnell als wahre Sisyphusarbeit heraus – mit wenig Aussicht auf Erfolg. Zunächst rief Quique bei der Jefatura Regional de Tráfico an, der spanischen Verkehrsbehörde in Palma, die für die Fahrzeugzulassung auf Mallorca zuständig war. Eine Stunde später bekam er per E-Mail eine Liste mit etwa fünfzig Fahrzeugen. Die meisten von ihnen waren neueren Typs, blieben am Ende noch acht übrig, bei denen das Baujahr einigermaßen mit dem Anforderungsprofil übereinstimmte. Einen Halter nach dem anderen telefonierte er anschließend ab. Mit dem Ergebnis, dass keiner von ihnen im fraglichen Zeitraum in der Unfallgegend unterwegs oder in der Reparatur gewesen war. Erneuter Frust. »Das war schon mal ein Griff ins Klo.« Als Nächstes rief er bei Riberas Stammwerkstatt an.

»Ein MAN-Laster also, *hombre*«, knurrte Paco Jimenez. »Okay, damit fallen schon mal die meisten Kfz-Werkstätten aus der Verlosung raus. Ohne passende Höhe kriegst du die Dinger schließlich nicht in die Bude hinein. Das Dumme ist, dass immer noch eine ganze Menge übrig bleiben. Wo willst du da anfangen? Ich könnte dir ein paar Kollegen in Palma nennen, die in Frage kämen. Aber ganz ehrlich, *tío*, ich habe mir die Sache seit unserem ersten Gespräch noch mal durch den Kopf gehen lassen. Ich halte es für eine Schnapsidee, da nachzufragen.«

»Warum?«

»Wenn der Typ, den ihr sucht, etwas ausgefressen hat, wird er einen Teufel tun und in eine offizielle Werkstatt gehen. Der lässt stattdessen den Schaden schwarz reparieren. So würde ich das jedenfalls machen. Gibt genügend Kfz-Mechaniker, die sich auf diese Weise etwas dazuverdienen. Das kannst du gern deinem Boss ausrichten – mit schönem Gruß von mir. Aber weil ihr es seid, werd ich mich mal etwas umhorchen.«

Quique war bedient, ließ sich aber trotzdem von Paco ein paar Adressen geben, die auf Lkw-Reparaturen spezialisiert waren. Allerdings mit null Hoffnung, auf diesem Weg etwas zu erreichen.

Er fühlte sich leer, seine Laune war im Keller. Am liebsten hätte er alles hingeschmissen. Nein, diese Blöße wollte er sich nicht geben. Auch seine Position in der Abteilung würde das nicht verbessern. Besser erst mal eine Runde mit dem Motorrad fahren. Der Rausch der Geschwindigkeit, die Spannung von Flieh- und Schwerkraft, das Spiel mit dem Grenzbereich in den Kurven, um auf andere Gedanken zu kommen. Es war seine persönliche Resettaste, die er drückte, wenn er in einem emotionalen Loch war. Funktionierte meist. Er schlüpfte in seine Lederjacke, schnappte sich den Helm und machte sich auf den Weg nach draußen. Weit kam er nicht.

»Ach, Quique, du kommst wie gerufen. Ich wollte gerade zu dir«, stoppte ihn Penelope Roca. »Da war vorhin ein Anruf. Ich wollte ihn durchstellen, aber bei dir war ständig besetzt.«

»Wird schon nicht so wichtig gewesen sein. Um was ging's denn?«

»Eine Frau aus Deutschland, sprach zwar kein Spanisch, aber wir konnten uns einigermaßen auf Englisch verständigen. War wegen der toten Radfahrerin.« Sie reichte ihm einen Zettel. »Das ist die Telefonnummer. Du kannst sie zurückrufen.«

Die geplante Motorradtour war vorerst gestorben. Quique machte auf dem Absatz kehrt, ging in sein Büro zurück und wählte die Nummer, die ihm Roca in die Hand gedrückt hatte. Niemand nahm ab. Passte ja zu seiner heutigen Pechsträhne. Er ließ ein paar Minuten vergehen, dann startete er einen erneuten Versuch. Nach viermaligem Klingeln meldete sich eine Frau. Der Stimme nach jüngeren Jahrgangs. Sie stellte sich als Rebecca Angerer vor. Sie sei Mitglied der deutschen Skilanglauf-Nationalmannschaft der Frauen und habe kürzlich eine Beobachtung auf Mallorca gemacht, die sie mitteilen wolle.

Im ersten Reflex war Quique drauf und dran, das Gespräch sofort abzubrechen. Skilanglauf, Sommer, Mallorca – das hörte sich nach einer gewaltigen Verarschung an. Wahlweise nach einer Wichtigtuerin oder einer Durchgeknallten. Wäre nicht das erste Mal, dass jemand die Polizei mit falschen Anschuldigungen belästigte. Andererseits war die Konstellation zu schräg, um erfunden zu sein. Und warum sollte jemand extra aus Deutschland anrufen, um die spanische Polizei an der Nase herumzuführen? Das ergab keinen Sinn. Er beschloss, das Telefonat fortzusetzen, kramte sein ganzes Englisch zusammen und bat die Frau, weiterzuerzählen.

»Wir haben dieses Jahr zu acht unser Sommertraining auf Mallorca als Vorbereitung auf die nächste Wintersaison abgehalten«, sagte die Frau.

»Ohne Schnee?«

Lachen am anderen Ende der Leitung. »Ja, ich weiß, das hört sich für Außenstehende total verrückt an. Wir haben dafür extra Skier auf Rollen. Die benutzen viele Langläufer. Das funktioniert wunderbar, und die Bergstraßen auf Mallorca sind dafür ideal.«

Quique versuchte sich vorzustellen, wie acht junge Frauen auf schmalen Brettern durchs Tramuntana-Gebirge rollten. Schwierig, als Nichtwintersportler fehlte ihm dazu die Phantasie. Vielleicht waren sie Skateboards ähnlich, nur mit Stöcken zum Abstoßen. Egal. Es ging um etwas anderes. Er wollte eine Frage stellen, aber Rebecca Angerer kam ihm zuvor.

»Sie fragen sich, was das mit dieser Radfahrerin zu tun hat. Ganz einfach. Ich habe in der deutschen Presse einen Artikel über den Unfall gelesen, in dem stand, dass die Frau wahrscheinlich von einem Lkw überfahren wurde. Das hat bei uns eine Menge Staub aufgewirbelt, müssen Sie wissen. Mich als Sportlerin hat das sehr berührt. Vor allem weil wir zur selben Zeit auf Mallorca waren und selbst in eine gefährliche Situation geraten sind. Wir haben auch im Team darüber diskutiert, ob wir uns bei Ihnen melden sollen, und uns dann dafür entschieden.«

Quique musste daran denken, was er in der Runde mit Ribera und Blum über die Medien gesagt hatte. Nun wurde er Lügen gestraft. »Erzählen Sie. Sind Sie der Frau begegnet?«

»Ja, wahrscheinlich. Und möglicherweise dem Lkw, der für den Unfall verantwortlich war.«

Spätestens jetzt war Quiques Frust wie weggeblasen.

Die Frau fuhr fort. »Wir waren an dem Tag auf einer Landstraße zwischen zwei Dörfern unterwegs, Banyalbufar und Esporles hießen die, glaube ich. Vielleicht etwas leichtsinnig, weil wir manchmal auch nebeneinander gerollt sind. Als wir Richtung Tal unterwegs waren, schoss auf einmal von hinten dieser Lkw heran. Wir hatten den gar nicht kommen sehen. Es war dort recht kurvig, wie das halt so ist auf diesen Gebirgssträßchen, außerdem ist der garantiert viel zu schnell gefahren. Auf einmal war er da, und um ein Haar hätte er meine Kollegin zu meiner Linken erwischt, so knapp ist er an uns vorbeigerauscht. Die ist so erschrocken, dass sie gestürzt ist, Gott sei Dank auf die rechte Seite. Ich selbst konnte gerade noch ausweichen.«

»Haben Sie sich das Kennzeichen gemerkt, oder ist Ihnen etwas Besonderes an dem Wagen aufgefallen?«

»Nein, leider nicht. Dafür ging alles viel zu schnell. Auch meine Kolleginnen haben nicht mehr gesehen. Hundertprozentig kann ich sagen, dass es ein blauer Tanklaster war. Ach ja, und dass er hinten auf dem Tank eine Beschriftung hatte.«

»Versuchen Sie, sich genauer zu erinnern«, drängte Quique. »Jede Kleinigkeit hilft uns.«

»Ich habe mir selbst schon den Kopf darüber zerbrochen. Es klang irgendwie arabisch und bestand aus ein paar Buchstaben: ›Akbar‹ oder ›Agbar‹, könnte aber auch ›Abga‹ oder ›Agba‹ gewesen sein. Genau kriege ich es nicht mehr zusammen. Es war wie ein Spuk, und dazu der Schock. Tut mir leid. Ich hoffe, ich konnte Ihnen dennoch ein bisschen weiterhelfen und Sie schnappen den Mistkerl.«

Das Gespräch hatte nur wenige Minuten gedauert. Aber sie hatten genügt, um Quique vollständig aus seinem Stimmungstief herauszuholen. Vollgepumpt mit Adrenalin ging er erneut die Liste der Transportunternehmen durch, die ihm die Verkehrsbehörde durchgegeben hatte. Keine Firma dabei, deren Name denen ähnelte, die Rebecca Angerer genannt hatte. Er googelte. Tatsächlich existierten solche Firmen auf dem Festland. Ein paar konnte er aufgrund der Beschreibung gleich streichen. Als erstes Akbar, offenbar ein Designbüro aus Madrid. Auch Abga konnte er streichen – eine Metallbaufirma aus Barcelona. Agbar klang schon interessanter. Zum einen gab es in Barcelona den Torre Agbar, einen markanten Glasturm, der seiner Ansicht nach wie ein Riesenpenis aus dem Häusermeer der katalanischen Metropole herausragte. Hatte einmal den Wasserwerken von Barcelona gehört, las er. Dann gab es tatsächlich ein Unternehmen namens Agbar, einen Wasserkonzern, der über Tochterunternehmen auf mehreren Kontinenten aktiv war. Firmensitz Barcelona. Viel Nachhaltigkeitsgequatsche auf der Webseite, stellte er fest. Auch auf eine Firma namens Agba stieß er. Ebenfalls auf Wasserdienstleistungen aller Art spezialisiert – Trinkwassertransport für den privaten Konsum, für Kommunen, für Pools, zur Bewässerung von Gärten und Feldern. Ein paar hübsche Werbefotos und sogar ein YouTube-Video. Geschäftssitz erneut Barcelona. Sah in beiden Fällen alles professionell und integer aus, so sein erster Eindruck. Kurios fand er daran, dass seine Lieblingskneipe »Café a Tres Bandas« in Palma an der Plaça Barcelona lag. Bizarrer Zufall.

Quique beschloss, die Firmen zu kontaktieren. Gar nicht so einfach. Bei beiden gab es für Anfragen lediglich ein Kontaktformular. Wie er so etwas hasste. Es blieb ihm aber nichts anderes übrig: Er füllte es aus, überflog den kurzen Text noch einmal, in dem er dringend um Antwort bat, drückte dann auf »absenden«, das war's.

Nun hieß es warten, mehr konnte er im Augenblick nicht tun. Zufrieden verschränkte er die Arme hinter dem Kopf und lehnte sich in seinem Sessel zurück. Endlich ein kleines Erfolgserlebnis, mit dem er sich profilieren und gleichzeitig von Cristina Blum abheben konnte. Quique, du machst doch noch Karriere, sagte er sich. Apropos Blum, wo steckte die eigentlich? Aber er war ja nur Quique, ihm musste man nicht immer alles sagen. Was für ein Hammer wäre das, wenn es ihm tatsächlich gelänge, den Unfallverursacher ausfindig zu machen. Die Karten in der Abteilung würden garantiert neu gemischt werden. Sein Entschluss stand fest: Er würde diese Geschichte allein durchziehen und selbst die Lorbeeren einheimsen.

7

Seit sie in der Mordkommission war, hatte Cristina Blum nur sporadisch persönlichen Kontakt zum Polizeichef gehabt. Noch seltener war sie in seinem Büro gewesen. Genauer gesagt beschränkte sich das auf zwei Fälle: bei der Einstellung und ein weiteres Mal bei der Übernahme aus dem Probeverhältnis in eine feste Anstellung. Sie wusste aber, dass Mariano G. Moix sie auf dem Schirm hatte und sie bei ihm einen gewissen Vertrauensbonus genoss. Allein schon deshalb, weil das Verhältnis zwischen ihm und Ribera kompliziert und das zu Quique quasi nicht existent war. Dennoch wunderte sie sich, als sie nach der Morgenrunde mit den Kollegen einen Anruf von Moix erhielt.

»Können Sie mal kurz zu mir kommen? Ich würde gern etwas mit Ihnen besprechen.«

Auf dem Weg nach oben überlegte sie, warum sie zu ihrem Vorgesetzten zitiert wurde. Wegen der laufenden Ermittlungen vielleicht? Unwahrscheinlich. Normalerweise klinkte er sich höchstens ein, wenn es Druck von der Öffentlichkeit oder von der Politik gab und Gefahr bestand, dass etwas auf das Kommissariat und damit auf ihn zurückfallen könnte. Präsenz zeigte er auch, wenn ein Fall vor dem Durchbruch stand – wie bei der Festnahme Fonsecas. Der befand sich mittlerweile in Untersuchungshaft und wartete auf den Abschluss des Verfahrens, nachdem ein Antrag seiner Anwältin auf Freilassung abgewiesen worden war. Ansonsten hatte der Polizeichef ein präsidiales Amtsverständnis und hielt sich in der Regel aus den Niederungen des Alltags heraus. Es sei denn, es handelte sich um Einstellungen, Beförderungen und Entlassungen.

Sie stoppte auf der Treppe kurz vor dem vierten Stock. Kurzes Überlegen. Nein, sie hatte sich nichts zuschulden kommen lassen, außer dass sie Ribera bei seinen jüngsten Ermittlungen ungeachtet ihrer anfänglichen Vorbehalte unterstützt hatte.

Moix war dabei zu telefonieren, als sie eintrat. Er wirkte genervt, winkte sie aber dennoch zu sich. »Nein, das wird nicht wieder vorkommen, das verspreche ich dir«, hörte sie ihn noch sagen, dann legte er auf.

Blum hatte kein gutes Gefühl und erwartete einen Anschiss. Das Gegenteil war der Fall, denn nachdem das Telefonat zu Ende war, schlug der Polizeichef unerwartet einen freundlichen, ja geradezu väterlichen Ton an.

»Nehmen Sie Platz, meine Liebe. Und danke, dass Sie so schnell gekommen sind. Ich bin etwas in Eile, eine Unterredung mit dem Tourismusdezernenten des Inselrats. Ein Termin, den ich wahrnehmen muss, auch wenn ich dafür eigentlich keine Zeit habe.« Er ächzte. »Zuvor wollte ich aber etwas mit Ihnen besprechen, was mir seit Tagen unter den Nägeln brennt. Ich mache es kurz und schmerzlos und frage Sie ganz direkt: Könnten Sie sich vorstellen, in der Jefatura eine neue Aufgabe zu übernehmen?«

Bevor sie antworten konnte, fuhr er fort: »Eine verantwortungsvolle Tätigkeit bei einem Pilotprojekt.«

Blum war zunächst sprachlos. »Und was soll das für eine Aufgabe sein?«, fragte sie, nachdem sie den ersten Schock einigermaßen verdaut hatte.

Der Polizeichef erzählte ihr von der geplanten Nachhaltigkeitsoffensive in der Jefatura, dass dies aber nicht das Ende der Fahnenstange sei und dass er nach und nach das Kommissariat umkrempeln und neu aufstellen wolle. Dafür brauche er jemanden, der fachliche Kompetenz, Begeisterungsfähigkeit und Integrität mitbringe. »Da dachte ich in erster Linie an Sie, meine Liebe, auch wenn Ihr Vorgesetzter von der Idee, Sie aus der Mordkommission abzuziehen, wenig begeistert ist.«

Ribera wusste also Bescheid, dachte sie. Wieso hatte er noch nicht mit ihr darüber geredet? Auf der anderen Seite war das typisch für ihn. Ideen, die von Moix kamen, schob er meist beiseite, in der Hoffnung, dass dieser sie wieder fallen ließ. Womöglich lag er in diesem Fall falsch. Wie sollte sie nun auf den Vorschlag reagieren?

Moix schaute sie erwartungsvoll an. »Nun, was sagen Sie dazu?«

»Das klingt wirklich sehr spannend, kommt aber etwas überraschend«, antwortete sie schließlich. »Ich hoffe, Sie sind mir nicht böse, wenn ich dafür ein wenig Bedenkzeit brauche.«

Moix spitzte die Lippen. Offenbar hatte er mit mehr Enthusiasmus gerechnet. »Selbstverständlich«, sagte er dann. »Das ist schließlich keine Entscheidung, die man zwischen Tür und

Angel trifft. Gerade für eine engagierte junge Polizistin wie Sie, die in ihrem Beruf aufgeht. Ich könnte mir jedoch vorstellen, dass jemand mit Ihrem Potenzial auf Dauer nicht nur Mörder hinter Gitter bringen möchte, sondern Interesse daran hat, die Zukunft unserer Polizei mitzugestalten. Wir befinden uns in einer Zeitenwende, auch wenn viele in der Jefatura am Althergebrachten festhalten wollen.« Er senkte die Stimme um eine Oktave und fixierte sie. »Und gestatten Sie mir zum Schluss einen gut gemeinten Rat: Vielleicht wäre es für Ihre berufliche Entwicklung vorteilhaft, etwas anderes kennenzulernen als die manchmal eigenwilligen Methoden Ihres direkten Vorgesetzten, dieses ständige Schwimmen gegen den Strom und Ignorieren von Anweisungen.«

»Nun ja, er ist halt manchmal speziell.«

Moix kräuselte die Lippen und wechselte dann abrupt das Thema. »Was halten Sie eigentlich von dieser fixen Idee, dass bei dem Mord an diesem Umweltschützer, nun ja, sagen wir, ermittlungstechnisch noch Luft nach oben ist?«

Blum schlug die Beine übereinander. »Anfangs hielt ich es für abwegig. Aber nach den jüngsten Vorgängen in Santa Eulàlia bin ich mir da nicht mehr so sicher. Das sieht mir nach mehr als einem Zufall aus, dass kurz nach einem Mord einer der darin Verwickelten vom Dach springt. Es gibt zwar bisher keine konkreten Beweise für Riberas Theorie, aber es hat sich in der Vergangenheit mehrmals gezeigt, dass er mit seinen Ahnungen richtiglag.«

Der Polizeichef faltete die Hände wie zum Gebet und bewegte sie vor und zurück. »Das will ich gar nicht abstreiten. Dennoch hoffe ich inständig, dass die Insel dieses Mal am Schluss noch wiederzuerkennen ist. Oder vielmehr: Dass wir uns damit nicht völlig blamieren. Soeben hat mich wieder jemand angerufen, der sich über Riberas Vorgehen beschwert hat.« Er rückte am Schreibtisch ein Stück nach vorne und fügte mit einem Nachdruck in der Stimme hinzu: »Ich werde dem nicht mehr lange tatenlos zuschauen. Sollten nicht bald konkrete Beweise vorliegen, werde ich diesen Irrsinn stoppen.« Er erhob sich von seinem Stuhl und begleitete Blum zur Tür. »Und was die andere Sache betrifft: Überlegen Sie es sich, meine Liebe. Ich rechne zeitnah mit einer Antwort.«

Wie benommen ging Blum zurück in den zweiten Stock und schlich gedankenverloren durch den Flur der Mordkommission.

Erst Penelope Roca riss sie aus ihrer Entrücktheit. »Was ist denn mit dir los? Du siehst aus, als hätte man dich unter Drogen gesetzt.«

»So was Ähnliches. Ich komme gerade von unserem Polizeichef.«

Gespieltes Entsetzen auf Rocas Gesicht. »Falls du Redebedarf hast, ich bin ja mittlerweile eine Art Kummerkasten für die Abteilung. Und du weißt, *hombre*: Was bei Penelope Roca besprochen wird, bleibt bei Penelope Roca.«

Blum wusste das, seit sie der Kollegin ihre Homosexualität anvertraut und sich daraus ein spezielles Vertrauensverhältnis zwischen den beiden Frauen entwickelt hatte. Aber diese Geschichte musste sie mit sich selbst ausmachen. »*Muchas gracias*, Lope, vielleicht komme ich irgendwann darauf zurück. Ich muss das sich erst einmal setzen lassen. Aber vorher muss ich ein bisschen arbeiten.«

Davon konnte jedoch zunächst keine Rede sein. Während sie am Schreibtisch saß, ging ihr das Gespräch mit Moix nicht aus dem Kopf. Dessen Angebot stürzte sie in schwere Gewissensnöte. Natürlich fühlte sie sich geschmeichelt – einerseits, hatte sie doch immer von einer Karriere geträumt. Bereits in der Polizeischule war sie durch ihren Ehrgeiz aufgefallen, das hatte sich später in der Praxis nahtlos fortgesetzt. Und nun war sie, die noch am Anfang ihres Berufslebens stand, auf einmal die Topkandidatin für eine völlig neue Position in der Jefatura. Womöglich mit einer Strahlkraft über die Insel hinaus. Eine Chance, die sich wahrscheinlich nie mehr in ihrem Leben bieten würde. Andererseits würde es bedeuten, die klassische Kripoarbeit gegen einen Schreibtischjob einzutauschen. Und das noch dazu in ständiger Tuchfühlung mit Moix, auch wenn sie mit ihm, anders als Ribera und Quique, keine Probleme hatte. Aber sie kannte natürlich seinen notorischen Hang zur Profilierung. Wollte sie das wirklich? Sie war mit Leib und Seele Polizistin, liebte das Zusammentragen von Puzzleteilen, die Unvorhersehbarkeit, die oft damit verbunden war, und die ständigen neuen Situationen, Herausforderungen und Begegnungen mit Menschen. Und ja, sie liebte auch das Kribbeln in brenzligen Situationen, diesen Punkt, an dem etwas in ihrem Kopf von Unsicherheit und Zweifeln auf Entschlossenheit umschaltete. Es gab ihr ein Gefühl von Wachheit und Lebendigkeit – etwas, wonach sie geradezu süchtig war. Und nun stand sie vor einer Weichenstellung, die ihre Karriereplanung über den Haufen werfen könnte. Unmöglich, das sofort zu entscheiden.

Sie vertagte das Thema erst einmal und stürzte sich stattdessen auf ein Terrain, wo sie sich seit jeher sicher fühlte: die Arbeit. Mal sehen, ob sie etwas zu diesem Konrad Heideking herausfinden konnte. Internetrecherchen gehörten zu ihrem Spezialgebiet, und wenn jemand in der Mordkommission etwas herausbekam, dann sie. Wer auch sonst? Ribera war hoffnungslos analog. Quique verließ sich meist auf sein Inselnetzwerk. Die Einzige, die ihr in diesem Punkt einigermaßen das Wasser reichen konnte, war Penelope Roca.

»*Vamos*, Crissi, zeig, was du draufhast«, spornte sie sich mit gedämpfter Stimme an. Sie begann mit der Suche auf Mallorca. Dort war Heideking den Suchergebnissen zufolge ein unbescholtenes Blatt beziehungsweise bisher nur wenig öffentlich in Erscheinung getreten. Und das auch nur im Zusammenhang mit Golf Royal. In erster Linie bei irgendwelchen Wohltätigkeitsveranstaltungen, darunter auch für Rollstuhlfahrer. In einem Interview mit einer devoten Journalistin wurde er nach seiner Motivation für sein »beispielhaftes Engagement für Menschen mit Behinderung« befragt. Heideking erwähnte einen Unfall. Ein Jeep habe sich überschlagen, mehr Details wurden nicht genannt, die Reporterin hatte auch nicht nachgehakt. Seitdem sei er querschnittsgelähmt, habe danach aber nicht aufgegeben, sondern sich mühsam ins Leben zurückgekämpft. Nun wolle er etwas von dieser Jeder-kann-es-schaffen-Mentalität an andere Betroffene weitergeben. Der nächste Bericht handelte von einem »Tag des offenen Golfplatzes«. Man verstehe sich als ein Teil der Gesellschaft, wolle sich einbringen und sei offen für jedermann, wurde Heideking darin zitiert. Dazu ein Foto mit dem Manager am Steuer eines Trolleys mit mehreren Leuten auf der Rückbank.

Nächster Versuch: die Polizeidatenbank. *Nada.* »Ach komm, das soll alles gewesen sein? Niemand ist so ein Mr. Perfect, dass er keine anderen Abdrücke hinterlässt als Charity-Events und PR-Veranstaltungen.«

Sie kehrte wieder zur Google-Suche zurück, erweiterte den Radius dieses Mal auf Deutschland. Hier tauchte der Name gleich mehrmals auf – allerdings mit anderen Vornamen: Johannes, Helmut, Kevin, kein Konrad. Sie klickte auf die zweite Seite, scrollte langsam nach unten, bis sie plötzlich stoppte. »Wer sagt's denn, Treffer!«

Sie öffnete die angegebene Seite und überflog den Inhalt. »Sieh mal einer an.« Heideking war keineswegs der Musterknabe, der er zu sein vorgab. Sie schüttelte den Kopf. Wie es aussah, hatte der Instinkt des verrückten Ribera nicht getrogen.

8

Palma, Stadtteil Nou Llevant. Pau Ribera stand nach dem Besuch in Son Pacs vor einem Dilemma. Wie sollte er nun weiter vorgehen? Eine Möglichkeit wäre, die mallorquinische Umweltbehörde IBANAT aufzusuchen, unter deren Dach Son Pacs firmierte. Er würde gleich zwei Fliegen mit einer Klappe schlagen, da die IBANAT-Zentrale gleich um die Ecke in einem Gewerbegebiet lag. Dennoch verwarf er den Gedanken wieder. Irgendwie beschlich ihn das Gefühl, dass ihn das nicht weiterbringen würde. Aber welche Alternativen blieben ihm überhaupt noch? Dass er sich am Rand des Scheiterns bewegte, war ihm von Anfang an klar gewesen. Okay, das war Berufsrisiko und mit jedem Fall verbunden, aber hier lastete der Druck noch stärker auf ihm als gewöhnlich. Sollte er nun mit seiner Weisheit am Ende sein? All der Aufwand vergebens und er eine Lachnummer, dem Gespött der Kollegen preisgegeben? Er malte sich schon aus, wie sie hinter seinem Rücken über ihn lachten und feixten. Hoch geflogen und tief gefallen. Geschah ihm recht, diesem arroganten Spinner vom Festland. In seiner Not entschloss er sich, nun doch die Medienkarte auszuspielen. Trotz seiner Bauchschmerzen. Aber wenn jemand nah am Geschehen der Insel dran war, dann diejenigen, deren täglich Brot es war, darüber zu berichten. Dieses Argument überwog seine generelle Skepsis gegenüber Journalisten. Dennoch war es eine Gratwanderung.

Etwa zwanzig Minuten später schlug Ribera in Nou Llevant auf, einem ambitionierten Entwicklungsgebiet am Rand von Palma, wo sich die Metropole langsam in Richtung Osten fraß. Zwischen Neubauten und Brachflächen residierte der »Diario de Mallorca« in einem Hochhaus. Chefredakteurin Nieves Moreno hatte am Telefon spontan in ein Treffen eingewilligt, ohne weitere Fragen zu stellen, und empfing ihn in ihrem Büro im vierten Stock des Gebäudes.

»Chefinspektor, was für eine Überraschung, dass die Polizei ausnahmsweise mal auf uns zukommt statt umgekehrt. Ein völlig neues Gefühl für uns Journalisten. Womit kann ich Ihnen helfen?«

Ribera entschied sich für eine andere Taktik als in seinen bisherigen Gesprächen. Er tischte Moreno nicht die gleiche Geschichte auf, die er zuvor mehrmals abgespult hatte, sondern zog sie entgegen seiner sonstigen Gewohnheit ins Vertrauen.

Moreno hörte ihm schweigend zu. Keine Bewegung, keine erkennbare Emotion, nur ab und zu bildete sich eine Falte zwischen ihren Brauen.

»Sie sind der ungewöhnlichste Bulle, den ich bisher kennengelernt habe«, sagte sie, nachdem er geendet hatte. »Das ist beileibe nicht nur ein Kompliment.« Ein paar Sekunden verstrichen, dann streckte sie ihm plötzlich ihren Arm entgegen.

»Zwicken Sie mich bitte, damit ich glaube, dass das wahr ist, was ich soeben gehört habe.«

Ribera begriff nicht.

»Verzeihung, aber Sie müssen unsere Situation verstehen. Wir laufen bei der Polizei oft gegen eine Mauer des Schweigens, wenn wir nicht gerade mit dünnen Pressemitteilungen abgespeist werden. Und nun kommen Sie und erzählen von all diesen mysteriösen Vorgängen, sodass man glauben könnte, dass auf dieser Insel möglicherweise etwas Illegales in einer größeren Dimension läuft. Ich habe zwar keine Ahnung, ob da etwas dran ist, aber als Journalistin mit einigen Jahren Berufserfahrung auf dem Buckel würde ich dem ebenfalls nachgehen. Übrigens gibt es Gerüchte, dass dieser Todesfall von Santa Eulàlia kein Selbstmord war. Es ist auch nicht das erste Mal, dass in letzter Zeit ähnliche Nachrichten die Runde gemacht haben. Möglicherweise haben Sie in der Jefatura eine undichte Stelle. Aber wahrscheinlich erwarten Sie, dass wir vorerst nichts darüber veröffentlichen, sondern geduldig darauf warten, dass der gütige Chefinspektor uns grünes Licht gibt. Einem Unternehmen, das vom Verkauf von Nachrichten lebt. In einer Zeit, in der immer mehr Leute ihre Informationen aus dubiosen Quellen im Internet ziehen und wir wie viele andere in der Branche mit dem Rücken zur Wand stehen und um unsere Existenz kämpfen müssen. Das ist starker Tobak, das müssen Sie zugeben. Ihnen ist hoffentlich klar, dass wir dafür eine kleine Gegenleistung erwarten – damit wir wenigstens ansatzweise davon profitieren. Denn sollte unser Deal innerhalb unseres Hauses bekannt werden, stehe ich wiederum unter Rechtfertigungsdruck.«

Ribera grinste verlegen. »Viel besser hätte ich es nicht ausdrücken können. Und über die Gegenleistung lässt sich reden.«

Moreno war zufrieden. »*Bueno*, dann sind wir uns ja einig. Und jetzt stelle ich Sie einer Kollegin vor, die sich bestens mit dem Thema auskennt.« Sie wählte eine Nummer.

Wenig später erschien eine Frau mit kurzer Bobfrisur, das Gesicht wurde von einer großen Brille mit markantem schwarzem Rahmen beherrscht. Das Auffälligste an ihr war aber ihr dicker Bauch, der sich unter einem dunkelblauen Kleid wölbte.

»Das ist Elena Truyol, unsere Allzweckwaffe für Umweltthemen. Bei ihr sind Sie in den besten Händen. Solange sie noch bei uns ist. Wie weit bist du?«

»Siebter Monat«, antwortete sie mit verzücktem Lächeln.

Knappe Erklärung Morenos, dann folgte Ribera Truyol durch das angrenzende Großraumbüro zu einem davon abgetrennten kleinen Glaskasten, der gerade mal Platz für einen Schreibtisch nebst PC und Telefon bot.

»Das ist einer unserer Rechercheräume, wenn wir Ruhe vom Redaktionslärm brauchen oder Privatheit – wie heute«, sagte Truyol und ging zum in Spanien üblichen Du über. »Du willst etwas zum Abwasser- und Wassermanagement in Calvià wissen?«

Ribera nickte.

»Interessantes Thema, nicht zuletzt weil der Ort generell unter dem sonstigen Inselradar läuft. Es sei denn, es gibt irgendeinen Skandal. Im Moment ist mir jedoch keiner bekannt. Und der letzte liegt schon länger zurück. Es gab vor einiger Zeit mal Ärger wegen der Kläranlage. Das gleiche Problem wie in Palma und anderen Orten. Du weißt, wovon ich spreche?

Ribera erinnerte sich an das, was Blum nach ihrem Besuch beim GOB über die in die Jahre gekommene Kanalisation und ineffiziente Abwasserreinigung erzählt hatte. »Ja, ist mir bekannt. Im Rathaus von Calvià behaupten sie, eine Menge investiert zu haben.«

»Im Prinzip stimmt das. Vor allem dank EU-Fördergeldern, von denen die Insel profitiert hat. Auch nach Calvià ist, soweit ich weiß, aus diesem Topf eine größere Summe geflossen. Wenn du dazu Genaueres wissen willst, empfehle ich dir, deine Kollegen von der SEPRONA zu kontaktieren. Die haben damals mit einem negativen Gutachten den Stein ins Rollen gebracht. Seit der Sanierung ist es von dieser Seite ruhig.«

Ribera kannte die Naturschutzabteilung der Guardia Civil, hatte bisher aber nichts mit ihr zu tun gehabt.

»Mit wem hast du im Rathaus gesprochen?«, fragte Truyol.

»Mit einem Miquel Molina.«

Sie verzog die Mundwinkel. »Ach, sieh an, Michelangelo gibt's noch.«

»Michelangelo?«

»Das war der Spitzname, den er damals hatte.«

»Klingt ambivalent.«

»Könnte man so sagen.« Truyol berichtete, dass Molina vor seiner Zeit in Calvià ein hohes Tier beim balearischen Umweltministerium und federführend bei den Ermittlungen gegen eine Reihe von Golfplätzen gewesen sei. Es sei um illegale Bewässerung gegangen, bei der Trink- statt Klärwasser verwendet wurde. In manchen Fällen seien komplizierte Systeme entwickelt worden, um den Missbrauch zu verschleiern. »Das war wesentlich billiger, als das Wasser aus den Kläranlagen ein weiteres Mal zu filtern.« Truyol rief das Archiv der Zeitung auf. Eine Liste von Artikeln erschien. »Kannst du gern nachlesen, wir haben ausführlich darüber berichtet. Auch darüber, dass kaum jemand dafür zur Rechenschaft gezogen wurde.«

»Und Molina hatte seine Hand im Spiel, vermute ich.«

»So ist es. Er und andere. In wenigen Fällen gab es niedrige Geldstrafen. Viele empfanden das als Augenwischerei, um die Untätigkeit zu kaschieren. In den meisten Fällen verliefen die Ermittlungen im Sand. Es war damals von Korruption die Rede, blöderweise ohne dass es Beweise gab, und Molina und Co. haben natürlich alles abgestritten. Aber wegen seiner Schönfärberei bekam Molina diesen Spitznamen verpasst. Kurze Zeit darauf hat er dann den Dienst quittiert, ist im Rathaus von Calvià gelandet und hat dort anscheinend wieder Karriere gemacht.«

»Gehörte Golf Royal auch zu den Plätzen, die in den Skandal verwickelt waren?«

»Weiß ich nicht mehr auswendig, das waren, glaube ich, um die zehn Plätze. Mal sehen.« Sie klickte eine Datei an und überflog den Text. »Ach, jetzt fällt's mir wieder ein. Der hieß damals noch anders – Calvià Golf –, schlichter als heute. Das Verfahren wurde wegen Geringfügigkeit eingestellt. Danach gab es einen Namenswechsel.«

Ein Gedanke fuhr Ribera durch den Kopf. »Sagt dir der Name Marcos Puigserver etwas?«

Truyol schaute ihn mit großen Augen an. »Aber hallo. Und ob. Das war damals der zuständige Generaldirektor im Umweltministerium, Molinas direkter Vorgesetzter. Auch gegen ihn gab es Vorwürfe, die für die Golfplätze zuständigen Kontrolleure des Umweltministeriums ausgebremst zu haben. Es gab sogar Gerüchte, der Minister selbst habe angeordnet, dass die Behörde sich zurückhalten solle. Natürlich ließ Puigserver ebenfalls sämtliche Anschuldigungen an sich abprallen – wie eine Gummiwand. Seinen Posten war er durch den Regierungswechsel nach den letzten Wahlen dennoch los. Fehlte wahrscheinlich die schützende ministerielle Hand. Aber mit dem Job bei der Wasserbehörde ist er weich gefallen.«

Truyol war im Begriff zu gehen, doch Ribera bremste sie mit einer weiteren Frage. »Was weißt du über die Pläne, die Meerwasserentsalzung auf Mallorca auszubauen?«

»Nur dass in den nächsten Jahren wahrscheinlich neue Anlagen gebaut werden. Es sollen sogar bereits Standorte favorisiert sein. Ein millionenschweres Projekt und nicht unumstritten. Aber es führt wohl kein Weg dran vorbei auf einer Insel, auf der die Grundwasserreserven ständig sinken und die sich dem Tourismus verschrieben hat. Nicht zu vergessen die vielen Hotels, deren Pools gefüllt sein wollen. Dazu kommen die Kreuzfahrtschiffe, die oft im großen Stil Wasser tanken, wenn sie im Hafen anlegen. Und natürlich die Landwirtschaft, die irgendwann auf dem Trockenen sitzt, wenn es so weitergeht. Oder wir müssen Wasser per Schiff einführen, wie das schon einmal in der Vergangenheit passiert ist. Wie heißt es so schön? Wasser ist das neue Öl.«

Ribera wackelte mit dem Kopf. »Na ja, das ist vielleicht etwas übertrieben.«

»Von wegen. Guck dich doch mal im Mittelmeerraum und auch darüber hinaus um. Es wird bereits im Hintergrund heiß darüber diskutiert, die Wasserpreise bald massiv zu erhöhen. Das ist ein Politikum und dürfte zu einem Aufschrei führen. Deshalb wird das derzeit nicht an die große Glocke gehängt. Ich selbst habe es nur unter dem Siegel der Verschwiegenheit erfahren. Das wird kommen, davon bin ich fest überzeugt.« Das war das Schlusswort. Truyol stemmte sich aus dem Stuhl hoch. »Jetzt lasse ich dich allein im Archiv stöbern. Die Arbeit ruft, und ich habe auch gleich einen Vorsorgetermin. Falls du weitere Fragen hast, kannst du dich jederzeit an mich wenden.«

Ribera formte mit Armen und Händen einen Bauch. »Viel Glück bei, na, du weißt schon.« Ein Anflug von Wehmut überkam ihn, als Truyol die Glastür hinter sich schloss. Sein Krach mit Núria war in ihm aufgepoppt.

Er blieb noch eine Weile sitzen und surfte durch das Archiv der Zeitung. Eine Fülle von Artikeln erschien, die er mal mehr, mal weniger intensiv überflog, ohne jedoch weitere Erkenntnisse zu gewinnen.

Der Abstecher hatte sich aber auch so gelohnt, fand er, als er nach gut zwei Stunden das Redaktionsgebäude verließ. Wie gut, dass er seine anfänglichen Bedenken über Bord geworfen und sich dazu durchgerungen hatte. Er musste an Moix denken. Nette Freunde, die er sich da zugelegt hatte. Ob ihm das bewusst war? Blieb zu hoffen, dass nichts von dem, was er mit Moreno und Truyol besprochen hatte, nach außen drang. Zeitungsleute waren notorisch geschwätzig, warnte ihn seine pessimistische Seite. Die optimistische sendete ein anderes Signal. Zum ersten Mal hatte er eine wenn auch noch unscharfe Vorstellung davon, dass sich allmählich ein Kreis zu schließen begann.

Eigentlich gehörte es zum Einmaleins des Jobs, auch wenn er diese Tatsache gelegentlich verdrängte: Ermittlungen waren in erster Linie eine Geduldsprobe. War aber ein gewisser Punkt erreicht, nahmen die Dinge oft wie von selbst ihren Lauf. Ähnlich einer Magmakammer, die sich langsam mit Gesteinsschmelze und vulkanischen Gasen füllte, bis das Magma zur Erdoberfläche stieg und ausgeworfen wurde. Fragte sich nur, wie stark der Ausbruch werden und welcher Schaden dabei angerichtet würde. Inklusive desjenigen an seinem Privatleben, das gerade auf der Kippe zu stehen schien. Ohne dass es seine Schuld gewesen wäre. Okay, er hätte empathischer auf Núrias Besichtigungsvorschlag reagieren können. Aber in diesem Augenblick hatte er den inneren Schalter bereits auf Bulle umgelegt.

Ribera warf einen Blick auf sein Mobiltelefon. Weiterhin kein Anruf von Núria. Dafür zwei Sprachnachrichten von Quique und Cristina Blum. Er hörte sie ab – die Magmakammer war voller geworden.

9

Magaluf. Die Luft auf Mallorca wurde allmählich dünner für ihn, dachte Ivan Peskow, als er den Lkw in der Industriehalle abstellte. Er musste höllisch aufpassen nach dem, was in letzter Zeit passiert war. Erst die Geschichte mit der Radfahrerin, dann dieser Privatdetektiv.

Es war alles so schnell gegangen auf der Terrasse von Santa Eulàlia. Die Sache war eskaliert, nachdem der Kerl noch mehr Geld für sein Schweigen gefordert hatte. Sie waren aneinandergeraten, plötzlich war da eine Waffe gewesen, er hatte ihm einen Stoß verpasst, der Typ hatte das Gleichgewicht verloren und war auf einen dieser halbrunden Steine auf dem Boden gefallen. Ohne weiter nachzudenken, hatte er ihn dann über die Brüstung bugsiert. Diese Art der Entsorgung missliebiger Zeitgenossen hatte in seiner russischen Heimat eine gewisse Tradition.

Er hoffte nur, dass ihn niemand dabei beobachtet hatte. Aber er hatte keine weiteren Besucher auf dieser Seite der Terrasse gesehen. Und die Frau am Eingang hatte ihnen sowieso keinerlei Beachtung geschenkt, zudem dürfte er mit seinem Fischerhütchen und der dunklen Sonnenbrille ausreichend getarnt gewesen sein, sodass ihn kein Mensch würde identifizieren können. Dennoch war ihnen die Polizei in den letzten Tagen bedrohlich auf die Pelle gerückt. Zuletzt war dieser Bulle, den er verfolgt hatte, überraschend in Son Pacs aufgetaucht. Er hatte so merkwürdig zu ihm herübergeschaut. Andererseits: Wie sollte er ihn erkannt haben? Es war unwahrscheinlich, dass er ihn bemerkt hatte, als er ihm vor ein paar Tagen gefolgt war. Dennoch war es beunruhigend. Was er dort wohl gewollt hatte? Und wer weiß, was als Nächstes kam, was die sonst noch wussten. Wie er dieses elende Katz-und-Maus-Spiel satthatte. Vielleicht sollte er ihn auch zu einem Terrassenbesuch einladen. Einer mehr oder weniger spielte jetzt auch keine Rolle mehr.

Den ganzen Ärger hatte ihm diese verfluchte Radfahrerin eingebrockt. Mit dem Resultat, dass die Polizei nun nach seinem Lkw suchte. Peskow war schleierhaft, wie die das herausgefunden hatten. Seither hatte er nicht mehr gewagt, mit dem beschädigten Lkw herumzufahren. Gut, dass er dank eines Bekannten von einer anderen Firma einen Tankwagen leihen konnte. Aber das war keine Dauerlösung, das war von Anfang an klar gewesen, und in den nächsten Tagen musste er ihn zurückgeben. Höchste Zeit also, den Schaden reparieren zu lassen und dem Wagen bei der Gelegenheit ein neues Aussehen zu verpassen, ohne viel Aufsehen und möglichst geräuschlos. Immerhin hier zeichnete sich eine Perspektive ab, nachdem sie endlich jemanden gefunden hatten, der das ohne Rechnung erledigen wollte.

10

Palma, El Camp d'en Serralta. Wie sie da in dem hintersten Eck des »El Pintxo« saßen, ähnelten sie im ersten Augenblick einem Liebespaar, das sich zu einem heimlichen Stelldichein verabredet hatte. Ein Eindruck, der sich jedoch schnell relativierte, wenn man ein paar Gesprächsfetzen aufschnappte.

»Nicht übel, der Laden. Ich frage mich, weshalb ich noch nie auf die Idee gekommen bin, hierherzukommen«, sagte Quique, während er sich neugierig umblickte.

»Vermutlich, weil er so nah an der Jefatura liegt, dass du dein Motorrad schieben könntest«, entgegnete Cristina Blum. Sie trommelte ungeduldig mit den Fingern auf den Tisch. »Mich würde interessieren, warum er uns in die Bar bestellt hat und vor allem wo er bleibt.«

»Du solltest ihn mittlerweile kennen, *hombre*. So ist er halt, immer für eine Überraschung gut. Sei doch froh, wenigstens wird es bei ihm nie langweilig. Ich für meinen Teil finde zwei Besprechungen am Tag übertrieben. Fehlt nur noch, dass Penelope hier ein Außensekretariat einrichtet.«

Blum gab einen Seufzer von sich. »Hin und wieder könnte es schon etwas berechenbarer verlaufen.«

Wenig später schneite Ribera zur Tür herein. »Entschuldigt die Verspätung. Ich wurde aufgehalten.« Als wäre es die normalste Sache der Welt, dass sie in einer Bar zusammenkamen, setzte er sich dazu. Zwei Augenpaare schauten ihn fragend an, bis es aus Blum herausbrach: »Kannst du uns erklären, was der Grund für diese Heimlichtuerei ist?«

»Das ist sozusagen mein Golfplatz.«

Quique sah ihn an, als hätte er soeben eine Ufo-Landung verkündet. »Du verarschst uns.«

»Ein bisschen, lediglich eine Metapher.« Ribera erzählte ihnen vom neuesten Hobby des Polizeichefs und dessen Theorie über die Vorzüge von Besprechungen in einer anderen Umgebung. »Ich für meinen Teil bevorzuge dieses Ambiente. Außerdem …« Er senkte die Stimme und schaute sich um. Außer ihnen waren nur wenige andere Gäste im Raum, was auch daran lag, dass sich gegen fünfzehn Uhr die spanische Mittagspause ihrem Ende neigte. »… haben die Wände bei uns möglicherweise Ohren – es könnte sein, dass es in der Jefatura eine undichte Stelle gibt.«

In diesem Moment erschien Gwendolyn Uriarte hinter der Theke.

Ribera machte sich mit einem Handzeichen bemerkbar. »Erklärung folgt, erst brauche ich dringend etwas zu essen.«

»Hast du dir Verstärkung mitgebracht?«, lautete Gwendolyns Begrüßung. »Allmählich entwickelt sich das ›Pintxo‹ zur Polizeikantine. Ihr vergrault mir noch den Rest meiner Kundschaft.« Sie versuchte offenbar, möglichst vorwurfsvoll zu schauen. »Wenn ihr was essen wollt, müsst ihr euch beeilen. Unsere Küche schließt gleich. Ich kann euch heute meinen Marmitako empfehlen, einen Thunfischeintopf aus dem Baskenland. *Muy rico.*« Sie legte die zusammengelegten Finger an den Mund und ließ sie mit einem Kussgeräusch nach vorne schnellen. Mit drei Bestellungen zog sie von dannen.

Blum blickte ihr hinterher, bis sie in der Küche verschwunden war. »Was ist jetzt mit dieser undichten Stelle?«

Ribera erzählte von seinen Gesprächen beim »Diario« und davon, dass er befürchte, dass weitere Indiskretionen aus dem Kommissariat nach außen dringen könnten. »Für meinen Geschmack gibt es an gewissen Stellen etwas zu enge Verbindungen zur Politik und Verwaltung der Insel. Diese Cliquenwirtschaft finde ich suspekt.«

»Verdächtigst du etwa unseren Polizeichef?«

Ribera zuckte mit den Achseln. »Das hast du gesagt. Ich werde mich hüten, Namen zu nennen.«

»Na ja, völlig unproblematisch ist aber auch dein Kontakt zu dieser Pressetante nicht«, warf Quique ein.

»Da gebe ich dir recht. Auch wenn wir einen Deal haben, bleibt ein gewisses Risiko. Ich frage mich nur, wem man überhaupt vertrauen kann auf einer Insel, auf der gefühlt fast alles und jeder miteinander verbunden ist. Aber darauf können wir keine Rücksicht nehmen, gerade jetzt, wo die Sache Fahrt aufzunehmen scheint. Zunächst einmal sollten wir uns auf den neuesten Stand bringen.«

Gwendolyn servierte das Essen und ging gleich wieder, konnte sich aber eine Bemerkung nicht verkneifen. »*Dios mío*, ihr seht aus, als würdet ihr eine Verschwörung planen.«

Ribera hörte seinen beiden Mitarbeitern zu, während er seinen Eintopf löffelte.

Blum berichtete, dass Heideking vor seiner Zeit als Golfplatzgeschäftsführer in einen Betrugsskandal um eine Kryptowährung namens »Plutos« verstrickt gewesen sei. Dabei seien Anleger um ihr Geld geprellt worden, das sie in eine nie existierende virtuelle Währung investiert hatten. Dafür sei eigens eine Fakeplattform ins Leben gerufen worden, auf der die Kunden angebliche Kursgewinne verfolgen konnten. Heideking selbst sei nach Auffliegen des Betrugs relativ glimpflich davongekommen, weil er als Programmierer für einen Finanzdienstleister gearbeitet habe, dessen Aufgabe darin bestanden hatte, das illegal eingenommene Geld ins Ausland zu transferieren.

Ribera hatte zu Ende gegessen, legte den Löffel zur Seite und wischte sich mit einer Serviette den Mund ab. »Ich kann mir nicht helfen, aber dieses Golf Royal kommt mir langsam vor wie ein Biotop für Typen mit zweifelhafter Vergangenheit, wenn ich mir anschaue, wer sich dort alles herumtreibt. Wie auch immer, das gibt uns noch lange nicht das Recht, dort weiterzuermitteln. Wir kämen in Teufels Küche, oder, anders formuliert, Moix würde uns nie gestatten, erneut in seine neue Spielwiese einzufallen. Wir sollten uns daher zunächst auf Quiques Tankwagengeschichte konzentrieren und herausfinden, welche Firma genau dahintersteckt, falls es keine Rückmeldungen auf die Anfragen gibt.«

Quique leckte mit einem Stück Brot den Rest seines Eintopfes aus. »Wir könnten hinfliegen und selbst ermitteln. Wäre auch eine Gelegenheit, einmal von dieser Insel runterzukommen.«

Ribera wiegte den Kopf hin und her. »Beim aktuellen Sparkurs in der Jefatura halte ich es für unwahrscheinlich, dass wir eine Genehmigung für solche Reisespesen erhalten.«

»Das Einfachste wäre, unsere Kollegen in Barcelona einzuschalten«, sagte Blum, schob ihren nun ebenfalls leeren Teller zur Seite und trank einen Schluck Wasser.

»Ich kann das übernehmen«, sagte Ribera. »Ich kenne da jemanden bei der Policía Nacional.« Er gab Gwendolyn ein Zeichen, dass sie bezahlen wollten. Danach herrschte an ihrem Tisch eine Stimmung, als schwebte ein unsichtbares Fragezeichen über den Köpfen.

Blum sprach es als Erste an: »Und was machen wir nun mit

der anderen Geschichte, dem Mord an Castro? Blasen wir die Ermittlungen einfach ab, wenn uns die Hände für ein weiteres Vorgehen gebunden sind?«

Ribera wollte antworten, aber Gwendolyn kam zum Kassieren. »Ihr macht Gesichter, als wäre euch etwas auf den Magen geschlagen. Ich hoffe, mein Essen ist nicht schuld daran. Bisher hat es noch nie Beschwerden gegeben. Ihr müsst wissen, hinter den rauen Schalen der Köche verbergen sich empfindsame Seelen.« Sie versuchte, ein möglich ernstes Gesicht zu machen, was ihr aber nur halbwegs gelang.

Als sie gegangen war, lieferte Ribera Blum die ausstehende Antwort. »Wenn du das glaubst, kennst du mich schlecht. Im Gegenteil. Ich glaube, dass die Lösung direkt vor uns liegt, auch wenn wir sie im Moment noch nicht erkennen können. Nein, mehr noch, ich bin überzeugt, dass wir ihr nahegekommen sind. Dummerweise läuft uns langsam die Zeit davon.«

»Und was gedenkst du dagegen zu unternehmen?«

»Gelegentlich braucht es einen anderen Blickwinkel, um klarer zu sehen. Ich habe gedacht, ich hole mir Unterstützung aus dem Ausland. Die trifft heute Abend ein.«

Palma, Flughafen Son Sant Joan. Der Flug der United Airlines aus New York nach Palma hatte Verspätung, stellte Ribera fest, als er vor der Anzeigentafel in der Ankunftshalle des Flughafens stand. Dabei hatte er sich extra beeilt, um rechtzeitig aus der Jefatura hinauszukommen. Aber klar, wäre ja auch ein Wunder gewesen, wenn der Flieger aus den USA pünktlich eingetroffen wäre.

Andererseits nahm er das Warten in diesem Fall ausnahmsweise gern in Kauf. Zu groß war die Vorfreude, Leland Bloodgood wieder einmal real statt virtuell zu treffen. Und das, obwohl im Moment eigentlich ein ungünstiger Zeitpunkt für den Besuch war. Aber wann war es schon günstig? Es war eines seiner Grundprobleme, das an ihm klebte wie ein alter Kaugummi unter der Schuhsohle, den er nicht mehr loswurde: Allzu oft ließ er sich von seiner Arbeit vereinnahmen, als hätte er in seinem inneren Navi einprogrammiert, die Punkte zu umfahren, die Leichtigkeit und Lebensfreude versprachen. Dabei hatte er sich einen solchen Effekt von seinem Umzug nach Mallorca erhofft, jedoch bald festgestellt, dass man zwar den Ort wechseln konnte, dabei aber immer sich selbst mitnahm.

Er ging zur Information, um sich nach der genauen Dauer der Verspätung zu erkundigen. Etwa vierzig Minuten, lautete die Auskunft. Peanuts bei einem achtstündigen Interkontinentalflug über etwas mehr als sechstausend Kilometer. Er vertrieb sich die Zeit, indem er das Café vor dem Flughafenparkhaus aufsuchte, bestellte einen Wermut und schnappte sich zwei Zeitungen. Moreno hielt sich bislang an die Abmachung, registrierte er beruhigt. Aber für wie lange? Schon sprangen seine Gedanken wieder zum Dienst. Seine flapsige Bemerkung in der Besprechung, er habe sich Unterstützung aus dem Ausland geholt, fiel ihm ein. War selbstverständlich als Scherz gedacht gewesen. Selbst für ihn wäre das ein abwegiger Gedanke gewesen. Ob ihm das zu denken geben sollte, dass Quique und Blum das zunächst für bare Münze genommen hatten und er es hatte richtigstellen müssen? Vielleicht sollte er an seiner Kommunikation arbeiten.

Nach der Besprechung mit Quique und Blum hatte er weitere Nachforschungen im Fall der toten Radfahrerin in die Wege geleitet. Er hatte seinen alten Kollegen Bernat Ferragut bei der Policía Nacional in Barcelona angerufen und ihn auf die beiden Wasserbetriebe angesetzt. Auf dem kurzen Dienstweg sozusagen. Sie kannten sich von der Ausbildung auf der Polizeischule, hatten seither sporadisch Kontakt gehalten. Er wusste daher, dass die Sache bei ihm in guten Händen war. »Warum kommst du nicht selbst nach Barcelona?«, hatte er ihn zuerst gefragt. »Kleine Dienstreise, ist doch nur ein Katzensprung.« Ribera hatte ihm seine internen Nöte im Kommissariat von Palma erklärt. Ferragut hatte nicht weiter nachgefragt.

Ribera schaute auf die Uhr. Der Flieger aus den USA müsste sich langsam im Landeanflug über der Insel befinden. In Kürze würde er den amerikanischen Freund in Empfang nehmen. Eine für ihn ungewöhnliche Nervosität stellte sich ein, während er die paar Meter rüber zur Ankunftshalle ging.

11

Palma, El Camp d'en Serralta. Lange, intensive Tage in der Jefatura weckten in Quique das Bedürfnis nach größtmöglicher Distanz zur Polizeiarbeit. *Desconectar* nannte er das, die Verbindung trennen. Er hatte sich dafür im Laufe der Zeit ein ganzes Arsenal an Möglichkeiten zurechtgelegt. Sie reichten von der einfachen Spritztour mit seiner Maschine über einen Besuch in seiner Stammkneipe bis zum Musikmachen mit seiner Band.

An diesem Tag wählte er eine Dreierkombination. Nach einem Zwischenstopp in seiner Wohnung fuhr er zur Cala Comtessa, einer kleinen, von Pinien gesäumten Bucht bei Illetes, die nur wenige Minuten von Palma entfernt war. In der Hauptreisezeit war sie oft zu voll für seinen Geschmack, aber jetzt in der Nebensaison ein idealer Ort für einen Sprung nach Feierabend ins Wasser, wie er das des Öfteren zu tun pflegte. Was für eine Wohltat. Er fühlte sich wie neugeboren. Er hatte mal gelesen, dass es in manchen Religionen rituelle Waschungen gab, mit denen sich die Gläubigen vom seelischen Schmutz befreiten. Mit Religion oder Spiritualität hatte er zwar nichts am Hut, aber der Effekt seiner Kurzbäder kam ihm so ähnlich vor. Nach dem Baden setzte er sich noch an den Strand und starrte aufs Meer hinaus, sah zu, wie sich die Wellen am Ufer brachen. Jetzt ein Bierchen, und der Moment wäre perfekt. Das würde er sich später im »Café a Tres Bandas« gönnen und danach mit den Jungs von der Band etwas jammen. Nach gut einer Stunde zog er sich an und ging zu seiner Maschine zurück. Gerade als er den Helm aufsetzen wollte, hörte er sein Mobiltelefon klingeln.

»*Hombre*, ich habe vielleicht 'ne interessante Geschichte für euch«, hörte er die knarzige Stimme von Paco Jimenez. Das war's mit dem rituellen Waschungseffekt. »Wir haben so eine kleine Schrauberrunde, die ab und zu zusammenkommt. Dabei habe ich einen Kumpel getroffen, der auf Lkws spezialisiert ist.«

»Schön für ihn, aber was sollte uns das interessieren?«

»Na ja, er hat mir vorgejammert, wie schlecht das Geschäft läuft und dass er gelegentlich Aufträge nach Feierabend erledigt – ohne Rechnung. Neulich sei er von einem Typen angerufen worden, den er nicht kannte. Ging um die Reparatur eines Unfallschadens an einem Lkw – ein MAN. Behauptete, eine Ziege sei ihm reingelaufen. In dem Moment musste ich daran denken, was du mir erzählt hast. Da hat es bei mir geklingelt. ›*Hombre*, du hast dich da vielleicht auf etwas Riskantes eingelassen‹, habe ich zu ihm gesagt. Aber er hat meine Warnung in den Wind geschlagen und nur gelacht.«

Kurzes Schweigen in der Leitung, dann fuhr Paco fort. »Normalerweise verpfeife ich niemanden, aber das hier riecht verdammt nach Ärger. Vielleicht wäre es besser, wenn ihr mal nach dem Rechten seht. Sicher ist sicher. Heute Abend will er sich übrigens die Kiste anschauen. Soll in einer Industriehalle in Son Valentí stehen. Ach ja, und Gruß an deinen Chef, ich habe da eventuell was für ihn an der Hand als Ersatz für seinen Seat Ibiza. Soll sich mal melden, wenn er Interesse hat.«

Der Polígono Son Valentí lag an der Straße von Palma nach Puigpunyent. Eingebettet in eine heterogene Nachbarschaft, bestehend aus Hauptfriedhof, einem Decathlon-Sportgeschäft und dem Stadion des Fußball-Erstligisten Real Mallorca, das sich als alles beherrschende Betonschüssel aus seiner Umgebung erhob. Dazwischen die Asphaltschneise der Via de Cintura mit ihrem nie abreißenden Strom aus Blech. Ansonsten typische Gewerbegebietsfolklore mit einem wilden Sammelsurium von Geschäften, Werkstätten, Lagerhallen und Bars für die Handwerker und Angestellten, die dort arbeiteten.

Die Industriehalle, die Paco beschrieben hatte, war am nordwestlichen Rand angesiedelt, wo Son Valentí allmählich in ein Niemandsland zerfaserte. Daran schloss sich wie ein Abszess, den man so weit wie möglich aus der öffentlichen Wahrnehmung verbannen wollte, das heruntergekommene Wohnviertel Son Anglada an.

Als Quique gegen einundzwanzig Uhr dort ankam, war das Gewerbegebiet wie ausgestorben. Nichts war zu spüren von der Geschäftigkeit des Alltags, kaum jemand außer ihm war unterwegs, der Scheinwerfer seines Motorrads zuckte durch die Dämmerung wie der einsame Lichtstrahl eines Leuchtturms, das Bollern des Motors hallte wie Donnergrollen in den stillen Straßen wider. Ab und zu hielt er an und konsultierte auf seinem Handy den Routenplaner. Ein wahres Labyrinth, dieses Viertel, alles sah irgendwie ähnlich aus. Schließlich näherte er sich der Adresse, die ihm Paco genannt hatte. Er fuhr aber nicht direkt bis zur Halle vor, sondern stellte das Motorrad eine Straßenecke davor ab.

Sollte er das wirklich allein durchziehen?, fragte er sich, während er noch den Helm aufhatte. Gewissensbisse plagten ihn, die Kollegen nicht ins Boot geholt zu haben. Okay, Ribera nahm seinen amerikanischen Kumpel in Empfang, den er seit Langem nicht gesehen hatte. Und wie er ihn kannte, hätte er einen Anruf eh nicht mitbekommen. Blum jedoch war in der Regel gut erreichbar. Sie zumindest hätte er informieren können. Auf der anderen Seite war Gefahr im Verzug, es musste schnell gehandelt werden, bevor ihnen der Typ womöglich durch die Lappen ging. Außerdem war es die Gelegenheit, sich endlich zu beweisen.

Die Entscheidung war gefallen. Er zog den Helm aus und holte seine Pistole aus dem Rucksack. Eine halb automatische H & K USP Compact. Das erste Mal, dass er sie einsetzte, seit die Policía Nacional das Modell des deutschen Herstellers Heckler & Koch eingeführt hatte.

Vorsichtig näherte er sich dem Gebäude mit dem hohen Rolltor. Geschlossen. Er konnte jedoch sehen, dass drinnen Licht brannte. Geräusche drangen heraus. Es musste jemand da sein. Jemand, der Wert darauf legte, möglichst unbemerkt zu bleiben. Auf der Suche nach einem anderen Eingang schlich er um den länglichen Bau mit dem flachen Pultdach herum. An einer Seite erkannte er eine schmale Tür und drückte die Klinke herunter. Ebenfalls zu. Weiter. Gegenüber auf der anderen Straßenseite bellte ein Hund. Ein Schrottplatz befand sich dort, hatte er bei seiner Ankunft beiläufig bemerkt. Noch eine Tür. Offen. Reingehen oder nicht? Er schwitzte, hatte ein verdammt flaues Gefühl im Magen. Besser wäre es, umzukehren und Verstärkung zu holen. Die Neugierde gewann die Oberhand, ließ ihn die Tür einen Spalt aufdrücken, gerade breit genug, dass er sich durchzwängen konnte. Tatsächlich, da stand er, der blaue Lkw. In diesem Moment traf ihn ein harter Schlag auf den Hinterkopf.

12

Palma, Flughafen Son Sant Joan. Ribera hätte Leland Bloodgood beinahe nicht erkannt in dem Pulk von Menschen, die aus der automatischen Tür in die Eingangshalle strömten. Der Flug aus den USA musste ausgebucht gewesen sein. Und irgendwie sahen sich einige der Ankömmlinge ziemlich ähnlich, hatte er den Eindruck. Gerade die Männer, von denen mehrere Baseballmützen, kurze Hosen und Sneaker trugen, die gängige Freizeituniform in den USA, die aber mittlerweile auch nach Europa geschwappt war. Einer dieser Mützenträger, einen großen Rollkoffer neben sich herrollend, blickte sich suchend um. Das musste er sein. Hageres Gesicht, charakteristische Adlernase, das langärmelige Hemd aufgeknöpft und zusammen mit einem T-Shirt lässig aus der Hose hängend. Bloodgood, wie er leibte und lebte. Einzig der Bart war ungewohnt. Ansonsten das gleiche breite Grinsen, das er in ihren Skype-Gesprächen an den Tag legte, als er ihn erblickte.

»Hey, *bro*, verdammt viel los auf eurer Mini-Insel. Auf eurem Flughafen geht's zu wie auf dem Times Square in New York. Wie ist dann erst der Rest?«

Die beiden Männer umarmten sich, klopften sich auf den Rücken.

Ribera war perplex über die Herzlichkeit zwischen ihnen. Er hatte sich zwar des Öfteren vorzustellen versucht, wie er auf den Besucher reagieren würde, zumal ihre letzte analoge Begegnung nun schon ein paar Jahre zurücklag. Womit er jedoch nicht gerechnet hatte, war ein Gefühlsüberschwang, da er jemand war, der seine Emotionen selten durchscheinen ließ. Ein familiäres Erbe. »Emotionen zu zeigen ist ein Zeichen von Schwäche«, hatte ihm sein Vater eingetrichtert, ein strenger, hoher Verwaltungsbeamter. Das Korrektiv war sein Großvater Oriol gewesen, der genau das Gegenteil verkörpert hatte. Ein warmherziger Menschenfänger, zu dem Ribera zeit seines Lebens ein herzliches Verhältnis gehabt hatte, während das zu seinem Vater immer schwierig gewesen war. Bis heute standen diese beiden Pole in ihm in ständigem Konkurrenzkampf. Bei Leland Bloodgood schlug ganz offensichtlich der Großvater durch, denn er fühlte die gleiche innere Verbindung wie damals in Albany, als sie sich kennengelernt hatten. Er hatte sich schon ernsthaft gefragt, ob er schwul sei, hatte das aber schnell ausgeschlossen – keinerlei sexuelles Interesse an Männern, er war hundertprozentig hetero.

Er rieb sich über die Wangen. »Seit wann trägst du einen Bart?«

»Ich wollte mal etwas hipper aussehen. Nein, hatte einfach keine Lust zum Rasieren und dachte, ich probiere es im Urlaub mal aus.«

Sie verließen das Flughafengebäude, passierten den Vorplatz, wo sich Busse, Hotel-Shuttles, Taxis und Privatautos zu einem einzigen Brei ballten.

»Mit dem Times Square liegst du gar nicht mal so falsch«, sagte Ribera. »Mallorca ist zeitweise der reinste Rummelplatz, wie man hier sieht. Dabei hat gerade die Nebensaison begonnen.«

Bloodgood blieb stehen, schob seine Mütze in den Nacken und zupfte mehrmals an seinem Hemd. »Puh, was für eine Wärme für diese Jahreszeit. Bei uns in Upstate New York beginnt demnächst schon der Indian Summer.« Er klopfte sich auf den Bauch. »Jetzt habe ich aber erst einmal einen Bärenhunger nach dem langen Flug. American Airlines bietet nicht unbedingt Sterneküche an Bord.«

Ribera brachte Bloodgood zuerst in sein Hotel in der Altstadt von Palma, wo er ihm ein Zimmer besorgt hatte. Ein geschmackvoll renovierter Stadtpalast, obendrein unweit von seiner Pension. Danach flanierten sie gemütlich etwa zwei Kilometer Richtung Meer nach Molinar. Im Prinzip fand Ribera das ehemalige Fischerviertel eine Spur zu angesagt und überlaufen. Ein Opfer seiner guten Lage und seines besonderen Charmes. Aber er kannte dort ein kleines, auf Fisch und Meeresfrüchte spezialisiertes Restaurant. Etwas abseits des Meeres auf dem Passeig del Born del Molinar, dennoch stimmungsvoll. Genau das Richtige für einen Ami, der zum ersten Mal in Spanien und auf Mallorca war. Mit Núria hatte Ribera hier mal gegessen. Er spürte einen kurzen Stich, als er an sie dachte.

Ribera bestellte eine Paella mit Meeresfrüchten für zwei Personen, dazu einen mallorquinischen Weißwein »KM1«.

Während sie auf der Außenterrasse des Lokals auf das Essen warteten, lehnte sich Bloodgood auf seinem Stuhl zurück und betrachtete den Abendhimmel. »Ah, das ist Lebensqualität. Weißt du, ich bin jetzt Mitte fünfzig und denke manchmal, dass ich lange genug Cop war. Immer mehr unsinnige bürokratische Vorgaben und Digitalisierung, immer mehr Zeitfresser und Stress. Überall das gleiche Spiel. Ich werde einfach zu alt für all diesen Scheiß. Außerdem hätte ich Lust, noch einmal etwas anderes auszuprobieren. Meine Frau hat mir vorgeschlagen, dass ich den Dienst quittieren soll. Ich überlege mir das wirklich. Unsere beiden Kinder sind erwachsen, sie verdient ganz gut in ihrer Firma, das Haus ist abbezahlt, ich könnte mich selbstständig machen, zum Beispiel als Sicherheitsberater. Und ansonsten einfach das Leben genießen, reisen, angeln, Golf spielen …«

»Du spielst Golf?«

»Du kennst doch den Automatismus im fortgeschrittenen Alter: kein Sex mehr, dafür Golf spielen.« Er gluckste. »Ich bin ein ganz passabler Spieler, wusstest du das nicht? Vor ein paar

Jahren habe ich damit angefangen. Ein Freund hat mich mal zu einer Probestunde mitgeschleppt, da habe ich Blut geleckt. Handicap sechsunddreißig, falls dir das was sagt. Ausbaufähig, aber für die meisten Plätze reicht's. Komme leider nur zu selten dazu. Aber ich dachte, dass ich während meines Urlaubs bei euch ab und zu spielen und so mein Handicap verbessern kann. Soll ja schöne Plätze geben, habe ich gelesen. Mein Golf-Outfit habe ich dabei. Und Schläger kann man sich ausleihen. Ich dachte, wenn ich schon mal einen Solotrip unternehme, mache ich das, was mir am meisten Spaß macht. Museen und Kirchen sehe ich genug, wenn ich mit meiner Frau in Urlaub fahre. Außerdem will ich dich nicht dauernd in Beschlag nehmen. Du hast ja auch noch ein Leben hier.«

Sarkastisches Lachen. »Na ja, überschaubar. Besteht im Prinzip derzeit aus einer Katze und dem Job.«

»Was ist mit der Kleinen, von der du erzählt hast? Wie hieß sie noch gleich – Núria?«

Ribera holte tief Luft. »Schwierig, ich würde sagen, mein Handicap hat sich gerade verschlechtert.« Er beließ es dabei. Stattdessen erzählte er von seinem Fall, von Golf Royal und davon, was sich vor der Kirche Santa Eulàlia ereignet hatte. »Ich habe das Gefühl, dass in diesem Golfclub die Fäden für das alles zusammenlaufen, dass dort irgendwelche krummen Geschäfte im Gange sind. Bisher gibt es außer meiner Ahnung aber keinerlei Beweise dafür. Und mir sind wegen meines verfluchten Chefs die Hände gebunden.« Er trank einen Schluck Wein und betrachtete den Nachthimmel. »Es klingt verrückt. Aber mir kommt es manchmal vor, als würde auf Mallorca wie im Universum neben der hellen, sichtbaren Seite eine Art unsichtbare dunkle Materie existieren.«

Bloodgood gähnte. »Sorry, *bro*, war ein langer Tag. Nette Theorie, auch wenn sie sich wirklich etwas abgedreht anhört. Und jetzt hätte ich gern langsam einen Beweis dafür, dass in der Küche von diesem Restaurant tatsächlich Essen gekocht wird. Sonst löst sich meine Materie auf.«

Wenig später brachte der Kellner die Paella. Gleichzeitig

vibrierte Riberas Smartphone. Missbilligend starrte er es an, als könnte er den Anruf dadurch ungeschehen machen. Half nichts, es war Cristina Blum. Sie klang verstört.

»Quique wurde niedergeschlagen, du musst sofort kommen.«

Ächzend erhob er sich. Schon wieder ein Essen, das er verpasste. Kurze Erklärung an den Freund. »Wir sehen uns morgen, falls nichts Unvorhergesehenes passiert.«

Palma, Gewerbegebiet Son Valentí. Es dauerte eine ganze Weile, bis Ribera im Gewerbegebiet Son Valentí ankam. Da er sein Auto in der Altstadt von Palma abgestellt hatte, nahm er von Molinar aus ein Taxi. Fehlte nur noch, dass er demnächst mit dem Bus zum Einsatz fuhr, dachte er, während er auf dem Rücksitz des Wagens saß. Zu seinem Pech hatte er einen Fahrer mit einem altersschwachen Gefährt erwischt. Auch sein Drängen, schneller zu fahren, zeigte nur wenig Wirkung. Das Ganze erinnerte ihn an die Endphase seines Seat Ibiza. Er schwankte daher während der gesamten Fahrt zwischen Genervtheit, Besorgnis um Quique und Schuldgefühlen gegenüber Bloodgood. Ausgerechnet am ersten Abend. Der Freund hatte dankend abgelehnt, zum Hotel zurückgebracht zu werden. »Kein Thema, *bro*«, hatte er gesagt. »Was glaubst du, wie oft ich nachts plötzlich zu einem Einsatz gerufen werde. Ich bleibe noch eine Weile hier, genieße das Essen und eure Insel.«

Nach einer gefühlten Ewigkeit erreichten sie die Straße, die ihm Blum beschrieben hatte. Es ging auf Mitternacht zu, mehrere Fahrzeuge standen vor dem Gebäude, darunter ein roter Mini, der Blum gehörte, und ein Wagen des Rettungsdienstes SAMU. Ribera bezahlte sein Taxi und ließ sich eine Quittung geben.

Im Rettungswagen entdeckte er Quique mit einem Verband um den Kopf. Er sah zu Boden, als würde er es nicht wagen, Ribera anzublicken.

»Ihr Mann hat Glück im Unglück gehabt«, sagt einer der Sanitäter. »Er hat einen heftigen Schlag auf den Hinterkopf bekommen. Wir bringen ihn erst einmal zur Untersuchung ins Krankenhaus. Sicher ist sicher.«

Ribera ging in das Gebäude hinein, wo er Cristina Blum antraf. Sie war sichtlich aufgebracht. »Das alles hätte vermieden werden können, wenn dieser hirnverbrannte Idiot uns informiert und keinen Alleingang unternommen hätte«, brach es aus ihr heraus. Sie schilderte ihm den ungefähren Ablauf des Abends, den sie aus den Bruchstücken von Quiques Erzählung zusammengesetzt hatte. »Keine Ahnung, ob das alles so stimmt, er war noch nicht wieder ganz bei sich. Anscheinend hat er einen Tipp bekommen, ich weiß aber noch nicht, von wem. Wahrscheinlich jemand aus seinen ominösen Verbindungen. Er faselte etwas von einem blauen Lkw, Schlag auf den Kopf, Typ über alle Berge, als er wieder zu sich gekommen war.«

»Der Tankwagen, nach dem wir suchen?«

»Hört sich ganz danach an. Er hat ein Wahnsinnsglück gehabt, das hätte ganz anders ausgehen können. Was hinzukommt: Seine Dienstwaffe ist ebenfalls weg.« Blum zitterte vor Aufregung. Ribera hatte sie bisher noch nie so aufgelöst erlebt.

»Wem gehört die Halle eigentlich? Und war sonst noch jemand hier?«

»Das ist eine gute Frage. Die Kollegen der Policía Local, die ich glücklicherweise erreicht habe, haben keine Ahnung. Sie sei ihnen bislang noch nie aufgefallen. Sie kämen selten in diese Ecke.«

»Hast du etwas wegen des Lkws unternommen?«

»Was glaubst du denn? Natürlich habe ich sofort eine Fahndung eingeleitet, auch wenn das um diese Zeit keinen Wert haben dürfte.«

Ribera blickte sich neugierig in dem hohen Raum um. Einige Werkzeuge lagen auf dem Boden, ansonsten undefinierbares Gerümpel. »Lass uns morgen weitermachen. Hier kommen wir heute Nacht nicht mehr weiter.«

Sie verließen die Halle. Draußen bellte der Hund vom benachbarten Schrottplatz.

Ribera horchte dem Gekläffe nach. »Der Kamerad hat heute Nacht eine Menge Action gehabt. Für meinen Geschmack hätte es etwas weniger sein können.« Er fingerte in seiner Jackentasche herum, suchte nach dem Autoschlüssel, bis ihm einfiel, wie er hergekommen war. »Kannst du mich in der Stadt absetzen?«

Sie gingen zu Blums Auto. »Sobald Quique wieder auf dem Damm ist, ist der Kollege uns eine Erklärung schuldig«, sagte Ribera. »Aber auch wenn das eine unüberlegte Aktion war –«

»Eine total beschissene Aktion.«

»*Por supuesto*, da sind wir uns einig. Dennoch hat sie uns möglicherweise ein Stück vorangebracht. Ich könnte mir vorstellen, dass der Kerl mit dem Lkw nun ganz schön in Panik ist. Und wer in Panik ist, wird unvorsichtig.« Er klopfte auf das Dach des Mini. »Moix sollte jedoch vorerst nichts von dem Vorfall erfahren.«

»Irgendwann wird er von der Sache Wind bekommen, wegen der verschwundenen Dienstwaffe.«

»Dann müssen wir den Typen vorher erwischen.«

Sie schlug die Augen nieder. »Ich habe übrigens mit ihm geredet.«

»Und wann verlässt du uns?«

»Wer sagt denn, dass ich euch verlasse? Das ist noch völlig offen. Ich habe mir erst einmal Bedenkzeit erbeten.«

»Ich würde es sehr bedauern, wenn du gehst. Unserem Team würde etwas fehlen.«

13

Palma, El Camp d'en Serralta. Vielleicht war es der Bloodgood-Effekt, der Ribera am nächsten Morgen trotz des Vorfalls in Son Valentí geradezu beschwingt in die Jefatura aufbrechen ließ. Ihm kam es jedenfalls so vor, als wäre mit dem Besuch des Freundes gleichzeitig ein Energieschub über den Atlantik geschwappt. Urplötzlich keimte in ihm auch eine ebenso ungewohnte wie unerklärliche Zuversicht auf – und in ihrem Schlepptau das Gefühl, dass es ein entscheidender Tag werden könnte.

»Coño!« Ein Knöllchen klemmte unter dem Scheibenwischer seines Dienstwagens. Er hatte wohl ein Parkverbotsschild in der Altstadt übersehen. Das trübte seine positive Grundstimmung jedoch nur kurz ein. Wie auch das morgendliche Chaos im Berufsverkehr, durch das er sich anschließend quälte.

»So gut gelaunt?« Auch Penelope Roca fiel Riberas für diese Tageszeit ungewohnte Stimmungslage auf. Ihr Gesichtsausdruck wechselte von belustigt zu besorgt. »Hast du schon etwas von Quique gehört?«

Blum hatte gepetzt. Aber bei Roca war das Geheimnis sicher, das wusste Ribera. »Bisher nicht. Dürfte eine Weile dauern, bis der Kollege wieder auf dem Damm ist. Sah gestern Nacht alles andere als gut aus. Aber das wird schon wieder, er ist hart im Nehmen.«

Die anschließende Besprechung mit Blum versetzte seinem frühen Höhenflug einen ersten Dämpfer. Die Fahndung sei wie erwartet ergebnislos verlaufen, berichtete sie. Keine Anhaltspunkte für einen blauen Lkw, nirgends. Sie verdrehte die Augen. »Falls da überhaupt einer war.«

»Und ob da einer war.« Quique stand plötzlich im Raum und hatte die letzten Worte wohl gehört. »Man kann mir vieles nachsagen, dass ich unter Halluzinationen leide, gehört jedoch nicht dazu.«

Er wirkte zwar noch reichlich ramponiert, aber kein Vergleich zu dem Zustand gestern in Son Valentí. Unter den fragenden Blicken von Ribera und Blum ließ er sich stöhnend und schwerfällig auf einem Stuhl nieder. »Ich habe mich selbst entlassen. Auf eigenes Risiko. Die wollten mich eigentlich noch zur Beobachtung dabehalten. Aber ich fühle mich so weit okay.«

Vielsagendes Schweigen, verschränkte Arme, Kreuzverhörmimik.

»Hey, Leute. Mir ist klar, dass ich gestern Scheiße gebaut und etwas wiedergutzumachen habe.«

Die kurzfristig aufgekommene Tribunalstimmung im Raum war mit dem verbalen Kniefall beendet, und Quique erzählte, was sich genau abgespielt hatte und wie er zu der Information gekommen war. »Paco meinte übrigens, du sollst dich mal bei ihm melden. Geht um einen neuen fahrbaren Untersatz, den er eventuell an der Hand hätte.«

»Zunächst müssen wir herausfinden, wem die Halle gehört«, sagte Ribera. Seine Augen wanderten von Quique zu Blum und wieder zurück. »Euer Job. Probieren wir's zur Abwechslung mal mit ein bisschen Teamarbeit. Hört euch mal um. Irgendjemand muss doch Bescheid wissen. Ich kümmere mich um diesen Mechaniker, der den Wagen reparieren sollte.«

Sie verabredeten sich für später. In den folgenden Stunden wich bei Ribera das Gefühl des hoffnungsvollen Tagesbeginns mehr und mehr einer Ernüchterung. Von wegen baldiger Durchbruch. Keinen Millimeter kam er weiter. Paco Jimenez hatte ihm zwar den Namen seines Kollegen genannt, der aber stellte sich am Telefon unwissend. Der Name des Typen, dessen Lkw er reparieren sollte? Unbekannt. Der sei ihm wurscht. Hauptsache, die Kohle stimme. Im Übrigen habe ihn eine Frau angerufen, auch ohne ihren Namen zu nennen. Je weniger man wisse, desto besser für alle Beteiligten, das sei sein Credo. Die Halle in Son Valentí? Keine Ahnung, wem die gehöre. Uninteressant. Er sei an dem Abend auch nicht hingefahren, weil er nach dem Gespräch mit Paco nachträglich doch noch kalte Füße bekommen habe. Er habe keine Lust gehabt, in etwas verwickelt zu werden.

Wütend knallte Ribera den Telefonhörer auf die Gabel, als das Gespräch beendet war. Entweder war der Kerl wirklich so verkommen, dass ihm außer dem Geld alles egal war, oder er hatte ihm gerade einen Riesenbären aufgebunden. Er würde ihn sich noch einmal persönlich vorknöpfen.

Er wählte die Nummer seines Kollegen Bernat Ferragut in Barcelona.

»Ah, gut, dass du anrufst, ich wollte mich sowieso bei dir melden.«

Ribera schöpfte Hoffnung.

»Ich habe eine gute und eine schlechte Nachricht – wobei die gute genau genommen auch, sagen wir, suboptimal ist. Also, von den beiden Firmen, die du mir genannt hast, können wir Agbar definitiv streichen. Sie meinten, sie hätten zwar viele Tochterunternehmen, aber keines, das auf Mallorca aktiv sei. Die andere Firma, Agba, könnte hingegen ein vielversprechender Hinweis sein. Allerdings gibt es da ein gravierendes Problem.«

»Und das wäre?«

»Die Adresse, die du genannt hast, scheint eine reine Briefkastenadresse zu sein. Ich konnte dort bisher niemanden erreichen. Ein Anwohner berichtete, hin und wieder würde jemand kommen und die Post abholen, das war's. Reichlich suspekt, das Ganze, wenn du mich fragst. Wir bleiben dran und versuchen herauszukriegen, wer da dahintersteckt. Sobald ich mehr weiß, melde ich mich wieder.«

Penelope Roca platzte ins Zimmer. »Der Kollege von der Pforte hat gerade angerufen. Unten am Empfang sei jemand, der zu dir wolle. Er würde eigentümlich sprechen – eine Art Spenglisch, also eine Mischung aus Spanisch und Englisch.«

Der Besuch von Leland Bloodgood kam für Ribera unerwartet. Eigentlich hatte er den Freund irgendwo auf Besichtigungstour auf der Insel vermutet, nachdem er ihn mit ein paar Tipps versorgt hatte. Nun stand er plötzlich im Foyer der Jefatura in T-Shirt, Shorts und Baseballmütze, wie ein Tourist, der sich verirrt hatte.

»Kleine Überraschung, *bro*. Dachte, wenn ich schon mal hier bin, schaue ich mir gleich eure Polizei an.« Er winkte ab. »Nein, Scherz. Sorry, wenn ich dich störe, aber ich wollte etwas mit dir besprechen. Dachte, es könnte dich interessieren.«

»Lass uns in meiner Stammbar einen Kaffee trinken«, schlug Ribera vor und dirigierte Bloodgood ins »El Pintxo«.

Das neue Gesicht erregte sofort Gwendolyn Uriartes Aufmerksamkeit. »Schon wieder ein neuer Kollege? Das wird langsam zur Gewohnheit.« Sie musterte Riberas Begleiter von Kopf bis Fuß. »Gehört dieser Freizeitlook zum neuen Erscheinungsbild der Polizei?«

Ribera übersetzte Bloodgood, was sie gesagt hatte. Schallendes Gelächter, dann die Aufklärung.

Gwendolyn war sofort Feuer und Flamme. »Wusstet ihr, dass Anfang des 20. Jahrhunderts viele Basken in die USA ausgewandert sind? Auch aus meiner Familie soll noch ein Verwandter drüben leben. Der Kontakt ist jedoch abgebrochen. Aber ich rede mal wieder viel zu viel. Ihr habt sicher einiges zu bequatschen. Ich bringe sofort den Kaffee.«

»Wow«, sagte Bloodgood und blickte ihr bewundernd hinterher. »Ich kann gut verstehen, dass du öfters hierherkommst.«

»Im Moment fehlt mir leider etwas die Zeit und Muße, vor allem nach gestern Abend.« Ribera erzählte ihm von dem Vorfall in Son Valentí, von Quiques Malheur und dass sie nun mit Hochdruck nach dem blauen Lkw, seinem Fahrer und dieser Firma Agba fahndeten.

»Das dürfte doch auf einer kleinen Insel kein Problem sein«, sagte Bloodgood. »So viele Möglichkeiten, einen solchen Brummer einfach verschwinden zu lassen, gibt es hier doch nicht, sollte man meinen.«

Gwendolyn brachte den Kaffee, zwinkerte ihnen zu und verschwand gleich wieder.

Bloodgoods Verzücktheit war erneut angefacht. Dann rührte er nachdenklich Zucker in seine Tasse. »Ich habe mir das, was du mir gestern Abend erzählt hast, durch den Kopf gehen lassen. Ich meine das mit diesem Golfclub und der dunklen Materie.« Verschwörerische Miene. »Was hältst du davon, eine Sonde zu starten, um das Ganze aus der Nähe zu erforschen?«

»Wie meinst du das – eine Drohne oder so was?«

»Nein, eher ein Teleskop, wie diese Dinger, die im Weltraum herumschwirren. Ein menschliches Hubble. Was ich damit meine: Ich könnte dort mal ein paar Runden spielen und mich nebenbei ein bisschen umhören. Mein Spanisch ist zwar trotz Sprachkurs lausig, aber dafür dürfte es reichen. Außerdem sprechen dort sicher viele Englisch. Bevor ich mich hier langweile, verbinde ich das Angenehme mit dem Nützlichen. Wäre mein erstes Work and Travel.«

Ribera war sich zunächst unsicher, was er von dem Vorschlag halten sollte, überlegte hin und her, wägte Vor- und Nachteile ab. Unkonventionell, aber es war eine Chance, vielleicht die letzte. Und er wusste eines: Wenn sein Freund sich etwas in den Kopf gesetzt hatte, war er nur schwer davon abzubringen. In diesem Punkt waren sie sich sehr ähnlich.

»Also gut, einverstanden. Aber du bist vorsichtig und hältst mich auf dem Laufenden.«

»Ich wusste, dass du Ja sagen würdest«, sagte Bloodgood. »Ich habe deshalb gleich heute Morgen kurzfristig einen Handicap-Kurs in einer kleinen Gruppe gebucht, war in der Nachsaison kein Problem. Schläger kann ich mir ausleihen, und einen Mietwagen habe ich mir auch besorgt. Alles geregelt, wie du siehst.« Er brach in schallendes Gelächter aus. »So ein Undercover-Ding wollte ich schon immer mal machen – Wahnsinn, *a dream comes true*.«

14

Calvià, Golf Royal. Nach etwas über zwei Stunden hatte Leland Bloodgood seine erste Kursrunde auf der Anlage von Golf Royal hinter sich gebracht. Das erste Mal nach einer mehrmonatigen Pause, dass er wieder die Welt der Fairways, Greens und Roughs betreten hatte. Aber nach einem mühsamen Beginn war er dann schneller als erwartet hineingekommen, und am Ende der Achtzehn-Loch-Runde hatte er unter den neidvollen Blicken seiner Mitspieler annähernd zu seinem alten Schwung zurückgefunden. Er hatte es vermisst, stellte er fest. Golfen war für ihn weniger ein Sport und schon gar keine Plattform zum gesellschaftlichen Netzwerken. Es war vielmehr eine meditative Angelegenheit, etwas, wobei er perfekt abschalten konnte und was seine Konzentrationsfähigkeit förderte. Was als Nebeneffekt dazu geführt hatte, dass er schon manchen Durchbruch bei seinen Fällen beim Pitchen, Chippen und Putten erzielt hatte.

Als die Runde beendet war, machte er sich daran, Teil zwei seiner Mission umzusetzen. Er war vorbereitet. Ribera hatte ihn gebrieft, zusammen hatten sie sich auch eine Geschichte zurechtgelegt, die er in einem Gespräch auftischen könnte, um glaubwürdig zu erscheinen. Zunächst ging er zum Empfangsschalter und bat um eine Unterredung mit dem Geschäftsführer. Er reichte der Dame seine private Visitenkarte.

»Señor Heideking ist augenblicklich sehr beschäftigt«, antwortete die junge Angestellte. »Ich werde sehen, was ich tun kann. Nehmen Sie doch einstweilen draußen Platz.«

Er schickte eine Zwischennachricht an Ribera, dass er noch eine Weile im Golfclub bleiben würde. Bloodgood war kein Mensch, der sich einfach hinsetzte und darauf wartete, dass etwas geschah. Lieber den günstigen Moment nutzen, um sich umzusehen. Zunächst wollte er sich einen Überblick verschaffen. Erstaunlich großzügiges Anwesen, so sein erster Eindruck, nicht die Inselklitsche, die er erwartet hatte. Er streifte über die Anlage und sezierte sie mit professioneller Genauigkeit: ein Kerntrakt mit diversen Anbauten und einer Terrasse, eine Koppel mit zwei Eseln, dahinter, am Rand des Pinienwalds, ein ungenutzt wirkender Gebäudekomplex. Sah nach Landwirtschaft aus, vielleicht alte Stallungen oder Geräteschuppen. Der Zahn der Zeit hatte daran genagt, wohl ein Überbleibsel der früheren Finca, deren Geist ihm hier entgegenwehte. Ob sich dort etwas verbarg? Sollte er sich einmal näher ansehen. Eventuell ein andermal, jetzt hatte er dafür weder Zeit noch Muße. Außerdem wäre es zu sehr aufgefallen bei dem Kommen und Gehen, das dort herrschte. In der Nähe befand sich die Verleihstation für Golfschläger und Buggys.

Er ging zurück ins Hauptgebäude und versuchte, mit anderen Gästen des Clubs ins Gespräch zu kommen. Das gelang mehr schlecht als recht, sodass er es bald aufgab und die Terrasse aufsuchte. An einem der Tische machte er jemanden aus seinem Kurs aus. Eine günstige Gelegenheit, auf dem Platz waren alle zu sehr auf das Spielen konzentriert und unter der ständigen Aufsicht ihres Golflehrers gewesen. Der Mann winkte Bloodgood zu, als er ihn sah. Er entpuppte sich als leutseliger Geschäftsmann aus der Schweiz, zudem Teilzeitresident, wie er ihm anvertraute. Vor ihm stand ein leeres Bierglas, und als Bloodgood sich setzte, orderte er ein weiteres Getränk.

»Das brauche ich jetzt, ich hatte verdrängt, wie anstrengend Golfen sein kann. Das kommt davon, wenn man zu lange aussetzt, aber die Geschäfte … Dir scheint das ja nichts auszumachen, so locker, wie du unsere Runde weggesteckt hast. Habe dich noch nie hier gesehen, zum ersten Mal bei Golf Royal?«

Bloodgood bejahte, erzählte, dass ihm der Platz empfohlen worden und wie begeistert er davon sei und dass er überlege, öfters herzukommen.

»Lohnt sich«, sagte sein Gegenüber und leerte sein zweites Bier zur Hälfte. »Nicht nur wegen des Golfens. Für Stammkunden gibt es ein nettes Extrapaket – ebenfalls zum Putten.« Er zwinkerte ihm zu, beließ es aber trotz Nachfrage bei der Anspielung und trank sein Glas aus. »Ich glaube, eines genehmige ich mir noch, bevor ich gehe. Aber vorher muss ich mir noch die Nase pudern.« Stand auf und machte sich auf in Richtung Toilette.

Bloodgood blieb sitzen, obwohl er die Aussicht auf einen Termin beim Geschäftsführer für diesen Tag abgeschrieben hatte. Er schaute sich um. Jetzt, am späten Nachmittag, waren die meisten Tische und Stühle besetzt, der Sport ging allmählich in die Happy Hour über. Eine relaxte Atmosphäre wie auf vielen Anlagen, die er im Laufe der Zeit ausprobiert hatte. Dennoch hatte er seit seiner Ankunft das Gefühl, dass auf dieser noch etwas anderes mitschwang, ohne dass er es hätte definieren können. Der Small Talk mit dem Schweizer hatte es lediglich unterstrichen. Sicher war er durch Riberas Informationen konditioniert. Darüber hinaus hatte er jedoch feine Antennen für solche Strömungen, für die spezielle Aura eines Ortes. Seine Mohawk-Nase nannte er das. Er führte sie auf seine indigenen Wurzeln zurück – seine Mutter entstammte den Mohawks, einem nordamerikanischen Indianervolk, das in dem Gebiet des heutigen Upstate New York lebte. Schon des Öfteren hatte sich dieser im wahrsten Sinne des Wortes richtige Riecher in der Vergangenheit als nützlich erwiesen.

»Señor Bloodgood?« Anstelle der jungen Empfangsdame war eine andere Frau an seinen Tisch getreten. Älter, extravagante Ausstrahlung, dunkler Teint, halblange schwarze Haare, die mit einem Haarreifen am Kopf fixiert waren. »Señor Heideking hätte jetzt Zeit.«

Konrad Heideking empfing ihn hinter seinem Schreibtisch, sodass nicht auffiel, dass er im Rollstuhl saß. Vor ihm lag die Visitenkarte, die Bloodgood am Empfang hinterlassen hatte. In der Hand hielt er einen Golfschläger, an dem er herumspielte. Er sparte sich eine förmliche Begrüßung, bat ihn, Platz zu nehmen. Die Frau setzte sich ebenfalls.

»Ich sehe, Sie sind Amerikaner«, begann Heideking. »Wir haben hier selten Kunden aus dieser Ecke der Welt, obwohl wir durchaus international aufgestellt sind. Aber mit diesen Direktflügen zwischen den USA und Mallorca könnten es in Zukunft mehr werden.« Er wies auf die Frau. »Das ist übrigens meine Geschäftspartnerin.« Er nannte keinen Namen. »Was hat Sie zu uns geführt, Señor Bloodgood?«

»Eine Empfehlung eines guten Freundes. Und ich muss nach dem ersten Tag sagen, er hat in keiner Weise zu viel versprochen. Ich könnte mir gut vorstellen, bei Ihnen Mitglied zu werden.«

Heideking reagierte freundlich reserviert. »Das freut uns zu hören. Neue Mitglieder sind immer willkommen, auch wenn wir uns über mangelnde Nachfrage nicht beklagen können. Wir verzeichnen in den letzten Jahren eine dynamische Entwicklung.«

Bloodgood stach die ungewöhnliche Dekoration des Büros ins Auge, während Heideking sprach. Neben den üblichen Fotos von Siegerehrungen bei Turnieren hingen mehrere präparierte Tierköpfe an der Wand: Wildschwein, Hirsch, Reh, dazu mehrere exotische Tiere, darunter der Kopf eines Büffels mit mächtigen Hörnern, sowie eine Holztafel mit der Silhouette von Afrika, die mit einem Zebrafell überzogen war. Er fühlte sich an Besuche in einem Naturkundemuseum erinnert. »Geschenke Ihres internationalen Publikums oder gute Plastikimitationen made in China?«

Heidekings Eitelkeit war geweckt. Er richtete den Golfschläger wie einen Zeigestock auf die Wand. »Alles echt. Ein kleines exotisches Hobby, dem ich früher nachgegangen bin, bevor ich mit dem hier unterwegs war.« Er klopfte auf den Rollstuhl.

Bloodgood wurde offensiver. »Wir Amerikaner sind sehr direkt. Es gibt ja eine Menge schöner Golfplätze auf Ihrer Insel. Die Qual der Wahl. Ich frage mich daher, was Ihre Anlage als Mehrwert zu bieten hat, was sie von anderen unterscheidet – außer Ihren Jagdtrophäen natürlich.«

»Wir betrachten unsere wundervolle Anlage und das Restaurant eigentlich als Mehrwert. Genügt Ihnen das etwa nicht, Mr. Bloodgood?«

»Das können auch andere Clubs vorweisen. Ich meine einen Mehrwert, mit dem Sie ein echtes Alleinstellungsmerkmal haben, wenn Sie verstehen.«

Heideking streichelte über das Eisen des Golfschlägers und musterte ihn mit scharfem Blick. Bloodgoods Hände umklammerten die Lehne seines Stuhls. Er fühlte auf einmal ein Unwohlsein.

»Wie kommen Sie darauf, dass wir einen solchen Mehrwert, wie Sie es ausdrücken, bieten könnten?«

Er widerstand dem Impuls, das Zimmer zu verlassen. »Sagen wir es mal so: Ich habe so etwas läuten hören – von einem guten Bekannten.«

Keine Reaktion, Heideking und seine Partnerin schauten sich nur an.

Bloodgood schickte einen Zusatz hinterher: »Ich habe mich ein wenig in Ihre Insel verliebt und könnte mir vorstellen, öfters herzukommen. Genauer gesagt stehe ich kurz vor dem Kauf einer Finca, vielleicht sogar, um mich irgendwann ganz hier niederzulassen. Ich denke, da könnte es nicht schaden, unsere Geschäftsbeziehungen zu vertiefen – eine Art Win-win-Situation.«

Die Frau blinzelte Heideking unmerklich zu, offenbar eine nonverbale Verständigung zwischen den beiden. Er legte den Schläger beiseite und lächelte konziliant.

»Nun, wir haben da Extraservice-Pakete für unsere Premium-Kunden, die wir Ihnen eventuell anbieten könnten. Mal sehen, was sich da machen lässt. Sie haben ja, wie ich gesehen habe, einen mehrtätigen Kurs gebucht. Wir melden uns bei Ihnen.«

An der Tür war ein Kratzen zu hören. Sekunden später stürmte ein großer grauer Hund herein.

Im Türrahmen erschien die junge Angestellte vom Empfang. »Sie wollte unbedingt herein. Ich wollte sie zurückhalten, aber sie hört einfach nicht auf mich.«

Der Hund lief zunächst schwanzwedelnd zu der Frau, bevor er neugierig Bloodgood beschnüffelte, um sich dann zu dessen Füßen zu legen.

»Eigenartig«, wunderte sich die Frau. »Das hat Dolores noch nie bei einem Fremden gemacht. Irgendetwas Besonderes muss an Ihnen sein.« Ihr Blick blieb auf Bloodgood haften, als würde sie ihn zu durchleuchten versuchen.

Sein Herz schlug auf einmal schneller.

Heideking griff zum Golfschläger und umfasste ihn so fest, dass seine Knöchel weiß hervortraten.

15

Palma, Stadtteil El Camp d'en Serralta. Pau Ribera ging am frühen Abend gegen neunzehn Uhr unruhig in seinem Büro auf und ab. Seine Gedanken kreisten um Leland Bloodgood. Die Entscheidung, ihn bei Golf Royal einzuschleusen, ließ ihm einfach keine Ruhe. Genauer gesagt haderte er mit sich. Ribera, du Wahnsinniger, wie konntest du das nur zulassen, hörte er sich sagen. Natürlich, eine solche Strategie hatte zuvor bereits in seinem Kopf herumgespukt. Ohne dass ihm jemand in seiner Abteilung eingefallen wäre, der dafür in Frage gekommen wäre. Quique oder Blum? Unmöglich. Penelope Roca? Ausgeschlossen. Auch darüber hinaus war kein geeigneter Kandidat in Sichtweite gewesen. Als Bloodgood ihm am Vorabend seine

Golfpassion eröffnet hatte, war der Gedanke bei ihm selbst kurz aufgeblitzt, aber sofort wieder in einer imaginären Schublade verschwunden. Nie im Leben hätte er den Freund von sich aus da hineingezogen.

Andererseits war Bloodgood ein erfahrener Cop, der keine unnötigen Risiken einging. Und genau genommen war es keine Undercover-Ermittlung, zumal er in Spanien keinerlei polizeiliche Befugnisse besaß. Vielmehr handelte es sich um eine V-Mann-Mission, bei der Zivilpersonen verdeckt operierten. Ihm selbst fehlten Erfahrungen in dieser Richtung. Wie dem auch sei. Was, wenn Moix dahinterkam? Oder, der Worst Case, wenn die Sache aus dem Ruder lief? Man konnte es drehen und wenden, wie man wollte: Es blieb ein Spiel mit dem Feuer, an dem er und vor allem sein Freund sich die Finger verbrennen konnten. Vor seinem geistigen Auge sah er sich bereits Bloodgoods Leiche aus einem der künstlich angelegten Teiche auf dem Golfplatz ziehen und vor sich liegen wie Toni Castro, nachdem er von dem Müllboot aus dem Meer gefischt worden war. Und er stellte sich vor, wie Bloodgoods Frau aus den USA anreiste, um ihren toten Mann abzuholen, und wie er stammelnd um eine Erklärung rang.

Er schüttelte sich, versuchte, die Phantasie aus seinem Kopf zu bekommen. Jetzt war es eh zu spät, um die Sache noch abzublasen. Warum rief der Kerl bloß nicht mehr an? Sie hatten doch ausgemacht, dass sie ständig in Verbindung bleiben würden. Das hatte bisher auch gut geklappt. Bloodgood war in dieser Beziehung extrem zuverlässig, hatte sich regelmäßig bei ihm gemeldet, zuletzt vom Golfplatz aus. Nun herrschte Funkstille. Seine eigenen Versuche landeten lediglich auf der Mailbox. Ribera schwankte zwischen Sorge und Ärger und war drauf und dran, selbst nach Calvià zu fahren, als sein Telefon klingelte. Endlich!

Es war jedoch nicht der erwartete Bloodgood, sondern Feragut aus Barcelona.

»Ich hätte nicht damit gerechnet, um diese Zeit noch jemanden in eurem Urlaubsparadies zu erreichen. Ich hoffe, du sitzt gut, ich habe Neuigkeiten, die dich interessieren dürften. Du wirst staunen.«

»Mach's nicht so spannend, Bernat.«

»Wir haben herausgefunden, wer sich um den Briefkasten dieser Firma Agba kümmert. Wir haben jemanden abgepasst, wie er die Post abgeholt hat.«

»Rück schon raus, Bernat, wer steckt dahinter?«

»Eine Anwaltskanzlei in Barcelona.« Kurze Stille in der Leitung. »Und jetzt wird's verdammt schräg. Der Name der Kanzlei lautet nämlich Moix – M. Moix.«

Ribera war bestürzt. Sollte sich sein Misstrauen gegen Moix auf diese Weise bewahrheiten? Er hatte vieles für möglich gehalten, diese Nachricht aber übertraf seine schlimmsten Befürchtungen. Ferraguts Stimme drang zu ihm durch, als käme sie aus einem Paralleluniversum.

»Ich kann mir gut vorstellen, was jetzt in dir vorgeht. Ging mir zunächst ähnlich, als ich das hörte. Aber ich kann dich beruhigen. Das M. steht für ›Matías‹ – Matías Moix, ohne familiäre Beziehungen zu deinem Chef, wenigstens soweit wir bisher wissen. Der Name kommt ja häufiger vor. Aber ein merkwürdiger Zufall ist das schon, *tío*. Manchmal toppt die Realität die Fiktion.«

»Wisst ihr, in welcher Verbindung dieser Matías Moix zu Agba steht?«

»Wir vermuten, dass er als eine Art Strohmann fungiert. Genaueres steht aber noch nicht fest. Wir werden ihn morgen in die Mangel nehmen. Sollte es Fortschritte geben, informieren wir dich sofort.«

Nach dem Gespräch saß Ribera zunächst wie gelähmt da und starrte ins Leere. Das plötzliche Auftauchen des Namens Moix hatte ihn nachhaltig schockiert. Was, wenn es doch eine Verbindung zum Polizeichef gab und er in die Sache verwickelt war? Grundgütiger. Von einer Ironie des Schicksals zu sprechen wäre in diesem Falle noch schwer untertrieben. Ein Riesenskandal wäre losgetreten, die Insel würde kopfstehen. »Polizeichef führt heimliches Doppelleben«, die Schlagzeile schrie Ribera förmlich vor seinem inneren Auge an. Und er sah, wie Moix in Handschellen aus der Jefatura abgeführt wurde. Was für eine Vorstellung – wie in einer dieser amerikanischen Krimiserien.

Amerikanisch – Leland, *puta madre*, schoss es ihm durch den Kopf. Er hatte den Freund kurzfristig völlig verdrängt. Was bist du nur für ein egozentrisches Arschloch, Ribera, ging er mit sich selbst ins Gericht. Sobald ein neues Problem auftauchte, wurde das andere nebensächlich.

Er griff zum Mobiltelefon. Eine Sprachnachricht wurde angezeigt. Vor lauter Aufregung hatte er es nicht mitbekommen. Bloodgood. Er lebte. Gott sei Dank. Nachdem Ribera sie abgehört hatte, war er aufs Neue beunruhigt.

Palma, Zentrum. Als Ribera gegen einundzwanzig Uhr in die »Costa Dorada« zurückkehrte, empfing ihn Lemmy mit erhobenem Schwanz, marschierte dann schnurstracks zu der Stelle, wo sein Futternapf stand. Leer.

»Ah, el Señor wünscht einen Abendsnack, bevor er sich ins Nachtleben stürzt. Sollte ich auch mal wieder machen, tío.«

Er fütterte den Kater, war jedoch gedanklich ganz woanders. Die Nachricht von Leland Bloodgood beschäftigte ihn weiterhin. Er war nicht ganz schlau daraus geworden. Nur so viel stand fest: Sein Freund hatte den V-Mann-Einsatz über das Golfspielen hinaus ausgedehnt. Es hatte wohl keinen Wert mehr, an diesem Abend auf ihn zu warten.

Ribera machte sich eine Kleinigkeit zu essen, öffnete ein Bier und legte eine CD in seine Micro-Stereoanlage ein, die er sich bei seiner Ankunft auf Mallorca zugelegt hatte. Eine Aufnahme von Concha Buika, einer mallorquinischen Flamenco- und Jazz-Sängerin mit äquatorialguineischem Familienhintergrund. Tolle Musik, wie er fand. Núria hatte ihm die Aufnahme geschenkt.

No habrá nadie en el mundo
Que cure la herida, que dejó tu orgullo
Yo no comprendo que tú me lastimes

Er kannte das Stück schon fast auswendig und sang den Refrain mit: »Es wird niemanden auf der Welt geben, der die Wunde heilen kann, die dein Stolz hinterlassen hat. Ich verstehe nicht, dass du mich verletzt hast.« Ein melancholisches Stück, das zu Riberas Stimmung passte. Die Freundin sauer auf ihn, der Freund verschollen. Schöne Bescherung.

Etwa eineinhalb Stunden später vernahm er ein Pochen an seiner Tür. Lemmy, der sich nach dem Fressen auf einem Stuhl zusammengerollt hatte, schaute misstrauisch auf, während Ribera öffnete, und flüchtete dann durch die geöffnete Terrassentür, als ein ihm Unbekannter eintrat.

»Sorry, dass ich mich nicht mehr gemeldet habe, aber mein Akku hat schlappgemacht. Zu viel fotografiert und dann keine Gelegenheit, ihn wieder aufzuladen.« Er schaute sich neugierig um. »Hier haust du also. Kuschelig, wenn auch auf Dauer etwas klein. Andererseits liegen Tiny Houses im Trend. Aber du willst sicher wissen, was ich an meinem ersten Urlaubstag auf eurer Insel alles erlebt habe.«

»Offenbar mehr als ursprünglich geplant, wenn ich deine Botschaft richtig interpretiere. Ich bin gespannt.«

Ribera holte zwei Bier aus dem Kühlschrank, sie setzten sich auf die winzige Terrasse, die zu dem Zimmer gehörte, und Leland Bloodgood berichtete von seinem Abenteuer im Golfclub.

»Mir kommt der Laden auch irgendwie suspekt vor. Vielleicht liegst du mit deiner Vermutung von wegen dunkler Materie gar nicht so verkehrt. Und dieser Heideking, ich glaube, er ist verrückt. Man sieht es an seinen Augen. Und seine Partnerin, deren Namen ich bisher nicht kenne, ist ein eiskaltes Luder. Schwierig, an die ranzukommen. Im Gegensatz zu ihrem Hund. Der hat mir sofort aus der Hand gefressen.«

»Wie das?«

Leland wackelte mit den Händen und lachte. »Wuhu – Mohawk-Magie. Nein, ich kann einfach mit Hunden. Ich bin damit aufgewachsen und habe keine Angst vor ihnen. Das spüren die Tiere instinktiv.«

Ribera wusste um die indigenen Wurzeln seines Kumpels und fragte nicht weiter nach.

Auf jeden Fall habe ihn ein schon etwas angetrunkener Schweizer Mitspieler nach dem Kurs in einen Beachclub in Magaluf mitgeschleppt, der offenbar mit dem Golfclub verbunden sei, berichtete Bloodgood. Dort sei er mit einem anderen männlichen Gast ins Gespräch gekommen. »Eine zwielichtige Gestalt. Kein Spanier, sprach Englisch mit starkem Akzent. Auch relativ groß mit einem Kinnbart.«

Ribera horchte auf. Hatte nicht Inés aus dem »Café Verde« von einem solchen Typen gesprochen, der sich nach ihm erkundigt hatte? Es wäre ein äußerst wunderlicher Zufall.

Bloodgood erzählte weiter: »Er hat ziemlich auf den Putz gehauen. Führte sich auf wie eine Art Supermann, hat damit geprahlt, dass ihm keiner was könne und er es mit jedem aufnehme. Und jetzt kommt's: Er hat behauptet, dass er sogar einem Bullen eine Knarre abgenommen hätte. Er hat das auf eine Art gesagt, bei der es mir kalt den Rücken hinuntergelaufen ist. Da hat es bei mir geklingelt nach dem, was deinem Kollegen in dieser Halle passiert ist. Wenn das wirklich stimmt, könnte das euer Lkw-Mann sein. Das wäre doch der Hammer.«

Ribera holte zwei weitere Bier. »Es ist auf jeden Fall etwas, dem man nachgehen muss. Hat der Typ erwähnt, ob er öfters in dem Club verkehrt?«

»Mir kam er wie ein Stammgast vor. Er kannte das Personal beim Namen und hat sich irgendwann mit einem Mädchen in eine Nische verzogen.« Bloodgood setzte die Flasche an und nahm einen Schluck. »Weißt du, *bro*. Der ganze Laden wirkte reichlich dubios auf mich. Nennt sich zwar ›La Mariana‹, die meisten Gäste, mit denen ich gesprochen habe, sagen aber ›La Golfa‹. Musste mir erst erklären lassen, dass das nichts mit Golfspielen zu tun hat. Aber kein Wunder bei all den hübschen Chicas, die dort herumspringen.«

Ribera wusste natürlich, was das Wort bedeutete: Es war ein umgangssprachlicher Ausdruck für »Hure«.

»Mein neuer Schweizer Buddy hat gemeint, abends ab etwa

zwanzig, einundzwanzig Uhr würde da die Post abgehen. Es gibt dort wohl Räume irgendwo im oberen Teil des Gebäudes. Dahin sind manchmal Leute verschwunden. Du kommst da aber nicht so ohne Weiteres hin. Der Zugang wird von einem breitschultrigen Gorilla bewacht. Ich glaube, es würde sich lohnen, den genauer unter die Lupe zu nehmen. Wie auch dieses Golf Royal. Vielleicht könnte man sich dort mal nachts umsehen, wenn niemand da ist.«

»Nein, Leland, auf keinen Fall. Es reicht schon, dass du dort heimlich herumgeschnüffelt hast. Wenn das herauskommt, kriege ich gewaltig Ärger, da wäre auch deine ganze Mohawk-Magie machtlos. Also bitte, genieße deinen Urlaub und überlass die Sache uns.«

Nachdem Bloodgood gegangen war, blieb Ribera noch eine Weile auf der Terrasse sitzen, trank ein weiteres Bier und starrte in die Dunkelheit hinaus. Er liebte diese Stimmung, wenn die Tageshektik aus der Metropole abgeflossen war, als hätte jemand mit dem Einbruch der Nacht einen riesigen Stöpsel herausgezogen, und wenn die Straßen und Gassen der Altstadt im Halbschatten der diffusen Straßenbeleuchtung vor sich hin dämmerten. Wenn auch seine Gedanken unbelastet von der störenden Überdosis an Sinneseindrücken frei schweben konnten und sich mit der allmählich aufkommenden Müdigkeit mischten.

Was für aufregende Stunden lagen hinter ihm – mit sich überschlagenden Ereignissen, begleitet von einer emotionalen Achterbahnfahrt und mit einem Abschluss, an den sich anknüpfen ließ. Mit anderen Worten: Der Ausflug seines Freundes hatte sich trotz all seiner Bedenken gelohnt. Eine konkrete Spur hatte sich vor ihnen aufgetan. Fragte sich nur, wie er seinen beiden Kollegen beibringen sollte, dass die Art und Weise, wie sie sich ergeben hatte, außerhalb jedes Lehrbuchs angesiedelt war. Dein Chef hat Hybridfahrzeuge eingeführt, du die hybride Polizeiarbeit, sprach Ribera zu sich selbst, auch wenn das außer ihm noch niemand wusste. Ein Vabanquespiel ohne Erfolgsgarantie.

Irgendwo in der Nähe auf einem der Dächer um die »Costa Dorada« herum hörte er Lärm. Durchdringende, lang gezogene

Laute, als würde ein Baby schreien. Sie steigerten sich, nahmen einen bedrohlichen Klang an, ein Poltern, dann war der Spuk vorbei. Er lehnte sich wieder zurück, kein Grund zur Panik, das Spektakel hatte er schon mehrmals mitbekommen. Katzen waren die reinsten Drama-Queens, wenn sie aneinandergerieten. Vielleicht Lemmy, der gegen einen anderen Kater sein Revier verteidigte.

Kurz nach Mitternacht ging er ins Bett. Mit dem festen Entschluss, der Spur nachzugehen. Was blieb ihm auch anderes übrig? Und er hatte eine dunkle Ahnung, dass sich sein Freund Bloodgood nicht aufs Urlaubmachen beschränken würde.

16

Palma, El Camp d'en Serralta. Gleich am nächsten Morgen fand eine Teambesprechung in der Jefatura mit denkwürdigem Charakter statt. Ribera berichtete zunächst von der Kanzlei in Barcelona. Irritation zeichnete sich in den Gesichtern von Blum und Quique ab.

»Du glaubst doch nicht im Ernst, dass unser Polizeichef etwas mit der Sache zu tun hat?«, fragte Blum.

Ribera verneinte. »Das wäre mehr als eine Ironie des Schicksals. Aber mal sehen, was die Kollegen in Barcelona noch zutage fördern. Vorher sollten wir uns auf etwas anderes konzentrieren.«

Er ging zu Bloodgoods Stippvisite in Magaluf über, ohne dessen Namen zu erwähnen. Die Reaktion war dieses Mal eine Mauer des Argwohns, der er sich gegenübersah.

»Von wem genau hast du den Tipp erhalten?«, fragte Cristina Blum.

»Von einem Freund. Mehr kann ich darüber im Augenblick nicht sagen.«

»Und der Typ hat tatsächlich behauptet, einem Polizisten die Waffe abgenommen zu haben?«, fragte Quique.

»Hat er. Es habe glaubwürdig geklungen, sagt mein Informant.«

Die Zweifel von Blum und Quique tänzelten durch den Raum wie die einfallenden Sonnenstrahlen. Trotzdem akzeptierten beide die kryptische Erklärung ihres Vorgesetzten. Fürs Erste. Vor allem Quique. Binnen Sekunden schaltete er von skeptisch auf angriffslustig um und schlug die Faust auf den Tisch. »Lasst uns diesen Kerl schnappen!«

Ribera wiegte mehrmals den Kopf. »Ich kann ja verstehen, dass du mit ihm noch eine Rechnung offen hast, aber es ist verdammt riskant. Wir wissen, dass er gewalttätig ist – und er dürfte bewaffnet sein. Es besteht die Gefahr, dass andere Gäste verletzt werden.«

»Und wenn wir uns zunächst in diesem Club umhören und versuchen, so viele Informationen wie möglich über ihn einzuholen?«, schlug Blum vor.

Ribera überlegte. »Im Prinzip ein vernünftiger Vorschlag, und ich würde dir auch jederzeit zustimmen. Aber wenn wir Pech haben, wird er gewarnt und ist dann über alle Berge.«

Er erhob sich und ging unter den erwartungsvollen Blicken seiner beiden Mitarbeiter langsam und mit schweren Schritten im Zimmer umher. Mehrmals blieb er abrupt stehen, als wäre er von einem unsichtbaren Hindernis gestoppt worden, hielt die Hand vor den Mund und rieb seine Wangen. Oder er stemmte die Hände in die Hüften, legte den Kopf in den Nacken und starrte mit gläsernem Blick vor sich hin. Auf diese Weise rang er eine Weile mit sich, bis er sich mit entschlossenem Gesichtsausdruck Quique und Blum zuwandte. »Ich fürchte, es führt kein Weg daran vorbei, wir müssen da rein. Jetzt haben wir noch das Überraschungsmoment für uns.«

Stillschweigendes Einverständnis von Quique, nur Blum schaute Ribera mit gerunzelter Stirn an. »Es macht doch keinen Sinn, einfach auf gut Glück da hineinzuspazieren, in der Hoffnung, dass er tatsächlich dort ist. Was wissen wir bisher über diesen Club?«

»Wenig bis gar nichts. Das wollte ich heute nachholen.«

Blum nahm ihr Tablet zur Hand. »Da haben wir's. ›La Mariana Magaluf‹ – hübsche Fotos, Strandliegen, Pool, Bar, überschaubare Karte mit ein paar Snacks. Ein Beachclub wie viele andere – wobei, nicht ganz. Abends wird er zum Nachtclub mit Lounge und VIP-Bereich. Klar, an einem Touristenhotspot, die greifen so viel Publikum wie möglich ab. Öffnungszeiten täglich von zwölf bis zwei Uhr.«

»Mein Informant hat den Typen am Abend getroffen. Um diese Zeit soll es Angebote geben, die nicht auf der Webseite zu finden sind. Die scheint unser Mann gern in Anspruch zu nehmen.«

»Dann sollten wir uns auf den Abend konzentrieren. Am besten, wir observieren den Club unauffällig von außen, und wenn der Kerl tatsächlich kommt …«

Quique nickte zustimmend, Ribera klatschte in die Hände. »So machen wir's, Herrschaften.«

Danach arbeiteten sie einen Schlachtplan für den Einsatz aus. Etwas über eine Stunde später war die Besprechung beendet.

»Ich glaube, wir brauchen alle erst einmal eine Pause«, sagte Ribera. »Alles Weitere sehen wir heute Abend.« In die allgemeine Aufbruchstimmung hinein fiel ihm noch etwas ein. »Konntet ihr in der Zwischenzeit herausfinden, wer diese Halle in Son Valentí angemietet hat?«

Quique war schon fast zur Tür draußen, als er sich noch einmal umdrehte. »Der Eigentümer sagt, die Mieter hätten in den letzten Jahren gewechselt. Zuletzt sei sie von einer Frau telefonisch gemietet worden. Um Fahrzeuge unterzustellen. Sie habe sich als Señora López vorgestellt. Bezahlt worden sei monatlich und immer bar. Das Geld sei per Umschlag in seinen Briefkasten eingeworfen worden. Er habe sich nicht weiter darum gekümmert, solange er seine Miete pünktlich bekommen habe.«

Ribera wiederholte den Namen mehrmals. »Ein verdächtig unverdächtiger Allerweltsname. Unter Garantie falsch. Und schon wieder eine Frau. Hol mich der Teufel, wenn die Dame nicht mit der identisch ist, die diesen Mechaniker für die Reparatur des Unfall-Lasters angeheuert hat.«

Quique verließ den Raum, Blum blieb im Besprechungszimmer. Sie schürzte die Lippen, während ihre Augen auf Ribera ruhten.

»Übrigens, du könntest uns ruhig einweihen, wenn du irgendwelche Leute heimlich für dich Nachforschungen anstellen lässt. Wir sind immerhin deine Kollegen und arbeiten am selben Fall.«

Ribera sah sie schuldbewusst an. »Du hast natürlich recht, aber das ist eine spezielle Geschichte, die sich nicht so einfach erklären lässt.«

Wer könnte ihm mehr über diesen Beachclub in Magaluf erzählen?, überlegte Ribera, als er nach einem Abstecher ins »El Pintxo« wieder in seinem Büro saß. Am nächsten dran sein musste die Policía Local. Er ließ sich zum Dienststellenleiter in Magaluf durchstellen, einem Lorenzo Flexas.

»Soso, du willst was über ›La Mariana‹ wissen.«

Stille in der Leitung, gefolgt von schwerem Atmen.

»Was soll es da groß zu sagen geben? Ein normaler Strandclub mit Nachtbetrieb. Exklusiver Schuppen, ansonsten unauffällig. *Gracias a Dios.* Wir haben andere Problemzonen.«

Ribera wusste um die häufigen Exzesse, die Magaluf einen schlechten Ruf beschert hatten. Ausgelöst zumeist von jungen britischen Urlaubern. »Was für ein Publikum verkehrt dort?«

»Gemischt. Touristen, auch ein paar Einheimische, Golfspieler, Yachtbesitzer – überwiegend zahlungskräftige Klientel. Die verhalten sich unauffällig.«

»Wer ist der Besitzer?«

»Besitzerin. Eine Lourdes Camacho.«

»Was ist das für eine Frau?«

»Geschäftstüchtig. Ehrgeizig. Eine Zugezogene vom Festland. Dennoch ganz sympathisch. Ansonsten ...«

»Unauffällig, ich weiß«, nahm Ribera den Zusatz vorweg. »Es gibt Anzeichen dafür, dass in dem Club noch mehr läuft außer Poolpartys.«

»Was soll das sein?«

»Bettpartys. Anders gesagt: Prostitution. So was soll's ja auch in Magaluf geben. Wie seinerzeit, als ein gewisser Ignacio Zafra bei der Lokalpolizei von Magaluf war. Der Name ist bekannt, nehme ich an.«

Schweigen.

»Ja, schon«, sagte Flexas dann zögerlich. »Wie könnte man das vergessen? Hat 'ne Menge Staub aufgewirbelt, die Geschichte. Das war aber eine andere Zeit. Ignacio hatte sich mit den falschen Leuten eingelassen und musste dafür teuer bezahlen. Wir haben inzwischen alles im Griff. Weshalb interessiert dich das überhaupt?«

»Unter den Gästen befindet sich möglicherweise jemand, den wir suchen. Ein Informant will ihn gestern dort gesehen haben. Er ist wahrscheinlich bewaffnet. Und bevor wir reingehen, untersuchen wir das Umfeld.«

»Braucht ihr Unterstützung?«

»Normalerweise würde ich darauf zurückgreifen. Aber wir wollen möglichst unauffällig vorgehen. Er ist uns schon einmal entwischt.« Ribera hatte sich die Spitze nicht verbeißen können.

Flexas ignorierte sie entweder, oder sie war ihm entgangen. »Ich wäre an eurer Stelle vorsichtig, Kollege. In dem Club sollen einige einflussreiche Leute verkehren. Die könnten allergisch reagieren, wenn man ihre Kreise stört.«

Die letzte Bemerkung ließ Ribera unkommentiert. Er verzichtete darauf, Flexas darüber zu belehren, dass die Polizei auf solche Befindlichkeiten keine Rücksicht nehmen dürfe und dass vor dem Gesetz alle gleichbehandelt werden sollten und er mit einer solchen Einstellung seinen Beruf verfehlt habe. Vergebliche Liebesmüh.

Dennoch ärgerte er sich nach dem Gespräch über eine solch unterwürfige Berufseinstellung. Einflussreiche Leute, diese penetrante Betonung der Unauffälligkeit, was für ein Hohn. Als ob in Magaluf irgendetwas unauffällig wäre. In diesem – in seinen Augen – Vorhof der Hölle. Denkbar, dass es nur eine sprachliche Marotte war. Für Ribera klang es jedoch nach Abwiegeln und Schönfärben. Außerdem bewirkten solche Formulierungen genau das Gegenteil dessen, was damit beabsichtigt war: Sein Misstrauen und seine Neugierde waren nun erst recht geweckt. Befeuert wurden sie von der angeblichen Ahnungslosigkeit des Kollegen, was »La Mariana« betraf. Sein siebter Sinn sagte ihm, dass der Lokalpolizist ihm etwas vorenthalten hatte und dass er den Beachclub besser kannte, als er zugeben wollte.

Nachträglich machte Ribera sich Vorwürfe, dass er sich nicht bedeckter gehalten hatte. Wie Leland. Wo steckte der Kerl eigentlich? Er hatte heute bisher weder etwas von ihm gehört noch ihn zu Gesicht bekommen. Ungewöhnlich nach den Erlebnissen des Vortags, wie er fand. Vielleicht ja ein gutes Zeichen dafür, dass er sich auf das besann, weshalb die meisten nach Mallorca kamen, auch wenn es ihm schwerfiel, sich Leland als gewöhnlichen Touristen vorzustellen.

Schon war er gedanklich wieder in Magaluf. Der Polizeiskandal, in den Lokalpolizisten vor ein paar Jahren verstrickt gewesen waren. Ob vielleicht …? Im Computer konnte er wenig dazu finden. Er ging zu Penelope Roca.

»Du hast doch vor Kurzem zu unserem Ex-Kollegen Ignacio Zafra recherchiert. Wurde dabei ein Beachclub namens ›La Mariana‹ erwähnt?«

Roca kramte ihre Notizen hervor. »Nein, der Name taucht nicht auf. Ermittelt hat eine Antikorruptionseinheit der Policía Nacional. Soll ich dort nachfragen? Ich habe ja inzwischen eine gewisse Routine bei Spezialrecherchen.«

»*Muchas gracias* für das Angebot, aber das muss ich selbst erledigen.«

Zurück in seinem Büro rief Ribera umgehend in der Abteilung an.

Der Kollege reagierte erstaunt. »Schon wieder diese alte Geschichte? Hat sich doch kürzlich schon eure Kollegin danach erkundigt. Eure Miss Mallipenny, so heißt sie doch, oder?«

Er spielte auf den Spitznamen an, den Penelope Roca seit einem früheren Fall hatte und der sich seither in der Jefatura herumgesprochen und etabliert hatte. Dann wurde er wieder sachlich. »War eine üble Sache. Ich weiß es noch, als ob es gestern gewesen wäre. Ab und zu frage ich mich, ob dieser Sumpf wirklich vollständig ausgetrocknet wurde oder ob noch Reste übrig geblieben sind. Da waren einige aus der Abteilung verwickelt. Die, denen man es nachweisen konnte, hatten sich den Markt untereinander aufgeteilt. Jeder hatte seine Clubs, die er geschröpft hat. So kam man sich nicht gegenseitig ins Gehege beim Abkassieren. Wie viele es waren und wer genau betroffen war, weiß ich nicht mehr, da müsste ich nachschauen. Ich rufe zurück.«

Nach einer Dreiviertelstunde meldete sich der Kollege. »›La Mariana‹, hast du gesagt. Beim Suchen ist es mir wieder eingefallen. Es gab seinerzeit einen Anfangsverdacht wegen spezieller Dienstleistungen in dem Club. Du verstehst – *golfas*. Aber nachgewiesen werden konnte nichts. Bis auf zwei Beschäftigte ohne gültige Aufenthaltserlaubnis. Peanuts. Auch von den verurteilten Polizisten hat niemand vor Gericht den Laden angeschwärzt. Entweder die haben sich das Schweigen erkauft, oder jemand hat seine schützende Hand über sie gehalten. Beides denkbar. Es gab Gerüchte, dass dort ein paar wichtige Leute verkehren. Hohe Beamte aus Rathäusern und anderen Behörden – bis hin zu Regierungskreisen, hieß es. Offenbar gut vernetzt, die Besitzerin und ihr Partner. Eine Hand wäscht die andere. Aber so funktioniert es auf dieser Insel. Da kannst du noch so viele Antikorruptionseinheiten ins Leben rufen.«

»Wieso Partner?«

»Keine Ahnung, ob nur Geschäfts- oder auch Lebenspartner. Als wir ermittelt haben, ist im Hintergrund ein Deutscher herumgesprungen. Oder vielmehr herumgerollt. Saß im Rollstuhl. Ein richtiges Duo infernale.«

Ribera hatte auf einmal das Gefühl, als wäre soeben ein weißer Fleck auf seiner Ermittlungslandkarte getilgt worden. Und allmählich schien sich aus einzelnen Bruchstücken ein Bild zu formen wie eine Leinwand, die nach und nach bemalt wurde. Nur was für ein Motiv würde es am Ende darstellen? Nach wie vor fehlten bei seinem imaginären Legespiel entscheidende Elemente, um es zu vervollständigen. Manchmal musste er sich ins Gedächtnis rufen, dass er in einem Mordfall ermittelte, auch wenn das fast in den Hintergrund gerückt war. Etwas anderes hatte sich darübergestülpt wie eine große Kaltluftfront bei der Gota fría.

Er schaute auf die Uhr. Kurz nach fünfzehn Uhr. Die Stunden waren bisher wie im Flug verstrichen. Immer noch kein Lebenszeichen von Bloodgood. Der Anrufversuch endete zum wiederholten Male auf der Sprachbox. Sollte er sich langsam Sorgen machen? Sie tickten ähnlich, waren wie Spürhunde, die mit ihrer feinen Nase überall Duftpartikel rochen. Und nur schwer davon abzubringen waren, einer Fährte zu folgen, wenn sie einmal Witterung aufgenommen hatten. Bei seinem Freund hatte er nach dem gestrigen Tag den Eindruck, dass er bereits dieses Stadium erreicht hatte. Wer weiß, was er gerade trieb.

Ribera brauchte Ablenkung und ging hinüber zu Quique und Blum. Musste ihnen sowieso die Neuigkeiten berichten.

Das laute Organ von Quique donnerte auf den Flur heraus. »*Es una locura!* Du wirst nicht glauben, was ich soeben bekommen habe.«

Ribera betrat den Raum. »Was ist der Wahnsinn?«

Quique riss sich vom Bildschirm seines PCs los und glotzte ihn entgeistert an. »Es geht um die Cala Gamba. Du erinnerst dich vielleicht an dieses Nachbarhaus gegenüber dem Club Nautico, das ebenfalls eine Überwachungskamera hat, dessen Bewohner aber verreist waren. Die sind zurück und haben meinen Zettel im Briefkasten entdeckt. Danach haben sie ihre Aufzeichnungen gecheckt. Sie haben sie mir vor ein paar Minuten geschickt. Ich bin auf etwas gestoßen, das müsst ihr euch ansehen.«

Er drehte den Bildschirm leicht zur Seite, sodass Ribera und Blum eine bessere Sicht auf den Monitor hatten.

»Die Aufnahmen erfassen exakt den Zeitraum, der uns bisher gefehlt hat, also nachdem die Kamera am Segelclub den Geist aufgegeben hat.«

Er spielte ein Video ab und stoppte das Band nach ein paar Sekunden. Ribera stockte der Atem. Auf dem Bild war eine Frau zu sehen, wie sie das Tor zum Segelclub passierte. Seine Freundin Conxita Martínez.

17

Palma, Zentrum. Seinen dritten Tag auf Mallorca begann Leland Bloodgood zunächst wie ein normaler Tourist. Ausschlafen, spätes Frühstück im Innenhof seines Altstadthotels, danach ein bisschen durch Palma spazieren. Kein durchgetaktetes Sightseeing-Programm wie auf Reisen mit seiner Frau, sondern zielloses Flanieren durch die Gassen. Er genoss diese Spontaneität, das Entdecken auf Schritt und Tritt einer für ihn exotischen Umgebung und vergaß sogar für einige Zeit sein emotionales Tauziehen.

Einerseits war da der Wunsch von Ribera, keine weiteren Aktionen auf eigene Faust zu unternehmen, den er respektieren wollte. Aber wenn er etwas abgrundtief hasste, dann war es, eine Sache nicht zu Ende zu führen, die er angefangen hatte. Und nach dem gestrigen Tag hatte sich bei ihm dieser Gedanke eingenistet, dass es auf dieser Insel noch etwas zu erledigen galt. Er war unschlüssig, was er tun sollte.

Den gesamten Vormittag ließ er sich treiben, legte ab und zu kleinere Pausen ein. An der Plaça de Santa Eulàlia setzte er sich in ein Café mit guter Sicht auf die Kirche, von der Ribera ihm erzählt hatte. Das hier war jedenfalls ein viel zu schöner Ort, um zu sterben. Diese tödlichen Stürze, war das nicht eine beliebte Methode in Russland, um missliebige Personen loszuwerden?, fragte er sich.

Sein Handy zeigte ihm eine SMS an. Von Golf Royal, sie schickten ihm eine Datei mit verschiedenen Angeboten des Clubs. Er solle sie herunterladen, was er auch tat. Offenbar hatten die angebissen.

Irgendwann landete er auf seinem Spaziergang schließlich dort, wo alle Touristen in Palma landeten: in La Seu. Er entschloss sich zu einer Besichtigung und schlenderte durch die majestätische Kirche, bis er sich auf einmal vor einer Seitenkapelle befand. Die Gestaltung stand im völligen Kontrast zur restlichen Umgebung. Die Wand mit gelblich braunen Platten bedeckt, dazwischen tiefe Risse wie bei einem ausgedorrten Boden nach Wochen ohne Regen. Dann wieder Fischköpfe, die aus dem Untergrund herauszuspringen schienen oder in ganzen Schwärmen herumschwammen. Dazu Amphoren und Totenköpfe, Muscheln und in der Mitte als Blickfang eine geisterhafte weiße menschliche Figur. Darüber die hohen Fenster, grauschwarzes Glas, durch das nur spärlich Licht einfiel. Gestaltet von einem mallorquinischen Künstler namens Miquel Barceló, las er auf einer Tafel. Die dreidimensionale Interpretation einer Bibelepisode von der wundersamen Vermehrung von Fisch und Brot. Ganz schön apokalyptische Phantasie, der Knabe, dachte Bloodgood. Diese Insel hatte offenbar neben der hellen eine ausgesprochen dunkle Seite. Er dachte an Riberas Materie-Theorie.

In diesem Moment stand sein Entschluss fest: Er würde sich den Golfplatz noch einmal vornehmen, und zwar nach seinem Handicap-Kurs, der heute fortgesetzt wurde. Blieb eine letzte Hemmschwelle: Ribera. Sein Freund wäre alles andere als begeistert, wenn er von seinem Entschluss hören würde. Dennoch musste und wollte er ihn ins Boot holen. Dafür war die Sache zu risikoreich.

18

Can Pastilla. Sie hatte ihn angelogen. Diese bittere Erkenntnis gewann immer mehr die Oberhand, als Ribera nach Can Pastilla fuhr. Sie zog ihn hinunter, als hätte jemand ein Gewicht an seinen Hals gehängt.

Er hatte Conxita angerufen, nachdem ihm Quique das Video gezeigt hatte. Er würde vorbeikommen. Keine weitere Erklärung. Sie war einverstanden gewesen. Keine Nachfrage.

Die Entdeckung auf dem Video der Überwachungskamera ließ ihm keine Ruhe. Er musste sofort Klarheit haben. Ein Wust von Fragen wirbelte in seinem Kopf herum, während er aus Palma hinausfuhr und sich auf der Autopista de Levante Richtung Osten bewegte. Warum war Conxita im Club Nautico aufgetaucht? Ausgerechnet am Tag des Verschwindens ihres Mannes? Und weshalb hatte sie ihm das verschwiegen? Hatte sie doch etwas mit Castros Tod zu tun? Bislang hatte er das für sich kategorisch ausgeschlossen. Ja, anfangs hatte er diese Möglichkeit in Betracht gezogen. Für einen winzigen Moment, aber ihre Betroffenheit hatte auf ihn zu echt gewirkt. Nach dieser dreisten Lüge war alles anders, nun hielt er selbst das Undenkbare für denkbar.

Ein Lied von Concha Buika fiel ihm ein. »Jodida pero contenta« lautete der Titel: »Weil du mich sehr verletzt hast, weil du mir tausend Lügen erzählt hast und weil du weißt, dass ich dich sehe.« Es ging zwar um eine verlorene Liebe, aber so ähnlich fühlte er sich jetzt. Eine verlorene Freundschaft. Was den Stellenwert der Beziehung betraf, rangierte diese für ihn fast auf derselben Ebene, nur ohne Sex. In ihm brodelte es. Enttäuschung, Wut, wieder Enttäuschung. Er achtete weder auf den Verkehr noch auf die Umgebung, der Wagen schien per Autopilot unterwegs zu sein.

Hatte sie sich mit Fonseca zusammengetan? Zwei Betrogene, ein gemeinsames Ziel: Rache. Oder mit dem Unbekannten auf dem ersten Video, der nach wie vor ein Rätsel war? Auch seine ganze Theorie drohte mit einem Mal einzustürzen wie ein Kartenhaus.

Kurz hinter dem Flughafen Son Sant Joan fuhr er von der Autobahn runter und erreichte bald darauf das Haus von Conxita Martínez. Dunkle Wolken waren am Himmel aufgezogen, erste Regentropfen. Wie beim vorigen Aufeinandertreffen. Als würde die Natur Tränen vergießen angesichts der menschlichen

Tragödie, die sich auf dem winzigen Flecken Erde im Mittelmeer abzeichnete.

Conxita Martínez öffnete sofort. Ihr Gesicht wirkte ausdruckslos, die Haut fahl, die Stimme tonlos. »Das ging schnell. Ich wusste, dass du noch einmal hier auftauchen würdest.«

Er folgte ihr ins Wohnzimmer. Sie trug eine Jogginghose und einen verblichenen Kapuzenpulli. Auf dem Couchtisch stand ein halb volles Glas. Daneben eine Flasche Ron Amazona. Sie setzte sich aufs Sofa, zündete sich eine Zigarette an und stieß den Rauch hektisch aus.

Er blieb stehen und beobachtete sie. Stumm. Enttäuscht. Vorwurfsvoll.

Sie streckte ihm das Zigarettenpäckchen entgegen und bot ihm eine an.

»Nein danke.« Es klang harsch.

»Du hast es herausgefunden.«

»Ja.«

»Es ist nicht so, wie es aussieht.«

»Wie ist es dann?«

Sie nahm einen weiteren Zug, drückte die angerauchte Zigarette im Aschenbecher aus und trank ihr Glas leer. »Es hat mich förmlich zerrissen, nachdem dieser Detektiv herausgefunden hatte, dass Toni ein Verhältnis hatte. Wohl seit Längerem. Ich fühlte mich schmählich betrogen, hintergangen, wollte ihn damit konfrontieren. Es ihm ins Gesicht schleudern und mich danach von ihm trennen.« Sie stieß die Worte stakkatoartig heraus, Wut blitzte in ihren Augen auf. »Eigentlich hatte ich gar nicht damit gerechnet, dass er tatsächlich im Hafen war. Ich dachte, er wäre wieder bei dieser Schlampe und würde es mit ihr treiben. Mich hatte er ja in den letzten Monaten nicht mehr angerührt.« Sie äffte eine männliche Stimme nach. »Zu müde, zu gestresst, Kopfschmerzen, immer neue Ausreden. Aber er war da. Es lief anders, als ich gedacht hatte. Er hat sofort alles zugegeben, als ich ihn damit konfrontiert habe. Hat gesagt, er sei sogar erleichtert, dass das Versteckspiel nun ein Ende habe. Und es tue ihm unendlich leid. Dann hat er geweint, ich habe auch geweint. Wir haben zusammen geweint. Mein Hass auf ihn war auf einmal nebensächlich. Dann meinte er noch, wir würden später darüber reden, würden eine Lösung finden. Er müsse aber vorher noch etwas Dringendes erledigen, das keinen Aufschub dulde. Dann ist er in sein Boot gestiegen und davongefahren. Es war das letzte Mal, dass ich ihn lebend gesehen habe.« Sie schenkte sich von dem Rum ein und nippte am Glas. »Du musst mir glauben: Ich habe Toni nicht umgebracht. Dafür habe ich ihn viel zu sehr geliebt, auch wenn ich zuletzt eine Stinkwut auf ihn hatte.«

Ribera hatte ihr die ganze Zeit zugehört, ohne sie zu unterbrechen. »Warum hast du mich angelogen? Du hättest es mir sagen müssen.«

Conxita schlug die Hände vors Gesicht. Sie schluchzte, ihr Körper bebte. »Ich wollte es dir ja sagen, aber …« Sie suchte nach den passenden Worten. »Mir hat die Kraft gefehlt.« Eine Träne lief ihre Wange hinunter. Sie wischte sie weg. »Du hast keine Ahnung, welch schlechtes Gewissen ich deshalb seither dir gegenüber hatte. Mehrmals wollte ich dich anrufen, hatte das Telefon schon in der Hand und habe es wieder weggelegt. Ich konnte nicht zugeben, wie sehr mich das Ganze verletzt und wie irrational ich gehandelt hatte. Wenn ich an diese Schnapsidee mit dem Detektiv denke. Fürchterlich. Ich glaube, ich wollte es mir selbst nicht eingestehen.«

Nach einer Stunde verließ Ribera das Haus in Can Pastilla. Überzeugt davon, dass Conxita Martínez dieses Mal offen und aufrichtig zu ihm gewesen war. Eine tonnenschwere Last war von ihm abgefallen.

Kurze Zeit später war die Erleichterung verschwunden. Eine Nachricht von Leland Bloodgood war eingegangen. Dieser verrückte Amerikaner, hatte ihn seine Ahnung also nicht getrogen. Er wusste, dass er keine Macht mehr hatte, ihn zu stoppen. Der Mohawk war auf dem Kriegspfad.

19

Calvià, Golf Royal. Bevor Bloodgood am Nachmittag nach Calvià fuhr, informierte er Ribera über sein Vorhaben. Verbunden mit dem Versprechen, ihn ständig über seine Schritte auf dem Laufenden zu halten. Den zweiten Tag seines Handicap-Kurses konnte er abhaken, was das Sportliche betraf. Das wurde sehr schnell deutlich, als er die Anlage von Golf Royal betrat. Es lief einfach so gut wie nichts zusammen. Die Schläge miserabel, der ganze Schwung vom Vortag schien verloren, der Schläger in seiner Hand ein Fremdkörper. Seine Bälle – zu kurz, zu lang, zu flach, zu hoch – landeten rechts oder links vom Green, im Bunker oder flogen ins Gebüsch. Bloodgood fluchte. Wahrscheinlich hatte Alan Shepard besser gespielt, als er während der Apollo-14-Mission zwei Golfbälle auf dem Mond schlug. Und das, obwohl er ein 6er-Eisen benutzt hatte, das auf einer Stange befestigt gewesen war, mit dem die Astronauten Bodenproben entnommen hatten. Ein bisschen fühlte Bloodgood sich in diesem Golfclub ja auch wie auf einem Himmelskörper, den es zu entdecken galt.

Sein Formtief blieb dem Kursleiter und seinen Mitspielern nicht verborgen. Wie auch? Er war vom Gruppen-Primus zum Dilettanten und zur Zielscheibe des Spotts geworden. Besonders sein neuer Kumpel aus der Schweiz tat sich in dieser Richtung hervor. »Du solltest besser auf Minigolf umsteigen. Wohl gestern Abend noch schwer versackt?«

Bloodgood ließ die Stichelei stoisch über sich ergehen. Sein Fokus war an diesem Tag schließlich auf etwas ganz anderes gerichtet, als einen sechsundvierzig Gramm schweren Kunststoffball mit einem Durchmesser von zweiundvierzig Millimetern über den Rasen zu schlagen.

Der Kurs war gegen neunzehn Uhr beendet, noch zu früh, um zur Tat zu schreiten. Der Club schloss um zwanzig Uhr, doch um sicher freie Bahn zu haben, war es besser, etwas länger zu warten. Bevor er ging, galt es jedoch, eine letzte Vorbereitung zu treffen. Er suchte das Innere des Haupthauses nach einem möglichen Zugang ab, ohne Türen aufknacken zu müssen. In einem Seitenflügel wurde er fündig: ein kleiner Raum, der als Lager diente. Inklusive eines Fensters, gerade groß genug, dass ein Mensch durchpasste. Er öffnete es einen Spalt, ohne dass es auffiel. Hier würde er einsteigen.

20

Palma, Altstadt. Ribera fuhr zunächst in die »Costa Dorada«, fütterte Lemmy und versuchte, sich irgendwie zu beschäftigen, etwas zu lesen, legte eine CD des Daniel García Trios ein, einer Gruppe, die er ebenfalls sehr mochte, weil sie Flamenco und Jazz auf spannende Weise zu verbinden wusste. Dazwischen rief er Paco Jimenez an. Der Werkstattbesitzer bot ihm einen Ersatz für seinen verschrotteten Wagen an. Einer seiner Kunden wolle seinen alten Seat Ibiza loswerden. O-Ton Paco: »Ein *cacharro*, eine alte Kiste, aber technisch noch völlig okay, ganz nach deinem Geschmack. Von einem älteren Herrn, der den Führerschein abgeben muss. Komm einfach mal vorbei und schau dir die Mühle an.«

Rechte Freude wollte bei Ribera nicht aufkommen. Und auch die restliche Zerstreuung gelang mehr schlecht als recht. Zu sehr saß er wie auf glühenden Kohlen, wartete auf eine Nachricht von seinen Kollegen, ohne zu wissen, ob sie überhaupt eintreffen würde. Es bestand schließlich keine Garantie, dass der Typ an diesem Tag auftauchte, vielleicht hatte sich Bloodgood auch getäuscht. Sie hatten vereinbart, den Club in Schichten zu observieren, zunächst Quique, dann Blum, dann er. Und die anderen waren auf Abruf im Stand-by-Modus. Machbar bei der Distanz zwischen Palma und Magaluf. Mit der Umgebung von »La Mariana« hatten sie sich vertraut gemacht, auch Leland hatte Informationen geliefert. Dennoch blieben Unsicherheitsfaktoren, unkalkulierbare Risiken, die Gefahr, dass eine Situation aus dem Ruder lief – ein Damoklesschwert, das über jedem Einsatz schwebte. Klar, war ihm bewusst.

Hätte er vielleicht doch die Policía Local von Magaluf zu Hilfe rufen sollen? Ein naheliegender Gedanke, zumal Unterstützung immer hilfreich war. Er hatte es zunächst erwogen, die Idee jedoch schnell wieder fallen lassen. Nach der problematischen Vorgeschichte verspürte er ein unüberwindliches Misstrauen gegenüber den Kollegen von der Lokalpolizei, das Telefonat mit dem Dienststellenleiter hatte sein Übriges getan. Und manchmal war weniger mehr, so sein Credo. Weniger Leute bedeuteten weniger Aufsehen und ein geringeres Risiko undichter Stellen. Auf seine Leute konnte er sich verlassen, das wusste er. Kleines Team mit großer Effizienz, das war Ribera-Philosophie.

Dennoch fühlte er nun Nervosität und auch Angst. Normale Härte bei solchen Einsätzen. Mehr als das. Wer in heiklen Situationen keine Angst hat, ist ein Idiot, hatte einer seiner Ausbilder ihnen eingetrichtert. Sie macht dich erst vorsichtig, sensibel gegenüber Gefahren. Wie wahr.

21

Magaluf. Der Anruf kam, als Ribera schon fast nicht mehr damit gerechnet hatte. Hastig drückte er auf »Annehmen« und hörte die angespannte Stimme von Cristina Blum.

»Ich glaube, unser Mann ist soeben in den Club hineingegangen. Nach der Personenbeschreibung deines Informanten« – sie betonte das Wort, als würde sie imaginäre Gänsefüßchen setzen – »müsste er es jedenfalls sein.«

Ribera brach sofort auf. Nach etwas mehr als zwanzig Minuten über die Autobahn Ma-1 hatte er den Ferienort erreicht. Er hatte die Strecke im Rekordtempo zurückgelegt. Unterwegs hatte er noch eine Nachricht von Bloodgood erhalten, dass er demnächst dem Golfclub seine Aufwartung machen würde. Exakt die Worte, mit denen er seinen bevorstehenden Einbruch umschrieb. Der Irre. Immerhin meldete er sich regelmäßig. Wenigstens das.

Im Vorbeifahren nahm Ribera die Kulisse wahr, durch die er sich zum Zielort bewegte. Die Hoteltürme, die oft nur dazu dienten, dass Gäste ihren Rausch ausschliefen. Die Miniläden mit ihrem austauschbaren Angebot an Sonnenbrillen, T-Shirts, Strandkleidern, Strohhüten und Plastikluftmatratzen made in China. Die Freizeitparks mit ihren Themenwelten, deren vermeintliche Exotik als Plattform für Familienbespaßung fungierte. Die Pubs, die ein Stück bierselige Heimat in der Fremde vorgaukelten. Unvorstellbar, dass das einst ein kleines Fischerdorf gewesen war, bevor der Tourismus-Boom Anfang der 1960er Jahre eingesetzt und das mallorquinische Dörfchen seiner Identität beraubt hatte. Vielleicht hatte es sie freiwillig abgegeben, im Tausch gegen den schnöden Mammon.

Ribera hatte mal gelesen, dass sich der Name Magaluf auf ein arabisches Wort bezog und »Wasser« bedeutete. Heute wäre es das Synonym für einen gesichts- und seelenlosen Ort, in dem Kulturen aufeinanderprallten, deren einzige Schnittmenge der Kommerz war, dachte er. Wobei das, was viele Urlauber hier aufführten, seiner Ansicht nach mit Kultur so viel zu tun hatte wie Mallorca mit einem einsamen Südsee-Atoll.

»La Mariana« lag ein Stück jenseits der Hauptpartymeile am südlichen Ende der Bucht von Magaluf. Ein Konglomerat aus Beachclubs, Restaurants, Hotels und einem überschaubaren Geschäfts- und Gewerbezentrum. Blum und Quique erwarteten ihn vor einem kleinen Supermarkt auf der gegenüberliegenden Straßenseite. Sie wirkten ein wenig wie verirrte Touristen, wie sie da zwischen mehreren Müllcontainern und dem geschlossenen Geschäft standen.

Blum ging auf Ribera zu, bevor er sie erreicht hatte. Die Anspannung stand ihr ins Gesicht geschrieben. »Von hier aus hat man den Haupteingang gut im Blick. Unser Freund ist vor etwa einer halben Stunde gekommen. Seither war nichts mehr von ihm zu sehen.«

Quique stieß hinzu. Selbst er, den sonst wenig aus der Ruhe brachte, war aufgeregt. »Es gibt auf der Rückseite noch einen Zugang vom Strand her, aber der ist abends geschlossen, wenn sie auf Nachtbetrieb umschalten. Ich war vorhin dort und habe mir das angeschaut. Sicherheitshalber.«

Ribera betrachtete das aus zwei Etagen bestehende Gebäude mit seiner Marmorfassade. In der direkten Nachbarschaft zu einem zwölfstöckigen Hotelklotz wirkte es wie ein überdimensionierter Legostein. Die Fassade war in ein sanftes Lila getaucht, das Logo mit der Aufschrift »La Mariana – Beachclub & Nightlounge« leuchtete in der warmen Septembernacht, suggerierte Wohlbefinden und Glück. Was für eine Schimäre, dachte Ribera.

Vor der Eingangstür stand ein Türsteher hinter einem Pult, um Gäste in Empfang zu nehmen. Sie würde er vermutlich weniger freundlich begrüßen, wenn er wüsste, dass sie Polizisten waren.

»*Vámonos*, schauen wir uns den Schuppen von innen an«, gab Ribera das Signal zum Aufbruch und riss seine beiden Kollegen aus der Erstarrung. »Quique, du bleibst wie besprochen draußen – unser Back-up, falls er wider Erwarten entwischen sollte. Außerdem hast du bereits Bekanntschaft mit dem Herrn geschlossen, sodass er dich sofort erkennen würde. Das können wir unmöglich riskieren.«

Blum und Ribera checkten ihre Dienstpistolen, steckten sie zurück ins Gürtelholster, bestätigendes Zunicken, dann überquerten sie mit entschlossenem Gesichtsausdruck die Straße.

Sobald sie das »La Mariana« betreten hatten, bereute Ribera die Entscheidung für diesen Einsatz. Die Szenerie war, gelinde gesagt, unübersichtlich. Der Innenraum wurde von einer breiten Theke dominiert, dahinter eine beleuchtete Regalwand, in der eine Armada von Flaschen mit Spirituosen jeglicher Art akkurat in Reih und Glied stand. Davor weiße Hocker wie Miniboote, die an einem Steg angelegt hatten. Der Anblick erinnerte Ribera an den Hafen von Cala Gamba, nur mit dem Unterschied, dass der Lärmpegel hier wesentlich höher war. Loungemusik mischte sich mit Stimmengewirr. Der restliche Raum war, soweit überhaupt überblickbar, auf einer erhöhten Ebene angesiedelt, zu der man über eine zweistufige Treppe gelangte. Einzeltische waren dort hintereinander angeordnet. Auf ihnen standen kleine Tischleuchten. Im hinteren Teil gab es mehrere Nischen mit ausladenden Sofas. Alles kaum einsehbar, auch wegen der gedämpften Illumination. Und als ob das noch nicht genug gewesen wäre, führte an der Stirnseite des Raums eine Treppe in den Außenbereich zu einer Terrasse. Statt einer Bar bildete dort ein Pool den Mittelpunkt des Geschehens. Jetzt in der Nacht war er blau beleuchtet, was dem hedonistischen Party-Ambiente einen surrealen Charakter verlieh. In seinem Lichtschein breite Liegen, auch sie meist mit Besuchern besetzt, deren Gesichter bei diesen Lichtverhältnissen nicht erkennbar waren.

Ribera und Blum schauten sich unschlüssig an. Wie sollten sie in diesem unübersichtlichen Labyrinth überhaupt jemanden ausfindig machen? Und wenn, wie vorgehen, ohne Unbeteiligte zu gefährden? Eigentlich ein Ding der Unmöglichkeit. Wie hatte er nur so naiv sein können? Vielleicht wäre es am besten, die Aktion abzubrechen, Verstärkung anzufordern, den Laden zu umstellen und die Gäste herauszuholen. Danach könnte man ihn im Zweifelsfall stürmen. Aber dafür wären entsprechende Vorbereitungen nötig. Ribera stand vor einem Dilemma.

»Hier soll es doch eine VIP-Zone geben«, hörte er Blum neben sich sagen. »Wir sollten es zunächst dort versuchen, wenn die schon alle unter einer Decke stecken.«

Sie hatte so was von recht. Auf diesen naheliegenden Gedanken hätte er auch selbst kommen können. Wieder einmal merkte er, was er an ihr hatte. Aber wie lange noch? Keine Zeit, sich jetzt darüber den Kopf zu zerbrechen.

Sie fragten sich zum VIP-Bereich durch. »Nur für besondere Gäste«, verwehrte ihnen die Security den Zugang. Vor den Dienstausweisen wich der Kerl zurück.

Eine lange Treppe mit beleuchteten Stufen hinter der Bar führte nach oben. Sie zogen die Musik aus dem Club wie einen akustischen Schweif durch das enge Treppenhaus hinter sich her.

Ribera fühlte sich unwohl, ein wenig wie beim Aufgang zur

Terrasse von Santa Eulàlia, nur dass es hier nicht so finster war und der Geruch von Weihrauch und altem Gemäuer fehlte. Stattdessen hing der Duft von Parfüm und Aftershave in der Luft. Und Schweiß. Sein eigener.

Die Treppe mündete in einen kurzen Flur, am Ende befand sich eine schwere, gepolsterte Schwingtür. Als sie näher kamen, waren Stimmen zu hören, männliche und weibliche mischten sich mit der Musik. Als wäre eine Party im Gange. Aber in welcher Besetzung? Noch einmal tief durchatmen, dann stießen sie die beiden Flügel des Durchgangs auf.

22

Calvià, Golf Royal. Die Nacht hatte ihren schwarzen Mantel ausgebreitet, als Leland Bloodgood zum Golfclub zurückkehrte. Selbst der Mond hatte sich wie ein natürlicher Verbündeter hinter einer Wolke verborgen. Die Greens und Fairways ließen sich allenfalls erahnen. Ein paar Wandleuchten strahlten die Fassade an und warfen lange Schatten. Am Horizont konnte er die Lichter des nahen Magaluf sehen. Unheimlich, so ein altes, einsames Anwesen um diese Zeit, obwohl er eigentlich kein Mensch war, den so etwas beeindruckte. Bereits in der Kindheit war er mit Freunden nachts unterwegs gewesen, oft hatten sie in Zelten irgendwo in der freien Natur übernachtet. Sie hatten sich sogar einen Spaß daraus gemacht, in verlassene Häuser, Lost Places, einzubrechen. Als eine Art Mutprobe hatte bei ihnen der Besuch des Friedhofs zu später Stunde gegolten – im Finstern zwischen den Gräbern herumschleichen, mit Taschenlampen die Grabsteine anleuchten, sich Schauergeschichten erzählen. Jugendabenteuer. Und später, in seiner Anfangszeit als Streifenpolizist, hatte er regelmäßig Nachtschichten geschoben. Nein, er war abgehärtet, was das betraf. Dennoch war ihm nicht ganz geheuer. Aber es war das einzige Zeitfenster, um ungestört einzudringen. Diese Überzeugung hatte sich verfestigt, als er nach seinem zweiten Kurstag zunächst in der Gegend herumgefahren war, danach in einem Restaurant einen Happen gegessen und sich kurz vor der Abfahrt noch einmal bei Ribera gemeldet hatte.

Er überquerte den Vorplatz, nur das Knirschen des Kieses unter seinen Schuhsohlen und das Rascheln der Palmwedel, durch die der Abendwind fuhr, waren zu hören. In der Nähe ertönte der Schrei eines Vogels. Plötzlich flog etwas Großes, Dunkles über ihn hinweg. Unwillkürlich duckte er sich. Wahrscheinlich eine Eule, die er aufgeschreckt hatte. Kein Grund zur Beunruhigung. Was bist du nur für eine Memme, dachte er.

Der nächste Schritt bestand darin, hineinzukommen. Er marschierte zu dem Seitenflügel mit dem präparierten Fenster und drückte von außen dagegen. Ein Glück, nach wie vor offen.

Kurze Zeit später war er drin. Im Licht seiner Handytaschenlampe bewegte er sich durch das Gebäude. Sein Ziel war das Büro von Konrad Heideking. Er fand es nicht auf Anhieb, war ja nur einmal dort gewesen, und dieses alte Anwesen war verdammt verschachtelt. Mehrere Male verirrte er sich, bis er schließlich im richtigen Trakt landete. Die Tür war wider Erwarten unverschlossen. Er öffnete sie vorsichtig, trat ein und lehnte sie an. Der Lichtkegel seines Smartphones zuckte über die Tiertrophäen an der Wand. Gruselig. Eigentlich sollte er unempfindlich dagegen sein. Seine Mutter, mehr noch seine Großmutter, hatte ihm in seiner Kindheit von den indianischen Mythen erzählt, in denen Tiere eine große Rolle spielten. Davon, dass jeden Menschen von Geburt an ein persönliches Krafttier prägte und leitete. Seines war ein Wolf. Das hatte sich bei ihm eingebrannt, ihn den Respekt vor der Natur gelehrt. Aber das hier stand auf einem anderen Blatt. Hier waren Tiere offenbar aus Spaß oder aus einem archaischen Männlichkeitskult heraus getötet worden. Wie sehr er so etwas verabscheute.

Er knipste die Zimmerbeleuchtung an. War ja niemand da, und in der näheren Umgebung gab es keine Häuser. Bis auf die Trophäen an der Wand konnte er auf den ersten Blick nichts entdecken, was ihm ins Auge gestochen wäre. Ein Arbeitszimmer wie unzählige andere mit Aktenschrank, Schreibtisch, ein paar Sitzgelegenheiten. Er nahm sich zunächst den Aktenschrank vor. Ordner, Fachliteratur. Wonach suchte er eigentlich? Irgendwelche Hinweise auf Machenschaften jenseits des Golfplatzes. Er würde es wissen, wenn es so weit war. Wenn. Als Nächstes war der Schreibtisch dran. Der Inhalt der Schubladen war unspektakulär – Büro-Krimskrams, nichts Auffälliges.

Er schaltete den PC ein. Passwortgeschützt. Was hatte er anderes erwartet? Was nun? Suchend blickte er sich um, erspähte den Golfschläger, mit dem Heideking beim Gespräch herumhantiert hatte, neben dem Arbeitstisch. War wohl sein Lieblingsspielzeug. Bloodgood nahm ihn in die Hand. Ein Driver, der eingesetzt wurde, um den Ball über größere Weiten zu schlagen, zum Beispiel beim Abschlag. Er betrachtete den Schlägerkopf. Voluminös und massiv, aus Metall, obwohl Driver bei Golfern kurioserweise nach wie vor »Holz« genannt wurden. Darauf das Wort »King« plus ein Zusatz: »Fairwayhammer 21«. Wohl die Modellbezeichnung.

Auf einmal hatte er einen Geistesblitz – einen Versuch war es allemal wert. Er tippte die Modellbezeichnung in das Passwortfeld des Computers ein. Bingo!

Auf dem Desktop des Bildschirms gab es verschiedene Dateien. Das meiste hing logischerweise mit Golf zusammen. Andere waren privat. Dazwischen war eine weitere Datei, die ihm ins Auge sprang. Der Name: Agba. Wow. Sein Herzschlag beschleunigte sich, als er sie anklickte und sich verschiedene Unterdateien auftaten. Eine war eine Excel-Tabelle, in der zahlreiche Namen, Golfplätze und Orte aufgeführt waren. Dazu Literangaben von Wasser jeweils im fünfstelligen Bereich. Auch der Name seines Schweizer Golfkurspartners tauchte auf. Schien eine Kundendatei zu sein. Eine andere Datei enthielt ebenfalls eine Liste mit Namen. Bei jedem waren größere Geldbeträge angefügt. Sehr systematisch geordnet. Und schließlich gab es eine virtuelle Karte Mallorcas, auf der mehrere weiße Felder eingezeichnet waren, darauf die Abkürzung IDAM. Sie waren durch blaue Linien miteinander verbunden, die wiederum an der Küste mündeten, und mit einem Wasserhahnsymbol versehen.

Bloodgood hatte keine Ahnung, was das bedeutete, es musste aber mit der Wasserversorgung zu tun haben. Ribera würde sicher mehr damit anzufangen wissen. Prophylaktisch hatte er einen USB-Stick mitgenommen, den er nun in die entsprechende Schnittstelle steckte, um die Dateien herunterzuladen.

Während er wartete, bis der Speichervorgang abgeschlossen war, nahm er noch einmal Heidekings Driver in die Hand. Ein älteres Modell. Trotz der Gebrauchsspuren sah er jedoch noch sehr gut aus und machte einen hochwertigen Eindruck. Er wog den Schlägerkopf in der Hand. Schwerer als der seines eigenen Schlägers. Rillen durchzogen die Schlagfläche. Sie dienten dazu, einen Backspin zu erzeugen, den Rückwärtsdrall eines Golfballes, um ihn nach der Landung auf dem Grün schneller zum Halten zu bringen. So viel hatte er im Laufe der Zeit gelernt. Er ging ein bisschen näher ran, um die Details zu bewundern, und blieb an einer Verfärbung in den Rillen hängen. Das war kein normaler Schmutz, so viel stand fest. Getrocknetes Blut? Er hatte solche Spuren schon öfters gesehen. Und hatte ihm Ribera nicht erzählt, dass dieser Umweltschützer wahrscheinlich einen heftigen Schlag auf den Kopf erhalten hatte und dass er ebenfalls im Golfclub gewesen war? Er musste ihn mitnehmen und Ribera zur näheren Untersuchung im Labor geben.

Plötzlich hörte er ein Geräusch von draußen, die Tür flog auf.

»Mr. Bloodgood, wollen Sie Ihr Handicap in meinem Büro verbessern?«

23

Magaluf. Als sie den VIP-Bereich von »La Mariana« betraten, wurden sie zunächst von niemandem beachtet. Was eventuell auch an den Lichtverhältnissen und der musikalischen Dauerberieselung lag. Die Beleuchtung war in dem Raum noch gedämpfter als unten im Club, changierte von Lila zu Rot und Türkis, sodass sie im ersten Moment Mühe hatten, die Szenerie zu erfassen.

Als sich ihre Augen daran gewöhnt hatten, nahmen sie Details wahr. Offenbar bestand die Etage aus mehreren Elementen. Da war der Hauptraum, der in etliche Sofanischen unterteilt war. Im hinteren Bereich war eine schmale Bar angesiedelt. Daneben ein Vorhang, hinter dem sich ein Gang auftat, möglicherweise führte er zu den Toiletten. Auf der einen Seite gab es ein ausladendes Fenster nebst schmaler Terrasse, das einen Panoramablick in Richtung Meer bot. Ein stilvolles Ambiente, wie Ribera fand. Das Publikum war im Gegensatz zu unten wesentlich übersichtlicher. Zwischen zehn und zwanzig Männer und Frauen, soweit Ribera es erkennen konnte, dazu ein Barkeeper. Am Tresen lehnte eine nicht mehr ganz junge, geschmackvoll gekleidete Frau mit dunklem Teint und schwarzen Haaren. Sie hielt einen Drink in der Hand und verfolgte das Geschehen um sie herum aufmerksam. Wie eine Henne, die ihre Küken beobachtete, war seine Assoziation. Die Küken waren in diesem Fall meist jüngere, sehr knapp bekleidete Frauen. Der Service, der hier angeboten wurde, war offensichtlich. Von dem Mann, den sie suchten, war jedoch auf weiter Flur nichts zu sehen. Alles umsonst, die ganze Aktion ein Fehlschlag? Sie waren mit ihrem Latein am Ende.

Ribera beugte sich zu Blum, um ihr etwas ins Ohr zu flüstern. »Am besten, wir teilen uns auf.«

Er steuerte die Theke mit der älteren Frau an, die aussah, als hätte sie hier etwas zu bestimmen. Vielleicht diese ominöse Besitzerin, überlegte Ribera. Blum blieb zurück und durchkämmte die Sofalandschaft.

Die Frau hatte ihn nun bemerkt, ihre Augen verengten sich zu Schlitzen. Riberas inneres atmosphärisches Barometer meldete eine eigentümliche Stimmung. Ein Knistern lag in der Luft, als würde eine unsichtbare Gewitterwolke über ihnen hängen, in der sich nach und nach ein elektrisches Feld aufbaute. Plötzlich entlud sich die Spannung wie in einem Blitz, der in die Erde fuhr.

Während Ribera auf die Theke zuging, trat ein Mann aus dem Flur daneben heraus, rieb sich die Hände, als hätte er sie sich gerade gewaschen. Anschließend fuhr er sich durchs Haar, erstarrte bei Riberas Anblick aber mitten in der Bewegung.

Der bekam nichts von dem Neuankömmling mit, weil ihn in diesem Augenblick etwas ablenkte. Auf einem Sofa in unmittelbarer Nähe der Bar saßen zwei Männer, die er gut kannte: Miquel Molina und Marcos Puigserver – zusammen mit zwei Mädchen. Eine Flasche Sekt auf dem Tisch und gefüllte Gläser. Beide schauten ihn stumm an – wie zwei Jugendliche, die auf frischer Tat beim Ladendiebstahl erwischt worden waren. Auch Ribera war völlig verdattert angesichts dieser ungeahnten Begegnung.

Ihm blieb daher auch verborgen, dass wenige Meter von ihm entfernt eine Waffe aus dem Hosenbund am Rücken gezogen und auf ihn angelegt wurde.

Zwei Schüsse krachten. Entsetzte Schreie, Chaos, Menschen, die sich hinwarfen, hinter Sofas und unter Tischen Deckung suchten. Wie von einer unsichtbaren Kraft wurde ein Mann nach hinten geworfen und stürzte dann zu Boden, wo er liegen blieb.

Sekunden vergingen, bis erste Köpfe aus der Versenkung auftauchten, darunter auch die von Molina und Puigserver. Panische Blicke auf die regungslose Gestalt, während die Hintergrundbeschallung die ganze Zeit weiterlief. Easy Listening zum Tod, als hätte jemand auf einer Beerdigung beim Abspielen der Trauermusik die falsche CD eingelegt.

Ribera hatte bei dem ersten Knall den Kopf zur Seite gerissen und sah nun Cristina Blum, die unweit von ihm stand. In der Hand hielt sie eine Pistole, der Mündungslauf rauchte. Fast wie in Zeitlupe ließ sie den ausgestreckten Arm wieder sinken, ging zu dem Getroffenen, auf dessen weißem Hemd sich ein Blutfleck gebildet hatte. Sie fühlte seinen Puls. »Er lebt noch, ich rufe den Notarzt.«

Quique kam hereingerannt, außer Atem, die Pistole gezückt. »Ich habe Schüsse gehört. Was ist passiert?«

Ribera hatte inzwischen begriffen, was passiert war. Ein Stück oberhalb von ihm in der Wand war der Einschlag einer Kugel zu sehen. Blum musste den Mann erwischt haben, Sekundenbruchteile bevor der den Abzug gedrückt hatte. Die Geistesgegenwart seiner Kollegin hatte ihm wahrscheinlich das Leben gerettet.

Er holte seinen Dienstausweis heraus. »Polizei, setzen Sie sich bitte alle hin und bleiben Sie ruhig«, sagte er zu den Gästen, die sich wieder aus ihrer Deckung herausgewagt hatten. Darunter auch die Frau, die vorhin am Tresen gestanden hatte. Sie war leichenblass.

»Señora Camacho, nehme ich an.«

Keine Antwort, sie schien sich in einer Art Schockstarre zu befinden.

Ribera übergab sie an Quique und ging zu Blum, die sich um den Schwerverletzten kümmerte. War das nicht der Kerl, den er bei seinem Besuch in Son Pacs bei dem Tankwagen gesehen hatte? Und auch die Beschreibung von Inés aus dem »Café Verde« passte zum Aussehen. Kein Wunder, dass er ihn erkannt hatte. So viel also zum Thema Restrisiko. Handelsüblich in dem Job, hatte sein Ausbilder ihnen ständig eingebläut.

»Den habe ich schon mal gesehen.« Er gab Quique ein Zeichen, mit Camacho zu ihnen zu kommen. »Vielleicht kann uns Señora Camacho weiterhelfen.«

Sie hatte wieder etwas Farbe im Gesicht, schien aber durch ihn hindurchzublicken. Fehlte nur eine Sichel, dann wäre sie eine perfekte Maria Enganxa, dachte Ribera.

Blum kramte in den Taschen des Mannes herum, zog eine Brieftasche und ein Smartphone heraus. »Ein Ausweis: Ivan Peskow, russischer Staatsangehöriger.« Sie schaute Quique an. »Jetzt weißt du, wem du in Son Valentí begegnet bist.«

Quique hatte die Waffe vom Boden aufgehoben und betrachtete sie von allen Seiten. »Das ist nicht meine, irgendeine russische Knarre, schätze ich.«

Blum hielt Ribera das Handy von Peskow entgegen. »Kennst du den?«

Er betrachtete das Foto, das als Hintergrundbild auf dem Gerät zu sehen war, und traute seinen Augen nicht. Es zeigte Peskow und Konrad Heideking. Beide mit Gewehren in der Hand, vor ihnen ein Tier, ein erlegter Löwe. Widerlich, dachte Ribera, der so etwas hasste. Offenbar eine Jagdsafari. Auffällig auch: Heideking war ohne Rollstuhl abgebildet.

Wie Schuppen fiel es ihm von den Augen. Peskow, Heideking, Camacho. Die drei steckten unter einer Decke. Im nächsten Moment wurde ihm abwechselnd heiß und kalt. Er griff hektisch nach seinem Handy. Seit längerer Zeit war keine Nachricht mehr von Leland Bloodgood eingegangen. Die letzte hatte er geschickt, unmittelbar bevor er noch mal zu dem Golfclub wollte. Bloodgood hatte sich in die Höhle des Löwen begeben.

24

Calvià, Golf Royal. Wie aus dem Nichts war Konrad Heideking aufgetaucht. Bloodgood sprang erschrocken auf, hatte immer noch den Golfschläger in der Hand.

»Ein schönes Stück«, sagte Heideking. »Sehr leistungsstark und präzise. Einer meiner ersten Driver. Er ist deshalb auch etwas schwerer als heutige Modelle. Ich konnte mich nie von ihm trennen, eine Art Talisman, wenn Sie so wollen.«

Die vermeintlich harmlosen Worte standen im Kontrast zu Heidekings Blick, der wenig Gutes verhieß. Eine Bedrohung ging von ihm aus, sein Gesicht zeigte keinerlei Regung.

Wie eine Eisfigur auf Rädern, dachte Bloodgood. Was führte er im Schilde? Eines war ihm jedoch klar: So einfach würde er aus dieser Nummer nicht herauskommen. Wenn überhaupt. Erst einmal in ein Gespräch verwickeln, Zeit gewinnen.

»Woher wussten Sie, dass ich heute Abend hier sein würde?«

Heideking kam ein Stückchen näher, zog ein Smartphone aus der Jackentasche. »Wir mögen hier nicht im Silicon Valley sein, aber wir sind auch in der digitalen Welt angekommen und wissen, wie man Zugriff auf digitale Endgeräte bekommt. Ich kenne mich da etwas aus. Sie erinnern sich an die SMS, die Sie von uns bekommen haben?«

Bloodgood griff sich an den Kopf. Was war er nur für ein Idiot. Die SMS hatte dazu gedient, eine Schadsoftware zu installieren und sein Handy zu hacken. Sie hatten ihn ausspioniert und wussten Bescheid.

»Sie müssen wissen, wir gehen immer auf Nummer sicher. Außerdem habe ich Ihnen von Anfang an misstraut. Ich rieche einen Bullen zehn Meilen gegen den Wind. Vor allem wenn sich jemand so auffällig für unseren Golfclub interessiert wie Sie. Mir wurde berichtet, dass Sie alle möglichen Leute angequatscht und auf dem Gelände herumgeschnüffelt haben. So verhält sich niemand, der nur spielen möchte. Und dann die merkwürdige Geschichte mit dem Hund meiner Partnerin. Das hat Sie zusätzlich verdächtig gemacht. Wir hatten vor einiger Zeit schon mal so einen Fall, dass sich jemand einschleichen wollte. Das haben wir dann schnell abgestellt.« Er stand jetzt mit seinem Rollstuhl vor der Trophäenwand.

»Sie meinen den Umweltschützer, den Sie mit Ihrem Driver erschlagen und auf dem Meer entsorgt haben.«

Heidekings Miene verfinsterte sich. »Eine lästige Kakerlake. Genau wie dieser Privatdetektiv. Kollateralschaden.« Er hatte das Wort verächtlich ausgestoßen, als hätte er wirklich über Ungeziefer gesprochen. Es folgte ein mitleidiges Lächeln. »Ich fürchte, dass wir Ihnen unsere Extraservice-Pakete für Premium-Kunden vorenthalten müssen.«

Den letzten Satz hatte er fast geflüstert. Dann griff er in seine andere Jackentasche und zog einen Gegenstand heraus, dieses Mal kein Mobiltelefon, sondern eine Pistole. »Es ist nichts Persönliches, wenn Sie das beruhigt.«

Fast zärtlich strich er mit dem Finger über den Lauf der Waffe. »Immer wieder faszinierend, welche Präzision in einem so kleinen Stück Metall steckt – und welche Effektivität. Wertarbeit wie mein Golfschläger. Die hat einer meiner Mitarbeiter übrigens einem Ihrer spanischen Polizeifreunde abgenommen. Ich bevorzuge ja ansonsten Gewehre, wie Sie an meinen Souvenirs an der Wand sehen. Die haben eine viel größere Reichweite, dazu eine höhere Geschossgeschwindigkeit und Genauigkeit. Dennoch eine gute Gelegenheit, sie mal auszuprobieren. Seit meinem Jagdunfall fehlt mir ein wenig die Praxis. Ich war immer ein guter Schütze.«

Bloodgood hielt den Atem an. Die Situation eskalierte zusehends. Heidekings Geisteszustand war an einem Kipppunkt angelangt. Nah am Irrsinn, unberechenbar. Sollte sein erster Mallorca-Besuch auf diese Weise enden? Nein, er weigerte sich, das zu akzeptieren.

Welche Möglichkeiten zu reagieren hatte er? In seinem Kopf rumorte es. Er versuchte, sich nichts anmerken zu lassen. Jetzt nur cool bleiben, nicht in Panik verfallen und irrational handeln. Er hatte zwei Vorteile: Er war schneller und beweglicher, musste nur den richtigen Moment abpassen. Mehr Zeit, mehr Zeit, halte ihn hin, sagte der erfahrene Polizist in ihm. Vielleicht hatte Ribera mitgekriegt, dass seit Längerem keine Nachricht mehr von ihm gekommen war. Aber auf dic Hilfe der Kavallerie konnte und durfte er in diesem Augenblick nicht hoffen. Das hier war kein Westernfilm, in dem der Held in letzter Minute gerettet wurde. Er war auf sich selbst gestellt.

Ihm fiel eine Frage ein, um Heideking zu beschäftigen. »Sie haben mir bisher vorenthalten, woraus Ihre Extraservice-Pakete bestehen.«

Heideking schaute ihn ungläubig an. »Ich dachte, das hätten Sie längst erkannt. Wir sind sozusagen Pioniere und haben eine exklusive Marktlücke erschlossen.« Er kicherte, amüsiert über seine eigene Formulierung. »Wasser wird in Zukunft wertvoller sein als Gold. Bereits heute gibt es wegen der zunehmenden Wasserknappheit Beschränkungen in Spanien. Auch hier auf Mallorca. Das ist aber nur das Vorspiel. Es wird Verteilungskämpfe um diese Ressource geben, sogar Kriege. Wir haben ein lohnendes Geschäftsmodell entwickelt, um Leute mit Wasser zu versorgen, die es dringend brauchen und die über die offiziellen Kanäle nicht genügend bekommen. Landwirte, Finca-Besitzer, Hotels, ganze Dörfer. Bisher war das eine Art Testphase. Die im Übrigen vielversprechend verlaufen ist, trotz einiger bedauerlicher Rückschläge, die wir in der letzten Zeit einstecken mussten. Kinderkrankheiten wie bei jeder Innovation.« Er lachte zynisch. »Wie heißt es so schön: Nur wer wagt, gewinnt. Die Zauderer verlieren. Die Ressourcen werden immer knapper, auch das Wasser. Das müssten Sie als Amerikaner doch selbst am besten wissen.«

Du bist zwar ein Psychopath, in diesem Punkt liegst du aber verdammt richtig, dachte Bloodgood. Ihm fielen die Dürren im Westen der USA ein, das langsame Verschwinden des Colorado River und düstere Prognosen, wonach Städte wie Las Vegas und Los Angeles in absehbarer Zeit auf dem Trockenen zu sitzen drohten.

Heidekings Redefluss hielt an. »Umso wichtiger ist es, sich rechtzeitig einen Anteil zu sichern. Deshalb wollen wir das System perfektionieren und ausbauen. Und dabei sehen wir es ungern, wenn uns jemand in die Quere kommt, wie dieser Umweltschützer – oder Sie. Und deshalb werden sich unsere Wege heute Abend endgültig trennen.«

Sein Zeigefinger legte sich an den Abzug der Pistole.

Bloodgoods Muskeln spannten sich. Er hatte keine Pfeile mehr im Köcher. Und Heideking würde kaltblütig abdrücken, das war ihm bewusst. Gleich würde er auf ihn zielen. Nach wie vor stand er am Schreibtisch und hatte den Golfschläger in der Hand. Vielleicht … Er hob den Arm mit dem Spielgerät an, richtete ihn auf die Wand wie einen Zeigestock.

»Hängen Sie mich hinterher auch an die Wand wie ihre Jagdtrophäen? Das würde sich doch gut machen in Ihrer ekelhaften Sammlung.«

Heideking wandte den Kopf zur Seite, war für ein, zwei Sekunden abgelenkt und ließ die Waffe etwas sinken. Das nutzte Bloodgood aus und schleuderte den Golfschläger mit voller

Wucht in seine Richtung. Fast zeitgleich riss Heideking die Pistole hoch und schoss.

***

Ribera war sofort aus Magaluf aufgebrochen, nachdem Blum ihm das Foto auf Peskows Handy gezeigt hatte. Er hatte es seinen beiden Kollegen überlassen, alles im »La Mariana« zu regeln, hatte ihnen nur gehetzt zugerufen, dass er auf der Stelle zu Golf Royal fahren müsse, weil es dort vielleicht um Leben oder Tod gehe. Sie hatten keine Fragen gestellt. Das einzig Gute an der Situation war, dass der Golfclub vor den Toren der Stadt lag, die Entfernung daher nicht allzu groß war.

Schnell war er aus Magaluf hinaus, bog dann auf die Landstraße ab, die zum Golfplatz führte. Er hatte das Gaspedal bis zum Anschlag durchgedrückt, die Finger krallten sich ins Lenkrad, die Landschaft rechts und links flog schemenhaft an ihm vorbei. Zum Glück war es eine relativ gerade Strecke, auf der um diese Zeit wenig Verkehr herrschte, sodass er schnell vorwärtskam. Würde er es noch rechtzeitig schaffen? Sein Freund befand sich in Gefahr, das sagte ihm sein Instinkt. Seine Nerven waren zum Zerreißen gespannt. Nach etwa zehn Minuten fuhr er die lange Auffahrt zum Club hoch. Als er auf den Parkplatz einbog, sah er im Strahl der Scheinwerfer, dass dort zwei Autos standen. Bis zum Clubhaus waren es rund fünfzig Meter.

Er schnellte förmlich aus dem Wagen, ließ sogar den Motor laufen und die Fahrertür offen und rannte auf das Gebäude zu. Ein Schuss zerriss die nächtliche Stille. Bloodgood, *Dios mío.* Der Knall fuhr ihm durch die Glieder, er taumelte, fing sich aber wieder, etwas trieb ihn weiter – durch die offene Eingangstür, vorbei am Empfang, auf das Licht zu, das aus dem Raum am Ende des Gangs leuchtete.

Als er das Büro erreicht hatte, bot sich ihm ein Anblick, mit dem er nicht gerechnet hatte. Auf dem Boden lag ein umgestürzter Rollstuhl, daneben Heideking unter der Holztafel mit der Afrika-Silhouette, die von der Wand gefallen war. Bloodgood stand hinter dem Schreibtisch und fasste sich an den linken Arm. Blut war zu sehen. Er lächelte gequält.

»Halb so schlimm, nur ein Kratzer. Du hast dir verdammt viel Zeit gelassen, *bro*. Das wäre um ein Haar schiefgegangen.«

25

Palma, El Camp d'en Serralta. Noch in der Nacht hatten die Ärzte im Krankenhaus Son Espases alle Hände voll zu tun gehabt. Am kritischsten war der Zustand von Ivan Peskow gewesen, der unmittelbar nach der Einlieferung notoperiert worden war. Zu seinem Glück hatte Blums Kugel keine lebenswichtigen Organe getroffen. Er würde überleben, hieß es. Konrad Heideking war mit einer schweren Gehirnerschütterung durch den Aufschlag der Holztafel davongekommen. Die Verletzung von Leland Bloodgood hatte sich glücklicherweise ambulant behandeln lassen. Der Streifschuss war nicht tief gegangen.

Gravierender waren die Auswirkungen auf Mallorca. Wie seismische Wellen bei einem Erdbeben verbreiteten sich die Neuigkeiten über die Insel. Und selten hatte Ribera Mariano G. Moix so kleinlaut erlebt wie in der Pressekonferenz, die er für den späten Nachmittag einberufen hatte. Dort musste der Polizeichef verkünden, dass man Daniel Fonseca freigelassen habe, da feststand, dass Konrad Heideking den Mord an Toni Castro begangen habe. Der DNA-Abgleich der Blutspuren auf dessen Golfschläger hatte zweifelsfrei ergeben, dass diese von dem Umweltschützer stammten. Außerdem gab er bekannt, dass Ivan Peskow unter dem dringenden Verdacht stehe, für den Tod der deutschen Radfahrerin Charlotte Zemp verantwortlich zu sein. Vermutlich habe er auch mit dem Mord an Privatdetektiv Ignacio Zafra zu tun. Der Russe sei jedoch noch nicht vernehmungsfähig.

Wie eine Bombe schlug auch ein, dass sich Lourdes Camacho, Miquel Molina und Marcos Puigserver in Untersuchungshaft befanden. Es gebe einen fundierten Verdacht, dass sie sich der Bildung einer kriminellen Vereinigung schuldig gemacht hätten, zusammen mit Heideking. Sie seien für ein Netzwerk verantwortlich, das im großen Stil illegal Wasser vom Depot in Son Pacs und eventuell auch von weiteren Depots abgezweigt und damit Golfplätze, Fincas, Landwirte, Kreuzfahrtschiffe und sogar Gemeinden beliefert habe. Gegen weitere Personen gebe es Ermittlungen.

Was Moix mit keinem Wort erwähnte: Dass er selbst engen Kontakt zu einem Teil der Personen, die in die Machenschaften verwickelt waren, gepflegt und sich unwissentlich hatte instrumentalisieren lassen. Ribera ging er während der Versammlung aus dem Weg, vermied auch tunlichst jeglichen Blickkontakt, sprach mit ihm nur das Nötigste. Das schlechte Gewissen stand ihm ins Gesicht geschrieben. Dabei war der Worst Case für ihn ausgeblieben: Es war nun gewiss, dass es keine Verbindung zur Anwaltskanzlei Moix in Barcelona gab, die Namensgleichheit hatte sich als reiner Zufall herausgestellt. Eine Laune des Schicksals. Dennoch fragte sich Ribera, ob der Polizeichef ungeschoren davonkommen würde.

26

Die fortwährenden Besuche Riberas hatten dazu geführt, dass das »El Pintxo« zu einer Art Außenstelle der Mordkommission mutiert war. Die Runde, die er zwei Tage nach den Ereignissen von Magaluf und Golf Royal in der Bar einberufen hatte, bewegte sich jedoch in einer neuen Dimension. Das bezog sich vor allem auf die Zusammensetzung. Teilnehmer waren neben Ribera Cristina Blum, Quique Montoya, Penelope Roca und Leland Bloodgood. Zum ersten Mal in der Geschichte des Lokals tagte eine geschlossene Gesellschaft bei Gwendolyn Uriarte.

Amüsiert betrachtete sie die Gruppe. »Irgendwann werde ich mein Lokal in ›La Ertzaintza‹ umbenennen müssen, ihr wisst schon, das baskische Wort für ›Polizei‹. Eure Verschwörerbande wird immer größer. Und jetzt auch noch diese Schießerei in Magaluf und in diesem Golfclub. Ein Showdown wie in einem Western. *Madre mía*, großes Kino. Mit eurem Cowboy in einer Gastrolle, nehme ich an. Ich habe jedenfalls so eine dunkle Ahnung, auch wenn darüber nichts in den Zeitungen stand.«

Bloodgood hob abwehrend die Hände. »Ich komme zwar aus einem schießwütigen Land mit einem kleinen Waffenproblem, Darling. Aber meinen Peacemaker habe ich zu Hause gelassen. Ich schwöre.« Er streckte drei Finger seiner rechten Hand in die Höhe. »Mein Besuch auf Mallorca ist rein privat. Und nichts liegt mir ferner, als den spanischen Kollegen ins Handwerk zu pfuschen. Aber ich muss sagen, eure Insel hat einen gewissen Unterhaltungswert, ich sollte vielleicht öfters herkommen, Darling.« Er deutete auf seinen verletzten linken Oberarm. Unter dem Hemd zeichnete sich der Verband ab. »Ich frage mich nur, wie ich meiner Frau dieses nette Andenken erklären soll.«

»Das ist also dein Informant.« Blum bedachte Ribera mit einem vielsagenden Blick, den sie sich im Laufe der Zeit in der Zusammenarbeit mit Ribera angewöhnt hatte.

»Das hast du ihnen allen Ernstes erzählt?«, fragte Bloodgood mit gespielter Empörung.

Ribera hüstelte. »Am besten, wir belassen es bei dieser Version. Nur so viel: Wir haben das Anforderungsprofil etwas unterschiedlich definiert.«

»Auf jeden Fall hat er dafür gesorgt, dass ich meine Dienstwaffe wiederhabe«, sagte Quique. »Mir ist nur nach wie vor schleierhaft, wie er das angestellt hat, ohne Kanone.«

Bloodgood lachte lauthals. »Mohawk-Schule, *bro*. Ich musste meine Mutter früher oft zu den jährlichen Stammestreffen begleiten. Dort haben wir auch mit traditionellen Waffen geübt, zum Beispiel mit Speeren. Ich galt als talentierter Werfer. Das hat mir vermutlich das Leben gerettet. Ich hätte nicht gedacht, dass ich das einmal außerhalb von Wettkämpfen brauchen könnte.«

Er erzählte, dass Heideking mitsamt seinem Rollstuhl durch die Wucht des Golfschlägers nach hinten gegen die Wand geschleudert worden sei. Dadurch habe sich die Holztafel gelöst und sei auf ihn heruntergekracht.

»Effizient wie eine Cruise-Missile«, knurrte Ribera. »Grenzt an ein Wunder, dass er das überlebt hat. Aber inzwischen hat er sich einigermaßen von dem Einschlag erholt. Im Gegensatz zu Peskow. Das dauert noch eine Weile, bis der vernehmungsfähig ist.«

»Eine toxische Kombination, diese beiden«, sagte Bloodgood. »Ich frage mich, welch böse Macht diese apokalyptischen Reiter zusammengeführt hat. Habt ihr etwas über diesen Peskow herausgekriegt?«

»Bisher nur so viel, dass er früher in der russischen Armee und danach bei einer privaten Söldnergruppe in Afrika gedient hat. Danach hat er bei einem Veranstalter von Jagdtouren gearbeitet. Dabei haben er und Heideking sich kennengelernt. Auf Mallorca war er dann der Mann fürs Grobe, hat auch den toten Castro ins Meer verfrachtet. Wohingegen Heideking der Mastermind eines verzweigten mafiösen Netzwerkes war.«

Ribera berichtete, was sein Kollege Ferragut in Barcelona herausgefunden hatte, nachdem sie den Anwalt Matías Moix in die Mangel genommen hatten. »Der agierte nur als Strohmann. Hinter der Firma Agba standen in Wahrheit Heideking und Lourdes Camacho. Soweit wir bisher von Camacho wissen, haben sie sich die Aufgaben geteilt. Er zog die Fäden im Hintergrund, sie war für die Außenkontakte zuständig. Als Drehscheibe benutzte sie ihren Laden in Magaluf, wo sie einen kleinen Extraservice als Teil eines Korruptionssystems anbot. Darin waren auch Miquel Molina und Marcos Puigserver verwickelt. Cristina und Quique konnten die Dateien auf Heidekings PC auswerten. Erzählt ihr das.«

Blum übernahm. »Das war ein ausgeklügeltes Konzept mit mehreren Standbeinen. Neben Agba gab es eine Scheinfirma, die angeblich auf Wasser- und Abwassersysteme spezialisiert war. Ein Riesenmarkt in Spanien mit seinen notorisch undichten Leitungen. Molina nutzte seine Position als zuständiger Dezernent und stellvertretender Bürgermeister dafür, ihr den

Auftrag für die Sanierung des maroden Netzes in Calvià zuzuschanzen. Im Endeffekt haben sie aber so gut wie nichts gemacht, nur Alibi-Arbeiten, und sie haben Rechnungen gestellt für Leistungen, die nie erbracht wurden. Daher sind nach wie vor Fäkalien ins Meer geflossen. Es gibt Hinweise darauf, dass der zuständige Wasserinspektor geschmiert wurde und beide Augen zugedrückt hat. Den Differenzbetrag haben sie abkassiert. Plus die entsprechenden EU-Subventionen. Das hat sich rentiert. Möglicherweise haben sie das auch in anderen Orten so praktiziert, wo es die gleichen Probleme gibt. Hier ermitteln wir noch. Und wer ihnen zu nahe kam, wie Castro und Zafra, und sich nicht korrumpieren ließ, wurde beseitigt.«

Ribera griff erneut ein. »Gut möglich, dass auf der Insel ein paar weitere Köpfe rollen werden. Auch auf höherer Ebene. Und wenn ihr morgen die Zeitung lest, werdet ihr einen spannenden Artikel über ein drittes Standbein dieser feinen ›Familie‹ finden. Es geht um die zusätzlichen Entsalzungsanlagen, die auf Mallorca gebaut werden sollen, um künftig die Wasserversorgung zu sichern. Über Señor Puigserver von der balearischen Wasserbehörde bekamen Heideking und Co. detaillierte Informationen, welche Standorte favorisiert werden. Dort hat man heimlich begonnen, die entsprechenden Grundstücke aufzukaufen, um sie später für teures Geld an die Regierung zu verkaufen.«

Penelope Roca, die die ganze Zeit gebannt zugehört hatte, konnte sich die Spitze nicht verkneifen. »Offenbar sitzen bei der Zeitung ein paar begabte Spezialrechercheure.«

Ribera schwieg vielsagend, nur ein wissendes, buddhahaftes Lächeln umspielte seinen Mund. Er hatte Grund zur Zufriedenheit. Allen Widerständen zum Trotz hatte er seine Linie durchgehalten und war seiner Intuition gefolgt. Dennoch wollte sich keinerlei Triumphgefühl bei ihm einstellen. Zu lebendig waren noch die Erinnerungen an das Geschehen im »La Mariana« und bei »Golf Royal«, als dass er sie hätte abschütteln können wie reife Oliven vom Baum.

Er beobachtete Leland Bloodgood, der sich angeregt mit

Gwendolyn Uriarte unterhielt, als wäre es das Selbstverständlichste auf der Welt. Erst im Nachhinein war Ribera bewusst geworden, wie hauchdünn manchmal Leben und Tod nebeneinanderlagen und dass nur wenige Sekunden oder Sekundenbruchteile darüber entscheiden konnten, auf welche Seite sich die Waagschale des Schicksals neigte. Oder hatte vielleicht die Insel eingegriffen und Schutzengel gespielt? Er seufzte lautlos bei dieser Vorstellung. Beängstigender fand er, dass ihm die Todesgefahr im »La Mariana« einen Adrenalinkick verpasst und er sich bei dem Wunsch ertappt hatte, mehr davon zu wollen.

Und noch etwas anderes dämpfte an diesem Abend seine Stimmung. Es betraf die Zukunft zweier Schlüsselbereiche seines Lebens: sein Team in der Mordkommission und sein Privatleben. Beides hing am seidenen Faden. Sicher, Núria hatte ihn angerufen, nachdem die Vorfälle bekannt geworden waren, und sich besorgt nach ihm erkundigt. Dabei hatte sie es belassen. Kein weiteres Wort. Die Distanz zwischen ihnen blieb bestehen, ohne dass beide in der Lage gewesen wären, sie zu überbrücken. Und Cristina Blum? Sie hatte sich bisher bedeckt gehalten, was ihre Entscheidung betraf. Wahrscheinlich aus gutem Grund. Er hasste diese Unklarheit.

Als hätte sie seine Gedanken erahnt, drehte sie in diesem Moment den Kopf in seine Richtung. Ihre Blicke begegneten sich, sie bedeutete ihm, nach draußen zu gehen.

Sekunden später standen sie auf dem Bürgersteig wie zwei Nikotinsüchtige, die sich unbedingt eine Kippe reinziehen wollten. Vor ihnen lag der Carrer Simó Ballester im gelblichen Licht der Straßenlaternen. Bis auf den Verkehrslärm, der vom nahen Passeig de Mallorca zu hören war, herrschte in der Seitenstraße eine fast schon ländliche Ruhe. Nur ab und zu fuhr ein Auto vorbei oder führte ein Anwohner seinen Hund unter den hohen Platanen Gassi.

Blum redete zuerst. »Guter Typ, dein amerikanischer Freund. Schade, dass du ihn so lange vor uns versteckt hast. War unnötig. Ich bin zwar grundsätzlich immer noch kein Fan von Regelbrüchen und unkonventionellen Methoden, aber der Job verändert einen. Du kannst nicht nur nach dem Schulbuch vorgehen, sondern musst dich an die jeweilige Situation anpassen.«

Das war das Stichwort für Ribera. »Und wie steht es mit deiner künftigen beruflichen Situation?«

Blum blickte in Richtung der Jefatura, die sich schräg gegenüber dem »El Pintxo« auf der anderen Straßenseite befand. Die schießschartenartigen Fenster, hinter denen die Büros lagen, waren dunkel. »Ich habe mir darüber tagelang den Kopf zerbrochen, hatte schlaflose Nächte. Du weißt, dass ich an dem Job in der Mordkommission hänge, dass ich aber auch vorwärtskommen möchte. Und wann erhält man schon so ein Angebot?«

»Du hast also zugesagt. Dann kann ich dir nur viel Glück wünschen.«

Sie schaute ihn direkt an. Ihre Augen waren feucht. »Ich habe abgesagt. Und das hat nichts mit der Veränderung zu tun, die es wahrscheinlich in der Jefatura geben wird.«

Ribera war zunächst so sprachlos, dass der zweite Teil des Satzes erst mit Verzögerung bei ihm ankam. »Welche Veränderung?«

»Stimmt, du kannst es ja noch nicht wissen. Nachdem ich ihm meine Entscheidung mitgeteilt hatte, hat mir Moix verraten, dass das Projekt, für das er mich haben wollte, sowieso gestorben sei. Unter dem Siegel der Verschwiegenheit, das ich hiermit breche, weil es uns alle betrifft. Er will anscheinend seinen Rücktritt einreichen.«

Epilog

Palma, El Molinar. Der Morgen war eine einzige Kampfansage an sämtliche inneren Schweinehunde dieser Welt, dachte Ribera, als er zum Fenster seines Pensionszimmers hinausschaute. Sonnig, kaum eine Wolke am blauen Himmel zu sehen, der Auftakt eines warmen Spätsommertags. Nicht einmal ihm, der alle Register beim Erfinden von Ausreden zog, fiel noch etwas ein, was gegen sportliche Betätigung sprach. Außer dass sich sein Fitnesszustand seit seinem ersten missglückten Versuch weiter auf einem besorgniserregend niedrigen Niveau bewegte und er erneut bei null anfangen musste.

»Hilft alles nichts, Ribera, du betrügst dich nur selbst, wenn du dich weiter drückst.« Er stieß einen tiefen Seufzer aus, kramte seine Joggingklamotten heraus und zwängte sich hinein. Gefolgt von Lemmy, der sich nach dem Fressen auf das Sofa gelegt hatte. »Sag nichts, *tío*, ich weiß, dass ich total bescheuert aussehe. Ich kann nur hoffen, dass ich keinem Kollegen begegne. Das Gute ist nur, dass ich heute einen freien Tag habe.«

Er schlich sich durch die »Costa Dorada«, schwang sich auf das Fahrrad, das er sich vor einiger Zeit zugelegt, aber bisher so gut wie nie benutzt hatte, und radelte nach Molinar. Die Strandpromenade schien ihm für einen weiteren Anlauf prädestiniert zu sein. Flach, gerade, überschaubar, nette Kulisse mit einer frischen Brise vom Meer. Um das Ganze strukturierter anzugehen, hatte er sich vorher einen Anfänger-Trainingsplan aus dem Internet heruntergeladen, der aus einer Mischung aus Joggen und Walken bestand.

Entgegen seiner Befürchtung lief es sich dieses Mal besser als beim ersten Mal. Er fand sogar in einen Rhythmus hinein, bei dem er die Gedanken schweifen lassen konnte, wie er es liebte. Er fragte sich, ob Moix wirklich abtreten würde. Direkt zuschulden kommen lassen hatte er sich nichts. Aber sein persönliches Koordinatensystem war ihm abhandengekommen.

Nur so ließen sich seine zweifelhaften Kontakte erklären, die dazu geführt hatten, dass er letztlich die Ermittlungen torpediert hatte. Wenn das öffentlich bekannt würde, wäre er erledigt, das wusste auch Moix. Nur logisch, wenn er von sich aus die Reißleine zog, bevor ihm andere zuvorkamen. So hatte er es selbst in der Hand.

Aber wie ging es mit ihm und Núria weiter? Ging es überhaupt weiter? Ribera musste daran denken, was ihm Gwendolyn Uriarte zu später Stunde im »El Pintxo« geraten hatte, nachdem er ihr von seinem Gedanken-Pingpong und Núrias beleidigter Reaktion erzählt hatte.

»Ich weiß, ihr Kerle steht oft auf Unverbindlichkeit. Im Gegensatz zu den meisten Frauen. Zumindest denen, die in einem gewissen Alter sind. Bei dir kommt erschwerend hinzu, dass du zu viel über Dinge nachgrübelst, die in der Zukunft liegen, *cariño*. Das ist blödsinnig. Das Leben spielt sich im Hier und Jetzt ab. Dir das Hirn zu zermartern wird dir nichts bringen, wenn du kein Risiko eingehst. Spring ins kalte Wasser und probier's aus, was hast du schon zu verlieren? Ansonsten …« – wegwerfende Handbewegung – »… ist sie weg. Kurz vor dem Absprung scheint sie bereits zu sein.« Erhobener Zeigefinger. »Allerdings sollte sich deine Süße im Klaren darüber sein, mit wem sie sich da einlässt. Ich könnte ihr da ein bisschen was erzählen.«

Die letzten Sätze fand er nach wie vor amüsant, auch wenn sie ihm auf Gwendolyn-Art gehörig den Kopf gewaschen hatte. Aber er musste sich eingestehen, dass sie den Nagel auf den Kopf getroffen hatte. Die Würfel waren gefallen: Er würde sich die Wohnung in Coll d'en Rabassa ansehen, er konnte die Sache ja immer noch abblasen. Aber vorher hatte er noch einen Termin mit seinem Werkstattbesitzer.

Wie von einer inneren Blockade befreit, lief er weiter. Er erreichte die »Rosa dels quatre vents«, eine sechseckige Steinpyramide, die auf einer befestigten Meeresaufschüttung weithin sichtbar emporragte. Auf ihrer Spitze schwebte ein Vogel aus Aluminium, die Flügel wie zum Abheben ausgebreitet. Núria hatte ihm mal erzählt, dass er von den Anwohnern »Corb Marí« genannt wurde und als Wetterfahne diente. Während Ribera den Obelisken umkreiste, bemerkte er, dass sich die Figur zu drehen begann. Eine Windböe hatte sie erfasst. Von Westen her waren dunkle Wolken herangezogen, die Wellen klatschten wütend gegen die Uferbefestigung, als wollten sie nach ihm greifen und ihn ins Wasser reißen. Machten ihm die Elemente schon wieder einen Strich durch die Rechnung?

Er blieb stehen und konsultierte seine neue Wetter-App auf dem Handy. Tatsächlich. AEMET kündigte einen heftigen Wetterwechsel an. Für die gesamte Insel und auch das Meer wurde den ganzen Tag die zweithöchste Warnstufe Orange ausgerufen. Das bedeutete Gewitter, örtlich Starkregen, Hagel, Sturm bis hin zu Orkanböen. Am intensivsten im Norden und Nordosten, aber auch den Rest Mallorcas könne es treffen. Dazu heftiger Seegang mit bis zu sieben Meter hohen Wellen. Auf dem Festland wurde sogar die höchste Warnstufe Rot verhängt. Von einer Gota fría war die Rede und von den Vorboten des kommenden Herbstes.

Er musste an den Meteorologen Jaume Buontempo denken, der in Portopí sicher gerade zur Hochform auflief. Der warme Spätsommer, der Mallorca so lange im Griff gehabt hatte, verabschiedete sich endgültig. Als wollte die Natur ihm persönlich signalisieren, dass die Zeichen auf Veränderung standen.

Glossar

Abaqua – die *Agencia Balear del Agua y la Calidad Ambiental* ist das balearische Wasserwirtschaftsamt. Es untersteht dem Landesumweltministerium.

Bacalao al pil-pil – Stockfisch auf baskische Art ist ein Klassiker in der nordspanischen Region. Bacalao ist eingesalzener und getrockneter Kabeljau, ein Lieblingsgericht der Spanier. Früher ein Armeleuteessen, heute eine Delikatesse. Pil-pil ist eine Soße.

Barrio – Stadtteil. Wie andere spanische Städte ist auch Palma de Mallorca in *barrios* eingeteilt. Insgesamt gibt es 89. Zu den bekanntesten zählen Santa Catalina, La Lonja, das Altstadtviertel La Calatrava, Pere Garau, Can Pastilla und El Molinar.

Bocadillo – beliebtes Sandwich in Spanien, das oft in Bars und Cafés gegessen wird. Es besteht meist aus einem Baguette, das mit allen möglichen Zutaten belegt ist.

Bro – kleines Wort, große Verbreitung: Im amerikanischen Slang beziehungsweise in der Hip-Hop-Kultur wird es als Abkürzung für *»brother«* benutzt. Gemeint ist ein guter Freund, Kumpel. Mittlerweile ist der US-Importartikel auch im deutschen Sprachraum beliebt.

Brujo – Hexer, Zauberer

Buena suerte – viel Glück, Hals- und Beinbruch

Buenas tardes – guten Tag, guten Abend. Die Begrüßung ist im Spanischen variantenreicher als im Deutschen. Das bekannte *buenos días* für »guten Morgen« oder »guten Tag« wird bis zwölf Uhr mittags beziehungsweise bis zum Mittagessen verwendet. Danach begrüßt man sich etwa bis zum Anbruch der Dunkelheit mit *buenas tardes*.

Caballero – Herr, Ritter, Kavalier, Gentleman

Cacharro – alte Kiste, bezogen auf ein Auto

Café con leche – Milchkaffee, besteht aus einem Espresso mit Milch

Caña – wer in einer Bar ein frisch gezapftes Bier im Glas bestellt, ordert meistens eine *caña*. Sie fasst in der Regel 0,2 Liter.

Caraculo – Arschgesicht

Cariño – Liebling, wird gern als Kosewort für »Schatz« verwendet.

Chatarra – Alteisen, Schrott, Schrottkiste

Cisterna – Zisterne, Regenwasserbehälter. Viele alte Häuser und Fincas auf Mallorca verfügen noch über diese Behälter, um in Trockenzeiten genügend Wasser zu haben.

Coca de trampó – den mallorquinischen Gemüsekuchen gibt es in zahlreichen Varianten. Die klassische Version ist mit einer Mischung aus Tomaten, Zwiebeln und Paprika belegt. Manche nennen ihn auch die Pizza Mallorcas.

Cojonudo – super, geil, toll

Compadre – Kumpel, Freund

Comprendes? – Verstehst du?

Coño – Scheiße, verdammt

Cortado – Espresso mit einem Schuss Milch, die bevorzugte Kaffeevariante der Spanier. Wörtlich übersetzt bedeutet *cortado* »geschnitten«, in diesem Fall ist der Espresso mit Milch verschnitten.

Croquetas – ein Klassiker der spanischen Küche, den man in fast jeder Tapas-Bar bekommt. Trotz der Ähnlichkeit in Namen und Aussehen haben die *croquetas* nichts mit den deutschen Kroketten zu tun. Zubereitet werden sie mit dickflüssiger Béchamelsoße, die mit verschiedenen Zutaten gemischt wird: Jamón Ibérico, also Schinken, Pilzen, Fisch, Käse und vielem mehr. Sehr lecker, aber auch eine Kalorienbombe.

Cuerpo Nacional de Policía – der Nationale Polizeikorps (CNP), meist kurz *Policía Nacional* genannt, ist eine von vier Polizeieinheiten auf den Balearen. Daneben gibt es noch die *Guardia Civil*, die *Policía Local* (Lokalpolizei) und die *Policía Portuaria* (Hafenpolizei).

De puta madre – Ausruf der Begeisterung, bedeutet »geil«, »super«, »hervorragend«, »cool«, »phantastisch«.

Dios mío! – Mein Gott! Ach du lieber Gott!

Disculpe – Verzeihung

Dones d'Aigo – Wasserfrauen sind Nymphen aus den mallorquinischen Volksmärchen, den Rondalles. Sie ähneln der deutschen Loreley, leben aber in Zisternen, in denen das Regenwasser gesammelt wird. Dem Mythos nach sind sie verführerisch schön, besitzen enorme Reichtümer und können sich auch in normale Männer verlieben.

Es una locura – das ist verrückt, der Wahnsinn, Irrsinn

GOB – der *Grup Balear d'Ornitología i Defensa de la Naturalesa*, der balearische Verein für Vogelkunde und Naturschutz, ist die älteste und bekannteste Umweltorganisation des Archipels. Gegründet im Jahr 1973, hat er heute etwa siebentausend Mitglieder und Ortsgruppen auf Mallorca, Menorca, Ibiza und Formentera. Zielsetzung ist die Bewahrung des Naturerbes der Inseln.

Golfa – Hure

Gota fría – die wörtliche Übersetzung lautet »kalter Tropfen«; ein häufiges, vor allem im September und Oktober vorkommendes Wetterphänomen im westlichen Mittelmeer. Grund für das Auftreten ist das Zusammentreffen von feuchtkalter Luft in der Höhe mit dem noch warmen Mittelmeer. Es entstehen gewaltige Wolkenberge und Gewitter, verbunden mit Starkregen, Stürmen, hohem Wellengang sowie einem Temperatursturz.

Hasta luego – tschüss, bis nachher, bis bald

Hombre – Mann, Mensch, Menschenskind. Wird oft am Ende eines Satzes verwendet – übrigens auch unter Frauen.

Hostia – verdammte Scheiße, heilige Scheiße

Jefatura – Polizeipräsidium

Joder – Scheiße, verdammt noch mal

Llaüt – auf den Balearen waren die Llaüts einst die gebräuchlichen Fischerboote. Die Bauart des Holzboots geht wahrscheinlich auf frühe ägyptische Bootsformen zurück. Als Antrieb diente ein Dreiecksegel, auch als Lateiner-Segel bekannt. Inzwischen sind fast alle Llaüts mit Motor ausgestattet. Mit dem drastischen Rückgang der Berufsfischerei auf den Inseln ging auch die Anzahl der Llaüts stark zurück. Dennoch sieht man sie auch heute noch in vielen Häfen.

Lo siento – es tut mir leid

Madero – umgangssprachlicher Ausdruck für »Bulle«.

Maria Enganxa – eine weitere Figur aus der mallorquinischen Sagenwelt. Na Maria Enganxa, wie sie auch genannt wird, ist eine Hexe, die in den tiefsten Tiefen der Brunnen lebt. Wenn sich jemand unachtsam über den Brunnenrand beugt, packt ihn Maria Enganxa mit einem Haken und zieht ihn auf den Grund der Wasserfinsternis, aus der man nie zurückkehrt.

Mierda – Scheiße, Dreck, Mist

No me digas – was du nicht sagst.

No pasa nada – das macht doch nichts, schon gut, es ist alles in Ordnung

Ostras – herrje, Donnerwetter, verdammt noch mal

Pa amb oli – Brot mit Öl. Das ursprüngliche Armeleuteessen ist eines der einfachsten und populärsten Gerichte der mallorquinischen Küche. Es besteht aus den Grundzutaten dunkles Brot, Ramallet-Tomaten, Olivenöl, Salz und Knoblauch. Man isst es in den verschiedensten Varianten: mit Käse, der Streichwurst Sobrasada oder Schinken.

Pantxineta – Nachtisch in der baskischen Küche, bestehend aus Blätterteigtörtchen mit Mandelcreme und Vanilleeis

Patera – kleines Boot, Flüchtlingsboot

Perdón – Entschuldigung, Verzeihung

Perdone – entschuldigen Sie

Polígono – Industrie-, Gewerbegebiet

Polizonte – umgangssprachlich für »Bulle«

Por supuesto – selbstverständlich

Posidonia oceanica – Salzwasserpflanze aus der Familie der Neptungrasgewächse. Rund 630 Quadratkilometer dieser Seegraswiesen umgeben die Balearen. Sie sind Lebensraum für viele Fische und andere Meerestiere, spielen eine wichtige Rolle für das Klima, da sie mehr CO_2 speichern als Wälder vergleichbarer Größe. Außerdem fangen die Blätter Schmutzpartikel auf und sorgen dadurch für klares Wasser. Im Herbst sind ganze Strände mit abgestorbenen Resten des Neptungrases bedeckt. Sie leisten ebenso einen wertvollen Beitrag für die Umwelt. Oft findet man am Strand auch filzige Bälle, die ebenfalls von der *Posidonia oceanica* stammen.

Puta madre – verdammte Scheiße

Puta mierda – verdammte Scheiße

Raor – Schermesserfisch, gilt als teuerster Fisch Mallorcas. Fangsaison ist zwischen September und März, und zwar unter strengen Auflagen. Der Rest des Jahres ist Schonzeit für die kleinen rosa-orange-bläulich schimmernden Fische.

Rosa dels quatre vents – die »Rose der vier Winde« ist eine Steinpyramide an der Strandpromenade von El Molinar. Sie gilt als ein Symbol von Palmas Meeresviertel. An der Spitze ist auf einer 5,5 Meter hohen Edelstahlachse eine Wetterfahne in Gestalt einer Vogelfigur aus Aluminium installiert. Die Anwohner nennen sie »Corb Marí«, katalanisch für »Kormoran«. Sie dreht sich je nach Windrichtung.

Salvem la posidònia – katalanisch für »lasst uns die Posidonia retten«

SEPRONA – der *Servicio de Protección de la Naturaleza*, übersetzt etwa »Naturschutzdienst«, ist eine Spezialeinheit der *Guardia Civil*. Er ist unter anderem für den Schutz von

Boden, Wasser, Tiergesundheit und die Erhaltung von Flora und Fauna zuständig.

Tío – wörtlich übersetzt bedeutet es »Onkel«, sehr gebräuchlicher Ausdruck für »Typ«, »Kerl«; ähnliche Verwendung wie das englische *»bro«*.

Txakoli – typischer trockener, leichter Wein aus dem Baskenland, geschmacklich zitruslastig. Die weiße Variante findet sich am häufigsten, es gibt aber auch roten Txakoli.

Vámonos! – Lass uns gehen! Gehen wir!

Via de Cintura – Ringautobahn Ma-20, die um Palma de Mallorca herumführt und notorisch verstopft ist.

Danksagung

Was wäre eine Recherche ohne kompetente Gesprächspartner?

Eine rhetorische Frage, denn auch bei diesem Roman gab es glücklicherweise eine ganze Reihe von Menschen, die ich mit meinen Fragen löchern durfte oder die mich anderweitig bei der Entstehung des Buchs unterstützt haben. Ein besonderer Dank gilt David und Juan José, die mich mehrere Stunden auf ihrem *barco de limpieza*, ihrem Müllboot, erduldeten und mir dabei demonstrierten, was alles im Meer herumschwimmt, das dort nichts zu suchen hat. Spannende Einblicke in die Tücken der Gota fría erhielt ich von Miquel Angel Gili, Meteorologe und Sprecher des spanischen Wetterdienstes AEMET in Palma. Herzlichen Dank auch an die Stadtwerke von Palma und das Ayuntamiento von Calvià, wo ich mich über das System der Abwasser- und Wasserversorgung informieren konnte. Einblicke in die Welt der Sporthäfen ermöglichten mir die netten Mitglieder des Club Nautico in Cala Gamba. Unverzichtbar war auch die fachliche Beratung von Professor Marcel Verhoff von der Rechtsmedizin in Frankfurt am Main. Im wahrsten Sinne mit im Boot war außerdem der Yachtclub Friedrichsdorf im Taunus. Ein wichtiger Mosaikstein bei der Entstehung war wieder mal die Finca Son Pont bei Puigpunyent, deren herrlicher Dachterrasse ich einige Inspirationen verdanke. Vielen Dank dafür an Francisco. Und mit Tipps zur spanischen Umgangssprache versorgte mich Asunción Ramos Castro. Last, but not least möchte ich meiner Frau Yvonne danken für ihre Anregungen und Anstöße und ihr Verständnis, wenn ich mich zum Schreiben zurückgezogen habe.

Klaus Späne
MALLORCA BIS IN ALLE EWIGKEIT
Broschur, 272 Seiten
ISBN 978-3-7408-0529-6

Chefinspektor Pau Ribera von der spanischen Nationalpolizei steht vor einem Rätsel: Auf dem Zentralfriedhof in Palma wird ein Journalist tot aufgefunden. Hat hier womöglich jemand eine alte Rechnung beglichen? Seine Ermittlungen führen Ribera zurück in die Zeit des Spanischen Bürgerkrieges und tief in die Vergangenheit der Insel. Dabei wird ihm schnell klar, dass sich hinter der schönen Fassade Mallorcas ein düsteres Geheimnis verbirgt.

»Ein spannender, dichter Krimi, nicht nur für Mallorca-Urlauber.«
Neue Presse

»Der Journalist Klaus Späne legt mit ›Mallorca bis in alle Ewigkeit‹ einen Thriller vor, der in der dunklen Geschichte der Insel bohrt.«
Mallorca Zeitung

www.emons-verlag.de

KLAUS SPÄNE
KAP DES TODES
Mallorca Krimi
emons: